Chiuko Miyashiro

presents

成為綠土

擁抱你回歸大地

宮城千雨子

Illustration

user

contents

目次

登場人物介紹
（雷霞）今世王
擁有使國土變成豐饒綠地的異能，也是雷氏王朝的末代君王，此刻卻染上了不治之症。
（雷風）足弱
原本住在深山裡過著野人生活，卻被發現是今世王的庶兄而帶回皇城。

葉久
個性沉默寡言的男人，也是安弄華麾下劍術最強的護衛。
安弄華
雷氏王朝的權臣、家徽為「籠尾花」的安家長子。個性粗暴殘酷，野心勃勃，企圖在今世王死後登基為王。
古廄
經常遭安弄華凌虐的下人。臉上有大瘀青。
灰色狼
視保護皇族為己身存在意義的族群。
星
隸屬灰色狼族，為足弱專屬的內侍。
溫
隸屬灰色狼族，同樣為足弱專屬的內侍，也是未來的內侍長繼任者。

足弱在一支灰衣衛中隊的護衛下離開京城鑭城避難，率領這支中隊的是灰衣衛副將軍光臨。

他是黎明的兄長；黎明是負責保護今世王的灰衣衛。

與青嵐將軍那頭令人印象深刻的狂放豐盈黑捲髮不同，光臨副將軍的頭髮整整齊齊束高，用藍布紮成包頭；他的顴骨突出，黑眸眼尾上揚。

無論是身高或體格，他都不及他的弟弟或上司健碩，但他總是抬頭挺胸，所以就算身材中等仍然顯得氣勢十足，足以叫人忽略他的身高。

那張沒蓄鬍的小麥色臉龐此刻正被豆大的雨水沖刷著，他穿戴鎧甲騎馬跑在皇族的馬車前方。

他率領這支騎兵中隊聽從將軍指示，護送今世王的庶兄前往隔壁的郡城「高砦郡」。

儘管今世王染上「皇族病」的消息令人擔憂，但也正因為如此，他深刻明白此項任務有多重要。

斥候比這支中隊更早出發前往探路，查看沿途是否存在可能的威脅滋擾。

他們也會先一步抵達高砦郡的郡城，此刻應該正在打點皇族入住的相關事宜。

騎兵中隊包圍著馬車，在如瀑的春季雷雨中離開京城，順著官道北上前往高砦郡。

隨著隊伍北上，雷聲漸遠，風勢雨勢也逐漸轉小，一行人在小雨中持續疾行進入郡府，即使通過高砦郡的城門也沒有放慢速度。

灰衣衛的騎兵中隊如銅牆鐵壁團團圍住郡府的外院，不使任何人靠近。光臨橫眉豎目，目光銳利地瞪著四周，朝副手點了點頭後下馬。

他走近停下的馬車，打開車門說：

「殿下，已經抵達高砦郡的郡府了」

說完，他低下頭等待足弱下車。

足弱在內侍們的攙扶下走出馬車，身上仍是務農時的短褐和沾了泥的木屐。

「雷霰的情況如何……」

聽到足弱的問話，光臨瞬間抬起頭又立刻垂下。

「陛下的情況卑職晚一點才會知悉，一旦收到消息就會立刻回稟殿下，請殿下尚且入內歇息。」

光臨說完，足弱就在內侍們的簇擁下進入府邸內。

等光臨再次在郡府內見到足弱時，這位被帶離京城的皇族已經換上貴族子弟的服飾。

他那頭黑髮維持著今世王中意的短度，不夠長所以無法束高也沒有戴冠；腳上穿的是對貴族來說太樸素的鞋履。

光臨在心中不滿地啐了一口。

這些內侍們在搞什麼？——他想。情況再急也應該準備好皇族的服飾吧？就算趕著離開，讓殿下穿這種樸素的貴族服裝，未免太失職。

光臨認為皇族就應該像今世王那樣，隨時隨地打扮像個皇族；他認為穿戴那些華服才象徵著皇族過得無憂無慮。

他對於足弱穿短褐爬山造林或種田等沒有不滿，因為那是皇族人想要的，就必須照皇族人想要的一切去實現，儘管他與足弱的內侍們一樣，希望足弱穿得更金碧輝煌、更像個皇族。

（我真同情殿下。）

不但被迫離開眷戀的今世王，還被迫穿上郡城這些襤褸。

光臨想到比自己年長兩歲的足弱就感到心疼。

在替皇族準備的正廳裡，足弱虛軟無力地靠坐在官帽椅上，光臨則是低頭單膝點地跪在他面前。

「現在才來請安，請殿下恕罪，卑職是灰衣衛副將軍光臨，奉旨保護殿下。」

「將軍……」

「殿下，對灰衣衛來說，能夠稱為將軍的只有青嵐大人。您可以喊卑職副將，或是直接叫卑職的名字。」

「那麼光臨，你能不能讓我回宮？」

光臨嚇了一跳抬起頭。

只見足弱那雙黑睫圍繞的黑眸中滿是淒楚，正看著下方的光臨。

他那身象牙白肌膚分明已經泡過熱水洗浴，卻不帶血色，雙唇更是泛紫。

光臨很想抓著內侍們怒吼——你們到底在做什麼啊！

他對於足弱臉色這般憔悴的原因再明白不過，卻還是很想追究那些人為什麼不想想辦法弄暖殿下？

「請恕卑職無法從命，一旦有皇族出現紅斑，就必須與其他皇族隔離，這是規定。奈何這次出現紅斑的人是陛下，因此不得不與殿下保持距離。」

足弱抬起右手放在額頭上，手肘靠著椅子的扶手，上半身往右傾。

「我想照顧他……」

光臨低垂著頭，拳頭握得死緊，指甲都插進掌心裡了。

足弱深深坐在椅子裡，轉身趴在扶手上，眼睛貼著右手臂。內侍們連忙跪下膝行上前。椅子上的足弱動也不動地趴著，說不出半句話。光臨低著頭從他跟前退下，離開正廳。

在正廳門關上那瞬間，光臨看到內侍們圍著足弱。

門一關上，光臨立刻以銳利的視線看向站在門兩側的灰衣衛。

「就算郡守來訪也拒絕。交代其他人，若有人想面見殿下，只要我不在場都不允許。來人即使穿著灰衣衛服裝也要嚴格查核身分，發現身上沒有事前配發的令牌就立刻把人抓住，絕對不准任何可疑人物接近殿下，聽清楚了嗎？」

「是！」

說完，灰衣衛副將軍一甩大雨淋溼的沉重披風，轉身在迴廊上離去。

＊

今世王躺在龍床上聽著太醫令卷雲的說明。

許是發燒的緣故，他覺得畏寒且渾身無力。

好不容易盼到這個寒冬有機會抱著足弱取暖，現在卻冷成這樣是怎麼了？

「才開始發冷就出現紅斑，表示這次的病程惡化相當快，卑職認為或許早在秋季陛下龍體微恙時，病症就已經潛伏在體內了。」

原本半閉眼的今世王立刻瞠目：

「潛伏？你是說哥哥也有可能已經染疫了？」

「高砦郡那邊已經派三名太醫跟著。」

「把太醫院一半的太醫都派過去！不，除了你以外的太醫，全都過去哥哥那邊。朕已經出現紅斑等於沒救了，但至少要救哥哥。」

「卑職會多派些人過去高砦郡，不過陛下您也別氣餒。」

今世王虛軟無力的腦袋躺回玉枕上，吐出一口熱氣。

倦意在此刻突然湧上。

昨日午後在雷雨降下之前發現紅斑，今晨腹側又出現更多紅斑，到正午檢查時，紅斑的範圍已經擴散至比上午更大了。

（頂多半年……不對，紅斑擴展的速度這麼快，或許不到半年。）

今世王計算著太醫令沒說出口的剩餘存活天數。

他是一國之君，既然身為天子，就有非完成不可的重任。

「叫總管來……」

「遵命。」

內侍很快回答完，發出衣物摩擦的聲響退下。

卷雲與其他太醫輪流隨侍在今世王床側。

昨日的雷雨下到傍晚方歇，今日一早又是萬里無雲的好天氣，風雨洗淨了一切，彷彿在替春季萌芽做準備。

「陛下，您找卑職？」

「狼，有些事情必須趁朕還有體力時進行。」

「陛下是皇族中的皇族，也是最後一任今世王，不應該這麼快就認輸。」

「你少挑釁我……」

今世王看著年邁手下那張小麥色的臉，唇角勾起一抹笑。

「朕只是擔心哥哥。為了保護哥哥，必須把事情好好做個了斷。」

「您有什麼打算？」

「朕要立遺詔，你把朕說的話寫下來。」

內侍們聽從今世王的指示扶他坐起後奉茶，並在他的肩膀披上外袍。長史搬來放著筆墨紙硯的文案，在綠園殿總管身旁坐下拿起毛筆。

今世王撥開臉頰上的金髮，閉眼輕舔嘴唇。

「朕臨御天下十二年餘，如今染上『皇族病』，故召見綠園殿總管，令其承寫遺詔，在此詔告天下。

一、朕乃最後的今世王，朕萬年後將再無今世王，以此名號自稱者均為詐稱。

二、切莫擁立朕之兄長雷風繼承大統。

三、皇室遺產盡數由雷風一人繼承。

四、雷風可將灰色狼族中自願跟隨者納為家臣，在國土任何一處安生。

五、任何在雷風身旁製造動亂、違逆其意願者，均處以極刑。

六、朕疾病期間，由宰相代理朝政，待朕萬年後，也將由宰相一人掌理行政與人事，眾卿當服膺之。

——其他還有什麼需要補充的嗎？」

「國璽怎麼處理？」

「交給宰相保管。」

「請您務必要將國璽留在身邊直到最後一刻。」

「用不著你提醒。」

說完，今世王輕咳了幾聲。

他模糊不清的視線看向收納國璽的上鎖櫃子。他在綠流城處理完政務後，總會把放國璽的小箱子帶回綠園殿小心保管。

畢竟國璽的力量高過署名花押，蓋上國璽就等同於今世王的聖諭，擁有國璽等於擁有今世王的權勢，若想推翻蓋有國璽的詔令，唯有再次頒布蓋上國璽的詔令，或是由今世王親自現身下令。

「只要朕的神智還清楚，就不會將國璽交出去。」

「那就好。」

「遺詔寫好後，朕會蓋上國璽，等時候到了，就由你在朝廷百官面前宣讀。」

「卑職遵命。陛下染疫的消息，可需要通知六卿？」

「先通知善與就好。朕也擔心他年事已高，真希望他能夠再多撐一陣子。」

「卑職會派底下的人常駐在綠流城，替陛下和宰相傳遞消息。」

「就交給你去辦吧。」

說完，今世王又咳了幾聲，肩膀上的外袍順勢滑落到地上。

「陛下，您好好休息，為了殿下，為了黎民蒼生，也為了我等家臣，您千萬別放棄活下去的希望。」

綠園殿總管對閉上雙眼的今世王留下這句話，這位自古追隨皇族的灰色狼族族長就此告退。

＊

雷氏王朝的宰相善與，在綠流城被綠園殿總管攔下後領到偏殿。他聽完消息後，那對瞇瞇眼錯愕大睜，矮小身子也顫抖不止。

「怎……怎麼會……」

他抓著總管的灰色衣袖，得到的卻只是小麥色肌膚男人點頭應證消息正確。

「陛下在神智尚且清楚的這段期間，將在綠園殿的寢房裡處理政務，因此需要國璽的奏摺必須送進後宮。問題是此舉萬一被人瞧見，陛下染疫的消息恐怕藏不住。陛下絕不會輕忽朝政，但罹患一般疾病和罹患『皇族病』，對百姓的衝擊可是天壤之別。」

「那還用得著說麼？」

善與就是第一個大受打擊的人，他那張臉嚇得血色盡褪。

「所以只能先告訴眾人陛下患的是一般疾病。」

原本低頭聽總管說話的善與，迅速抬頭仰望總管，說：

「陛下駕崩後，不能立雷風殿下為今世王嗎？最後一任君王就這樣離開百姓會造成全國動亂的，應該推皇族上位好安撫百姓，實際的朝政就由我等處理，殿下只要坐在今世王的龍椅上就好，只要這樣就好……」

就連擔任宰相多年、素有善於治國美名的善與，面對這樣的消息都失了分寸。

灰色狼總管不置可否，只是定睛注視著小個兒老人的臉。

突然被湧上心頭的激動情緒亂了心神的善與，垂下白眉，低頭閃避總管的視線。

「是臣僭越了，請當作沒聽到那些話，善與謹遵陛下旨意。」

他撇開臉，以顫抖的聲音快速說完後吸一口氣，就離開偏殿。

（連宰相都是這種反應……）

目送他離開的灰色狼總管坐在椅子上交抱雙臂。

在其他國家眼中宛如樂園的這片綠土大地，將因為一個男人的死，引發多大的動盪呢？

（不曉得那些綠土會逐漸減少，或者是一瞬間全數消失？）

總管的腦海中這樣想著，心裡仍舊掛念那位他要追隨到最後的皇族。他好奇今世王駕崩之前，是否也會留下遺言給他們這些追隨者？

＊

在發病第三天的正午過後，今世王收到足弱的來信。

「哥哥寫的？」

「方才高砦郡那邊派使者送過來的。」

今世王從床上坐起，接過內侍長送上來的白色信箋，甚至無暇注意內侍在他的肩膀披上外袍，就急急展開縱向折成四折的紙張。

「陛下？」

聽到內侍長驚呼，原本在耳房待命的太醫們連忙跑來。

原來是今世王才展開信箋，看到足弱的字跡那瞬間，就已是淚流滿面。

串串淚珠從他的藍眼睛落下，手中的信箋也微微震顫，他瞪向站在一旁的內侍長。

「一進！」

「在！」

年輕內侍長立刻單膝跪地聽候指示。

「唸給朕聽！朕讀不了、看不清楚……別拖拖拉拉的，快點！」

今世王就像鬧脾氣的稚兒般左右甩頭，一把將手中的信箋塞回給一進。

無端端被遷怒的內侍長沒有反駁也沒有拒絕，迅速接下信箋展開，開始唸出內容。

「雷霞惠鑒

日日聽聞你遣來的使者告訴我你的情況，得知你發燒持續不退，想必很難受吧。沒辦法為你做什麼，我也感到難受。

到這裡之後，我一步都不曾踏出郡府房間。我對光臨說過無數次想要去你身旁，他卻不允許，他說是奉你的命令。

雷霞，我想去你身邊，無論如何都想去。雷霞，你難道不和我再見一面就要離開嗎？我為此而傷悲。別忘了我照顧過老頭子，倘若你真的將要與我永別，我想陪你到最後，家人不就是應該陪伴到最後嗎？我是你的兄長不是嗎？在你病體欠安時我卻寫信來怪罪於你，我也甚感心痛。

雷霰，你要好起來，我想你。就此擱筆。

——唸完了，陛下。」

聽完信箋的內容，今世王終於忍不住放聲痛哭，坐起的上半身往前趴倒，雙手緊抓著錦被幾欲撕裂。

「陛、陛下，冷靜一點。」

「陛下，請保重龍體！」

「喂！快來人去煎安神藥！」

「陛下，您需要靜養。」

內侍與太醫們群起壓制，然慟哭中的今世王力氣不是普通大，他隨手一揮就把眾人甩開，最後是由四名灰衣衛合力將他壓在龍床上，才勉強讓他喝下太醫煎好的湯藥。

過程中今世王只是流著淚，一再地呼喚哥哥。

兩刻鐘過後，雙眼泛紅的今世王總算冷靜下來，儘管眼淚仍時不時落下，他還是以自己的雙眼重看了一遍足弱的來信並決定回信。

足弱的字跡很豪邁。

他沒辦法把字寫小，所以一封信用了好幾張白紙才寫完。

他也不習慣拿毛筆，所以即使識字，文面卻顯得凌亂，但絕對不是字跡太潦草，只是大小不

均，可以看出下筆很謹慎，然顫抖的筆畫卻也顯示他的內心不平靜。

今世王每每以視線滑過那些字跡就止不住落淚，不過他已經不再像一進替他讀信時那樣悲痛忘我。

——吾兄惠鑒

不曾想你會寫信來，我還一時過於激動驚擾了旁人。

能收到哥哥來信，我心甚悅。

即使是怪罪都好，只要是你寫來的，全都是我的珍寶，更別說這信中的哪個字句是在怪罪於我了？

多謝哥哥的關心，讓哥哥心痛，我真的很難受。

我也遺憾自己竟然染疫，我還有好多東西想要給哥哥，特別是我原本計畫好今年春天要替哥哥辦第一次慶生宴，如今看來那許許多多的想法只能擱置了。

哥哥，我也好想你，比哥哥的想望還要多上好幾倍、無數倍。

然而我寧死也不願撤銷命令。

我心裡也遺憾無法有你陪我養病，我渴望臨終之前能有機會再次親吻你，哥哥，請在心中吻我吧。

請諒解在我死後，你或也無法看到我躺在棺木裡的模樣，因為我猜想這次染疫，許是我十二年前靠近親人遺骨留下的病灶。

待我火葬之後，除非後宮的每個角落都清掃過，否則你不許踏入。我甚至認為你最好永遠都不該再踏入後宮。

儘管前面寫了這麼多，我最擔心的仍是哥哥你，聽完派往高砦郡的太醫回報哥哥並無染疫徵兆，我仍舊擔心你。

別談我的事了。

外頭春季的暖意漸盛，白日裡有舒適的陽光，你多少也應該出去曬曬太陽。

保重身體，盼來信。

——雷霰擱筆

今世王重新看過自己寫好的信之後，將最後的署名改為「你的雷霰擱筆」。

他把信交給內侍，並指示保護足弱的灰衣衛副將軍，在維安滴水不漏的前提下，只要不影響安危，就讓足弱出門曬太陽。

安排完這一切，他嘆息，吸了吸鼻子便鑽進被窩裡。

＊

分別待在綠園殿與高砦郡的兩位皇族，幾乎每天書信往來。

他們互派使者告訴對方自己的身體狀況與生活，順便也讓使者送信。

今世王即使癱軟無力，只要足弱的書信一到就會打起精神，含淚閱信並立刻回覆。

足弱的來信都收在從龍床能看到的桌案上那只珍珠母鑲嵌的木匣子裡，有時他會差人把木匣子拿過來，將那些信重頭到尾再看一遍，接著淚眼婆娑帶著微笑，把木匣子放在枕邊入睡。

紅斑以肉眼可見的速度在今世王的雪白肌膚上一點一點擴散，咳嗽與高燒都沒能夠緩解，症狀雖然穩定卻也沒有好轉的跡象。

綠流城的宰相每日多次差人來請今世王針對政務做出裁示。

發病過了八天之後，朝臣們開始議論紛紛，於是今世王允許宰相宣布他染上「一般」疾病。

十日過後，到了第二十天，今世王下令讓使者將樂譜連同書信交給足弱。

「哥哥的字跡愈來愈好看了，大概是每天寫信的緣故吧。」

在床上用晚膳時，今世王的嘴邊突然揚起笑意對內侍長一進這麼說。

「想必是。與陛下書信往來，殿下也逐漸習慣使用毛筆。」

「原來相隔兩地，我還是有辦法幫助哥哥……」

說完，今世王舀起鮮甜的魚粥放入口中。

＊

足弱這天上午跟灰衣衛副將軍一起待在高砦郡的郡府正廳裡，聽著綠園殿使者的報告。

「陛下昨晚到今晨的食慾與平時沒有兩樣，湯藥也盡數喝下。根據太醫令卷雲的診斷，風邪的症狀仍在持續。今晨的紅斑比就寢前擴大了小指指甲的大小。另外，陛下今日除了信之外，還送來樂譜給殿下。」

這間正廳是足弱接見外賓外客用的空間。

高臺上擺著特地從宮裡運來的奢華寶椅，椅腳和椅緣都有華麗的雕刻且鑲著翡翠，寶椅兩邊各站著兩名手持長槍的灰衣衛。

灰衣衛捧著呈盤送上信，以及在陽光照射下閃閃發光、封面貼有樹木圖案表布的樂譜。足弱說了些話慰勞使者後，立即展信。

白紙上是今世王親筆寫下的行雲流水字跡，其秀麗的程度不是足弱的字跡能夠相比。

——吾兄惠鑒。

生辰快樂。

我真的很高興雷風在三十七年前的今日誕生，可惜直到總管和宰相告訴我之前，我都不曉得有哥哥的存在，這二十五年來，我都不知道有你這個人。

我有非常多的兄弟姊妹，在那之前也從來不曾有人告訴我，我有一位幾年前就失蹤的兄長。待我知曉此事後，派人搜尋了一年多，才有了那次的相遇。

能夠遇見哥哥，是無數的偶然與僥倖交織而成，但追本溯源倘若哥哥三十七年前未曾出生，也就不會遇見晚十年才誕生的我。

儘管如今我倆像這樣分處兩地，我的心始終在你身邊。

能夠與你像這樣相遇及歡愛，帶給我無比深刻的喜悅，我每日的快樂、勇氣與幸福，全是來自於哥哥的存在。

啊啊，雷風，從枝葉間灑落，屬於我的陽光。

我讓使者把樂譜連同信一併帶給你，那是我送給哥哥的生辰賀禮。

這是十三年前族人死絕後，我第一次譜曲。我一邊想著你一邊寫出這首新曲，原本準備以瑟彈奏給你聽，卻發現這項計畫無法實現，於是我重寫了一份琵琶用的樂譜，你彈彈看，曲名是《枝葉間灑落的春陽》。

聽聞哥哥偶爾會在郡府外院散步曬太陽，我鬆了一口氣。你用不著擔心我的病。

三十七歲生辰快樂，我的雷風。

——永遠屬於你的雷霰擱筆

淚溼眼眶的足弱看完信後，拿起呈盤裡的樂譜快速翻閱內容，接著就從寶椅站起，在光臨的跟隨下回到後側房間。

以往的做法都是他們回到花廳後，光臨會把使者的話轉述給內侍們聽，接著足弱再簡單說明書信內容。

眾人聽過使者的報告內容，便掌握了今世王的現況，再聽完寫給足弱的書信內容摘要，就更放心了。不過今日不同。

「這份樂譜是雷霰送我的生辰賀禮。」

足弱說完，在場的內侍們與光臨臉上滿是錯愕，連忙跪地行禮。

「殿下生辰快樂。」

「殿下萬壽無疆。」

眾人齊聲祝壽，足弱聽得瞠目結舌。

「卑職不知今日是殿下的生辰實在失職，卑職這就去準備。」

內侍長伏地叩首說。

「準、準備什麼？」

「卑職立刻、馬上就去準備！」

內侍們只這麼說完就膝行退下，離開花廳，留在花廳裡的足弱看著灰衣衛副將軍，卻見光臨也匆匆忙忙退出房間，只剩下足弱一臉茫然。他於是穿過花廳走進寢房。

寢房中央是一張架子床，雖然沒有床帳，但被子床單也都是從綠園殿送來的頂級絲綢製品；足弱在這裡主要使用的三個房間，從上到下都陸續換成了宮裡送來的什物。

屋裡不僅每日有人打掃，服侍足弱的內侍與太醫人數也在眨眼間增加，灰衣衛人數也變得更多；此外還有宮裡派來的副庖長打理足弱的膳食，扔掉了郡府膳房裡的所有鮮蝦庫存。

服裝也是，在足弱抵達這裡的第二天起就換上了皇族服飾，一如眾人期盼的絲毫不樸素。

房間角落的几案上擺著從綠園殿送來的樂器盒，足弱從盒中拿出母親留下的琵琶坐在床上，琵琶抱在腿上，一手拿著彈片，翻開收到的樂譜封面。

今世王不在身邊，一個人彈奏新曲總覺得不安，足弱仍然緩慢撥弦彈奏，認識每個音。

等到他大略彈到第三遍時，總算清楚這首樂曲的全貌。

如同今世王在信中寫到的，這首曲子表達的是他每日的快樂、勇氣與幸福。

彈到最後，足弱打算再次重頭彈起，卻發現眼前一片模糊，無法看清今世王手寫的樂譜內容。

樂譜上有不少今世王替生手足弱額外寫上的註記，提醒足弱哪邊要如何彈奏；他很清楚足弱可能會遇到的困難並提供指導。

足弱急促地喘了幾口氣，把琵琶和彈片放到一邊，整個人趴在床上放聲大哭，他的手腳猛力拍打床面，大口喘氣後又再度揮拳搥打軟被，接著把淚漣漣的臉塞進被子裡。

足弱剛才置身在琴弦與彈片製造出的樂聲中。

明亮輕快又淘氣的音律流轉，使他聯想到經常愉快淺笑的今世王。

深遠的憂思中隱含著認真，深刻的樂音中感覺到真實。

然整首曲子卻又充滿著喜樂。他想到在春天的原野上，在枝葉灑落的陽光中，與深愛的人共度的畫面——相擁而笑，互相打鬧，時而拌嘴又和好。

哭泣的衝動平息後，足弱渾身無力躺在床上，小聲苦笑著。

「雷霰……這樣的禮物給我太浪費了。」

他突然對不在場的今世王說：

「你所謂的生辰慶祝計畫，就是這麼一回事嗎？生辰，我的，生辰。」

他把臉頰貼在被子上，再度湧上的淚水化成淚珠一顆顆掉落。

祝賀生辰的信裡，每字每句充滿著與足弱邂逅的喜悅。

儘管染上滅族絕症，一日日接近死亡，但今世王的信裡仍堅決不允許足弱回宮，絮絮叨叨地勸服足弱，同時也擔心著足弱的生活。

足弱勉強忍住淚水，把樂器收回盒子裡，闔上樂譜擺在几案上。許是他狠狠大哭大鬧了一場的緣故，他的身體有一股莫名緊繃的感覺，情緒宣洩卻也使他滿臉通紅，腦子深處一片空白。

他嗤笑這樣的自己，甚至忘了拐杖，徒手扶著屋內各處好不容易走到寢房門口，打開房門。

門一開，他看見花廳裡佈滿了鮮花。

巨大的青釉瓷壺裡插滿許多大朵大朵的黃花與紅花，使他誤以為滿地都是花。

手扶著房門一臉茫然的足弱在內侍們的迎接下，戴上寶石與鮮花打造的冠，來到花瓶旁邊的羅漢椅坐下。

花廳門口仍然不斷地有人把鮮花搬進來，那些花都插在三彩釉的巨壺裡，足弱幾乎快被濃郁的花香嗆到。

「這些黃花與紅花象徵春天與喜悅。殿下，恭賀您生辰快樂，卑職等人為殿下誕生在春天感到欣慰。」

跪地的內侍長命這樣說完，跪在他身後的其他內侍們、太醫們、沐浴內侍們也同時叩首行禮。

接著聽說灰衣衛副將軍等人在見客用的正廳裡，足弱於是戴著花冠走出去，就看到廳堂裡站滿了穿戴相同灰色鎧甲與披風的灰衣衛整齊劃一的隊伍。站在隊伍最前面的灰衣衛副將軍正單膝跪地。

哭紅雙眼的足弱在寶椅上坐下，光臨從頭到腳打量完足弱後，不曉得為何露出十分滿意的笑容，他戴著白長穗頭盔站起。

「卑職僅代表灰衣衛，恭賀殿下生辰，雷風殿下千歲千歲千千歲！」

在他身後那群整齊劃一的士兵們雙手高舉過頭，以震耳欲聾的聲音三呼千歲，足弱還因此一時耳鳴暈眩。說完，灰衣衛們脫下頭盔夾在腋下，原地單膝下跪。

「謝謝你們，我很高興。」

注意到眾人在等自己說話，足弱勉強開口慰勞了兩句。

光臨原本銳利的視線此刻顯得很和善，他在足弱跟前空出一塊空地，表示接下來要獻上武術表演。

灰衣衛們紛紛以劍和長槍等展現武藝。

每段表演都很短，正好不會讓足弱覺得疲勞，其中尤其精彩的是劍術表演，足弱替獻藝者送上掌聲之外，突然拔下裝飾在冠上的黃花與紅花，交給隨侍在一旁的內侍。

「替我交給那些灰衣衛。」

內侍把兩朵花擺在懷紙上，走到持劍的年輕士兵身旁。士兵愣了一下睜大黑眼珠，立刻把劍收回劍鞘，雙膝跪地低下頭。

「謝殿下！」

大聲說完後，他雙眼泛紅，眼中含淚，誠惶誠恐地從內侍手中接過花朵，回到隊伍中。

看完武藝表演回到花廳，接下來膳案上擺滿了大盤子，不過盤中裝的不是精緻的料理，而是野菜做的蔬果雕刻。

以副庖長為首的庖夫們全體跪地，說：

「殿下生辰快樂。御膳房的眾人將竭盡心力，期盼殿下今後能夠入口的料理愈來愈多。」

「謝謝你們……你們為我做了這些，我該如何回報才好呢……」

足弱看了看大盤子裡色彩鮮豔的果雕花，又看看跪地的庖夫們，一臉不安地說完，只見內侍長上前。

「殿下，卑職等與灰衣衛們方才已經得到您的回禮了，就是您在寢房內彈奏的悠揚琵琶樂聲，那樣已足夠。只是待在御膳房裡的他們剛剛沒能聽到。如果可以，殿下也讓他們聽聽吧，這樣子卑職等人也有機會再次聽見。」

「我彈得、還不夠熟練……沒關係嗎？」

足弱看向庖夫們，只見他們激動點頭。

「那，好吧，如果灰衣衛的各位還在隔壁廳堂，也請他們過來這邊。把門窗都打開，讓正在執勤的那些灰衣衛也能聽見。請大家盡量都到屋裡來。」

說完，足弱從寢房拿來琵琶、彈片和樂譜，在花廳的羅漢椅裡坐下。窗子打開後，原本嗆人的花香味也淡了許多。

穿著灰衣的人們站滿了屋內，足弱在中央。

「這首樂曲是我，今天早上，從陛下那兒得到的生辰賀禮，是他為我譜寫的新曲，曲名是《從枝葉間灑落的春陽》。」

這樣介紹完，四周響起一陣激動的歡呼。足弱重新抱好腿上的琵琶，把彈片抵在弦上，樂譜由內侍長幫忙拿著翻頁。

＊

讀完足弱本人在信裡描述的慶生場景，今世王也笑了好幾次，心情比平常更好。在這些反覆看過許多遍的來信中，他最愛的就是這封談慶生的信。

今世王喜歡足弱在信裡老實提到自己「很錯愕」、「不知道該說什麼才好」、「我彈得很差，大家卻說喜歡，我想一定是因為雷霰寫的樂曲太好聽了」等感想。

身體狀況很糟的日子，每每讓內侍朗讀那封慶生的信，今世王就會微笑並恢復精神。

與信一起擺在龍床邊的是足弱買給今世王的禮物——那個花與蛇會隨機擺盪探出銀壺外的胸飾。他把那個胸飾別在圍繞龍床四周的床帳左側，正好是內侍和太醫們進出的位置，每次有人靠近扯動床帳，花與蛇就會從銀壺內探出頭。看到這個胸飾的動態，想起收到胸飾當晚的回憶，今世王就會不自覺微笑。

發病過了四十天，即使有人叫喚，今世王也愈來愈無法擺脫神智迷離的狀態，不過待他清醒，還是一樣對答如流，對於宰相提出的問題也能夠做出裁示，並提供適當計策。

儘管如此，他還是很明顯的日漸耗弱；太醫們為他規劃少量活動，改變湯藥種類，也找御廚商量做些容易消化又營養的菜色。

今世王的額頭上放著冰袋，專注傾聽內侍替他朗讀奏章內容的聲音，聽完後，他會伸出食指下令用印或退回。用印是由內侍當著他的面蓋上。

需要處理的政務也是經由綠園殿總管與宰相會面討論過，盡量篩選精簡之後，才從綠流城送過來，避免增加今世王的負擔。

「狼，你怎麼看？朕的神智還清楚嗎？」

「是。」

「國璽還不能交接嗎？」

「陛下，現在暫且先不要。」

「好，暫且先不要。」

說完，今世王小聲嘆息，就把頭靠上玉枕陷入沉睡。

發病六十天過後，今世王的力氣只夠他寫一行字回信給足弱，其餘的內容，他只得吞下不甘心由內侍代筆。想到這種情況會讓足弱多麼不安，他就痛恨自己的無能為力。

儘管如此，他還是不願足弱看到自己有氣無力的字跡，因此他說服自己，這樣總好過每天只送短短一句話。

「吾兄惠鑒。舒適的春日一天天過去，鳴蜂起花已經開了嗎？春天就是要看鳴蜂起花，你若尚未賞花，一定要去看看。

事出突然，我請了別人代筆。一想到這樣會使哥哥不安，我就感到心痛，但仔細想想我覺得找人代筆反而更能夠完整地傳達我的心情，所以哥哥也無須同情我的處境。

我相信你每天都從使者口中聽聞我的病況了；紅斑已經擴散到整個腹部，右大腿上也出現紅斑。如果可以的話真希望臉最後才長紅斑，否則我的俊臉就毀了。

像這樣從發病到死亡還有一段時間緩衝，我覺得很好，卻也覺得很像拿繩子逐漸勒緊脖子。我會盡力活到最後一秒鐘，可一想到這樣也等於是在凌遲哥哥，我就無法忍受，我甚至想過不如早點死去。我不在乎寫這種信給你會挨罵，反而希望聽到你罵我懦夫。

昨日我格外想聽到哥哥的聲音，令我苦惱不已。

如果可以，請哥哥一邊看信，一邊在心裡替我打氣。絕不可以開窗吶喊，那樣我聽不到。請你在心裡想著我，悄悄對我說話。永遠屬於你的雷霰擱筆。

——這樣的內容會不會顯得朕太軟弱了，小鳥？」

年紀不輕但長相孩子氣的內侍低頭回答：

「回稟陛下，卑職覺得不會。卑職這就差人去送信。」

「是嗎？總覺得不是自己親筆寫的，想要克制的情緒就沒能克制住了……你再唸一遍給朕聽聽。」

小鳥以顫抖的聲音重讀一遍。

「朕無法判斷是你的聲音太有氣無力或是信的內容突顯了朕的軟弱。」

「卑、卑職不才，請陛下降罪！」

「算了，朕現在沒有力氣推敲，把信放一邊吧。」

接著今世王閉上眼，很快就發出酣睡聲。

＊

代筆的書信沒有再多加潤飾就交由使者送出去。

今世王第二天收到足弱的來信時，戰戰兢兢等待著內侍替他朗讀。

「雷霰惠鑒。有人代筆寫信能夠讓你輕鬆些的話，我並不介意，你最好多休息。寫信若造成你的負擔，偶爾不寫也無妨，固然我會寂寞，但你盡你所能就好，老實說我很期待能收到信。

雷霰，堅持下去。

收到你的來信之後，我一整天都在心裡替你打氣，你聽見了嗎？

既然你這麼說，我相信你一定能夠聽見我在心裡對你說的話。接下來你還想聽到什麼？我還為你吹笛、彈琵琶了。

我告訴內侍長我還沒能看到鳴蜂起花，他就把花送進屋裡來。一根樹枝上開了好多淺紅色小花，只因為我說想瞧瞧，他就折下一整根樹枝，早知道我直接自己過去看就好。看到盛開許多小花的樹枝被人折下，我莫名覺得自己也懂得花的心情，畢竟被迫分離正好像我如今的處境。

雷霰，你用不著擔心我，也無須顧慮凌遲的長短，你的病體想必很難受吧，放鬆心情好好歇息。雷霰，我也想念你的聲音。就此擱筆。——內容到此為止。」

今世王把被子蓋到下巴處專注聆聽，才聽到「雷霰，堅持下去」的地方就落下眼淚。

他強忍淚水聽到最後，才吐出哽在喉嚨那口氣，大口呼吸。

「啊啊……哥哥你太溫柔了。」

說完，他揮手讓內侍退下。此刻各種情緒堵在他的胸口折磨著他，他無法口述回信。

＊

今世王叫來綠園殿總管，讓內侍從櫃子拿出裝國璽的小盒子交給他。

發病至今已經超過九十天。

今世王在就寢間經常盜汗，也無法舉起湯匙用膳，需要有人扶著他的腦袋，把粥送進他的嘴裡。

「交給善與，宣布遺詔。」

聽完今世王的命令，總管沒有反駁，低頭行禮完就快步退出寢房。

從這天起，今世王不再參與政務。

他已經成為徒有今世王稱號的病人罷了。

這位病人每兩天一次，以僅剩的力氣口述書信內容給同父異母兄長，往往話說到一半就睡去，每次都需要內侍替他重讀一次書信內容，提醒他寫到哪裡了。

費了好大的勁才寫好送出的信，得到的回信裡總是表示很高興收到今世王的去信，今世王每每聽到這句話，就會有動力繼續寫信。

然而，今世王逐漸變成一天之中有一半以上的時間都在昏睡，而原本堅持要寫給足弱的信，也從兩天一次變成三天一次，三天一次變成四天一次。

發病過了一百天，今世王再度找來綠園殿總管。

「陛下，卑職在此。」

「現在……是早上嗎？」

「已經是傍晚。」

「季節呢？」

「春天已經過去。」

「唉……那麼，再過不久就是與哥哥相遇滿一年的日子了。」

「是。」

在傍晚的夕陽餘暉被遮住的寢房裡，今世王把臉轉向綠園殿總管的方向。

「狼，我要以皇族最後族長的身分，交待遠古以來追隨我族的一族之長幾句話。」

「卑職聽候差遣。」

今世王短促咳了幾聲，說：

「不要讓哥哥看到我的遺體，盡速火化成灰才允許哥哥靠近。把我葬在族人的陵墓也可以，但我最終希望哥哥死後能夠與我葬在一起。」

「卑職記住了。」

聽到灰色狼的回答，今世王的嘴邊揚起淺淺的笑容。

「在哥哥安葬後，灰色狼族與我族的關係也就告一段落，你們也就自由了，往後隨便你們想要怎麼做就怎麼做。」

「待陛下安葬後，吾等可以視雷風殿下為我族唯一追隨的主人嗎？」

「對了，你們要尊重哥哥的意願，你們可以說服哥哥讓女子受孕但不准強迫他，畢竟只有我清楚哥哥恐怕沒辦法抱女人，不過有耐性一點慢慢來應該可以。」

「陛下，您這句話聽起來像是在吃醋。」

今世王冷哼一聲。

「朕也希望哥哥能幸福，沒有了我，哥哥就會與心儀的女子成親、誕下子嗣，朕不能容許的是哥哥有了我，卻與其他女子成親。」

「陛下到時候就不在人世了。」

今世王呻吟。

「我可以變身厲鬼。」

「您高興就好。其他還有什麼要吩咐的嗎？」

「我想想……你們無須因為我族病死凋零，責怪自己能力不足。」

原本正以輕鬆態度與今世王對話的灰色狼頓時沉默。

「畢竟你我兩族的緣份久遠，我謹代表我族感謝灰色狼族的付出；倘若沒有你們捨身效忠我族，我等也無法留在這個國家吧。千年的繁華不只是皇族的力量，同時也是你們的力量支持才能擁有。朕在人生的最後找到了最愛，這對皇族來說是多麼重要，狼，你懂吧？」

「是。」

「朕得到了最愛的人……換言之朕的人生再無遺憾。哥哥就拜託你們了。」

「卑職必不負陛下所托。」

灰色狼看到今世王說完這番話就疲憊地閉上雙眼。

汗涔涔的金髮，泛紅瘦削的臉頰，染疫而紅腫的嘴唇，就連原本白皙好看的手也掉了一些肉。

總管凝視著這副病體，口中喃喃說：

「可是陛下，皇族的死，就是我族的責任。我等在遠古之前就立誓守護皇族的性命，況且您是皇族中的皇族，是最後的今世王，擁有驚人的天賦力量，原是飽受孤單折磨，卻在人生最後與雷風殿下共度不到一年的時光，即使如此，您還是要說了無遺憾嗎？您活在同族人愛裡的模樣，總是令吾等大開眼界。您原本該是美麗而強悍、無可取代如曇花一現的皇族啊……」

說完，灰色狼起身。

＊

綠園殿總管在朝堂上對文武百官宣達今世王的遺詔後，迅速在雷氏王朝引發軒然大波。

「陛下染上了『皇族病』？」

「完了，雷氏王朝結束了！」

「沒有了皇族的雷氏王朝，就不是雷氏王朝了。」

「灰色狼族到底在做什麼？沒有想想辦法嗎？」

「陛下！陛下！」

俯瞰騷動不安的朝堂，小個子宰相站在高臺上空無一人的龍椅前，對內侍使眼色要他敲鐘。

匡！匡！鐘敲響了兩聲，金鑾殿內瞬間安靜下來。

「善與不才，謹遵陛下旨意代理政務，一面祈求陛下病體痊癒，同時也要求諸位自此刻起恪守陛下遺詔，無須等到陛下駕崩才執行，今後的國家制度與施政方針將朝著過去六卿與諸位代表討論過的方向修正。不管怎麼說，如今的狀況少不了士大夫與朝臣們的協助。延續千年的雷氏王朝是否能夠繼續存在，就看接下來這十年了。六卿及待會兒喊到名字的人將即刻參與集議，喊到名字的人請前往偏殿，其他人回到工作崗位上。這片綠土能否守住，就看我們了。」

很難想像這位小個子白鬍鬚老人說話的聲音能夠如此宏亮。文武百官聽到這番話紛紛跪下，心中為宰相展現的威嚴鬆了一口氣。

多數人對於有人站出來堅定地率領眾人走過動盪時局感到充滿希望。

（不愧是深受陛下信賴的善與大人。）

代理今世王攝政的宰相，此刻起在雷氏王朝握有了更大的權勢，他必須以毅然決然的態度展現堅若磐石的意志，才有辦法統御朝廷。

文武百官縱使對今世王染疫的消息黯然神傷，仍然願意聽從宰相的指示。

＊

足弱在高砦郡的郡府房間聽完綠流城宣布的遺詔內容，全都是與足弱有關；雷霰早算準自己離世後，百姓將會採取什麼行動，因此留下這樣的遺詔避免足弱被擁立為「今世王」。

現任今世王若是駕崩，即使足弱只有一半皇族血統，雷氏王朝的存廢也只能指望他，到時他就真的是最後一位皇族了。對於他的存在，一定有不少人抱持野心與慾望，因此今世王在遺詔中提到處以極刑。

今世王的信不再隔兩三天才送來，而是不再送來之後，足弱仍然每天持續寫信。拿毛筆寫字也不再像之前那麼痛苦了。

他每天都會聽到使者報告今世王的病況，所以他明白今世王沒有來信的原因。

「陛下清醒的時間突然少了許多，發燒持續不退，紅斑也在持續擴散，三餐只能吃流質食物，雖然眾人用心準備營養的膳食，但陛下的食慾愈來愈差，頂多勉強能喝下湯藥。太醫令卷雲說，陛下的食量若是繼續減少下去，就無法維持體力撐過風邪症狀了。卑職報告完畢。」

無法帶來好消息的使者，努力佯裝一臉平靜。

「謝謝。」

足弱感謝跪在跟前的使者。

現在今世王時時刻刻都朝著永眠之路邁進。

離開正廳，在花廳與光臨道別後，足弱步入寢房。白天時間只要他一進房，內侍們就會去耳房待著聽候差遣，讓足弱獨處。

足弱打開收納硯臺的盒子準備寫信——寫那些即使內侍朗讀，今世王也不一定聽到的信。

足弱無法跪坐，因此所有房間統一準備椅子。他坐在文案前的椅子上，看著正前方的窗外。

此刻陽光正烈，氣溫也逐漸升高，帶著綠意的風吹進屋內，而他的視線前方是朦朧的天空與群山。

（老頭子臨終之前……）

足弱一邊磨墨，一邊回憶起過往。

在足弱比現在的雷霰更年輕時，老頭子曾經有好幾天待在小屋裡臥床不能動。

本來以為那只是暫時的情況，老頭子卻把足弱叫到榻前。

「足弱，等時候到了，你就把我的遺體從前面的山崖扔下去。」

「村裡的老人家亡故時，都是進行土葬。」

「老夫來到這裡，仰賴山林的恩澤過活，死後我要把肉體獻給山裡的野獸表達謝意。」

「老頭子，我沒辦法把你扔下山崖。」

「你說沒辦法？」

躺在草蓆上的老頭子，白眉底下那雙不改威嚴的銳利雙眼射向他的養子，足弱立刻縮了縮身子。

「你是說老夫就必須待在這個山崖上直到氣絕？看樣子我必須自己想辦法跌下山崖去，既然你辦不到，我只得自己來。快，扶我一把，我們去崖邊。」

老頭子從草蓆翻身而起，足弱連忙上前攙扶他的背，摸到他那身粗布衣衫底下是骨瘦如柴。

即使足弱盡力裝設機關獵捕溪魚和鳥類，挖掉內臟，加入藥草去腥火烤，煮些老頭子教過的菜色給他吃，老頭子也只願喝下少許水而已；以前煎御前草湯藥給他喝，他還會一邊大罵一邊喝下，現在卻連喝都不願意了。

現在正是滿山楓紅的時節。

「秋天是老夫最愛的季節……」

足弱還記得老頭子當時這樣說完，吟了幾首詩。

面對老頭子的固執堅持，足弱只能屈服；他讓老頭子躺在草蓆上，自己端正跪在草蓆旁的沙地上叩首允諾照辦。

白長鬍子白長髮的老人看到足弱答應，第二天一大清早就斷氣了。

足弱沒有睡，他待在枕邊，以清水滋潤遺體的嘴唇。

他替不再動的老頭子換上乾淨衣物，背起已經了無生氣的屍身離開小屋。

此時天色才開始發白。足弱拿繩子將老頭子綁在自己身上，一手拿著拐杖，小心翼翼走上山路。

小屋前面也有山崖，不過那裡沒那麼高，而且底下有溪流經過。足弱清楚老頭子指的「山崖」是另外一個地方。

骨瘦如柴的老頭子沒有重到讓足弱舉步維艱。

足弱就像在紅葉間散步般緩步前進，有時還會指著紅葉給背上的老頭子看。

「老頭子，你看那邊的紅葉，那些小葉子真的好紅啊，湊在一起真好看呢。」

從山崖上可以望盡楓紅遍布的群山交錯連綿到遠方。

他解開繩結，輕輕放下老頭子。

讓老頭子躺好後，他整理老頭子的衣服，徒手梳過他的白髮、白鬍子與白眉毛。老頭子即使閉上雙眼，臉上仍不改威嚴。

足弱摸了摸老頭子的額頭和臉頰，站起來後退一步，他需要用兩隻手把老頭子的遺體推下去。推下山崖，讓遺體成為山裡野獸的食物。

足弱吞了吞口水，瞇起雙眼彎下腰，單膝跪地，雙手擺在老頭子變冷僵硬的身軀上，推動仰躺的老頭子滑過碎石沙地。他的皮膚在陽光下泛著死白。

「啊啊啊！」

來到山崖前，足弱突然撲上老頭子的遺體，肩膀撞上老頭子的胸腹，雙眼滿是淚水。

「辦不到！辦不到！不行，我辦不到！」

足弱的吶喊聲迴盪在楓紅的山林間。

『打破自己的誓言，不配為人。』

老頭子如果還活著，一定會對足弱這麼說，並且拿樹枝抽打他。

「我做不到！對不住！對不住！」

足弱哭著道歉，從崖邊拉回老頭子的遺體。

接下來足弱撿來枯枝堆攏在空曠的山崖前，就像被什麼東西附身般，拚命地收集枯枝。

他撿了整個上午，直到精疲力盡外加肚子餓扁了才停下。他看向安置在一旁的老頭子遺體，接著進入森林找尋食物。

只要有森林，足弱就永遠不會挨餓。森林裡的樹木果實、蕈菇、可食用的野草等彷彿都在說：

「吃我！吃我！」吸引足弱的目光。

足弱吃飽後恢復力氣，返回小屋帶著打火石與老頭子的木碗回到山崖，一路上對於自己的想法感到毛骨悚然。

他收集來的枯枝已經乾燥得很徹底，所以只要一點火花就能夠輕易點燃。斷了氣的老頭子躺在交疊的枯枝堆與木床上，此刻已永遠安息的他化作煙霧飛昇天際，向著太陽所在的天空而去。足弱站在勉強能夠忍受熱度的距離外，看著祭壇冒出陣陣濃煙熊熊燃燒。

空氣中出現獨特的異味，足弱於是退得更遠，原本流過雙頰的淚水停止，他已經從把遺體扔下山崖的痛苦中解脫，心裡卻仍不斷地向老頭子道歉。

足弱拋開了老頭子的遺願，按照自己想要的方式憑弔老頭子的死，這是被老頭子拾回養大的足弱，第一次照著自己的意願行動。

足弱時不時朝火堆裡添枯枝，即使到了晚上，煙霧轉細，他也沒有離開崖邊。肚子餓了他就進入森林，以水果的汁液滋潤乾渴的喉嚨。

兩天後，足弱確定憑弔的祭壇已經完全冷卻，才從焦黑的遺跡中撈起白色骨灰裝滿木碗。他帶著那只碗，單手執著拐杖，頭也不回地返回小屋。

回到小屋，他從粗布衫剪下一塊布，蓋住木碗綁上繩子，在屋裡不會踏到的沙地一角弄了一個小土堆，把木碗擺在土堆頂，並且拿採回的水果掛在屋頂下供奉。

老頭子死後開始獨自生活的足弱，與木碗裡的骨灰一起度過了冬天與春天。

等到夏天快來時，足弱一手拿著木碗，帶著拐杖、小鋤頭、繩子、根莖蔬菜乾與水果，離開小屋，前往他事前想好的地方。

他費盡一番功夫到達目的地後，把裝有老頭子骨灰的木碗埋進土裡，堆成土堆，再擺上溪邊的鵝卵石，插上木板。

足弱只知道人死後要在土裡挖洞土葬，所以他認為把遺體扔下山崖任由野獸啃蝕的天葬，或是自己採用的火葬，都是不合禮法的野蠻人行為，但既然老頭子想要天葬是為了回報山林恩澤的報恩行為，那麼不合禮法的就只有自己了。

對，合乎禮法是老頭子的追求，所以不合禮法的只有自己。

足弱希望老頭子回歸天上而不是山林，他認為土葬就無法回到天上了；想要升天就必須變輕，像雲一樣，像風一樣，像風帶走的煙霧一樣。

直到他來到京城，去過綠園殿深處的皇陵，得知皇族都是採用火葬後，足弱這發現火燒遺體的不是只有自己，並且對此感到十分震驚。

儘管如此，他也不認為自己不顧一切的衝動是出於身上有一半的皇族血統。

他只是無法將自己敬愛、尊敬又害怕的唯一家人，以完完整整的肉身模樣扔下山崖去，也無法就這樣埋進土裡，不得已才做出了火葬的決定。

足弱的手離開硯臺，低頭看向攤開在文案上的白紙，把交抱的雙臂放在那張白紙上。

（雷霰也即將升天了……再過不久……）

他知道窗外的陽光正落在自己的黑髮腦袋上。

連看到遺體的機會都沒有，灰色狼眾就會按照今世王的命令直接進行火葬。

今世王在去年的春末夏初時，抓住從鄉下——還不只是鄉下，而是比鄉下更偏僻的深山——來到京城面聖的他，說他是自己的同父異母庶兄，把他關在偌大的皇宮裡。

明明兩人是親兄弟，明明兩人都是男人，卻對他做出背離他倫常觀念的污穢之事，而且毫無罪惡感。

他拒絕了，然後……

（對我做出那種事！你對我做出那種事，雷霰！）

那是多麼可怕的經驗，造成他莫大的痛苦與深刻的屈辱。

足弱的指甲嵌進自己手臂肉，他死命咬唇，身軀顫抖不已。

接著雷霰就像變了一個人似的，自作主張治好他的傷口，不停地傾訴愛慕之意，還無視他的倫常觀念，把不識男女情愛的他拖進狂風暴雨般的性愛之中。

他被今世王這個男人無止盡地索求，即使他們不是夫妻也生不出孩子。

（是我允許的，終究是我允許他抱我的。）

儘管他受過的教育稱皇族是披著美麗毛皮的野獸，他卻因為今世王一句「我已經不想再一個人了」而被打動。

今世王說自己無法眼睜睜看著他離開朱紅色宮門的背影，於是拔刀準備自刎。

今世王是天生只能愛上血親的皇族，深信他流著一半皇族血統，而且表示沒有他就無法獨活。

今世王愛他愛到刻骨銘心，只因為需要他。

害得他再也無法獨自一人回到深山裡去。

今世王提議與他成親，帶著他一起巡幸天下，送他去生母河拉的墳前祭拜。

而現在，那位今世王就要死了。

打破他三十六年來的孤獨寂靜生活，撕毀他的倫常觀念，求歡時不斷喊著哥哥的精明幹練男人，染上了跟其他族人同樣的病，而且時日無多。

他從使者每天的報告中早已有所體悟。

他抬起顫抖不已的臉，伸手要拿起盒中的毛筆卻打翻了盒子，他推開椅子想要撿拾，就這樣順勢坐倒在地上。

「殿下……殿下……」

聽到命的聲音，足弱抬起頭。

他整個人跌坐在寢房的文案下，內侍長正跪在地上湊近看著他的臉。

「啊啊啊……」

足弱抱住自己不停顫抖的肩膀。

「殿下，您要上床歇一會兒嗎？或是卑職叫人送茶過來呢？」

命正要指示耳房的內侍，卻見足弱激烈搖頭，緊抓他的衣袖阻止他。

「殿下。」

內侍長的手擺在足弱背上，就這樣跪在地上什麼也說不出口。

「我，我……很，生氣……」

足弱緊抓著灰色衣袖，從仍在顫抖的身子擠出聲音說：

「我，對，雷，雷霰，很，生氣。」

「對陛下？」

「他，強迫，我，我留，在京、京城，自己，卻，死掉！太，太自私了……！」

淚水湧上黑眸，然後落下。

足弱感覺到一口氣哽在心頭。

「雷霰，不准死……」

說完，他滿是淚水的臉貼在面前老人的胸口。

足弱被內侍長緊緊抱住，在他懷中嚎啕大哭，哭累了就整個人癱軟在地上，由進來寢房的年輕內侍們扶上床。

內侍溫和星幫忙冷敷他哭到紅腫的眼皮時，足弱對下去換掉溼衣服後再度現身的命說：

「命伯，有一件事情要拜託你。」

「是，殿下請儘管吩咐。」

內侍長在床前單膝跪地，等候足弱指示。

「我要你，讓雷霰，喝下我的藥草。」

「您是指御前草嗎？」

「對。御花園的小屋裡還有一些曬乾的藥草，在那些用完之前，先採收田裡的御前草曬乾。」

「卑職這就派人進宮傳話，告訴他們殿下希望如此。」

命那張小麥色臉上浮現沉著安穩的笑容。

躺在床上的足弱，目光緊盯著內侍長。

「這件事，我希望命伯你親自去做，你替我看著雷霰把煎好的御前草喝下，只要他還能喝藥，只要御前草還有剩，就盡量讓雷霰服下。」

足弱的話中有一股力量，讓幫忙冷敷眼皮的兩名年輕內侍都不自覺停下手上動作。

「您要卑職去強迫陛下？」

「對。」

「可是卑職不該離開殿下身邊……」

「你去，雷霰才會知道我是認真的。」

內侍長思索了一會兒。

「殿下，卑職擔心衰弱的陛下沒辦法喝下太多您的藥草。」

「能喝多少算多少。」

「御前草具有什麼治癒陛下的力量嗎？」

溫忍不住插嘴問。

足弱毫不猶豫地搖頭。

「我不知道，可能沒有吧，那個藥草只對我有療效，對老頭子也曾經奏效，不過比療效更厲害的是，那個藥草能夠激怒老頭子。」

「激怒？」

這次換成星開口問。

「殿下，那您為什麼希望陛下服用御前草呢？」

「那個藥草，按照老頭子的說法，據說難喝到難以忍受。」

聽到低沉嗓音吐出這句話，在場所有人全都僵住。

「我自己是不覺得有那麼難喝，可是老頭子每次喝每次都會暴怒，嫌那個特殊味道太可怕，而為了清掉嘴裡的味道，他就不得不吃東西。」

說完，足弱瞇起發紅的雙眼輕聲一笑，於是內侍長和年輕內侍們也跟著笑了出來。

「殿下，您是認真的吧？陛下堪稱是全天下嘴巴最刁的饕客，就算是殿下您的藥草，如果真有那麼難喝……」

足弱搖頭。

「所以我才希望內侍長走一趟。雷霰倘若真如他嘴上說的那般愛我，他就會喝；如果他不喝，我跟那傢伙就結束了，我不要再為雷霰掉眼淚了。」

命看著說完話仍一臉怒意的足弱，輕輕嘆了一口氣，就恭恭敬敬垂下灰髮梨高的腦袋行禮。

「既然殿下這樣說，卑職領命。」

「不然……不然卑職代替內侍長進宮好了？」

溫來回看了看床上與地上的主僕二人，主動開口解圍。

足弱抬眼看向那位年輕內侍。

「不行，這件事只能交給命伯去辦。命伯一定能夠想出委婉的說詞，把我的希望傳達給雷霰知道。」

「是，卑職這就出發。殿下就交由溫和星照顧了。」

「我會待在高砦郡，你不用擔心。你務必要讓雷霰喝下御前草，而且要持續服用。你告訴他，如果他愛我就要喝，我也愛他，如果他接受我的愛，就要喝。」

在場的內侍們全都瞠目結舌，只有內侍長再度低頭行禮。

＊

當天稍晚，隨侍雷風殿下的內侍長命進入綠園殿的宮門，在御花園小屋找到足弱曬乾的藥草，接著再去田裡瞧瞧新鮮的御前草。

令人驚訝的是，足弱親手栽下的御前草早已入侵原本耕好準備種菜的田圃裡大量繁殖。根據隨行的寄道表示，他每天只是澆水而已，御前草就開了花且愈長愈茂盛。

足弱留下的假山和田地，都是寄道負責管理。他已經移除假山上的稻草，每天澆水拔草照料。

命囑咐寄道負責曬乾御前草之後，便轉往今世王的寢房。

看到隨侍皇兄的人，而且是內侍長親自出現在這裡，寢房內的氣氛瞬間一變，憂心是否是殿下出了狀況。而在床帳內休息的今世王也感受到了，身體動了一下，睜開了雙眼。

「怎麼了……」

「雷風殿下的內侍長帶著殿下的話前來參見。您要見他嗎？」

「當然……」

等候在寢房一角的命，看到今世王的衰弱，感到心底一寒。

那張白皙臉龐明明因發燒而泛紅，臉色卻稱不上好看；眼窩凹陷，臉頰憔悴，金髮顏色變淺且沾滿汗水，顯得很厚重。

命跪地膝行來到今世王的床前，嗅到了病人特有的氣味。命以堅強的意志力克制住哭出來的衝動。

（陛下……已經不久於人世了……既然這樣乾脆就照雷風殿下想要的去做吧。）

對，親眼看到今世王的狀態，他終於下定決心。

今世王勉強抬起眼皮，以藍眼睛對著命。

「哥哥……有事？」

命抬起原本低下行禮的腦袋，回答說：

「殿下甚感心痛，以淚洗面想著陛下。」

今世王的藍眼睛漾起了一層水霧，腦袋從玉枕上挪開，做出想要聽到更多足弱消息的姿態。

「是麼，讓哥哥難過……我也很難過。」

「殿下對陛下有一件事情相求。」

「儘管說吧……」

「謝陛下，那麼請恕卑職僭越——拿進來。」

說完，命把頭往後一轉，只見小鳥捧著呈盤走入寢房，臉上帶著不安。

呈盤上擺著一只酒壺和小杯子。

酒壺中的液體幾乎沒有特殊氣味，鼻子湊近去聞，頂多隱約聞到草香。

「這是殿下的御前草。殿下另外還有話要對陛下說——」

命接下呈盤放在靠近龍床的几案上，把藥湯注入杯子。藥湯是綠色的液體。

命雙手捧著杯子，定睛注視著病奄奄躺在龍床上的今世王那雙倦極了的藍眼睛。

「殿下說——雷霰，我愛你。」

藍眼睛瞬間盈滿淚水，下一秒淚水就從眼角落下。他泛紅的雙唇微微顫抖。

「哥哥、他……」

「是，殿下說他愛您，還說——這是治癒我的湯藥，我要雷霰也喝下，現在這杯藥象徵著我對你的愛——殿下派卑職過來把這些話轉達給陛下知道。」

今世王微微掙扎了幾下，就在小鳥的攙扶下稍微坐起身，小鳥調整了玉枕的位置方便喝藥。

「我喝——」

看到今世王主動這麼要求，小鳥詫異睜大雙眼，原本疲憊的年輕臉上瞬間綻放光芒。

今世王在命的協助下，把杯子湊近變薄的嘴唇，仰頭一口喝下藥。

「唔咕！」

今世王的喉嚨發出怪聲，那雙藍眼睛瞬間像是去了一趟遠方又很快回神瞪向某處，臉上因尷尬而泛紅。他動了動喉嚨，從鼻子噴出一口氣。

「好……難……喝……」

今世王伸手搔抓喉嚨，抖著身子說。他的臉色都變了，上半身像是難以承受般頻頻搖晃。

「那可不行——請用這個清清嘴巴味道！」

命一聲令下，捧著呈盤的一進與太醫們紛紛進寢室來。

「陛下，這是蜂蜜，請您至少吃一口……」

年輕內侍長眼窩凹陷、臉色憔悴的慘狀也不輸給今世王。他拿湯匙從小甕舀出一匙琥珀色蜂蜜送到今世王嘴前，並用小甕墊在下方避免蜂蜜亂滴。

今世王一反常態主動挪動腦袋，撲上去咬住木匙。

一進和其他內侍、太醫全都傻了眼。

一進再度舀起一匙蜂蜜送到今世王嘴邊，這次今世王仍然張嘴舔下了蜂蜜。

接著卷雲把一進擠開，來到床前。

「陛下，這是藥湯，請一併服用。」

說完就把瓶口對著今世王的嘴唇，把藥灌進去。

今世王這次也不由分說就嚥下，彷彿只要能夠清除嘴裡的御前草味道，拿什麼東西來給他吃都可以。

可惜他能喝下的，也就只有這麼多了，最後他彷彿力氣用盡般搖頭拒絕了其他食物，陷入沉睡。

內侍與太醫們默默放下床帳，轉身退出寢房。

第十六章 考驗

今世王正在進行愛的考驗。

自己的生命力明明已經快被絕症榨乾，但每次睜開眼睛，皇兄的內侍長命都會端著那個驚悚湯藥來到龍床前。

隨侍今世王的內侍們、太醫們也是他的同夥吧，所以就算他們接收到今世王求救的目光，也只是面帶笑容而已。

今世王染疫瘦了一大圈的的身體躺在寬大豪奢的龍床上，此刻的他只能孤軍奮戰。

「朕不喝——」

今世王才剛醒來，就以不悅的聲音簡短地說。

老內侍命的小麥色臉上皺起笑紋，往杯子裡倒入藥湯。

「陛下，殿下說，只要陛下能夠喝下這個湯藥，有多少就要喝多少。」

今世王一臉不耐煩地舉起一隻手伸出外袍，搥了一下被子。

但命沒有退縮。

那個綠色液體逐漸靠過來。

「陛下。」

「朕說了，不喝。」

「陛下，殿下說——雷霰，我愛你。」

今世王繃著臉。

一聽到這句話他就抵抗不了……

聽說在眾人保護下離宮退居郡城郡府，避開疫情的足弱，以淚洗面擔心著今世王。而被迫品嚐這種悲傷滋味的足弱，要求今世王喝下御前草當作愛的證明。

（啊啊，哥哥，雷霰我……我……）

今世王閉上雙眼思考了一會兒，最後他動了動腦袋示意，表示決定要喝。

他的上半身立刻被人扶起，杯子抵在他的嘴邊。

今世王看了看拿著蜂蜜和蜜餞等在一旁的內侍們，做出指示後，憋氣一口喝下那杯地獄湯藥。

「嗯唔！」

杯子飛出去，今世王雙手按住嘴巴。

（好難喝好難喝好難喝好難喝好難喝，哥哥，這個太難喝了！）

你在高砦郡真的很傷心吧，哥哥——他在心裡問足弱。

「陛下！蜂蜜！」

援軍立即來到龍床前。

今世王張開嘴巴迎接甘甜濃稠的蜂蜜，迫不及待就撲上湯匙；他知道自己差點死去的舌頭此刻正在慶祝復活。待他嚥下包著小塊年糕的蜜豆沙，他知道自己的喉嚨在歡呼。隨後太醫建議的治病湯藥也一併送上來，今世王只好以藥代茶喝下去。

這位渾身上下每顆細胞都奮起作戰、為愛而活的勇者，不一會兒就陷入了沉睡。

＊

「我比較擔心陛下是因為御前草太難喝才沒死。」

離開寢房後，內侍們交頭接耳竊竊私語。

可怕的御前草。

可怕的雷風殿下。

「陛下對殿下的愛毋庸置疑，如假包換。」

坐在耳房椅子上的命，心滿意足地嘆息。

眾人看到今世王第一次喝御前草的痛苦模樣，覺得非比尋常，所以所有內侍與太醫們也跟著以手指沾了一點御前草藥湯試試。

試過之後，所有人全都爭先恐後搶著吃蜂蜜。

「嗯，真的。雖說每次都只喝一小杯，可是能夠喝下那一小杯，而且明知道那麼難喝還願意喝下去……陛下真是偉大。」

跟今世王同樣筋疲力盡的內侍長一進也癱坐在椅子裡，但是他累到變瘦的臉上卻帶著笑容。

「我只要一想起那個味道，背後就會寒毛直豎。我已經請御膳房替陛下準備滋補的甜食，幫忙清除口中味道。」

「威力真是驚人啊……」

年輕內侍小鳥說完，便離開耳房。

根據太醫令的診斷，服用御前草藥湯對今世王病情並無改善，但御前草迫使他吃下固態食物，也因此得以持續服用少量治病湯藥。

＊

在服用御前草之前，今世王的倦怠日益嚴重，老是在做亂七八糟、沒有意義的夢，即使醒來，夢境的畫面也仍歷歷在目，讓他感覺不舒服。

但他如果是喝下那個難喝藥湯後累到睡著，很神奇地就會夢到自己年紀尚小時的場景。

那是他第一次親吻的女子，年紀大他許多的親姊姊，也是他的母親，他還有自己靠在對方乳房上的記憶，女子以手臂穩穩摟著他，坐在御花園的樹幹分枝處。

「雷霰！」

呼喊他名字的是曾經與他共享一個吻的少年。

夢境中充滿與親族一同生活的愉快回憶，使得今世王在沉睡中也忍不住微笑。

今世王睜眼醒來後，意識尚未完全清醒，他仍然能夠感受到夢裡感受到的幸福。

從衣物摩擦的聲響他知道床帳外有內侍們在移動。

（現在是……天亮了嗎？）

他完全沒有時間感。

（哥哥說他愛我……）

他在發燒，喉嚨有異物感，身上每處關節都在痛，還有止不住陣陣發寒，頭痛有時痛到好像有人拿東西大力敲他的腦袋。

儘管如此，儘管今世王神智不清，他此刻仍沉浸在幸福裡，不清楚是因為喝了難喝的御前草湯藥，或是得知自己打從心底深愛的人說自己也愛他。

直到緣園殿總管與宰相來到人在緣流城處理政務的今世王跟前，下跪上奏時，他才知曉那個人的存在。

「朕的兄長？」

「是，那是三十二年前的事情了。那一年馬車出事摔落山崖，儘管灰衣衛們擴大搜索範圍，也始終沒能找到當時年僅三歲的雷風殿下遺體，生死不明的殿下現在或許仍活在皇土的某個角落。」

「找回兄長……」

今世王斜倚在扶手上，懶洋洋看著跪在地上的兩名年老忠臣，他很清楚這兩人在想什麼。

（為了讓我活下去嗎？……也是，這不失為一種樂子。）

在沒有什麼值得期待的日常生活中。

有的只剩下遠古以來的約定。

在死前的每個日子，他以最後一位皇族的身分盡著自己的責任，這就是他的人生。

今世王撥開金色瀏海。

「朕允了——試試也無妨。」

他儘管沒有半分期待，卻還是允了。

「卑職必須讓皇土內的百姓上鑭城來面聖。那次意外已經超過三十年，能夠認出兒子的生母河拉殿下已經不在，如今可判斷對方是否為雷風殿下的，就唯有陛下了。」

聽到小個子宰相這樣說，陛下在心裡啐道：

（真會找麻煩。）

能夠判斷此人是否為皇族，就只有會受到血親吸引的皇族人了。

「問題在於，朕也不清楚自己會不會受到只有一半血統的皇族人吸引……」

那位失蹤的兄長是庶子，紀錄上顯示他是黑髮黑眼，與今世王以外的所有老百姓長得一樣，先不說找庶子根本是海裡撈針，今世王還必須親自一一確認。

「回顧歷代皇族史，過去出現過的幾位庶出子女殿下也均有獲得皇族承認，並與血親成親，這就表示混血皇族人也同樣能夠令純血皇族人心動。何況陛下是皇族中的皇族，必然能夠從上京面聖的百姓之中找出庶兄殿下。」

聽到自古就跟隨皇族的灰色狼族的族長這麼說，原本嫌找庶兄很麻煩的今世王也被說服了。

「面聖？好吧，朕允了。」

說完，他擺擺手讓兩人退下。

總管與宰相聯手執行「尋找皇兄」計畫，頒布詔令，要求雷氏王朝全境，不管已婚未婚，只要是三十五歲到四十歲以下的男子，全數上京前往鑭城面聖。

今世王儘管提不起勁，仍然配合他們的規劃，在春初第一批人馬抵達時接見。

宰相接受總管的建議，頒布妥善的行政命令，要求地方官員預設上京百姓之中有今世王的庶兄並悉心接待。今世王在每日處理政務的空檔，接見這些老百姓。當他的金髮與黃龍袍身影出現在龍椅前，光可鑑人的大殿內理所當然會出現不少過度緊繃的抽氣聲，有時還會出現往後仰倒或身體有恙暈倒的人，然即使今世王一點兒興趣都沒有，依舊必須一一過目這些人的臉。

不得不說，這些接見排解了今世王的憂鬱。

畢竟這些面聖百姓眼中全都閃耀著興奮與喜悅。

而那些讚賞與尊敬的眼神，使今世王忘了疲倦，在龍椅上溫柔微笑。

（唉，這樣也沒有不好……）

反正返回綠園殿也只是喝酒就寢，他現在甚至鮮少讓內侍唸書給他聽或彈奏樂器。

他老早就忘了後宮角落還有六卿獻上的美女們，直到大臣提醒，他才想起，卻還是完全沒有興致去臨幸她們；本來就不感興趣，才會把大臣獻上來的美女賜予妃嬪封號，閒置在某個房裡。

大臣們的臉上浮現失望，他也只是看著，無動於衷。

一年就這樣過去了，生活沒有出現任何變化。

接見仍在繼續，連今世王都不禁懷疑，有必要做到這種地步嗎？

考慮到年齡不詳者也有可能是今世王的庶兄，後來只要是外貌年齡看起來差不多的，也都會納入覲見資格，於是面聖人數莫名爆增。

儘管如此，最多也是納入到年滿二十歲的人。

覲見的人數日日不同，各地方的郡府必須事先提交名冊給綠流城，再由綠流城統籌面聖順序等。申請件數較多的日子，今世王就會縮短聽政時間，把其他工作交給宰相，藉由這種方式調整比重。

今世王在接見時，心裡有不少想法——百姓也有各種長相呢、剛才那位百姓的聲音真奇怪——諸如此類的，他把接見也當成是工作的一部分，以超脫的態度面對，同時也不改微笑回應百姓們景仰的目光。

還記得那天是晴朗的好天氣。

對今世王來說同樣是了無生趣、缺乏動力的一天，他的生活只有綿延不絕的空虛。

前一天他才去了御花園深處的皇陵。

（我，雷霰——總有一天也會埋在這裡……）

自從他即位成為今世王以來，再沒有人以他的名字叫他，灰色狼眾對他的稱呼也從「雷霰殿下」變成「陛下」。

沒有人用名字喊他，雷霰如今存在的意義，只剩下今世王的身分。

大家想要的是今世王，不是雷霰。

在皇陵前，他終於能夠暫時脫下今世王的外衣。

（雷霰在這裡，我也希望能夠早一點到你們大家的身邊去。你們太卑鄙了，為什麼全都開開心心待在那個世界，只有我孤零零留在這邊，太過分了。啊啊，有誰來陪陪我吧！即使只有一個人也好，來陪我吧，喊我的名字，在後宮等著我吧，倘若能夠如此，我該有多開心呢……「雷霰」明明是「幸福喜樂」的意思，卻……）

獨自避開疫病存活下來，卻一點也不幸福、不快樂，也不能當雷霰。

在無人應答的皇陵裡，今世王獨自顫抖著下唇。

過午好些個時辰之後，那一行人才到來。

「接下來是西、遼河南郡的十八位上殿。」

卒史毫無情緒的聲音在金鑾殿內響起。

首先是第一列，從頭依序唱名，被叫到名字的人簡短出聲應答，接著才終於能夠抬頭直視今世王聖顏。

「陛下，下一列的最後一位腿腳不便，請求允許省略伏首跪拜之禮。」

「允了。」

這些上京面聖的百姓體型應有盡有，其中也有些人是身負殘疾。

這些人即使獲准來到最後一位皇族，也是最後一位今世王的跟前面聖，他們同樣不准將拐杖等物品帶進正殿。

為了迅速排除意外狀況，灰色狼總管要求灰衣衛將軍做好佈署，因此內侍與灰衣衛排成一列站在擺放龍椅的高臺旁。金鑾殿內響起一陣又一陣的唱名與應答聲。

「接著，下一列請往前。」

遼河南郡的最後一列面聖隊伍走向前，這一列只有八個人。最後一人就是剛才提過的跛足男子吧，他遲了幾步才跟上隊伍。

卒史開始唱名。應答聲持續不斷。

「接下來，王安。」

「在。」

應答得宜，端正跪下伏地行禮的姿勢看起來不像農民，從他的髮冠和舉止可猜測他大概是書生。書生一抬眼與今世王四目相接，臉色瞬間一變。

大家都是這種表情。

今世王面帶溫和微笑，不自覺朝他點頭，書生立即雙頰飛紅低下頭。

「足。」

「在……」

那名跛足男人雙膝跪地抬起頭。

今世王給他的回應跟其他人一樣，與他四目相接，輕輕頷首。

可是一看到那雙黑眸，今世王原本有些晦暗的藍眼睛突然眨了眨，迅速把頭轉回來，定睛注視著那名跛足男人。

男人的黑髮剃短到幾乎可看到頭皮，反而更加突顯那對黑眼睛。

他的鼻樑挺直漂亮，其他部分就沒有值得一提的地方，雖然長得不醜，但也不值得找尋詞彙形容；他的皮膚是象牙白色，比其他黃皮膚的百姓略白一些。

那身衣服大概是借來的，穿起來不合身。今世王知道來面聖的百姓們都很努力把自己打扮妥當，因此儘管看到他一身粗衣，也沒有面露鄙夷。

男人抬起原本低下行禮的臉，與今世王四目相對，沒有臉紅，也沒有因難為情或恐慌再度把頭低下，他只是動也不動地注視著今世王。

「以上十八位。」

聽到卒史宣布，男人這才回過神來，發現自己仍跪在地上，連忙靠左腳的力量站起，伸直右腿準備站穩，下一秒膝蓋卻一軟險些跌倒。今世王忍不住離開龍椅起身。

（危險！）

用不著那麼著急啊——這句話甚至哽在他的喉嚨裡。

如果可以……如果可以……

與他同列在他旁邊的書生發現這情況，連忙回身扶住男人。

對，如果可以，我也會採取跟那位書生同樣的舉動……

「陛下，怎——」

聽到膝行過來的一進這麼問，今世王搖搖頭。

男人最後在書生的攙扶下，跟在隊伍後面，從今世王的面前離去。

（足——他叫足吧，那個跛腳男人。名字真奇怪，有什麼特殊意義嗎？長相很平凡。遼河郡，非常偏僻的鄉下。）

今世王結束這天的接見後，在內侍和灰衣衛的保護下回到綠園殿。

他舉箸伸向膳桌上用黃金器皿盛裝的餐點，點頭聆聽御廚介紹，接著進入浴殿沐浴，換上寢衣回到龍床上，由太醫施以穴道指壓。結束後，他命人把酒送到窗邊，望著御花園的水池獨飲。此時寢房內的燭臺已全都點亮。

不管他做什麼，腦海中始終揮之不去這天午後接見看到的那位右腿不利於行的平民百姓。

（長相真的平凡到不值得一提，啊，不過鼻形很漂亮，如果勉強要找出喜歡的部位，那個鼻子可以算在內。身高不矮，體型不胖，可以說太瘦吧？）

他喝著濁酒，想著身穿借來衣物的足——那件衣裳的長度和肩膀位置都與他的身材不合。

（脫去那身衣服，他的身子會是什麼模樣呢？沒有胸部這我知道。）

他為自己多餘的補充莫名想笑。

酒喝著喝著，他不由自主就呵呵笑了出來。

他抬起一條腿踩在椅面上抱在胸前。

（那身象牙色的皮膚，算白吧？真想更靠近一點看清楚。聲音呢，只聽到一聲「在」，那是什麼樣的聲音？聲音也很平凡吧？我忘了。不，嗯，快想起來，他回了「在」對吧？——足、在——像這樣。）

今世王發現自己的腦子天旋地轉。

（居然喝醉了，真難得。）

他這麼想，把酒杯放在几案上，走向床。

原本候在一旁的內侍們迅速靠上來，收拾几案上的酒器，掀開被子，等今世王躺下後，就把被子蓋到他的下巴，放下床帳，低頭行禮退下。

「陛下安歇。」

今世王閉上雙眼，腦袋仍然醉得天旋地轉，但那位跪在高臺階梯下方、低垂黑短髮腦袋行禮的男人身影，已經烙印在他的眼底。

今世王正在床上與某個人交歡。

他把手伸進衣襟，直接愛撫對方的肌膚。

床事他很行；與其說是擅長，應該說這是他們這族人人習以為常的行為，平常也不會有人特別去意識到誰的技巧超群這種問題，藍血人都擅長這檔子事，只是因為這是傳達彼此愛意最適合也最方便採取的方式。

他們一族從小就對性愛很開放，他們學到的是——不管異性或同性，都以這種方式交流愛意。與兄弟姊妹、堂表兄弟姊妹、親戚們，不分年齡性別，互相找尋快感，找尋使對方愉悅且自己也愉悅的方法。

今世王也想要毫不保留地使出所有技巧討好自己懷抱中這個人；既然這個人能夠像這樣躺在被褥裡接受自己的愛撫，可以想見必然是自己的愛人。

藉由自己的手掌移動，他知道這名與自己同床共枕的對象是同性。

（啊啊……那麼……）

他記起取悅男性床伴的方法。

哪個部位要如何疼愛？

反過來由對方挑逗自己也可以，不過對於兩兩相貼的親密行為渴望已久的今世王來說，比起讓對方進入自己，他更希望快點抱緊、佔有對方，他更執著於積極主動點燃對方的慾望。

（一邊親吻一邊脫去對方的衣袍，慢慢找出敏感點在哪裡，接下來就是盡我所能地疼愛那些地方，不管他想索求多少次我都會滿足他。用手？還是用嘴？我堅持那處先等等，由我先攻，我絕對會讓你很舒服，全都交給我吧。宮裡的芳香油是皇族特選的精品，用上這些會更舒服，我會替你擴張到黏黏稠稠的，我會讓你充分感受我。可以吧？就讓你的臀部成為我性器的專屬去處……）

今世王一邊以情話挑逗，一邊脫去對方的衣物，親吻露出的肌膚。同床那人感到難為情，雙手抓著衣袍想要閃躲，於是今世王一隻手抓住對方的雙手，另一隻手緩緩脫去對方的衣物。

情慾蒸騰。

今世王看著對方隱約挺立的乳尖，毫無贅肉的平坦腹部，緊實的腰身，正好被衣襬遮住的胯間。哎喲，真礙事——他直起上半身跨過那人的身子，以膝蓋擠進那人的兩腿之間，將原本抓住的雙手分別固定在對方的臉兩側。

他看到了與自己同床男人的長相。

那位衣衫已盡數褪去，正不情願扭動身軀的男人。

那位使今世王慾火焚身的男人。

今世王已經好幾年不曾夢遺。

他腦袋混沌地坐起，注意到他動態的內侍問安之後靠過來，把床帳綁在床柱上，替下床的今世王淨臉更衣。

內侍們若無其事地拿布巾泡在事先準備的熱水裡，擰乾後清理他弄髒的下體。

而今世王只是任由他們擺佈，用完早膳，穿戴成君王的樣子。

這天一大早，當他還在綠流城處理政務時，綠園殿總管那張小麥色的臉突然出現。

「陛下，方便打擾一下嗎？」

「無妨。」

內侍們看到今世王準備稍作休息，便送上飲料。

今世王喝著青茶，示意總管坐下。

「陛下，您是否有中意的對象了？」

「如果真有就好了。」

「您今晨是想到了誰？」

總管的雙眼直視著今世王問道。今世王蹙眉。

「誰？是您已經離世的族人嗎？」

「不是……」

在他短促否認後，總管向前探出上半身，雙手支撐在兩人之間那張處理政務的文案上。窗外射入室內的早晨陽光正好照在他身上。

「那人是誰？」

今世王沉默不語。

（問我是誰……）

就是昨日見過的普通老百姓……一條腿跛著，頭髮剃得極短的……

（嗯，我的確有點想要近距離再看看他。）

他捧起茶杯潤潤喉，一個眼神覷過去，只見總管仍然以同樣姿勢屏氣凝神等待著他的回答。

（不過，我也不知道那個男人為什麼會出現在我夢裡。唉，一定只是因為我睡前一邊喝酒一邊想著對方打發時間，絕對不是因為我想睡他。）

今世王搖搖頭。

「陛下。」

「朕想不起來，只是碰巧欲求不滿罷了。」

「今夜需要傳人侍寢嗎？」

「沒興趣。」

「妃嬪們的眼睛和頭髮顏色雖然與皇族不同，但也與皇族女子同樣美麗。」

「有嗎？」

「不然您什麼也別做，只要抱著她們睡，如何？」

「我沒有心力去抱她們；就算她們靠近我，也只是徒增心煩罷了。你退下吧。」

灰色狼總管似乎還在猶豫是否要繼續勸說，最後還是離席行禮退下。

正午過後又是另外一場接見行程。

今世王看著那些黑髮黑眼的老百姓，感到滿心煩躁。

（不對──不對──不對。）

彷彿在找尋某個人卻又遍尋不著，他整個人都很浮躁。

結束午膳的小歇之後，午後今世王再度開始接見老百姓。或許是氣溫升高的緣故，總之他愈來愈缺乏耐性。

每張臉都不對，每個聲音都不對。

（不對──不對──不對。）

那個男人雖然相貌平凡，但就是有哪裡有點不同。他的身高比一般老百姓高，應該跟自己相仿，不到六尺（約一八二公分）不過也差不多了。

再加上右腿行動不便，無法做到標準的伏地跪拜動作，單單想要從跪姿起身就差點跌倒，那一刻，自己是多麼想要衝下階梯去扶他！

清晨，那個男人出現在自己的夢裡。

他愛撫對方的身體卻遭到對方以雙手抵抗，儘管如此他還是脫去了對方身上的衣袍，將對方的雙手固定在臉的兩側，跨坐在對方身上，讓對方臣服在自己身下。

採取這種姿勢，對方根本逃不了。

（沒有、沒有沒有！根本沒有任何百姓跟他一樣！）

也不管接見結束與否，今世王退回偏殿叫來總管。一看到他摻著愈來愈多白髮、看來像灰色的黑髮，以及那張長著皺紋的小麥色臉龐，今世王以近乎瘋狂的聲音咆哮：

「西遼河南郡的足！昨天接見時見過的男人，右腳行動不便，身高應該跟朕差不多，朕今天還想再見他一次。」

偏殿裡的內侍全都一臉錯愕。

「您希望再次接見他。」

單膝跪在偏殿門口的總管回應的態度始終平靜，但他的黑眸深處閃爍強烈且謹慎的光芒。

「狼，務必要把那個人帶到朕的面前來。」

「謹遵旨意。」

總管低頭行禮完，便一甩灰色衣袖退下。

過午的接見結束後，今世王出席大臣們的集議。他認為與其在那兒乾等灰色狼把人帶回來，不如參與集議比較有意義，於是他選擇出席。

集議期間時不時就有內侍前來耳語報告尋人進度。

「聽聞足公子已經搭乘馬車，離開西遼河南郡郡守在京城裡的郡守府。」

一聽到這則消息，今世王折斷了手裡的扇子。他帶著殺氣的藍眼睛朝內侍看去，內侍連忙繼續耳語報告：

「請陛下放心，總管已經速速派出灰衣衛騎兵隊追上去了。」

今世王鬆了一口氣，點點頭。

「別讓他逃了。」

內侍雙膝跪地叩首，最後抬起頭接過今世王折斷的扇子退下。

在座的大臣們紛紛投以疑惑的眼神，今世王也權充沒看見。

直到窗外夕陽西斜，接近傍晚才開始的集議仍在持續。

今世王有些心不在焉，坐立不安地盼望著盡快有好消息。

只見一名灰衣衛對等候在角落的內侍耳語完，內侍便湊近正在參議的今世王身邊。今世王主動看向對方，說：

「如何？」

「總管派人來通知，已經將足公子領至綠流城一樓的偏殿。」

今世王轉向大臣們，起身說：

「朕還有事先行離席，那件事就交由諸卿自行斟酌吧。」

說完，今世王就留下離開椅子跪到地上行禮的大臣們，離開議事堂，快步走在廊上。

「人在哪兒？快點帶路！」

「是，陛下請往這邊。」

方才與內侍耳語的灰衣衛正等著，來到今世王面前領路。

今世王身穿黃龍袍，戴著紅色珍珠項鍊，脖子上的珍珠隨著他的動作左右搖曳。

他才來到一樓那處偏殿附近，就感受到紛亂的氣氛。

「足公子表示不願意再次面聖。」

「他跑出走廊，跑進白石御苑內被擋下了。」

底下的人接二連三前來通報情況。

今世王沒有停下腳步，快步走在夕陽西下後已點亮燭光與火炬的走廊上。行進到一半，他看到熟悉的灰色背影。

「狼！」

「陛下，足公子人在那邊的御苑裡。」

總管回頭說完，便隨著今世王在走廊上疾走。

今世王站在通往御苑的階梯頂端，看到在灰衣衛與皇城禁衛軍團團包圍的御苑中，一名男子站在那兒望著自己。

就在眾人跪地行禮時，只有那個男人站著，沒有挪開視線，臉上寫滿錯愕。

（就是他——）

沒錯，他想見的就是這個男人，想要更靠近一點看清楚的就是這個男人。

今世王急步邁下階梯，踏過白色砂礫。舉著火炬的內侍們走近照亮兩人。

太陽已經完全西沉，月亮已然升起。

兩人的視線高度相去不遠。

男人穿著比昨日更破舊的衣衫。衣衫已經褪色，材質看起來不像麻布也不像棉布，腳上是磨損嚴重的老舊木履。

他的雙唇微開，定睛注視著今世王。

今世王想要更加、更加靠近看看這個男人，於是把臉湊近。

如此靠近一個人，是多久之前的事了呢？

（啊啊，沒錯……鼻樑真的很漂亮，不是嗎？）

想著，他伸出食指輕輕刮了刮面前的鼻樑。

男人嚇得聳肩退後一步，今世王立刻就縮短那一步的距離。

他們互相凝視著對方，彷彿要將彼此吞沒。

這張臉，今天清晨在夢裡看到的臉，他夢到的就是這張臉。

男人突然把頭轉向一旁吐出一口氣。

就這樣把視線轉了開，沒有再把臉轉回正面。

（別把——臉轉開……讓我看清楚，雷風……）

沒錯，他的內心深處心知肚明，這般焦慮、心神不寧想要見上一面的想望，絕對不正常。

普通老百姓……錯了，這人不是普通老百姓，這個男人不是足，他的本名是雷風。

今世王可以確定。

昨日見過一面之後，他滿腦子想到的都是這個男人。

不僅如此，甚至他的夢裡都是對方的身影——渴望觸碰對方的身體。

在此之前不曾有過這種情況。

今世王伸出手指挑起男人的下顎，迫使對方面向自己。

「雷風……」

他試著喊出對方的名字，男人真正的名字。

男人再度後退一步，今世王也再度立刻縮短距離；男人每次把臉轉開，他就立刻把對方的臉轉回來。許是兩人的臉太過靠近吧，男人抬手想推開他，卻又臨時改變主意，動作僵硬地往後退了一步。

不知道為什麼，今世王覺得對方的每個舉動都撩撥著自己的心，他感到心癢難耐且難以自拔，這種心態或許可以用「覺得對方可愛」來形容吧。

在白石御苑裡，男人不停地往後退，而今世王則是立刻縮短兩人之間的距離，灰衣衛與皇城禁衛軍也配合著兩人的舉動頻頻移動，陸續還有更多兵力包圍上來。

或許是難以承受御苑裡的緊繃氣氛，男人突然驚呼一聲，腳下失去平衡。

今世王自然沒有錯過這個機會，迅速伸出長臂，不加思索就抱緊對方，把鼻子湊近那個誘惑著他的脖子。他聞到汗水的味道。

身體深處立刻起了反應。

（啊啊，想要，我想要你，雷風，我渴求著你。）

渾身緊繃的男人因滑過脖子的氣息溢出小小聲音，手擺在今世王的胸膛上抬頭仰望。

（我想吻他，想吸吮他的唇，想捲住他的舌。）

在他眼前是毫無特殊之處、十分平凡、不薄也不厚的嘴唇。若不是男人推開今世王，他早就吻上去了。

男人回看今世王，輕聲說：

「陛下……」

傳進耳裡的呢喃引爆了今世王的感官，他不禁一陣輕顫。

「陛下，請，放開，草民。」

男人再度以沙啞的聲音請求，今世王瞬間雙腿失去力氣，雙手環住衣衫襤褸的身體，抱緊對方的窄腰，把臉貼上去，想要感受隔著粗布傳來的體溫。

「陛下？」

總管的聲音響起。

（這個衣衫襤褸的身子——雷風。）

不是雷風也無妨，我想要他在我身邊——今世王下定了決心，旋即從緊抱對方的姿勢順勢將男人扛上肩膀。

「哇啊！怎、什麼……？」

男人的身子變得更加僵硬，語氣很焦急，伸手抵在今世王背上撐起上半身。

（很好，就是這樣。）

今世王二話不說，就把這個昨日見到後就佔據他整個腦袋的男人帶進自己的後宮。

把足弱帶進綠園殿之後，今世王每天都忍耐，等待足弱逐漸習慣這裡。

他咀嚼著足弱就在後宮的喜悅，以及不能出手的痛苦。

這個他想要、甚至渴望到作夢夢到的身體就在眼前，他卻不能與對方共赴雲雨。

還太快，足弱尚未適應自己是皇族，不習慣後宮生活，不習慣穿粗布衫以外的服飾，現在還不能推倒他。

（啊啊，那天真的好想要、好想要品嚐他到難以自拔的地步，畢竟第一次見面那天，我就已經在夢裡抱過他了。）

意識茫然的今世王從幸福回憶中逐漸清醒。

他眨了眨眼。

（呃，哥哥他……）

他對於自己此刻的狀況一時有些反應不過來。

身子還是一樣沉重，倦怠感沒能消失，發燒仍舊遲遲不退。

（啊，哥哥在高砦郡……）

對方罵他污穢並拒絕他的求愛，導致超過十年不曾接觸血親而枯竭飢渴到極點的今世王，失去理智強行侵犯了足弱。後來他拚了命地想要補償，幫助足弱擺脫自己帶給他的傷痛，在一次次不斷地渴求下，才總算如願以償，能夠在床上從頭到腳好好疼愛足弱。

有好長一段時間，真的很長，今世王始終後悔侵犯足弱那件事。

對於那副身體的主人來說，所有的體驗都是第一次，卻遭逢那般殘忍的下場，更遑論施暴者正是他本人，因此他厭惡、唾棄、無法原諒自己。

好了，等到他終於能夠與足弱一同期待未來、共度人生了，沒想到他卻將要先走一步，死於絕症；今世王甚至認為這樣的始料未及或許正是自己應得的報應。

他受罰天經地義，可是足弱沒有錯。

只要足弱一人從今以後平安無事就好。

＊

足弱在灰衣衛副將軍光臨的陪同下，在正廳裡一邊聽使者報告一邊看信。

信上有代理今世王攝政的宰相安夜的署名，也有不容造假的國璽印記。

足弱已經接獲派去綠園殿的內侍長回報表示，今世王正在服用御前草湯藥，也得知今世王龍體極度耗弱，因此他不再每天寫信，而是偶爾彈奏琵琶或吹笛，想著自己的同父異母弟弟。

如果愛我你就喝——儘管他提出這般蠻橫要求，聽說今世王還是一邊抱怨難喝一邊拖著病體把御前草湯藥喝了下去。

（雷霰。）

足弱想過無數次，想要叫使者告訴他夠了別喝了、不喝也無妨，卻又臨時改變主意。聽聞今世王的反應跟老頭子一樣，喝完御前草就會吃下固態食物消除嘴裡難喝的味道，所以即使那個味道太折騰病人，他還是希望雷霰多少吃些東西，藉此活下去。

「宰相換人了？不是善與大人了？」

在他面前的使者不是綠園殿派來的人。這名陌生男子聽到足弱的問話，低頭深深行禮回道：

「善與大人病重，無法繼續代理陛下攝政，因此昨夜已讓位改由第二順位的安夜大人繼任宰相一職。於此同時，新宰相認為有鑑於陛下的情況如此，儘管無法讓殿下進入綠園殿探病，不過希望殿下至少能夠返回皇城，靠近陛下身邊。不曉得您意下如何？」

「是麼。」

足弱感到焦慮，不自覺握緊寶椅的扶手。

自從在春雷中被送到這座郡城避難之後，他就連一步也不得靠近京城，只能在灰衣衛的重重護衛下，思念遠在鑭城的今世王。

「我、我要回去。」

「殿下，您暫時還是待在這裡比較妥當。」

足弱才探出上半身回答，陪在一旁的光臨立刻站出來。

「陛下將國事委由宰相代理之前，就已經嚴令要求殿下到高砦郡避難。請殿下考慮清楚是否真要無視陛下的用心。」

「光臨，我想到雷霰身邊去。」

足弱搖頭，在他心中只有這個想法。

「殿下，卑職反對您進入京城。」

「宰相說我可以去皇城……」

「新宰相不清楚『皇族病』的可怕。陛下最擔心的就是殿下您染疫，而卑職身為灰衣衛副將軍，將不惜受罰也要阻止殿下繼陛下之後跟著染疫。」

足弱拚命想要說服單膝跪地、以銳利視線看著自己的光臨。

「用不著見到雷霰，我只是想要盡量靠近他一點。雷霰活不久了，我沒辦法一直待在這裡什麼也不做，我受不了了。光臨，求求你。」

足弱離開寶椅，走到單膝跪地的灰衣衛副將軍面前，彎下腰把手擺在他的肩膀上請求。

察覺足弱準備跪下，光臨連忙從下方扶住足弱的雙臂，起身的同時把他帶回高臺的寶椅裡。等候在角落的內侍們紛紛上前來整理皇族的綢緞衣襬，讓足弱深深坐回寶椅上。

光臨正要走開，足弱反抓住他的手，問：

「你無論如何都不肯答應嗎？」

「太危險了。」

「你允許我靠近到哪裡？」

「哪裡我都不允許，這裡才是最安全的地方。」

即使被那雙黑眸盯著，灰衣衛副將軍仍然堅定拒絕，絲毫不動搖。

那雙原本抓著光臨的手頓失力氣鬆開，態度堅毅的武官跪在足弱跟前。

淚水湧上足弱的眼底，他不斷地急促換氣，試圖讓自己冷靜下來。

（我想見他，好想見他。）

在他死去之前，我想再見他一面。

即使無法見面，至少也讓我去到離他最近的地方。

到他能夠聽見樂聲的地方演奏《枝葉間灑落的春陽》，替臥病在床的今世王打氣——

足弱滿腦子全都是這個念頭。

他不在乎自己如果染疫該怎麼辦。

因為今世王害怕、因為灰色狼擔憂，所以他被送到京城附近的郡城，一直待在這裡，可是他再也無法忍受了。

足弱再度離開寶椅站起，走下高臺，來到跪地的使者面前。

「我要去，帶我去。」

「遵命，卑職立刻送殿下過去，馬車已經備妥在外面。」

「殿下！」

「殿下！」

足弱準備跟著使者離開正廳，灰衣衛立刻上前阻擋。

跟著使者來訪並等候在走廊上、身上有二十四瓣籠尾花家徽的護院們群起騷動，與灰衣衛相互對峙。

「請殿下重新考慮！」

「殿下，您這樣很危險。」

「殿下請三思！」

聽到內侍們關切的聲音，足弱把臉轉向一旁當作沒聽見。

「退開！就算你們是灰衣衛，但這是殿下個人的意願，你們快讓路！」

使者大聲說。

灰衣打扮的灰衣衛，與黑衣藍綠鎧甲的護院們在接見外客的正廳門口附近針鋒相對；即使還沒有人拔劍，但氣氛劍拔弩張，一觸即發。

「正因為我等是灰衣衛，只要判斷皇族有生命危險，就有義務挺身而出，出面阻止。」

「呵，那你們倒是站出來試試啊。」

把足弱護在身後的安家使者，即使面對王朝頂尖的灰衣衛重重包圍，以及第二把交椅的光臨銳利視線瞪視，也沒有退縮，他從自家護院手裡接過稍早晉見時沒有帶在身上的劍，握著劍柄準備拔劍出鞘。

現場氣氛瞬間緊繃到最高點。

「不可以不可以！不准拔劍！」

足弱大喝，從後面按住使者的手臂。

「全都不准拔劍！」

喝令灰衣衛別動手的足弱推開使者，走到光臨面前。

「副將軍，帶我到京城的城門口，我不會要求進城，只要到城門前面就好，只要到那邊……我就折返。」

聽完足弱這麼說，光臨緩緩單膝跪下，終於願意答應他的要求。其他灰衣衛也跟著副將軍單膝跪地。足弱環顧四周，看到使者和他的護院們。

「你聽到了，我不進去綠流城，請轉告宰相，多謝他的好意。」

「是，遵命。」

使者與其護院們也跪地低頭行禮。

＊

時間回到足弱最初被帶進綠園殿的時候。

當時總管事先查閱過皇族史之中與庶出子女有關的紀錄，並稟報今世王。

總管希望今世王對於足弱的壽命要有心理準備。

在皇族史上，像足弱這樣的庶出子女有三位，而且都留下詳盡的紀錄。

最早有紀錄的是庶女，那是在距今五百年前，那位庶女活到九十二歲。

第二位也是庶女，是三百年前，活到九十五歲。

接下來是一百五十年前的庶子，活到八十二歲。

「雖然只有三人，不過從紀錄看來是女性的壽命比較長，男性的壽命比女性更短。而且庶子庶女的壽命平均約在九十歲左右。」

對於平均壽命為一百五十歲的純血皇族來說，九十歲才剛要邁入老年。

為了避免足弱聽到這些對話，今世王特別選在入夜後在綠流城聽灰色狼總管報告。聽完這些話，他緊抓著扶手。夏初的夜空掛著一彎新月，從大窗可俯瞰城牆上的火炬與城牆下的萬家燈火。

混血庶子的壽命比想像中還要短暫。

他原本以為繼承一半普通百姓與一半皇族血統的庶子庶女們，壽命至少也會有一百一十歲左右。

「況且，雷風殿下並非在宮裡出生長大，他直到三十五歲為止都生活在山裡，沒有下人服侍。根據派去找御前草的使者回報，殿下生活的深山環境十分嚴苛。倘若如此，殿下的壽命或許會比平均值更短……」

若是自幼生長的嚴峻環境強化了他的身體耐受力也就罷了，但如果那樣的環境反而是磨耗了他的健康，足弱恐怕甚至無法活到九十歲；再加上庶子比庶女更短命，一個出差錯搞不好他連八十歲都活不到。

聞言，今世王的心為之凍結——本以為自己終於能夠擺脫孤獨，豈料伴侶卻遠比自己更短命。

「沒有……其他辦法可想嗎？」

今世王咬牙勉強擠出聲音。

他坐在窗邊的几案前，案上擺著酒壺與酒杯。總管朝他行禮說：

「卷雲說，長壽的祕訣在於滋補、休養與適度活動。雷風殿下的身體已經磨耗超過三十年，若是能夠好生照料，避免繼續損耗下去，或許能夠多活幾年。」

「滋補……可是哥哥他……」

差點餓死的情況仍然記憶猶新。

「卑職已經交代御膳房從皇土各地蒐羅野菜、水果、樹木果實等有助於滋補的食材並用心備膳，希望殿下能夠逐漸習慣宮裡的膳食。」

今世王點頭，舉杯潤潤乾渴的喉嚨。

「那三位庶出子女，過得是什麼樣的生活？」

皇族史上第一位庶出子女是庶女，是在她的父親失去理智下所懷上的孩子。她在宮裡出生長大，後來接受同父異母兄長的追求與之成親，產下四名子女。

父母親有一方完全沒有皇族血統的話，生下的孩子就是黑髮黑眼；而這樣的混血庶出子女，與純血皇族結合生出的孩子，就會有皇族特有的金髮藍眼。另外兩位史上有紀錄的庶子庶女生出來的小孩也同樣是這種情況。

這位庶女的兄長兼夫婿，是雷氏王朝史上赫赫有名的詩人，曾留下眾多吟詠妻子的詩歌。史上第二位庶出子女也是庶女，同樣也是在她父親失去理智下懷上的孩子，同樣是在宮裡出生長大，爾後接受叔叔的追求並成親，生下五名子女。她的夫婿在雷氏王朝史上留下許多樂曲，也是定調琵琶形狀的人。他在妻子離世後，趁著血親與灰色狼族不注意時，追隨亡妻自盡身亡。

第三位庶出子女是庶子，據說是母親在宮外遭性侵而懷上的孩子。只不過這位庶子的母親未婚懷孕卻什麼也沒說，直到小孩出生才發現孩子的父親並非皇族人。

這個孩子也是在毫不知情的情況下在宮裡長大，直到十五歲才得知自己的母親是遭人強暴才有了他，於是他逃離宮殿，後來與參與搜尋他行蹤、小他一歲的表妹成親。

那位表妹是很強悍的女子，劍術和馬術在族人之中也高人一等，軍事策略與戰術方面的造詣也很深，自幼就被指定為今世王的繼任人選。

婚後，她生下三名子女，即位成為今世王，至於那位庶子自然就成了皇配殿下。表妹在即位後仍然繼續生孩子，在懷孕期間也照樣以今世王身分執政。

等到她的丈夫年老體衰時，她就宣布退位，在丈夫離世之前的幾年間陪伴他生活，丈夫死後也沒有再婚，後來在以皇族人來說算短命的年歲辭世。聽說她想念丈夫的心情隨著時間流逝更加強烈。

「第三位庶子的婚配對象，後來成為今世王的，你是指雷汝陛下嗎……」

聽完總管的說明，今世王抬頭問。

「是的，就是陛下的先父繼任之前的今世王。」

與自己同樣是今世王，也同樣愛上庶子的女子，雷霞感覺跟她很有共鳴。而且對方的伴侶在八十二歲就死去。

（不對……他們相處時間比我們更長。）

雷汝出生後沒多久就在宮裡邂逅自己的庶子丈夫，而他一生八十二年有大半輩子時間都是跟妻子一起度過，反觀自己——

假設足弱能夠活到九十歲，他人生的前三十五年沒有遇見雷霞，也沒有和雷霞共度，所以接下來只剩下五十多年時間相處；倘若足弱只能活到八十歲，那麼他們就只剩下四十餘年得以相伴——平均年齡一百五十歲、現年二十六歲的今世王只要一想到足弱的壽命如此短暫，就禁不住愕然。

＊

染疫的今世王每次醒來都會喝下足弱的湯藥。他回想著兩人相遇之後的種種過往。

（本以為將來一定是我負責照看臥床的哥哥，想不到……）

他本來打算在這個王朝最繁榮的京城宮殿裡，實現足弱的所有願望，好好照顧他，毫不保留地付出一切，然後等待對方短暫的壽命結束。

沒想到先一步離世的竟是自己。

他原本每晚偷偷以淚洗面，做好心理準備看顧老衰的足弱，卻沒料到情況會完全相反，自己還染上了「皇族病」，甚至無法讓足弱近身照顧他。這樣子的劇情發展簡直糟透了，連狗血劇都比不上。

當初聽聞庶子壽命時，今世王也一併得知了與庶子有關的其他特徵。

庶出子女正好介於皇族人與一般老百姓之間，因此力量、體力、精力高於一般老百姓，但不及皇族人。紀錄上顯示大約只有皇族人的一半。

庶女的能力只有皇族女性的一半，庶子只有皇族男性的一半。

皇族女性的力量、體力、精力大約是皇族男性的七成，因此庶子在各方面的表現甚至輸給皇族女性。

（那些庶女還要生育孩子，想必丈夫們得承受莫大恐懼吧。）

即使皇族人生孩子比一般百姓順利，但沒人敢保證生孩子的過程一定平安無事，生孩子是伴隨死亡風險的危險行為。或許正因為如此，即使皇族人很多產，但也很少有皇族女性生兩個的。

雷汝生了十個孩子，想來體力和精力只有一般皇族男性一半的丈夫必然心力交瘁……如果雷汝沒有即位，或許會生下更多子嗣。

與力量、體力、精力只有自己一半的足弱行房，對於今世王來說是既歡喜又痛苦。

他不免要同情紀錄上與三位庶出子女成親的皇族人，同時他也認為大概只有那三位庶出子女的伴侶能夠打從心底明白他的心情。

足弱的身高體型與今世王相仿，若是光看這些，不自覺就會把他當成是一般皇族人。

皇族人的力量、體力、精力是一般普通人的三倍，因此普通人對上皇族人時，沒有三個人恐怕應付不來。

儘管足弱的力量、體力、精力高於一個普通人，但是遇到今世王這樣的對象，還需要多一個足弱才夠。

所以不管足弱如何努力，還是不足以滿足今世王；一旦今世王更進一步索求，第二天足弱就會站不起來，而這種情況避無可避。

行房時，今世王喜歡一而再、再而三地射在裡面；若是純血皇族人就會戲稱自己的肚子裝得好滿，至於不喜歡被內射的皇族人就會抽身並打趣說他下流。但足弱沒有能力從今世王的身下抽離。

倘若今世王沒注意，只是放任自己在足弱體內盡情洩慾，足弱也只會默默忍受腹脹的難受，或老早就體力用盡昏厥；因為足弱對於性行為一無所知，不懂今世王為什麼在他體內射精，只會接受內射的事實，

之前曾經發生過兩人只是接吻就射精弄髒了綢緞外袍的意外，當時足弱抱著今世王茫然問：

「什、什麼……為、什麼？」

今世王看到足弱這種反應，就會心跳加速，胸口一緊。

足弱一晚的極限是高潮個三、四次，再多就會暈過去，繼續下去只會從舒服變成痛苦，就算足弱張開雙腿配合今世王，也沒有體力支撐下去。

為了保留體力，今世王會減少足弱高潮的次數，他仍同樣是氣喘吁吁，無法配合今世王的索求到最後。

今世王想要讓足弱更加欲仙欲死——卻也沒辦法讓他持續欲仙欲死。

身為一般皇族男人，擁有一般水準性慾的今世王，遇上的對象是足弱時，就必須想辦法在兩人之間找到平衡點。

光是有「渴求哥哥」的心情是不夠的。

其他同性別的皇族在需要拒絕時，就會憑實力把對方推開；反觀足弱，今世王一旦拿出真本事求歡，他就沒有力量拒絕，今世王見他沒有抵抗，心想他或許是樂意的，也就沒有多加深思，積極開拓他的身體，往往把足弱弄到暈過去。

「你應該要稍微為我設想……」

巡幸途中足弱曾經這麼說，他說得一點也沒錯。

足弱在行房過程中承受不了更多索求，拚命要從床上逃開時，今世王不懂他承受的壓力，只以為他是在勾引挑逗自己，於是微笑抓著他，讓他上半身仆倒在床上，從身後粗魯進犯，讓他筋疲力盡又心慌不已。

自己的慾望與足弱的慾望需要相互磨合，找到折衷的方法。

面對體力與精力只有王族一半的足弱，今世王有時也會難堪焦慮到甚至想用乞求的。

等他明白問題所在時，他既同情又憐愛足弱，一口氣哽在喉頭直想掉淚。

力氣贏不過，只能任憑今世王把自己的雙手手腕禁錮在床上，汗溼的胸膛上下起伏，想要逃開，想要擺脫埋入體內的碩大卻徒勞，只能不斷呼喚今世王的名字，焦慮地試圖改變對方的決定——足弱展現出的種種風情，每每把今世王的情慾挑逗到前所未有的境界。

「哥哥。」

「住手……不、放開……唔！」

被同樣身高的男人壓在身下，他想推開年紀比自己小十歲的今世王，嘴裡能說的卻永遠只有阻止的話語。

對象假如不是今世王，足弱或許就不會這般輕易被制服吧；只是與皇族以外的普通百姓男人比力氣的話，足弱也算是力氣大的；而如果是與灰衣衛一對一對峙，足弱要推開對方也是綽綽有餘。只不過他的右腿不便，如果是比力氣以外的，一對一恐怕不一定會贏。

話說回來，足弱即使蒙受今世王的暴行，也不曾脫口說出坊間老百姓的穢言穢語。

（或許他不曉得有那些詞彙存在吧。）

今世王這麼認為。

養大足弱的老頭子八成沒有教過他那類詞彙，再加上足弱偶爾才會下山去村子裡，鮮少與世俗交流，或許也沒聽過那些穢言穢語，又或是不懂那些話的意思。

「傻蛋」、「混蛋」、「畜生」、「可惡」這些話，他連一次都不曾說過，也不曾辱罵過別人。足弱大概不清楚這些詞彙要怎麼使用，今世王也希望他今後繼續保持，所以特別交代過哥哥的內侍們，必須嚴格篩選足弱閱讀的書冊。

至於床上的情話足弱當然也一概不知，因此無法透過話語調情挑逗。

於是熟悉房事，包括床上情話的今世王，只能對足弱採取最基本的求歡技巧。

他倒不會感到不滿足。

他反而希望足弱別有提昇個人性技巧的念頭。

足弱的生澀在今世王眼裡看來有種孩子氣的惹人憐愛感，擾動他的心弦，讓他想要抱緊足弱。就算足弱不懂穢言穢語也無妨，他也不打算教足弱那些床上調情的情話。

他從來不曾想過這樣的男人會出現在自己面前。

分明力氣只有皇族男人的一半，卻擁有過人的魅力，足以挑起他的情慾，使他著迷，怎麼索求都不夠，忍不住想要佔有對方的一切卻又求之不得。

忍啊忍，等到有機會再度索求，足弱在歡愛過程中的軟弱無力抵抗，只是更加煽動今世王的慾望。足弱不懂粗俗的罵人穢語，明知自己贏不了仍舊堅決抗拒，弄得自己快喘不過氣來，這樣的反應每每都帶給隱忍許久的今世王至高無上的快感，根本沒空施展高超性技或開口調情，只能腦袋放空按照本能索求，然後很快就迎來高潮。

號稱皇族中的皇族，他居然也淪落到猴子的水準，只能追著足弱的屁股後面跑，技巧什麼的完全派不上用場，簡直愧對情場老手的稱號，太丟臉了，他都忍不住要自嘲。

他想，真難為歷史上那些庶出子女的伴侶們能夠保持平常心相處。

庶女的體力比足弱更弱，根本連挪開視線都有困難吧，可她們是在宮裡出生長大，或許比足弱擁有更多相關知識與技巧去彌補體力的缺憾。

如果可以，真想與那些伴侶聊聊，聽聽他們的意見。

「我哥哥與各位的伴侶同樣缺乏體力，又不具備性知識，所以我要怎麼做都可以，對吧？沒錯吧？……可惜啊，天底下哪有那麼好的事，我反而什麼都無法對他做，光是一般的行房，就已經是他所能承受的最大極限了。道具？當然不可能使用，他甚至不准我替他口交。目前雖然都是按照我喜歡的方式來，可我若不留神，苦的就是哥哥了。我不抽身，但……庶出子女的體力都不夠持久吧？你們怎麼做？有什麼辦法可以改善？」

他很想找那些與庶出子女成親的族人們組成互助會，那當然是不可能。

庶出子女的人數原本就少，幾百年才一人。

愛上那樣的對象，早已註定只會是災難，然話雖如此，他也不願意把足弱讓給其他人。

（哥哥……）

這個大他十歲的男人。

外表看起來比實際年齡老，一輩子都住過深山裡的男人。

手腳上滿是細小傷痕，皮膚很粗糙，而且或許是獨自生活太久，臉上表情也很僵硬。

這樣的男人，他抱過的次數比任何美女都還多，卻覺得遠遠不夠，也不覺厭倦。

今世王此刻臥病在床。

他是否還能夠為這個第一眼就無法將對方模樣逐出腦袋的男人做些什麼呢？

他無法在對方短暫人生的最後陪伴照看，私下準備的結契儀式也無法舉辦，其餘可以給的，頂多是南原數一數二的遺產，再來就只能委託忠誠的灰色狼族接手了。

讓繼承皇族血統卻沒有皇族力量的足弱，以皇族的身分獨自活下去，今世王感到十分不安。

待他死後，要把這個自己早已烙印下所有權且渴望已久的伴侶，交給誰照顧呢？

今世王在分不清是正午或清晨陽光照亮的寢房內掙扎著要起身。

發現他醒來的內侍們上前，叫來太醫令，餵他喝水，替他淨臉等等，將他打理一番。

「陛下，御前草湯藥來了。」

緊接著那位隨侍皇兄的內侍長一如往常，將裝有少量湯藥的杯子捧到今世王嘴邊。

這湯藥沒有特殊氣味。

今世王稍微坐起身，低頭看著那個綠色液體。

籠罩著一層熱度的雙眼看向命。命的身後是備妥甜食的內侍們。

「湯藥的量……」

命靠上前，想要聽清楚今世王過小的聲音。

「拿多一點來。」

聽懂了今世王的話，那張小麥色臉上滿是驚訝。

臥病在床等死的他，還是有能夠為足弱做的。

御前草再難喝又如何？

只要是足弱想要，就算要他因難喝而死去也無妨。

能夠喝下多少就盡量喝多少。

（我愛你。）

今世王決定在人生的最後，讓足弱瞧瞧自己對他的愛有多深。

第十七章 綁架

夏初剛過不久，京城鑭城就在宰相的命令下關閉所有城門，頒布戒嚴令。理由是為了抓到潛入城內的盜賊。

盜賊的目的唯有一個，就是綁架最後一位皇族。

盜賊襲擊在高砦郡避難的今世王兄長雷風，並與維護其安危的灰衣衛發生衝突。宰相接獲通報後，指派六卿之一的陸方，以將軍身分率領京衛馳援，因而爆發混戰。

雷風在親信的護衛下藏身於某處，而盜賊的餘孽也跟著竄逃進京裡。

這份由新任宰相安夜簽署頒布的內容，惹怒了京城老百姓，百姓通力合作，只要發現可疑人士就向綠流城通報。

＊

身為朝臣之一的王安，一邊繞路一邊注意身後，快步走在氣溫高升的夏季豔陽下，來到某處屋舍。

他掏出懷中的布巾擦拭額上的汗水。

那處屋舍的圍牆傾倒，屋瓦也掉落。他敲了敲頹圮屋舍的門。

「我是王安。」

空無一人的屋內有人輕輕拉開門，讓他側身鑽過門縫進入屋內。

避免外頭有人看到而大門緊閉的屋子裡，有一道道細長陽光從幾處破洞斜射進來，照亮飛揚的灰塵。

王安再度擦拭額頭上的汗水。

「足兄，最近時局不好，為了抓盜賊，不僅徇役，連京衛也派人在城門前查看身分，戒備相當森嚴，單單是走在路上都會遇到盤查。在逮到盜賊之前，你還是躲在這裡比較安全。」

他把掛在手臂上的糧食擺在木頭地板上，自己也跟著坐下。

「請用水。」

「多謝。」

有人朝缺角的木碗裡倒水遞給王安。王安一口氣把水喝光。

昨夜家僕老楊通知他，之前那個男人有事來家裡找他。

王安當時正在參加朝廷的集議，討論今世王離世後的政治體制等問題，他負責調解朝臣與學者之間的爭執，因此在今世王病倒後幾乎都沒有回家。

於是他按照之前的交待，指示來遞消息的老楊下一步行動，直到今天才終於得以休沐，來破屋找足弱。

聽老楊說，足弱表示自己正在逃亡，整個人臉色蒼白又緊繃。

（唉，不出我所料。）

足弱帶著蜜豆沙造訪那天，王安便猜到貴族主人寵愛足弱想必是別有意圖，而足弱終於察覺到這點，正試圖逃離，才會被人追著。

老楊說，那男人還帶著另外兩個人一起躲在破屋裡。

（就是上次見過的世家子弟和護院嗎？）

他們或許是改變心意決定幫助足弱。

王安逐漸適應屋內的昏暗。

足弱起身迎接他，其中一人扶著足弱站起，另一人遞水給王安。

王安記得後者是上次見過、他判斷是世家子弟的青年。

另一位扶著足弱的男人則是第一次見；他的體格精壯，年紀也很輕，大概是代替之前的護院吧。

他們三人同樣穿著短袖上衣，下襬用腰帶綁起露出中衣，這是京城老百姓為了活動方便而做的打扮。足弱手裡仍然拿著那把黑漆拐杖。

「王兄，突然這樣麻煩你，感謝你願意幫忙。」

足弱的黑髮跟之前一樣短，垂下眉毛望著王安。

「足兄，我說過有事儘管找我，你用不著客氣。不過目前時局不太好，你們恐怕會被當成盜賊通報。之前大家還說宰相安夜大人優柔寡斷，沒想到他這次會如此迅速果斷；要是有人去通報，衙役和京兵立刻就會過來逮人，進行身家調查等……」

看到足弱臉色發青，跟隨他的兩人連忙讓他在木地板坐下，態度十分恭敬，分不出來到底誰是主子誰是下人。

他們只帶著最少量的必要物品逃亡，其中一人從中找出草蓆，讓足弱坐在草蓆上，也請王安坐下。

兩名隨從動作熟練地服侍著足弱和王安。

（身分一旦曝光，足兄馬上會被帶回去吧……這兩名隨從也有幫忙，此事恐怕難以善了。）

想到這裡，王安也就不難理解足弱的不安。

「足兄，在暴風雨通過時，壓低身子等待風雨過去，也是一個法子。」

王安說。他認為足弱三人應該繼續躲在這裡，愈久愈好。

「謝謝你，王兄。其實我是希望王兄替我送信給一個人。」

「你想向誰求救？」

大概是王安來到之前就準備好了，其中一位隨從以雙手捧信遞給王安。

信上沒有署名。

「你要我把信交給誰？」

「王兄能夠進出綠流城吧？所以……能否替我把信交給綠園殿總管，或是灰衣衛將軍呢？」

王安一臉錯愕地看向三人。

「我沒想到……也沒料到會聽到那兩位的名字。你與他們兩位熟識嗎？」

那兩人在朝堂都擁有不容侵犯的地位。

灰色狼總管是今世王的親信，也是皇族居住的綠園殿的管理者，更是擔任皇族內侍與灰衣衛工作的灰色狼族的族長，深受今世王的信任，影響力也不小。

至於灰衣衛將軍青嵐，習慣將黑長髮束成劍客的髮型，外貌俊美，體格健壯，一向是京城女子們愛慕的對象。

若是這兩位，或許的確有辦法助足弱脫離困境吧。

之前王安經常在綠流城遇到這兩人，但他們最近都留守在綠園殿的今世王寢房裡，王安已經好一陣子沒能夠見到他們。

「恕我失禮，足兄和他們兩位的關係是？」

「我……一直以來承蒙他們照顧，如果能夠通知他們我在哪兒……」

王安定睛注視面前這三人。

足弱的臉是象牙白色，左右兩人則是小麥色，而且很習慣雙膝跪下伏地的姿勢，也經常眼觀四面耳聽八方，尤其注意足弱的一舉一動。

他們的反應與其說是守著足弱，更像是在服侍他。被圈養在貴族府裡用來排解慾望的足弱，為什麼會有兩名侍從跟著？

「我明白了。那兩位最近一直待在後宮，不過我會想辦法遞信給他們。這封信我就收下了。」

他把單薄的信箋收進懷裡。

離開破屋的王安，雙手插在衣袖裡，一邊走一邊感到不解。

（總覺得哪裡不對……我好像忽略了什麼……）

他煩躁地抓著胸口。或許是天氣太熱。夏蟲突然很興奮，全都叫個不停。

「喂！那邊的人站住！」

「什麼？」

王安轉頭看去，喊住他的是手持刀劍棍棒的衙役和京兵衛。

衙門的刑房裡，王安身上仍舊是那日外出的衣袍，雙手與胸膛上有繩子捆綁，正由兩名男人輪番鞭打。

那間刑房中也有其他鞭子劃破空氣的聲響，以及隨之而來的慘叫。

半路上被衙役等人叫住的王安，面對對方盤查時，儘管老實交代了身分，卻因為在戒嚴令下外出辦事的理由太薄弱，被視為可疑人士，也就為了這個原因，他被抓進鑭城東側用來關罪犯的地方。

王安冷靜表示自己是朝廷命官，但衙役之中身上有二十四瓣籠尾花家徽的男人硬是指稱他很可疑，就把他關進牢房裡。

王安沒想到情況會變成這樣——對方沒有仔細調查就把他關起來；只覺得他可疑、懷疑他有所隱瞞、懷疑他是盜賊，就毫不留情地鞭打他。

他一整夜都以冷靜的態度回話，就被認為是狗眼看人低而挨鞭子；他不清楚對方到底懷疑自己做了什麼，人就被抓起來拘禁，承受沒完沒了的鞭刑。等天亮了，他開始昏昏欲睡，又被潑水弄醒繼續挨鞭子。

「老子今天就要讓你坦白招供。你為什麼偷偷摸摸走在那裡？」

「一定有什麼企圖吧？你自稱是王姓朝廷官員，其實是偽裝潛入我朝的細作，你就是抓走雷風殿下那群人的同夥吧？」

「聽說你家境富裕，要不要我去通知你家裡的人，讓他們知道你有叛國嫌疑啊？」

那人說完，態度曖昧地笑了笑。

（這些傢伙……是利用戒嚴令在威脅銀兩麼……）

王安沒料到自己會落到到這種下場。

只因為他走在路上想事情，一個疏忽就導致情況如此。

他的髮冠被拿掉，紮起的頭髮鬆開變得披頭散髮，衣衫被鞭子劃得破爛。王安的肩膀起伏喘息，細細吐出一口氣。

（我絕不放過這些惡徒！）

如今今世王臥病在床，甚至就連原本指望的宰相善與也病倒，新任宰相安夜才一上任就造成政局動盪不安，聲稱有盜賊藏匿在京城，並利用這點幹盡壞事。

王安無奈咬唇。

（身為雷氏王朝的臣民，在陛下即將駕崩前夕，言行舉止更應該謹慎自重，他們的作為太不對勁了！）

一陣怒火霍然湧上心頭，王安忘了飢餓也忘了疼痛，抬眼瞪著拷問的人。

敏感察覺到輕蔑視線的男人們旋即火冒三丈，對著王安又是踢踹又是揮鞭。這時候刑房的門開了。

「喂，待會兒再繼續教訓。這是從你身上搜出來的書信，信上寫了什麼？你在哪兒拿到的？」

人被抓住時，王安的隨身物品，包括錢囊、擦汗的布巾、足弱託付的信箋，全遭到沒收。王安當下激烈反抗，阻止他們把信拿走，才會導致對方更加懷疑。

身上有二十四瓣籠尾花家徽、衣著乾淨整齊的衙役，認為王安很可疑。王安一看到對方，立刻蹙眉表示不悅。

「喂，起來！來，就是這個，就是這封信，你看清楚。」

拷問的人把王安從左右架起，讓他跪正。

男人撥開王安的亂髮，把私自打開的信箋白紙舉到這位囚犯面前。

滿心不樂意的王安透過腫脹眼皮壓縮的視線，看著信箋。

（這是……）

牢房深處傳來淒厲的慘叫。

「如何？這些字要怎麼唸？內容大致是什麼意思？這些文字我看都沒看過，這是哪一國的字？這就證明了你是他國的細作。」

男人一把抓住王安的頭髮搖晃，王安溢出痛呼。

（這是……這是上古雷朝語。啊啊，怎麼會這樣……）

上古雷朝語是數百年前的文字，隨著南原文字日益普及之後，已經不再有人使用，除非是大儒或特殊領域的學者，才懂得如何讀寫。

王安是勤勉學習的書生，除了日常使用的南原文字之外，自然也懂得上古文字。

信上這麼寫著：

『小心二十四瓣。我等扮成送蜜豆沙的模樣安然躲在京郊。望速來搭救。』

看完信，王安的腦海中浮現一個決定。

他無視頭髮被人抓住扯斷，往前咬住並吞下那張信箋。

對方狠踹王安，把手指伸進他的嘴裡讓他把信吐出來，信箋墨跡卻已模糊難辨。

氣極的衙役指示拷問的人狠狠痛毆，把王安打得半死不活。

被潑水弄醒的王安，衣裳早已鞭打成碎片，皮膚也留下一道道鞭痕，他們持續逼問王安信箋內容，但王安頑強不肯回答。

直到折磨得只剩一口氣，他們才終於肯稍停。王安躺在臭氣薰天、地上都是水窪的土牢裡氣若游絲，不清楚現在是白天還是夜晚，在這個時間與外界不同步的空間裡，任由意識漂流。

（枉費我自恃聰明……）

可是看看現下。

（啊啊，陛下……）

我這條命死不足惜，但我想把那封信的內容告知綠園殿總管和灰衣衛將軍。

（陛下最寵愛的那位，現在，正躲在我準備的破屋裡等待救援……）

王安感覺身子浮起。

（啊啊，我終於，要死了。）

他連一根小指頭都動不了；從皮膚破口流出的鮮血已經凝固，身上沒有一處地方不痛。

（陛下陛下陛下……）

他僅僅憑著一顆赤膽忠心，勉強維持這副搖搖欲墜的軀體所剩無幾的生命力。

無論如何都想要想想辦法，想出辦法。

刑房迴盪著尖銳的鞭打聲響，接著就聽到令人膽寒的慘叫。鼻子承受著可怕的異味，遍地都是屎尿。

（陛下，啊啊，今世王陛下……）

賜予這塊大地豐饒綠土的藍血族後裔。

最後一位天選的帝王。

您寵愛的庶兄殿下，正在我準備的破屋裡，只有兩名內侍跟隨。

（足兄……足兄……）

足弱的臉在王安的腦海中不停地旋轉。

在上京途中，對說自己是孤兒的足弱隱隱心生期待的人是誰？

（我……太愚昧了……）

他之前還推測並堅信足弱是遭位高權重的貴族圈養，堂堂男子漢卻被當成通房女子般狎玩。

他只想嘲笑自己。

足弱的確是與男人行房，但脖子上的吻痕卻是今世王留下。

他應該要有貴族子弟和武藝高強的隨扈貼身跟隨，搭乘的馬車應該要有更多人保護。

朝廷找了大半年的「今世王庶兄」找的不是其他人，正是被抬進遼河南郡的郡守府裡、滿頭恣意生長的亂髮、衣衫襤褸的足弱。

足弱上次拜訪帶來京裡最受歡迎、供不應求的保師父蜜豆沙，當作伴手禮；足弱要搭建小屋，宮裡理所當然會派技術更高超的人幫忙。足弱提過要在假山種植物，所以把霍上洲大人叫到綠流城當顧問的雷風殿下，就是足弱。

躲在破屋裡由兩個人服侍的足弱並非下人，而是尊貴的皇族之一，這才是他真正的身分。

（啊啊，一切都說得通了……）

足弱與綠園殿總管、灰衣衛將軍並非認識而已，他是那兩位的主子。

倘若如此，那封信使用上古雷朝語也就不奇怪了。灰色狼族從遠古時代就追隨藍血族至今，足弱必然也學過自己的族語。

（殿下、我、無論如何都、想要、不負您的託付……）

足弱正在逃亡。

盜賊。

二十四瓣籠尾花。

僅有兩名內侍。

有人把水倒進他的嘴裡，儘管大部分都流失了，不過王安還是啜飲到一些。

（是、誰？）

他已經發不出聲音。

「喂，你還活著嗎？」

「你遭受嚴刑拷打仍然死不肯鬆口，死守著上古雷朝語寫的書信內容，你難道，也是灰色狼族？」

仰躺的王安從閉起的眼皮底下都能夠感受到自己置身在涼爽乾淨的房間裡。

在他耳邊說話的聲音，聽起來是正常人。

之前置身於嚴刑逼供的野獸，以及沒有半點腦袋的禽獸之間，王安此刻才深深感受到自己回到了人界。

他輕搖頭，沒有睜開的眼皮一下又一下抽動著。他聽到男人稍微吸了一口氣。

「是麼，這樣啊……這位兄臺，信裡寫的內容，我如果說對了的話，你就動動眼皮告訴我。」

王安渾身痛到手臂的寒毛直豎，差點就要落淚。他想到的是——

（啊！老天爺沒有拋棄皇族。）

王安甚至連眼睛都無法睜開，只憑聲音就知道男人是可以信任的灰色狼族。

他祈求愚昧的自己這次務必要判斷正確。

「信是皇兄殿下給的嗎？」

沒錯，灰色狼稱足弱為「皇兄殿下」；在皇族人仍多的時期，每位都稱殿下太難區分，所以當時會加上名字，如今需要稱殿下的皇族人只剩下雷風而已。

雷風殿下是今世王的庶兄，灰色狼稱今世王「陛下」，因此足弱就是「皇兄殿下」。

王安閉上的眼皮一抽一抽動著。

他聽見吞嚥唾液的聲音。

「殿下平安無事嗎？」

抽動。

「殿下在高砦郡嗎？」

沒有反應。

「殿下在……鑭城嗎？」

王安答是。

他費了好大的勁兒說明足弱躲藏的破屋，對方似乎有聽懂。王安最後累到快暈過去。

一塊溼布輕輕擦過王安傷痕累累的皮膚表面。

「剩下的交給我，你好好休息……」

王安勉強聽到這裡就被黑暗吞沒。

＊

足弱躺在宮裡人看不上眼，但與自己在故鄉深山小屋的生活相比，遠遠舒適許多的睡榻裡。他輕撫右大腿，避免被發現。

睡前他喝下藏在腰帶布包裡的御前草煎成的湯藥，疼痛到了早上應該就會消退。最近這幾天他又是騎馬奔馳又是跑步又是蹲跪，右腿肯定是操勞過度了。

屋裡只有一床睡榻，足弱對於只有自己有棉被感到不滿，想要分內侍們蓋，他們卻不肯答應，只說夏天不冷，要他別擔心，於是他說自己也不冷，反而覺得熱，堅持讓兩名內侍使用那條棉被。

內侍們的心裡也另有打算，他們準備等足弱睡著，再把棉被蓋到他身上，所以勉強收下棉被。足弱躺在少了棉被的睡榻上，還不想睡。

這一夜連蟲聲都沒有。持續施行戒嚴的京城鑭城儘管炎熱，但他也逐漸適應了氣溫。

去年夏天他在綠園殿蓋了小屋，趁空檔學了泅水，睡在夏天用的睡榻上。

那時在練習泅水的水池裡，他被游回來的今世王在途中抱住，壓在岸邊斜坡上肏幹，弄得水花四濺，今世王的白皙背部也因此曬傷。

「我想過喚內侍過來替我擦上防曬乳，但只要內侍一靠近，哥哥你就會心神不寧……」

今世王回答足弱的訕笑，因背部陣陣刺痛而蹙眉。

足弱在王安替他準備的破屋裡過夜，沉浸在回憶裡，忍不住輕吸鼻子。

光臨率領灰衣衛保護足弱搭乘的馬車，從高砦郡的郡府出發，來到可看到京城城牆的地點當晚，他們在黑夜中遭遇襲擊。

灰衣衛死守著足弱，試圖折返高砦郡，然通往高砦郡與其他郡城的道路卻被敵人堵住，想要殺出重圍的灰衣衛也一個個陸續倒下，人數愈來愈少。

光臨於是心生一計，讓另外三名灰衣衛換上足弱和內侍們的衣服；三人其中一位就是在足弱慶生時表演精彩武藝，獲賜兩朵花的年輕灰衣衛——清流。

「卑職已經派人前往宰相府通知，援軍應該不久後就會到來。我來引開敵人。情況會變成這樣也是不得已，請殿下前往綠流城求援，由他們來保護您。」

灰衣衛副將軍挑選精兵跟著足弱，自己則跟著變裝三人搭乘的馬車，假扮誘餌。

換上灰衣衛服裝的足弱第一次穿上鎧甲，就被鎧甲的重量嚇到。

「光臨！」

星光下，足弱對自己的決定後悔不已，想抓住行完禮欲走的灰衣衛副將軍的披風。光臨快動作旋身，與在場其他灰衣衛，以及當誘餌的三人同時跪下。

他頭盔上的白色長穗垂在地上。

「卑職等人這條命原本就屬於皇族，今晚戰死的夥伴們也都有同樣想法。倘若我等犧牲性命能夠保住殿下，將是我等的榮幸。殿下，別後悔，您是尊貴的雷風殿下啊！」

說完，光臨膝行來到足弱跟前，親吻他的鞋子後離去。

「殿下，馬鞍恐怕會弄痛您的腿，請您見諒。」

對方說完就把足弱推上馬背，往京城前進。

夜晚的空氣突然有動靜。

「殿下，您醒著嗎？」

說話的聲音來自匍匐靠近睡榻的內侍——星。

「對……」

足弱遲疑了一下才回答。

他們三人都沒有換上寢衣，穿著老百姓的服裝。

「外面情況不對勁。請您拿好拐杖，我們從後門離開。」

他們兩人的武功沒有灰衣衛那麼厲害，只是強過其他內侍，才得以從眾多內侍之中脫穎而出。換掉灰衣衛的打扮變成現在這身衣服後，他們不忘帶著劍，現在他們拔出劍來迎敵。

足弱聽從兩人的話起身走過木地板，盡可能不弄出聲音，手扶著木板牆面一步步來到泥地走向後門。

星走在前面，溫殿後，足弱夾在他們兩人之間，手裡只有拐杖。

「殿下，接下來不管發生什麼狀況，我等灰色狼一定會前去搭救殿下，請殿下不要捨棄希望，也不要因絕望而想不開，記住了。」

身後的溫以不似他年輕年紀的低沉威嚴嗓音，湊近足弱的耳邊小聲說。

足弱忍不住回頭看去，卻看不清楚溫的表情。

還來不及問是什麼意思，星已經悄然打開後門，彎腰把頭探出去掃視四周。

就在這時候，四面八方突然響起咆哮和踢破木板的聲響。

「動手！」

「別殺掉屋裡的人！」

「留活口！」

「不准動手！」

或許是上頭下令活抓，暴徒們只是揮舞棍棒威嚇，有幾人被星和溫擊倒。

「他們出去了。」

「有兩人手上有劍。」

「對手不弱！」

有人手舉火炬現身，一時間各種聲響齊飛，把三人團團圍住，動員的人數出乎意料的多。

「喂，有人拄拐杖嗎？」

馬蹄聲響起的同時，比馬蹄聲更大的粗啞嗓音劃破黑夜響起。

「有的，有一名。」

「就是那位了。對那位不准用繩子。」

跟著那個嗓音闖進來的男人們身形健碩，外袍上有花朵家徽，武藝顯然更高超，似乎是某戶人家的護院。他們的人數眾多，就連足弱也明白自己的內侍們居於劣勢。

兩名內侍背靠著背，把足弱夾在中央；兩人同樣大口喘著氣，身上的布料劃出不少口子，正在流血。

敵人之中有名難以判斷年齡、嘴上留著小鬍子的矮個兒男人，劍術顯然高人一等。擋下他一劍的星和溫同樣訝異屏息。

「葉久，你上！」

他們聽到騎馬男人粗啞的嗓音說。

名叫葉久的劍客與溫比劃了三回合，就把溫的劍打飛出去。溫的左上臂挨了一刀倒地。

「住手！」

看到葉久準備朝倒地的內侍下手，足弱連忙上前。

「夠了，退下！」

足弱張開雙臂站到溫前面，面對馬上那位似乎是這群暴徒主子的男人。

男人下馬，一把抓過手下手裡的火炬，走近足弱，對握著劍的星說：

「我沒有打算傷害殿下，但如果你堅持抵抗，他很可能不小心受傷。葉久，你站到殿下後面，防止有人不小心手滑。」

見劍客的刀刃抵在足弱的脖子上，星只好放下手中的劍，很快就跟倒地的溫一樣遭人捆綁。

拿火炬的男人手一揮，要葉久退下，讓威脅足弱性命的武器遠離。

自己人被擒，足弱獨自一人站在這群突襲者之中。他放下原本張開的雙臂，握拐杖的手勁保持放鬆。男人舉高火炬仔細觀察足弱。

「跟爹說得一樣，右腳變形，短髮黑眸，身材高瘦，全都吻合，再加上有忠實的隨從跟著，怎麼看都不是普通身分。」

火星飛舞的火炬湊近自己的臉，足弱也僅是蹙起眉頭，視線沒有離開男人。

男人的體型高壯，身高儘管只近六尺（約一百八十二公分），但體格不輸給灰衣衛中身高超過六尺的今世王隨扈黎明與灰衣衛將軍青嵐。

他的腮幫子長滿黑鬍子，上等衣袍外套著鎧甲，胸前有二十四瓣籠尾花家徽；眼睛、鼻子、嘴巴都很大，尤其是嘴角隨時都掛著嘲諷的笑容。

「殿下，請隨我來，我想讓你見見我爹。請別起什麼不該有的念頭，否則你忠誠的手下下場會很慘。」

說完，他伸出一隻手擺個「請」的手勢，示意足弱往馬車方向走。

沒人敢觸碰足弱，在男人稱他為「殿下」後，四周的男人停止竊竊私語，只是望著孤立無援、拄著拐杖的足弱。

「皇兄殿下，您別管我們！」

「求您只顧自己就好！」

雙手反綁在背後跪地的兩名內侍，朝身上有籠尾花家徽的男人們團團圍住帶走的足弱大喊。

舉火炬的男人動作很快，比葉久的反應快了一秒，抬腳就踹向其中一名內侍，並且朝另一位揮拳。

「這是教訓你們隨意開口說話！你們的主子可是在我手上啊！想不到灰色狼族也墮落至此。你們給我咬舌自盡，向宮裡的陛下道歉！」

安夜的兒子安弄華露出兇殘本性恐嚇說。足弱想要跑向兩名內侍，卻被葉久擋下。

「殿下，不可輕舉妄動。」

對方以低沉冰冷的嗓音及炯炯目光面對足弱。若是連血液都是冷的，臉就會變成這樣吧。這個男人令人毛骨悚然。

「是啊。殿下，請吧，我準備了馬車。」

回到足弱身邊的安弄華，對葉久滿意地點點頭，接著以自己的龐大身軀施壓，催促足弱往前走，足弱拄著拐杖前進，腳步蹣跚。

他頻頻想要看看自己的內侍們，卻被團團包圍的安弄華手下遮住視線。

他覺得嘴唇乾澀，於是輕輕咬唇以舌頭溼潤。

大概是情況太過駭然，地面在他眼裡變成歪斜的，他甚至不確定這是心律不整、血液衝到腦袋或是血液褪盡所導致。

天上星辰滿佈，一輛馬車停在漆黑的樹林旁。

（腳好痛。）

湯藥的療效尚未起作用，想必離黎明時分還有很久。安弄華對於拖著右腳走路、速度慢吞吞的足弱，不耐煩地啐了一聲。

「阿青！喂，阿青！殿下嬌貴的腳在痛，你扶著他助他上馬車，別讓他逃了。」

馬車旁的男人連滾帶爬過來，安弄華一腳踹向他的腰側命令完，就翻身跨上韁繩由親信拉著的馬。

「那傢伙就是你的隨侍了。大家都很怕你所以不敢碰你，因為皇族以外的人碰了皇族人的身體是大不敬。既然如此就由那個沒用的廢物概括承受吧。」

隨侍挨踹的聲響使足弱回神。

「殿下，失禮了。」

從地上爬起的男人按著腰側，彎身來到足弱跟前跪地含糊說完後，就把足弱的左手臂搭上自己的肩膀，扶著他的腰走向車夫坐著的馬車。

這名隨侍臉上有一塊大黑影，攙扶足弱的肩膀急促起伏。

「你的腰側沒事吧？我不要緊，你稍微休息一下也無妨。」

足弱放輕加諸在安弄華施暴的隨侍肩膀的力量。儘管感受到隨侍的視線，但足弱不發一語面向前方，踩上車夫擺好的踏凳坐進馬車裡。

車輿頂和車輿壁覆蓋遮風避雨用的布帳。待足弱和隨侍一上車，馬車就出發，其他人騎馬包圍在馬車外。

足弱四處張望，卻沒看到自己的內侍們，只看到屋頂連綿不絕的遠處是莊嚴的綠流城。今世王正躺在綠流城後宮的龍床上等死。

「雷霰……」

足弱輕聲低喃。在搖晃的馬車中，他能夠依靠的只有那把拐杖。

騎著馬的一行人在黑暗中穿過京城城門，沒有受到半點阻攔。

足弱動了動身體，突然想要向門衛求救，但他放眼所見只有馬身，一看到騎馬緊貼馬車前進的安弄華那張鬍子臉，足弱便打消念頭。

那張臉上寫著「你有膽試試」。

在新任宰相安夜的掌權下，他的兒子安弄華可以在京城鑭城為所欲為。

前宰相善與病倒後，安弄華立刻率大批護院驅馬闖入善與府邸，逼他交出國璽給繼任宰相大位的父親，並且用劍抵著病床上的善與，威脅善與的護院，搶走藏在枕頭下裝著國璽的小箱子。

宰相之位落到籠尾花家族頭上後，父親只曉得不知所措，說：

「陛下和善與大人都病倒了，這下子該怎麼辦？」

兒子形式上把國璽箱子交給父親，替他出主意說：

「爹，我們當然是要讓雷氏王朝繼續延續，老百姓也希望有君王統治他們。」

「但是、但是陛下已經奄奄一息，遺詔中也宣布不得讓殿下繼位……」

「爹，恕我直言，陛下的遺詔半點商量的餘地都沒有，無視被留下來的人們的辛苦。爹既然身為宰相，就有職責與義務撐起這個國家。相信只要對雷風殿下解釋，他一定也能懂，畢竟皇族人天生聰慧。所以……」

所以安弄華決定把足弱從固若金湯的高砦郡騙出來。

已屆中年的安夜在兒子極力力勸下也被說服，代表朝廷寫下詔令蓋上國璽，照著安弄華的指示派人前往高砦郡。

＊

下令京城戒嚴的安夜，把位極人臣的自己灌個爛醉，倒在屋裡昏睡，卻在一大清早接獲兒子通報，嚇得清醒過來，連忙率護院快馬加鞭疾駛馬車，出城門趕往京郊，終於在霧靄中看到馬車與騎著馬的一行人。

他們以火炬畫圓當作暗號。

馬車停下，安夜晃著中年發福的身子下車站到地上，兒子迎上前來。

「爹。」

「弄華，這是真的嗎？」

「爹，你見過殿下的長相，你之前告訴過我的特徵也全都吻合，我想請你瞧瞧是否就是他。」

說完，安弄華推著父親的肩膀走向布帳蓋住的馬車。

安夜抱著宿醉的腦袋，搖搖晃晃走到兒子那群武藝精湛卻粗鄙的護院所包圍的馬車前。

「殿下，這麼早驚擾您微臣惶恐，臣乃宰相安夜。殿下尊貴，平安無事實屬萬幸。」

「分明是你派人攻擊灰衣衛保護下的我，你這是在說什麼？」

原本跪地磕頭的安夜抬起頭來看去。

馬車裡有一位身穿尋常百姓衣衫的三十多歲男子，以及一名三十歲左右的安家僕役。

男子沒戴冠也沒穿皇族綢緞衣物，但黑髮黑眼，鼻樑挺直，長相平凡。說要退位的今世王曾經介紹——這是朕的皇兄——允許大臣們拜見與陛下同席的庶兄——就是這位沒錯。

安夜親眼目睹穿著明黃龍袍的今世王在退席時，以雙手輕輕將這位庶兄攔腰抱起，俊美的今世王對他露出銷魂的笑容。能夠讓皇族人這般著迷的，也就只有血親了。

「殿下，雷風殿下，請您暫且藏身在微臣的領地『風車』，待微臣穩定政局。」

「宰相，你是什麼打算？迫使我離開灰衣衛和內侍，你想讓我做什麼？」

面色鐵青的足弱挪動身子，上半身往前探向跪地的安夜，並重重搥了下馬車的車壁。

「一切都是為了國家，應該說是為了天下蒼生。還請殿下暫時忍耐。」

說完自己想說的話，安夜立刻叩首行禮，膝行退下，並快速起身穿過護院們走向兒子。

「爹，是本人嗎？」

咬著肉乾的安弄華邊咀嚼邊問，滿嘴鬍子像生物般蠕動著。

「沒錯，就是雷風殿下。」

「這下子可以安心了。那麼，我們就把他藏到風車城樓去吧。」
「那位獨一無二的皇族尊貴無比，你千萬要小心再小心。」
「知道，用不著你交待，我也曉得那位有多重要。」
聽到兒子的話，安夜感到放心，咧嘴大笑點頭。

＊

馬車裡的睡榻、替換的貴族衣物愈堆愈多，足弱有時會被送進客棧別館，待在戒備森嚴的廂房裡。他們一行人已經經過兩個郡，正在逐漸遠離京城。
足弱問出安弄華喊「阿青」的隨侍名叫古廄。
第一次在晨光下看到古廄時，足弱有些錯愕。從足弱的角度看是左臉，從古廄本人來看是右臉——古廄的臉頰中央有一塊青黑色的瘀青，模樣就像是臉上開了一個洞。
感覺到足弱的視線，古廄把額頭貼在馬車底板上。
「污了殿下的眼實在抱歉。」
足弱微微搖頭，接下來兩人誰也沒再開口，足弱沒有半分抵抗就接受古廄的服侍。
足弱不停在觀察這群人的情況，看看能否趁隙逃脫，但護院們的戒備十分森嚴，再者馬車前進的速度極快。
在封鎖如銅牆鐵壁的客棧別館裡，古廄在浴桶裡添加幾次熱水，替足弱淨身。古廄脫下上衣露出上半身，拿軟布灑上具消毒與滋潤效果的藥草萃取液，擦拭足弱光裸的身子，再仔細澆淋熱水，洗到自己滿頭大汗。

「謝、謝謝你……」

雖說古廄是綁架自己那夥人的僕役，但他本身也是處境堪憐，所以足弱無法討厭他。

而且古廄的上半身跟臉上一樣，滿是瘀青。

他的身高中等，身體似乎經常鍛鍊，肌肉結實到令人咋舌——所以才會那麼耐打嗎？他的臉上平時沒有任何表情，與其說是穩重，更像是陰沉。他的年紀比足弱小，大概是三十一、二歲左右吧。他的頭髮盤在頭頂，紮成高髻用布包住，上衣沒有衣袖。

究竟是經過多少次腳踹毆打，才會留下這麼多瘀青呢？足弱首先是感到心痛。

古廄替離開熱水的足弱穿上寢衣，扶他來到鋪好的睡鋪上，在他枕頭旁的呈盤上擺好茶壺等。

坐在睡鋪上的足弱忍不住伸手以手指劃過古廄的臉。蹲低服侍的古廄只用水沖掉自己身上的汗水，就重新穿上衣服，講究程度不及服侍皇族人洗浴的十分之一。

足弱以右手的食指和中指，輕輕觸碰古廄臉上的大塊瘀青。

古廄停止動作，臉上露出驚愕表情。

「會痛嗎？」

下人搖了好幾次頭。

「真的嗎？我帶著可有效止痛的藥草，那條腰帶的布包裡有一個小竹筒，把裡面的藥草煎來喝就能止痛。藥味雖然可怕，不過對我很有效，你要不要試試？」

下人往後退一步，跪地搖頭說：

「殿、殿下、無須顧慮奴才……」

他的嗓音低沉沙啞，或許是承受暴行時也傷到了聲帶。

足弱沒有勉強他。

「只要你覺得痛，隨時都可以自己把藥草拿去煎來服用。再來就是，你不用這麼費心照顧我，我不會跟你的主子打小報告，你最好多休息一下，儘管偷懶吧。」

足弱對額頭貼在木地板上的古廄那顆黑色腦袋說完，就在睡鋪躺下。

長時間搭乘馬車搖搖晃晃，足弱以為自己的腦漿都要被晃出來了。這還是古廄在足弱身下鋪上馬車睡臥用的軟墊，花了許多心思確保他舒適，否則會更糟。

腦袋一沾到枕頭，足弱就湧上睡意，在失去意識之前，他知道古廄握住自己放在棉被上的手。

儘管足弱建議他偷懶，但或許是畏懼主子的可怕，古廄對足弱的照顧一言以蔽之就是無微不至。原本在綠園殿裡由多名內侍分攤的工作，在這裡全數由古廄一個人包辦。

他們如果投宿客棧，足弱起床時，古廄早已準備好替他更衣，拿備妥的物品替足弱淨臉、剃鬍、剪指甲，換上特別挑選的貴族上等服飾。唯有如廁時，才有安弄華的護院跟著。回到房裡，就會有人送來早膳，幫忙布菜。

他們一開始在膳食方面也遇到問題。

即使在馬車裡，端上來的餐點同樣不失精緻，但每餐的餐點大多都沒碰。然當他們在趕路時，足弱總是飢餓難耐地摸著肚子，望著馬車外的森林。

「菜色不合您的口味嗎？」

看到這情況，古廄若有所思，第一次主動開口。

足弱不曉得該怎麼辦，一想到自己不吃東西，恐怕會害這位面無表情的下人遭安弄華重重責罰，那樣子太可憐，於是吞吞吐吐解釋了一番。

於是從下一餐開始，所有膳食都是足弱可以吃的食物——水果去掉果皮切成一口大小，橡實去殼弄成方便直接吃。足弱很難想像客棧的廚子願意做這些，想來應該是古廄的功勞。

「古廄，你不需要做這麼多，我可以自己來。」

足弱說完，古廄跪地行禮。足弱還以為他接下來就不會再那麼事事周到了，結果卻不然，古廄仍舊秉持熱情與執著鞠躬盡瘁，替足弱剝好水果與橡實方便進食，不讓他弄髒手指，跟他在宮裡受到的待遇一樣。

（我已經說過不會去向那個大鬍子告狀，他為什麼還是這樣？就因為我是皇族，他才這麼謹慎嗎？）

這是足弱所能想到的可能答案。

這位下人又不是建國神話中那支遠古時就誓言侍奉皇族的民族一員，沒道理只是因為我是皇族人，就如此犧牲奉獻吧。

不管足弱有什麼想法，古廄還是盡心盡力按照自己的方式服侍。

早膳徹下後，古廄端來漱口用的清水、鹽巴和容器。留意到足弱在地上坐臥不方便，從下一個投宿的客棧開始，就改成有桌椅、架子床的房間。

聽到隊伍通知出發，古廄把拐杖遞給足弱，陪他走到馬車，拿出踏凳助他上車，避免跌倒，還配合足弱調整椅子，準備舒適的座墊。

在馬車上用午膳時，古廄從埋鍋造飯的紮營處端來足弱的膳食；足弱想去如廁，古廄就跟著他進入森林，讓護院在一段距離外守著，古廄則是待在足弱附近。

走在積滿落葉、容易滑倒的地方時，古廄會不自覺抓住足弱的左手臂，等走到安全的場所，古廄就會跪地叩首，為自己觸碰皇族的行為道歉。

下雨趕路時，即使自己淋得一身溼，古廄仍然替足弱打傘，並把垂簾接在布帳下方，阻擋風雨進入馬車。

為了確保這一路舒適安全，古廄在足弱沒注意到的地方也費盡各種心思。

甚至一到下午，還不知道從哪裡找來了甜點給足弱。

足弱說不出話來。

「古廄……」

而且或許是掌握了足弱的味覺喜好，果乾、蔬菜、水果種子、橡實等，全都符合足弱的喜好，不曾出錯。

茶水也是，足弱總是順從地喝下送來的茶水，但不曉得什麼時候起，他發現每個時間和不同身體狀態喝到的茶，都不盡相同。

在客棧裡喝著花茶時，足弱想起以前在綠園殿都會在茶裡加入蜂蜜，嘴邊揚起笑意，正好看到房間架子上有一瓶蜂蜜，而且古廄碰巧不在，足弱把茶碗放回桌上，從架上取來蜂蜜，加入一匙在花茶裡拌勻，再把蜂蜜放回去。

足弱把茶喝到一滴不剩，所以回房後收拾的古廄，不可能知道花茶裡加了蜂蜜才是，可是從下次起，端出花茶時，茶具旁就會附上一小瓶蜂蜜。

足弱再度對此愕然，抬頭看向捧著呈盤過來的古廄。

「你為什麼會知道？」

足弱不禁脫口而出。只見古廄和平常一樣伏地叩首，沒有開口。

「古廄，你對於我的一切喜好都很清楚嗎？」

說著，他把蜂蜜加入花茶中攪拌，喝下花茶，吐出一口氣，看向待在房間角落的古廄，正跪在地上，準備隨時響應足弱的吩咐。

足弱也曾邀他一起喝茶或用膳，古廄卻全都以沉默伏地叩首的回應拒絕；大概是怕自己陪吃陪喝的樣子被人瞧見，會挨上一頓毒打。在他的堅持背後，是否隱藏的恐懼呢？

（真可憐。）

足弱被軟禁在客棧房間裡無法自由走動，正覺得無聊，只見古廄不曉得從哪兒弄來書冊。他的主子是否有給他一筆錢，用來照料自己的起居呢？

「大人說，除了樂器之外，其他能夠打發時間的東西，奴才都能替您弄來。」

「樂器不行麼……」

足弱這麼問，古廄以沙啞的嗓音回答，聲音聽起來也很失望。

「大人擔心殿下一演奏，就會讓人得知您在這裡，所以大人不同意。」

或許古廄也感到同情，所以特地解釋了一番。

是麼——足弱點點頭，翻開書冊。

古廄替他選來的書冊十分有趣，包括古代建築史、雕刻名家的著作、花名的變遷等。

足弱有時也會什麼都不做，只趴在床上，感受著時間的流逝，想著今世王。

夏季的色彩愈來愈深，氣溫一口氣上升，夏蟲和鳴。

（雷霰還活著嗎？）

足弱希望能夠盡量離雷霰近一點，結果卻造成許多灰衣衛死亡、自己被迫與內侍們分開，獨自一人被帶到他不曉得在哪裡的領地，為了不明究理的目的。

反正一定不是什麼好目的。

他無法返回故鄉的深山，也無法前往今世王的身邊。

（我是為了什麼活著呢？）

倘若等待自己的，僅剩遭人利用的人生，那將是多麼空虛。這麼一想，足弱渾身失去力氣，躺在床上一動不動。

晚膳也是古廄送來並負責布菜，飯後也是他幫著漱口。投宿客棧時可以泡澡，這種時候古廄甚至會幫忙擦背。古廄的一天生活全都繞著足弱而轉。

某天早上足弱在客棧房裡醒來，古廄卻遲遲沒有出現。

（他終於願意偷懶了。）

這麼一想，足弱心中的雀躍勝過不安。

他並不想要勉強古廄服侍自己；古廄不應該花太多時間在一個人質身上，應該放輕鬆。

下了床，足弱先到房間角落拿水瓢舀水注入水桶淨臉，再以一旁的布巾擦臉；他差點就直接用衣袖擦拭了。接下來他想刮鬍子，卻四處都找不到刀子，所以決定晚點再處理。他找到疊好的衣服，脫掉寢衣換上。

綁好腰帶時，古廏正好進房；他的嘴角滲血，彎著身子腳步不穩。

「古廏！」

足弱讓古廏在椅子坐下，拿溼布替他擦拭傷口。看他按著腰側，足弱就拉高他的手，掀起外衣，足弱找不到藥布和軟膏，所以同樣用冰冷的布巾按住傷處，讓古廏自己壓好，再從小布包拿出竹筒放在小几上，走出房門。

站在門外的兩名佩劍護院原本百無聊賴，一見到足弱出來，立刻正色半彎著腰，猶豫著要不要跪下。

「去廚房拿裝熱水的陶壺來。」

「那……那是古廏的工作。」

「古廏動不了。如果你們不樂意去，我自己去。」

「不不不。」

其中一名護院往客棧後面走去。原本打算回房的足弱問留下的護院：

「古廏為什麼會傷得那麼重？」

「他去找安弄華大人交涉，希望大人給殿下您樂器，才會弄成那樣。」

足弱臉上的血色瞬間褪盡。他回到房內，看到古廏弓著身子坐在椅子裡，姿勢與剛才一樣。看著古廏的背影，足弱想不出任何能夠對他說的話語。

就像在足弱眼裡覺得古廏很可憐，古廏看著足弱也覺得很可憐，才會做到這種地步嗎？

有人敲門，送來冒著熱氣的陶壺。

足弱拿掉竹筒蓋子，舀起一杯量的乾燥藥草倒入陶壺，等到熱水完全變色，再倒入茶碗裡吹涼，端著茶碗來到古廄身旁，手放在他的背上。

「古廄，這個藥非常難以下嚥，但止痛很有效，你喝喝看。」

足弱把茶碗湊到古廄嘴邊，把湯藥送進他的嘴裡。

古廄第一時間差點噴出來，臉色又青又紅，把湯藥喝到一滴不剩。足弱接著連忙從茶具盤上拿來蜂蜜瓶，舀起一杓蜂蜜塞進古廄的嘴裡。古廄貪婪地舔著湯匙上的蜂蜜。

吃完小瓶子裡的蜂蜜後，古廄渾身虛脫，足弱把他扶到床上。察覺那是足弱的床，古廄原本用力踩住腳步拒絕，卻沒能夠堅持到最後，還是被推上床。

足弱這天都在照料古廄。

入夜後，足弱蓋著外袍躺在房間角落。一方面現在是夏天，不是太冷，而且他長年來都睡在泥地竹蓆上，不睡床也無所謂。

「殿下……殿下……求您起來。」

沙啞的嗓音不停在懇求。

氣溫大概是清晨時下降了，足弱發著抖半睜眼。在房內微亮的晨光中，古廄湊近看著足弱。

「殿下，請到床上睡，您這樣會染上風寒的。」

「古廄，你還會痛嗎？」

「有勞殿下的照顧，已經不痛了。」

「湯藥奏效了嗎？」

「是的，十分有效。傷勢看起來雖嚴重，但奴才並不覺得痛。」

足弱坐起來，觀察古廄的嘴角和側腰。古廄很順從沒有反抗。

「你就繼續再多睡一會兒，我在這裡……」

「殿下。」

「好啦，我起來坐在椅子上總行了吧？」

「殿下，您不冷嗎？」

「我比較怕熱，冷一點剛剛好。我的身體基本上很健康。」

說了一大堆無關緊要的話之後，足弱還是在古廄的強迫下坐上椅子喝熱茶。

足弱無法判斷湯藥是否真的對古廄有效，所以他不痛了，或者古廄只是假裝不痛，好讓自己放心。

過不了多久，他們就抵達籠尾花家族位在領地「風車」的府邸，或者該說是城樓。

足弱一下馬車，就由佩劍的護院們包圍著送到城樓最上層，也就是三樓後方寬敞的廂房裡。古廄也陪同一起。

城樓是有著褐色屋瓦和灰白牆壁的三層樓建築，外觀樸素，一走進裡面，護院和奴僕全都低頭恭迎府邸的繼承人。

屋內裝潢展現出屋主的秉性，性喜奢華。天花板和牆上滿是壁畫；除了紅色和金色柱子之外，玄關還鋪著光滑的石子。古廄跟在足弱的左側走上朱紅色階梯，一手替他捧高長外袍的下襬，另一手攙扶他的腰。

廂房內有寢房和花廳這兩個空間。柱子全都是朱紅色，有黃金雕像和花瓶裝飾。每扇窗都釘著木條，斜斜交錯成菱形格子狀，幾乎看不見窗外的景物。

「這是怎麼回事……」

足弱抬手推了推那些木條；即使他的力氣很大，木條仍舊紋風不動。足弱的太陽穴流下冷汗，不只是因為天氣熱。

「殿下，如果有缺什麼，吩咐阿青就行了。需要女人也儘管說，畢竟你要在這裡待上好一段時間，沒有女人身子會不利爽。」

足弱站在窗邊，臉色黯然。滿臉鬍子的安弄華走過黑漆房門闖進來。抵達領地後，他已經脫掉鎧甲，掛著紅色珊瑚項鍊，但佩劍沒有解下。

「好一段時間是指多久？」

足弱握緊手中的拐杖問。

「直到殿下的皇弟駕崩為止。屆時我就會送您返回鑭城。」

足弱的手失去氣力，忍不住搖頭。

「殿下就多擔待了。阿青，這一路你展現的忠誠，連我都不曾見識過，服侍的對象是殿下，你就樂意了是麼？你要怎麼服侍他都行，可別想著要助他逃走，否則你的殿下下場會很慘。我也不願意動手，不過你若是犯錯，我就會找你的寶貝殿下開刀，你最好牢牢記住這點。」

那雙三白眼看著下人，嘴角帶著嘲諷，以粗嗄的嗓音說完，很敷衍地行個禮，就退下關上黑門。門外可窺見走廊上站著身穿鎧甲，手持兵器的護院身影。

＊

宰相安夜的領地「風車」位在皇土東北方的阜郡，此地盛產小麥和刺梁，夏季舒適怡人。稍微往北走，有全國第二大河「二星河」流經，很適合搭乘船隻往來。

領地的百姓遭受欺壓，向郡守投訴，事情也會被壓下去；上京越級申冤，都會慘遭殺害。從此以後，此地的百姓都悶著頭過日子，不敢出聲。

正妻所出的安弄華自小生長在京城鑭城的府邸裡，殘暴作為卻太惹眼，因此父親將他送回領地風車來。沒想到他沒有因此收斂，反而變本加厲，帶著護院親信四處縱馬逞兇，破壞小麥田、刺梁田等，一發現年輕的農家小姑娘就當是在追捕獵物，騎馬追逐，逮到四處逃竄的小姑娘立刻扒個精光，與夥伴們輪番姦淫享用。

無法忍受的領地百姓手持農具群起反抗，安弄華就會像期待已久般揮劍相向，草菅人命。每次安弄華騎馬出現，百姓就會爭相走告，讓家有正值青春年華的姑娘藏好，或幫助她們逃入深山和森林深處。

安弄華十七歲時，迎娶六卿之中、以結紅色果實的阿芭榴樹花朵為家徽的名門千金為正妻。這位正妻替安弄華生下一男一女，但夫妻兩人關係淡漠，別說領地風車的城樓了，她連京都的安家府邸都不肯靠近，帶著兩個孩子生活在其他地方。

安弄華不把正妻當一回事，納了許多妾，在風車城樓也安置四名侍妾。安弄華一離開足弱的房間，立刻叫來其中一名侍妾。這名侍妾皮膚白皙透明，豐胸柳腰。安弄華的粗壯手臂一摟住她，她就甩動細長披帛像在跳舞般，柔若無骨地靠上來。

安弄華把皇族軟禁在三樓，自己日日酒池肉林，讓護院們追逐找來助興的舞妓尋歡作樂。

一樓幾乎每晚都會傳來飲酒作樂的喧鬧聲。

三樓則是相當低調安靜。足弱在古廄的殷勤照料下度過夏日。

分明不會有人看到，古廄還是找來綢緞布料的夏服，每日替足弱更衣，並搭配衣袍顏色挑選腰帶，從不覺得厭膩。

古廄向來沈默寡言，唯有看到換上新衣袍的足弱，才會偶爾以沙啞的嗓音喃喃說一句：「真好看。」

看樣子這就是他的喜好。

顧慮到足弱容易出汗，古廄選擇吸汗的棉質褻衣和寢衣；洗浴時若發現足弱起汗疹，古廄就會搗碎治療皮疹的藥草，擠出汁液替他塗抹。在一天當中氣溫最高的時段，古廄會讓足弱睡午覺，並且在足弱睡著前，拿扇子不停地替他煽風。

刮鬍子是每天都會做的工作，但古廄不曉得今世王下令讓足弱保持短髮，因此足弱的頭髮在不知不覺間已經長到遮住耳朵。

他們只被允許五天去一次城樓一樓的浴殿。出入浴殿都有護院跟隨，古廄也會跟著進入熱氣蒸騰的浴殿，避免足弱因地面溼滑而滑倒，並替他刷背、清洗身子和頭髮。

等到足弱離開熱水，就替他擦拭全身，穿上白色寢衣；即使足弱喊熱，古廄也執意要替他套上外袍，才把他送回三樓房間。除此之外的日子，都是用木桶裝熱水在房內擦身。

每當足弱讀完一本書，古廄就會再去找新的書冊來，也會陪足弱下棋打發時間，或提議或準備各種排解無聊的點子。

「身子都怠惰了，我希望有機會多走走路，但恐怕是不行吧。」

來到這裡的第七天，足弱這樣對古廄說。這位下人鞠躬退出房間，直到晚上才傷痕累累回來。聽說他把足弱的要求告訴安弄華之後，又飽受一頓拳頭伺候。

「明明是他自己說有什麼需要儘管告訴他的，他為什麼要打你？」

看到從黑門走進來的古廄，足弱從椅子跳起上前攙扶，讓他躺在長榻上。

「大、大人說，只要不離開城樓院落，並且有人陪同監視，就可以去散步。」

「古廄，他做得太過分了……為什麼會這樣……」

足弱以水壺的水弄溼布巾，冷敷古廄手臂和背上的紅腫傷處，再從古廄替他準備的膏藥箱裡找出治療跌打損傷的草藥。足弱熟悉植物，只要看到名條上的草名就知道用途。他把膏藥塗在棉布片上貼在傷處，再綁上繃帶。

此時有人敲門，喊了聲：「晚膳來了。」

足弱阻止想要起身的古廄，自己把門打開。

個子高的足弱一露臉，送膳的城樓僕役也好，負責看守的護院也好，全都傻在原地。

「多謝。對了，古廄的晚膳呢？」

中年男僕睜大雙眼，一時間沒有反應過來這問題是在問自己，露出茫然的表情，很快又回過神來必恭必敬地回答：

「古、古廄是在一樓廚房角落吃飯……」

「你可以幫我把古廄的膳食也送過來這裡嗎？」

足弱雙手捧著膳食這麼說，男僕點頭往後退下，接著飛也似地逃開。

足弱小心翼翼以雙手捧著晚膳放到膳案上。

過不了一會兒，又有人敲響房門。

廚房準備的下人吃食是黑穀飯、三條河魚、炒蕈菇野菜和一碗湯。看樣子宰相領地城樓的奴僕們吃得不算差。

足弱把膳案拉到古廄躺的長榻旁，把呈盤放在膳案上。

「古廄，用晚膳了。你能起來吃飯嗎？」

古廄摸著擺在最上面的受傷手臂，始終沉默看著足弱一連串的舉動，本來面無表情的瘀青臉變得緊繃，濃眉隱隱動了動，黑眼珠有時閃閃發光，透露出其中的情緒。

足弱扶古廄坐起，把筷子塞進他的右手，自己也在另一張几案前坐下，一邊用膳一邊看著古廄吃飯。足弱俐落剝開古廄平常會剝好的橡實外殼，把果實放進嘴裡大口吃著，不介意弄髒手指。古廄偶爾會皺臉，但仍舊表現很有食慾的樣子，把食物全部吃光。

足弱按照古廄之前的做法，把空碗盤和呈盤拿到門外。回到房裡，走到房間角落的水壺旁漱口，以鹽巴刷牙。

接著他蹲下，用房裡喝茶用的火盆生火，擺上裝水的陶壺，接著走進寢房拿來裝御前草的竹筒，回到花廳。

古廄看到足弱手裡的東西，很明顯變了表情。

「殿下，請不要顧慮奴才。」

「因為這藥太難喝，你不想喝嗎？可是這藥草對你好像也很有效。」

「那是殿下的藥草。」
「我還有很多。」
大概只剩下三杯的量。
「殿下。」
足弱不理會古廄的抗議，看到陶壺冒出水蒸氣，就拿掉竹筒蓋子，倒入一杯量的藥草。

＊

「爹，怎麼了？」
與兩位侍妾同寢的安弄華，被突然回來的父親吵醒，套上藍色寢衣，袒露出又捲又黑的胸毛走出來。他形式上理了理衣袍，來到父親面前盤腿一坐。父親正坐在正廳的上座。
時刻已是日正當中，夏蟲鳴聲嘈雜。
打了一個大呵欠後，安夜開始天南地北閒聊。
六卿其中一人——夏牧——外號「白饅頭」，長相白胖，頗有人望。而夏牧的下一個順位是安姜，他在這些高官顯要當中年紀最輕，性格沉穩內斂，難以窺知根柢。
他說這兩人在宰相抓到盜賊、解除京城戒嚴令之後，上書批判他指派陸方擔任將軍，濫用下軍兵力的行為不當。
「善與大人病倒後，權力轉移到繼任為相並兼任攝政的安夜大人身上沒錯，但下軍的將軍目前仍是華矢，陸方並非正統。況且企圖綁架殿下的盜賊，你不僅沒有交由刑部處置，甚至下令軍隊駐紮在高砦郡不得移動。這到底是怎麼回事？」

在綠流城的議事堂裡，兩名上卿分頭質疑，安夜無法給予明確的交待，只能含糊其詞。

「既然宰相聲稱已將殿下藏在安全地點，灰衣衛將軍與綠園殿總管為什麼又頻頻找大人問話？灰色狼不知情豈不奇怪？聽說與盜賊對上受傷的灰衣衛們也全都沒有離開高砦郡。大人，您是什麼打算？」

安姜得理不饒人，緊盯安夜混濁的雙眼逼問，彷彿能夠看穿想法。

年輕的安姜這種口氣，不僅沒有使安夜更加不安，反而使他覺得對方是在挑戰自己的權力，因而表情不悅。

左思右想都想不出答案，安夜於是跳上馬車，逃離灰衣衛將軍與綠園殿總管，逃到兒子身邊。

「夏牧和安姜嗎？他們兩人從以前就很難搞。」

安弄華摸了摸鬍子，說出想法：

「爹，你是宰相，下令把他們兩人抓去關不就好了？」

「抓、抓去關？他們又沒有犯罪。」

「隨便安個叛國名義不就行了？栽贓他們與他國往來，企圖顛覆吾國。」

安弄華編造這些謊言不打草稿。

（叛國罪？足以將他們打入大牢嗎？）

安夜想像著兒子的提議，忍不住笑出來。安弄華看到父親這反應，也跟著獰笑，把酒送進嘴裡，粗壯手臂環胸，繼續對父親獻計。

「我們沒算到陛下居然活到現在還沒死，那些煩死人的傢伙才有機會繼續蹦躂。我本來想等陛下死後，再去擺平那些跳梁小丑，看來必須變更計畫了。」

這間靠近外廊的房裡只有他們父子兩人，護院和下人全被支開遠遠。

「你打算等陛下確定退位後，推殿下上位嗎？」

安夜也伸手拿起酒杯。他原本一直以為自己的兒子只懂得施暴，沒想到自己當上宰相後，最值得依賴的人就是這個自豪的兒子。

「爹，我還有更好的辦法，我想這個辦法，你也會比較滿意。」

「哦？什麼辦法？」

「就是讓三樓那位跟我成親，由我繼任新的今世王。」

酒杯從安夜泛黃腫脹的手指間滑落，殘餘的酒水灑落滿地，酒杯也跟著在地上滾動。

他轉頭看向二十三歲的兒子那張滿是鬍子的臉。

「弄、弄華……」

只見兒子一手撫著鬍子，勾起單邊嘴角。

「殿下不懂政治，不然由那位擔任今世王，再讓爹輔政，當然也可以，但倘若我成為那位的夫君，當上今世王，不但更能夠成為殿下的支柱，雷氏王朝也會更穩固，不是嗎？」

兒子是今世王，父親是宰相的話，雷氏王朝就完全屬於二十四瓣籠尾花的囊中物了。

慶幸皇室承認同性結契成親。

「可是……」

「可是？」

「可是不曉得殿下接不接受……」

「如果把這件事情告訴他，我懷疑他不會願意讓我成為今世王。不過，還是知會殿下一聲比較妥當；百姓和殿下都知情，他們才容易接受我接替今世王。爹，您說得是，我也不想要強迫，咱們這就去告訴殿下吧？」

＊

足弱在上午天氣涼爽的時辰，在護院監視下，來到城樓院落裡散散步，回房後再看看書。

被帶到這裡已經十五天了。

突然有人敲響黑門，古廄還沒來得及上前開門，安夜和安弄華父子已經闖進來。

花廳裡的足弱起身，安夜跪地行禮，安弄華晚了一步才跟著跪下。

「微臣久疏問候，殿下的身子是否無恙？」

「安大人，陛下的情況如何了？」

足弱問了他最掛心的事情。

「關於陛下的情況，為了讓他專心養病，我想最好是請他提前退位。」

安弄華起身站起，打斷足弱與宰相的對話。

如果可以避免雷霰勞累，足弱自然也不反對他退位。但足弱感到不解，為什麼挑現在。

「既然殿下你是最後一位皇族，我希望你成為這個國家的支柱，避免動盪發生。我不是要你現在就即位成為下一任今世王，畢竟陛下的遺詔已經明白禁止。」

聽到「今世王」一詞時，足弱正想搖頭，就聽到安弄華後面的那些話，聽完他點頭表示沒錯。

安弄華閃過跪地的父親，走近站在几案前的足弱，那張長滿鬍子的臉往前一伸，足弱連忙往後退，臀部撞上几案。確定足弱無法繼續後退，安弄華又往前走一大步，朝足弱的脖子附近嗅了嗅。

「我之前就在想，皇族身上都有一股很好聞的香氣呢，是不是有什麼與一般人不一樣的肌膚構造呢？」

「弄華……」

雖然不見得是因為父親喊他的名字制止，兒子還是站直身子，摸著鬍子，同時肆無忌憚地盯著足弱瞧。

「我不是要殿下成為今世王，而是要你與人成親。」

「成親？」

「沒錯，與你成親的人，就是下一任的今世王。」

「你在說什麼？陛下的遺詔已經提到，往後將不會再有今世王！」

「只要殿下允許，百姓也會高舉雙手大表歡迎的。畢竟這樣才能夠穩定政局，逼退外敵。難道你要眼睜睜看著承恩千年的雷氏王朝百姓頓失所依嗎？」

足弱抬眼看向滿臉鬍子的高大男人。

「別把我扯進去。你們如果需要新王，誰想當就給誰當。」

「原來如此，用不著堅持遺詔中禁止使用的『今世王』名號，也不失為一個方法，可是殿下，你應該清楚自己的立場有多重要吧？如今陛下臥病在床，有能力凝聚國家的，就唯有殿下你了。殿下擁有皇族血統，有資格繼承大統，你才是雷氏王朝百姓追求的光。弄華不才，但說到拯救國家，自是當仁不讓。」

安弄華笑著說，佩服自己的大義凜然。

「換句話說，我要殿下與我成親，成為我的伴侶。」

足弱臉上的血色一點一滴褪去。他推開安弄華，離開几案前走到寢房門口，回身說：

「我拒絕。」

他表達的意思很明確，絲毫沒有讓人誤會的空間。

「怪我這件事提得太倉促。你再好好考慮考慮。爹，我們走吧。」

宰相父子行禮後離開房間。

＊

足弱覺得想吐。

他才踏入寢房一步，就跪倒在地上。

光是想像都覺得噁心到極點。四肢百骸不停冒出雞皮疙瘩。

他絕不可能接受那個體型龐大、滿臉鬍子，更糟糕的是會對家中下人施暴的男人，成為自己的伴侶。

同性成親本來就不合禮法的倫理道德。

更遑論那個男人不僅偏離禮法，更是骯髒污穢的具體體現。

深愛足弱的今世王提議成親，足弱也遲遲沒有應允，畢竟對他來說，還是難以接受同性成親。

「殿下，請躺到床榻上吧。」

古廄開口提醒，足弱卻沒有起身，搖搖頭。

寢房裡昏暗冰冷。枕頭旁有古廄替他準備的薰香、矮屏風、安眠藥草，希望多少能幫助足弱入睡。

「殿下。」

「我不要成為那種人的伴侶。」

足弱忍不住對一旁的古廄這麼說。他看著那對倒映自己表情的黑眸。

「縱使我憂心雷氏王朝的百姓，我也不要和那傢伙成親，不要，絕對不要。」

顫抖的拳頭被微溼的手掌包覆。

「冷靜點。」

足弱的呼吸一窒，轉開視線，點點頭。

古廄扶著他的腰助他站起，足弱在古廄的攙扶下走向床榻。

＊

安弄華向身為宰相的安夜保證，一定會取得殿下理解並接受聯姻，就送走父親。

他要父親暫時忍耐綠流城那些異議分子的挑釁；只要殿下應允這樁婚事，他立刻就會返京，在今世王退位的同時宣布即位。假如雷氏王朝發生動亂，他也能夠與姊姊遠嫁的北國私下商議密約，情況若有萬一時，可向北國借兵。

現在用早膳稍嫌太早，但安弄華不在意，叫人備膳和酒，在父親方才坐的上座坐下，喝著下人小心翼翼端來的酒，也叫來侍妾們陪喝。護院也一邊觀察主子的臉色，湊上來摻一腳。

（也對，我何必拘泥今世王的稱號？安王，安王陛下聽起來不錯，接下來就是籠尾花王朝的天下了。）

一陣酥麻感竄遍安弄華年輕的身軀，那是單憑玩弄美人與鄉下小姑娘也無法獲得的快感，彷彿罩頂烏雲散去，晴朗藍天展現在眼前般舒爽。

（天子，沒錯，捨我其誰。）

他全身上下因亢奮而顫慄。

身為名門二十四瓣籠尾花嫡子的他，父親位極人臣，與其繼承十二條冕旒之位，不如自立為王更適合。

那個男人多半待在房裡看書。綽號阿青的下人花了不少銀兩添置，使房內的家具比他剛被帶來時更多。

五尺七寸（約一百七十五公分）的身高雖比不上安弄華但也算高，而且他是庶子，所以沒有皇族金髮藍眼的特徵，但這些對安弄華來說都無所謂；就算對方比自己年長十歲，已是中年人，安弄華仍舊不在意。

（無論如何都要讓他答應成親。）

對方雖然是男人，但一想到能夠坐上龍椅，那些都無關緊要；只要能夠掌握名聲與實權，即使要他強行侵犯男人也無妨，反正跟抱女人沒兩樣。

（那張嘴再有意見，壓上去狠狠肏幹就會乖了。）

他想起對方站在寢房門口回望時，那張堅定拒絕的臉，他想著要讓那張臉哭得一塌糊塗。

給他幾個巴掌讓他安靜，再用自己的肉棒捅進他的屁眼讓他發出喘息聲，他就會聽話。他們每個人在安弄華面前都是這樣哭著討饒。

安弄華計畫帶他上京去宣布成親，再來就是解散囉哩八唆的灰衣衛，攻打灰色狼的領地把他們收拾掉，告訴他們膽敢反抗就要折斷皇族殿下的手腳，想必灰色狼也會安靜受死；只要是為了皇族，那些傢伙不會拒絕。

綠園殿將成為安弄華專屬的後宮，用來收集全國各地的美人，也讓其他國家獻上美女，誰敢反抗就出兵討伐。

至於殿下，就隨意關在一處院子裡，心情好時臨幸一下也行；其他國家的君王若想嚐嚐皇族人的滋味，只要拿出領地或金銀財寶來換，就讓他們一償宿願。

安弄華一邊喝酒一邊舔舔厚唇獰笑。好點子接二連三浮現腦海，彷彿立刻就會實現。

「爺的心情很好呢。」

侍妾蹭著他的肩膀替他斟酒，但安弄華此刻是首次在這位他一向中意長相與身材的女子身上，找不到半點魅力。

＊

沒有食慾的足弱，讓人撤下幾乎沒吃的晚膳後，仰望木條封住的窗子頻頻嘆息。夜空遼闊，涼風從縫隙間吹進來。

他揪著胸口，彷彿有重物壓在胸前。他清楚原因，每次一想到，脖子的寒毛就會直豎，手臂的雞皮疙瘩就會冒出。

就在他把漱口的水吐進古廄拿來的容器時，黑門突然振動，朝左右大開。

足弱聽到女子的嬌吟聲，看到淺紅色的披帛大幅度翻飛舞動。

「阿善，妳看，那位天人就是陛下的庶兄。」

被喝醉的高大男人抓著腰肢、暴露出胸前溝壑的美人表情一變。

「殿、殿下？」

「沒錯，他就是能夠讓我成為一國之君的貴人，不錯吧！」

安弄華一邊對侍妾這麼說，一邊把手探入她的前襟，即使隔著布料也能看到他正在粗魯蹂躪她的豐滿雪乳。

安弄華任由房門大開，就這樣步履蹣跚走向足弱，半路還嫌足弱前面的几案礙事，一腳踹開。

足弱看到古廄身子一閃避開飛來的几案。

「如何？看到皇家天人有什麼感想？阿善。嗯嗯？長相是很普通，不過這個身體有上萬兩黃金的價值，等於一個國家，而且是這個有豐饒綠土的雷氏王朝。所以不管妳長得多美，都贏不過殿下，明白嗎？阿善。」

「妾、妾身明白……」

「對，所以我接下來要做的事情不是移情別戀，妳可別挑剔抱怨。我無論如何都要娶他。」

說完，安弄華倏然甩開女子，順勢伸手抓住足弱的衣襟，在場眾人全都嚇得屏息。

「哎呀我的小可愛，你考慮好成親的事了嗎？」

「放開。」

「你身上的味道果真很好聞，你薰的是哪種香？我也想讓我的女人們用用。」

說完，安弄華伸出舌頭舔上足弱的頸側。

足弱使出全力緊抓住安弄華的手腕把他扯離胸前。安弄華因足弱出乎意料的力氣而瞠目。

「看樣子你不同意呢。」

「我一開始就說了。」

「我希望你知道我是很溫柔的男人，況且殿下對我來說，是任何美人都比不上，所以你最好趁我好聲好氣提議成親時接受。」

「我不接受。」

足弱沒有惡言相向，只是不斷重複自己的答案。手被拉開的安弄華，瞇起眼睛俯視足弱，那張酒氣染紅的臉瞬間轉黑變了態度。

「這事豈是你說不接受就能拒絕！」

說完，他踹向足弱的右腿。

「呃！」

安弄華順著足弱跌倒的姿勢，抓住他的衣服將他放倒在地上。

「我是天子！我是九五之尊！」

他一邊說一邊跨坐在足弱身上。

比起腳痛，足弱更厭惡安弄華的舉動，伸手抓住掉在地上的黑漆拐杖，使出全力揮向安弄華的頭側。

拐杖順勢斷成兩截，安弄華的上半身晃了晃。足弱使力把他推開，從他的腿間爬出，拖著右腿想要遠離安弄華，卻被人從背後拉住。足弱轉頭看去，只見安弄華一手按著挨打的頭，以單膝跪地的姿勢抓住足弱的外袍衣襬。

安弄華用力一扯衣襬，把足弱拉去撞牆。掛在牆上的絹畫落地撞出聲響。

「爺，快停手！」

雙手掩口的美人在房間角落慘白著臉大叫。

「閉嘴！」

「可他是皇族啊！」

「吵死了，他是我的！誰也別想插手！」

安弄華踉蹌了幾步靠近足弱抓起他的手臂。足弱想要甩開他，衣袖因此發出尖銳聲響從肩頭扯裂。

拋開手裡的衣袖，安弄華衝向逃出敞開房門的足弱，用肩膀撞倒並壓上他。

足弱以手臂撐起上半身要爬起，安弄華抓住他的肩膀把他翻過來仰躺，整個人坐在他的肚子上用自身重量壓制，接著高舉右臂。

「你就乖乖成為我的囊中物吧！」

以雙臂遮臉的足弱，遲遲等不到預期中的巴掌衝擊，於是悄悄睜開眼睛。

「大人，殿下臉上如果有傷，外人會察覺是您強迫他就範。殿下此刻應該已經明白大人的意思了，此事何不明日再談呢？您無論如何都需要殿下的配合，殿下尊貴不正是因為他有這樣的價值嗎？」

名喚葉久的男人沒有拔劍，僅是一派淡漠地以劍鞘擋住安弄華準備甩巴掌的手臂。

滿臉鬍子的高大男人原本還在齜牙咧嘴，聞言，他鬆開原本緊握的拳頭，仰望那位劍術高超的護院面無表情的臉，激動的情緒也逐漸冷靜下來。

安弄華說明日晚上會再過來，就帶著美人和護院離開房間。

黑門關上後，跌坐在花廳地上的足弱在古廄的幫忙下起身，卻在看到折斷的拐杖掉在糾結成團的地毯上時，爬過去以雙手捧起。

「雷……」

那是今世王送給足弱的拐杖。

足弱以衣袖擦去湧上的淚水。

房裡一片狼藉，几案倒地，水從掀翻的容器灑落一地，掛軸掉落，花瓶在地上摔個粉碎，足弱那身貴族衣袍的衣袖也被扯破，從手臂處露出底下的白色褻衣。

等激昂的心跳平息下來後，古廄來到足弱身旁，不發一語伸出一隻手繞上他的背扶起上半身，將他的雙腿併攏，另一隻手繞到他的膝蓋後側，以不曉得打哪兒來的力量將足弱攔腰抱起。

雙手仍捧著拐杖的足弱，淚溼雙頰的臉面向古廄。

使出吃奶的力氣因而滿臉漲紅的古廄，就這樣穩穩抱起足弱送進寢房，把他放在床上後，調整自己的呼吸，點燃燭火，替足弱脫去鞋子，便暫且離開寢房，去拿來清水、布巾，以及裝有多種膏藥的箱子，擺在案上，準備替足弱脫去褻褲。

足弱有些抗拒。

「不要……」

安弄華舔過脖子、跨騎身上的觸感仍舊清晰，因此在床上被男人脫衣服，突然挑起他厭惡和恐懼的情緒。

古廄仍然強勢脫去他的褻褲，把燭火拿近，檢查他的右腳，並伸出一隻手輕輕觸摸查看是否骨折。足弱感覺到他的手指在隱隱顫抖。

「似乎沒有骨折。」

鬆了一口氣的古廄以沙啞的聲音說完，拿溼布冷敷傷處，接著替足弱脫掉少一邊衣袖的外袍。此時的足弱已經不再抵抗。

看樣子古廄也想查看撞到牆壁的手臂。

「除了腳之外，沒有其他地方覺得痛。」

儘管足弱這麼說，古廄仍舊把燭火拿近檢查，直到滿意了才退開。他把腳上的傷處冷敷幾次後，覆上塗抹大量膏藥的棉布，再以繃帶纏起。結束後，古廄離開寢房去拿足弱裝有御前草的竹筒。

足弱待在床上讓古廄處理傷處時，一直在考慮某件事。

古廄煎好一碗藥端來餵足弱喝下後，又搬來木桶和熱水，脫下足弱的褻衣讓他坐在床上替他擦澡，再換上寢衣讓他睡進夏被裡。

「謝謝你總是這樣照顧我。」

足弱對著古廄吹熄燭火的影子說。

在伸手不見五指的寢房裡，古廄俯視著足弱，彷彿在黑暗中也能視物。最後他沉默不語行禮完，就回到明亮的花廳去收拾那片狼藉。

足弱在薄霧中看著綠園殿。

他走出安排給他的房間，離開欄杆，看著底下的大水池。水裡開著白花，長長的迴廊上等距離豎著一根根紅色柱子。

接著霧靄轉濃，他看到今世王躺在四根床柱的龍床上沉睡。

「雷霰。」

距離太遠，他看不清對方的臉。

即使染上皇族病也無所謂。足弱焦急加快腳步，卻有人從他身後抓住他的衣服。

回頭一看，滿臉鬍子的高大男子以那張殘暴的臉對著足弱，抓住他的外袍衣襬。

恐懼從足弱的腳趾竄上來。

「讓我稱王！讓我稱王！」

足弱急急奔向龍床。

「雷霰！」

睡在床上的今世王似乎聽到呼喚，試圖起身。

「雷霰，救我！」

他脫掉被抓住的外袍，想要逃離男人，對方卻從身後以粗壯手臂抱住他的腰與胸，把他摟進懷裡，力氣之大，他無法掙脫。

「雷霰！」

「成親，和我成親。」

男人把臉湊近。

鬍子碰到脖子，足弱差點尖叫。

今世王從床上起身，雙腳踩地想要站起卻頹然倒下。

又溼又長的舌頭舔過足弱的頸側。

足弱在自己的尖叫聲中醒來，淚水從雙眼眼角滑落，氣息紊亂。

他看到古廄在漆黑的房間裡點起燭火。

「殿下……」

足弱以顫抖的雙手抱緊夏被，仰望古廄走近的臉。或許是燭光的緣故，半邊臉瘀青的男人看來神情柔和。

「古、古廄，我、我想、逃走。」

足弱結結巴巴地說，彷彿喪失了原本流暢的說話能力。古廄沒有說話，只是抓住足弱打顫的手。他的手乾爽又溫熱。

「被發現的話，下場會更慘。」

「你、你、是要、我、答、答應、成、成親嗎？」

「殿下假使答應，他就不會再繼續對您施暴，畢竟那個男人無論如何都需要您。」

「可、可、可是……」

那個討厭的眼神，貪婪的雙眼，哪怕對象是男人也照樣舔脖子。他帶著女人進房來時，假如葉久沒有出面制止，自己肯定會被他打暈趁機侵犯。這點危機意識足弱還有。

足弱很想告訴古廄——假如答應成親，那個男人一定會再次撲上來——但一個不停遭到虐待，甚至皮膚留下殘忍瘀青的男人聽到這種話，他又能做什麼？

我希望他能夠拉著我的手帶我逃走嗎？

這樣一旦被發現，自己頂多挨上一頓揍，但還能活命，古廏肯定會被殺掉。

（對，我不能連累他，要逃只能我自己逃，而且絕不能被抓到。）

足弱吞了吞口水有了決定，於是他停止顫抖。

「古廏，我明白了，等到黎明時，替我告訴那個男人我答應成親。」

他回握古廏的手請他代為傳話。

第二天早上，右腳已經不痛但仍舊紅腫，所以古廏替他塗上膏藥，更換棉布，重新以繃帶裹好。

足弱因為昨晚的事折斷拐杖，因此古廏替他準備一把臨時拐杖。拐杖是以打磨光滑的木頭製成，上面沒有任何裝飾。

足弱拿在手裡轉了轉，確認新拐杖的手感。整個白天他都安靜坐在窗邊的椅子裡度過。

這天很熱，但足弱沒有流汗，也拒絕午睡。

過午之後，有人敲響黑門，出去應門的古廏與某人說了幾句話後回來。

「來人稟報說，已經照殿下早上的吩咐準備好晚膳了。另外就是，晚膳要請殿下下樓跟大人一起用膳。」

足弱只是點點頭，旋即把臉轉向窗外，手掌轉動著拐杖，彷彿要把地板洞穿。

到了晚膳的時間，足弱在古廏的陪同下，由佩劍的護院們包圍著下到二樓。

二樓大堂的地板黑到發光，搭配朱紅色木框。上座有兩個位子，也只有那兩個位子是椅子，其他人都是坐在地上。身上有籠尾花家徽的眾人皆已入座。安弄華之外的所有人一見到足弱現身，齊齊跪地磕頭。

「殿下，請過來這邊。」

昨夜的惡形惡狀彷彿只是一場夢，男人那張長滿鬍子的臉上綻開笑容，要足弱坐到自己隔壁的椅子上。安弄華的頭側昨晚挨了一記，甚至把拐杖都打斷了，他卻沒上繃帶，只是太陽穴有點紅腫。

足弱借古殿的手入座後，安弄華拍了拍手。

「殿下既然到了，咱們就開席吧。今晚要慶祝我與殿下即將成親，大家儘管吃喝，別客氣。」

從叩首姿態抬頭的護院們再度齊齊伏地。

「恭喜雷風殿下、安弄華大人。」

「賀喜雷風殿下、安弄華大人。」

丫鬟們捧著酒進入大堂，現場瞬間因多了胭脂花粉而明媚華美。大堂內挑高的天花板也是朱紅色且繪有壁畫。柱子上的燭臺亮如白晝。

「殿下，我敬你一杯。」

足弱朝安弄華舉起手邊的酒杯回敬，杯裡裝著顏色白濁的酒。安弄華讓丫鬟替自己斟酒。足弱僅以舌尖沾了下酒液就立刻放下酒杯。

「看來你不喜歡酒。」

「是。」

「那我馬上讓人送上你喜愛的東西。」

安弄華愉快地拍了拍手，對下人說：「拿上來！」

古殿站在上座旁邊不吃不喝，只等著隨時服侍足弱。

「早上聽到你派人來提出的要求後，我已經盡快差人去準備，可惜府裡的廚房沒有那樣東西，只好派人快馬跑一趟二星河的魚市，好不容易才找到一箱，還被人趁機狠敲一頓竹槓，一切辛勞都是為了滿足殿下你無論如何都想達成的願望。幸好來得及趕上晚膳。」

「很抱歉我這麼任性。」

足弱的視線落在膳臺上，以不帶情緒的嗓音說。

護院們偶爾瞧瞧足弱，與鄰座的人或斟酒丫鬟們竊竊私語，女子就會發出嬌呼或突然笑出來。宴席在眾人喝了酒之後逐漸熱絡起來。

「無妨，只要是殿下想要的，我都會替你做到；即使你的要求再困難，我也會替你實現，畢竟你能給我我最想要的東西，其他的不過小事一樁。你看，來了。」

只見下人捧著正在冒熱氣的大盤子，低著頭恭恭敬敬送過來。大盤子一擺到足弱的膳臺上，大堂裡立刻歡聲雷動。

「這是我送殿下的第一個成親賀禮。待我成為這個國家的君王，我就會立刻為殿下蓋一座離宮！」

安弄華妄下豪語，護院們齊齊拿筷子敲打器皿。

那個大盤子裡裝的是有五對步足與一對觸角的高價甲殼類海鮮，外殼經過汆燙會變成鮮紅色，在雷氏王朝這片大陸上相當受歡迎。

古廄快速上前夾起一隻大盤子裡的一星蝦，放到小盤子裡去殼。剛煮好一定很燙，古廄卻迅速把外殼剝乾淨。

「殿下，需要替您切成小塊嗎？」

他以沙啞的嗓音問，足弱一邊把開始發癢的左手藏到膳臺底下，一邊微笑對古廄說：

「這樣就好。」

古廄把只剩蝦尾沒有去掉的肥美大蝦子放到足弱面前，還替他準備好沾醬和小盤子。一星蝦的香氣四溢，但足弱卻逐漸感覺身體內外搔癢難耐。

他稍微抬眼看著古廄瘀青的臉。

「古廄，謝謝你這段日子的照顧。」

拿布巾擦拭手指的古廄面無表情地回看足弱。

「殿下在稱讚阿青勤快呢。也是，他堪稱是我安家最忠誠的下人了。」

偷聽到足弱說話的安弄華，一點羞恥心也沒有，接著足弱的話說下去。手下們也紛紛鼓掌。

「殿下……您的脖子……」

足弱無視古廄的疑惑，直接從盤子裡抓起蝦子，咬下第一次吃的蝦肉，嚼了幾下後嚥下。味道如何他不清楚，只覺得渾身發燙。

看來紅疹已經出現在醒目的地方了。

「殿下？」

古廄靠上前，足弱卻不看向他，視線始終凝視著大堂正前方距離他很遠的那面牆壁。

最後熱氣終於一湧而出籠罩他全身，足弱克制不住顫抖，倒在膳臺上摔碎了器皿，膳食也散落一地。一旁立刻有人用力抱緊他。

「振作點！殿下！」

古殿以前所未有的音量大叫。

「殿下？」

「殿下，怎麼回事？」

「殿下！」

察覺到足弱的情況不對勁，整個大堂瞬間嘩然。

喉嚨深處疼痛灼燒，視線範圍愈來愈窄，就連呼吸也愈來愈困難。足弱只覺得耳邊的怒吼聲逐漸遠去。

第十八章 忠誠

窗外的夏蟲鳴叫不休。

原本照理說到了夏蟲和鳴這時候，今世王已經殞命才是。

然太醫們卻發現，今世王喝完一碗御前草之後，風邪的症狀逐漸改善。

等到燒退了，今世王很驚訝自己的身體居然變得輕快，食慾也逐漸恢復；儘管還需要多睡多休息，但每次醒來，他都會堅持喝下那碗綠色湯藥。

本來已佔據身體三分之一的紅斑也停止擴散；雖然改善不如風邪症狀那般顯著，但仍可看出紅斑正漸次從白皙肌膚上消退，有些紅斑已經褪成淺色。

持續咬牙服藥並確實用膳的今世王，想要聽聽足弱的消息。

「事實上……」

總管這時候才不得不娓娓道來那些原本不可能向纏綿病榻的今世王稟報的事情梗概。

足弱上當受騙離開高砦郡的郡府後，就在率領手下的安弄華，以及把女兒嫁給安弄華的陸方帶兵夾擊下，被迫與灰衣衛分開。

儘管他逃離追兵、藏身京城，卻因宰相頒布戒嚴令鼓勵通報，使得足弱遭人從藏身處綁走。

「卑職從王安大人那兒聽聞消息後，立刻派人前往救援，卻遲了一步。現場只留下毀損的門戶、打鬥的痕跡，以及馬車的車轍。」

總管繼續稟報。

夏牧和安姜追問宰相安夜為何動員下軍那日，安夜在當晚深夜就派衙役，以及由六卿之一的華矢擔任將軍的上軍，突襲兩位大人的府邸。幸好兩人事先就料到會有這情況，早已指示手下備戰，等對手上門，雙方人馬很快就打了起來。

宰相宣稱六卿中的那兩人叛國。

原本只是旁觀的其他高官顯要也站出來聲援手中有國璽的宰相，領著家兵參與討伐夏牧與安姜。

安姜運氣好，得以逃出京城避禍，夏牧卻被捕入獄，關進皇城的天牢裡。

「六卿明顯分成了兩派，安夜、華矢、陸方這一派對上夏牧、安姜一派。」

「畢竟安夜、華矢、陸方有姻親關係。」

「是。就是這時候，光臨副將軍從陸方圍城封鎖的高砦郡派人回來遞消息，說遭遇夜襲時，有人看到敵人身上有二十四瓣籠尾花的家徽。」

「是安夜的兒子安弄華嗎？」

總管低下頭。

「朕的哥哥人在何處？」

「被帶到安夜的領地阜郡的風車。」

腳一踩地就頭暈，但今世王忍住了。他讓內侍在他的寢衣外披上外袍。

病體消瘦的今世王睜開帶著幽光的藍眼睛，想像抱足弱時的情況。

足弱有男人的寬肩，體型單薄但很有肌肉，體態與今世王十分類似，但對於今世王來說，他隨時都能夠輕易將對方攔腰抱起。

——雷霰。

好想快點聽到那個嗓音呼喚自己的名字。

那個平凡無奇，而且任何時候聽起來都很舒服的嗓音；那個充滿同情心、恪守禮法又帶著質疑的嗓音。

「別讓他們殺了夏牧。」

「遵旨。」

「叫灰衣衛將軍過來。」

「是。」

今世王掃視寢房內的內侍們，視線對上命。

「命，你是不是更希望能夠待在哥哥身邊？」

原本隨侍皇兄的內侍長掩飾不了眼裡的擔憂，跪在地上俯首。

「可你若沒有把哥哥的藥草送來給我，我也就不會喝了。」

「皇兄殿下也是這麼說，才會派卑職過來陛下這兒。」

「原來如此……」

今世王的腦子裡浮現各種安定政局的政策，然而每個政策都必須先讓足弱回到他身邊才有意義。

——雷霰，我愛你。

足弱派內侍長前來傳話並帶來藥草，自己這條命是因足弱而得救。

太醫們試過各種湯藥和療法始終無果，足弱送來的御前草卻敲醒了本已對於染上「皇族病」認命等死的今世王。

「微臣認為御前草是皇兄殿下的異能培養出來的。」

卷雲對逐漸康復的今世王說。今世王也是這麼認為。

年幼時曾經差點死掉的足弱體內沉睡的異能，大概是以藥草的形式發揮作用，保護足弱遠離疼痛。

縱使沒有前例可循，但那也是因為過去不曾有過庶子在缺乏灰色狼保護下，獨自生活在邊境深山裡。足弱也是延續千年的王朝中，第一個置身那種環境的皇族人。

足弱以外的人喝到御前草都會覺得難以入口，就是因為御前草只為足弱一人存在；藥草會製造出難以定義的苦味還是什麼味，總之就是很難喝的味道，避免足弱以外的人服用。

今世王不服輸，堅持照著足弱平常喝的份量大口灌下一茶碗，喝藥時滿腦子只想著足弱，憑借著對足弱的愛才得以堅持喝下去，久而久之難喝的味道倒也減輕了不少。

簡直像是「御前草」也屈服於今世王的意志了。

御前草保護有一半皇族、一半凡人血統的足弱遠離疼痛，也逐漸治癒有同樣皇族血統的今世王。足弱喝下藥草的第二天，疼痛就會快速消除，然今世王並非藥草的主人，因此療效很緩慢。

今世王突然想起一件事，叫來太醫令卷雲。

「臣在。」

「卷雲，那個藥草既然能夠治癒朕的『皇族病』，是否也可以保護哥哥避免染疫呢？」

「這樣推測確實合乎道理，但微臣認為最好還是讓殿下避開染疫的風險比較妥當。」

「也是……」

很想現在立刻就去接回足弱並抱在懷裡的今世王，垮下肩膀哀嘆。

＊

在宰相安夜的領地「風車」城樓二樓的大堂裡。

安夜的兒子、二十三歲的安弄華，與前一年才找回安置的皇族庶子、三十七歲的雷風殿下，兩人正在慶祝訂親。席間，足弱要求安弄華準備昂貴的一星蝦，並一口咬下水煮的蝦肉。

足弱在咬下前，口頭對古廄道謝，接著彷彿在品嚐蝦肉的滋味般，一語不發地咀嚼著，等到吞下蝦肉後，他凝視遠方。

足弱脖子上古廄發現的疹子瞬間急速擴散腫起，他旋即因為過敏反應，撞翻面前膳臺上的碗盤後倒下。古廄懷疑有人下毒，連忙抱緊足弱讓他面朝下趴著，把手指伸進足弱口中催吐胃裡的食物。

足弱雖然吐出剛吃下的蝦肉，卻止不住渾身上下紅腫起疹子。

「殿下！殿下！」

古廄拍打臉頰呼喚，足弱也沒有反應，他伸手按著脖子把脈，發現脈象很微弱。

「大夫！快叫大夫！」

「中毒嗎？」

「怎麼可能！」

古廄、護院、下人立刻把足弱抬到大堂旁的偏廳，鋪好睡榻讓他躺下。足弱的肌膚佈滿凹凸不平的腫塊，甚至已經看不出原本的長相，眾人卻對他的狀況束手無策。

常駐風車的大夫趕來看了足弱的情況，也僵在原地，直到安弄華破口大罵，大夫才回神跪在膝枕上慌亂地把脈，查看眼睛，檢查呼吸。

「殿下怎麼了？到底是怎麼回事？人怎麼突然就變成這樣……喂！不准讓他死，殿下還得跟我成親、送我坐上龍椅！不准讓他死，把他給我弄活！」

若是為了給安弄華迎頭痛擊，毒殺足弱這招的確有效。

安弄華陷入半瘋狂狀態，揪著大夫的衣襟甩晃，好不容易才在護院的阻止下放手。被放開的大夫連忙去煎解毒的水藥，問題是他連足弱是中了什麼毒都不知道。

（中毒……真的是中毒嗎？老夫沒見過中毒會猛然爆發疹子的……）

他唯一知道的是——假如現下的診治出錯，足弱會喪命。

古廄向來面無表情的臉上也出現焦慮，他看了看躺在睡榻上模樣慘兮兮的足弱，撲向原本正在暴打護院的安弄華腳邊。

「大人！您快去問問關在地牢那些殿下的內侍，他們或許有頭緒！」

正打算踢開古廄的安弄華瞬間恢復冷靜，朝護院和大夫喊：「快去試試！」古廄也悄悄跟著他們身後。

足弱的內侍溫和星被人五花大綁，比足弱晚了些時候才帶到風車城樓來，隨即關進地牢裡。同樣是地牢，這裡的牆上有鎖鏈拴著他們，他們只能待在骯髒又不見天日的地底。因為看守的人威脅他們如果亂來，足弱就會沒命，所以他們始終沒有反抗。

如今，這座夏天也很冷的地牢裡，響起慌亂的腳步聲。

一聽到足弱的症狀，長滿鬍子的兩人臉色瞬間鐵青。

「皇、皇兄殿下吃了什麼？該、該不會是……」

「今天早晨，他對安弄華大人表示無論如何都想吃一星蝦，所以晚膳送上了水煮一星蝦。」

「殿下吃了？」

兩人激動的反應使得鎖鏈發出碰撞聲，他們從粗木和鐵打造的格子牢門伸出雙手大喊。

「吃下去了。」

「讓他吐出來！」

「快讓他吐出來！」

一聽到護院的回答，溫和星尖聲大叫，轟然的聲音在昏暗冰冷的石牢裡嗡嗡作響。

「怎……怎麼會這樣！怎麼會這樣！」

溫仰望洞窟頂抓著亂髮大喊，彷彿這樣才能表達自己的悲痛。

「應、應該已經有人催吐了。」

「所以那不是中毒？」

安弄華的護院們眼神一變，從牢門退開，遠離發狂吼叫的內侍們。

「可是他全身起疹子，模樣看起來很危險……」

大夫希望他們告知治療方式，溫和星立刻把自己記得的，所有太醫們在河拉哈蘭郡用過的藥草名稱和處置方式告訴他。大夫連忙寫下。

他們兩人哀求著要看顧足弱，可是他們不允許離開地牢。

「對了，皇兄殿下應該有隨身攜帶藥草，叫『御前草』的藥草，你們也把那個藥草煎了讓殿下服下。保命要緊，快回去用剛才說的方式和『御前草』治療殿下！」

溫緊握著牢門搖晃，說話的表情如惡鬼般駭人。

「盡全力救他！你們可知道那一位有多麼重要嗎？快點送他回宮讓太醫醫治！」

星朝遠去的護院和大夫的背影怒吼。

直到聽不見腳步聲，溫才用自己的身體去衝撞牢門。

「溫，別撞了！」

眼見他撞痛自己的身體，星出聲制止他。

「在河拉哈蘭郡時，陛下交代殿下絕不可以再碰一星蝦，殿下當時回答：『我為什麼要折騰自己？』然而他現在卻吃了，你想是為了什麼！」

「溫。」

「太醫也屢次提醒過不能碰、不能放進嘴裡，殿下自己也清楚當時的情況有多危急，太醫令甚至還明白說過可能致命！你當時應該也看到殿下帶著難以形容的表情點頭答應不碰吧。」

「對，我看到了。」

溫的聲音嗡嗡迴盪在地牢裡。

「殿下是遇上了多麼可怕的恐怖威脅，才會寧可吃下一星蝦，甚至死也無所謂！這等於是在服毒自盡！可惡的安夜和安弄華！我詛咒二十四瓣籠尾花！絕不饒恕！折磨皇族人的仇，我灰色狼族就算只剩一兵一卒也必定回報！」

溫抓狂暴怒，束縛他的鎖鏈也跟著鏘鏘碰撞石壁，就連同輩的星也不曾看他如此激動過。最後溫搖搖晃晃跪在石地上，額頭貼地，把亂髮與長滿鬍子的年輕臉龐夾在雙臂之間，口中說出平日替足弱和今世王祈福的禱文。

「壹茨辛、貳賜印、參鳩衣奴、肆雷奴、伍科古、陸雷奴、柒攸烏、捌哈利、玖默薩、拾雷奴——十顆太陽啊！請守護你們親愛的後代。」

星也跟著溫伏地叩首，齊聲呼喚皇族的祖先，也就是初始的十位藍血族人的名字。

＊

來風車城樓看診的大夫需要的藥草很快就備齊了，下人按照內侍們所說的方式準備解毒藥，並在足弱光裸的全身貼滿止癢消腫的藥布。

古廄跪坐在大夫對面的座墊上；大夫完全不提御前草，所以他拿布沾取私下煎好的御前草水藥，溼潤足弱乾燥的嘴唇，並把藥汁一點一點滴在他的舌頭上。

大夫不敢觸碰足弱的身子，因此需要接觸的治療和處置，都是交代古廄進行。古廄不害怕足弱凹凸不平的肌膚，展現出一如往常的盡心盡力態度，全心全意照料著。

「殿下……殿下，求您睜開眼睛。」

半夜裡，在燭光映照下，古廄跪坐查看足弱的臉色，同時湊近他的耳邊，以沙啞的嗓音不停呼喚。

古廄長長的倒影在牆上舞動。

內侍們一得知足弱吃下一星蝦，立刻在地牢裡哀叫，古廄這才曉得足弱不是遭毒殺，而是寧可一死所採取的行動。

「殿下，您不願吧，萬般不願吧。都怪奴才，奴才當時應該抓著您的手，就算背著您也要離開城樓。是奴才錯了。」

眼睛底下泛青的古廄落下眼淚，執起足弱紅腫無力的手貼在自己臉上。

「您分明要奴才救您……對不住。」

他吸著鼻子，以沙啞的聲音頻頻道歉。

足弱昨晚經歷了安弄華的粗暴對待後，好不容易睡去，卻在半夜裡呻吟尖叫著醒來。

足弱說想逃走，古廄卻建議他答應成親，足弱才會在心裡做出這樣的決定。

古廄本來的想法是，只要足弱先應允，安弄華就會心花怒放心情大好，喝酒喧鬧爛醉個幾天，如此他就能夠多爭取幾天時間。

然而，足弱在床上請古廄代為傳話時，想必是心意已決，決定無論如何都要離開。

在後悔的苛責下，古廄獨自照料從大堂偏廳移到二樓小房間的足弱。

大夫偶爾會露臉。古廄有什麼需要，守在門外的護院們也會立刻回應，但古廄幾乎不眠不休。

足弱一直仰躺著，為了避免生褥瘡，古廄會替他活動身子，拿乾淨的水和布巾擦拭身體，在他的身上貼滿藥布，替換準備好的幾套新寢衣。等時辰一到，古廄就會抱著足弱的腦袋，小心翼翼餵他喝下送來的湯藥。

足弱的氣管也因為腫脹變得極窄，稍微堵塞就無法呼吸，因此藥湯幾乎只能一滴一滴餵食。古廄的膳食也是送到這裡來，如廁也是忍到非去不可才會去。他想要分分秒秒都待在足弱身邊服侍，不願離開視線。

儘管如此，他還是有超過極限睡著打盹的時候。

當他發現自己睡著，連忙跳起來時，足弱還是一樣躺在那兒，沒有恢復意識。

御前草三天就用完了。

那是內侍們提過的藥草。足弱曾經分給古廄兩次；古廄希望如果可能，他想把自己喝下的份還給足弱。

四天後，紅腫以緩慢的速度逐漸消退，原本氣若游絲的呼吸也稍微穩定了些，但是這四天期間，足弱什麼也沒吃，只喝了湯藥；因為他的氣管變得細窄，古廄不敢餵食任何固態食物。

於是古廄向廚房要求，把野菜穀物等燉煮成看不出原型的濃稠湯汁。在這種場合，古廄同樣展現出令人敬畏的堅忍，他不是一匙一匙餵食，而是跟餵藥時一樣，一滴一滴讓足弱喝下。

期間當然也少不了協助足弱如廁。等足弱的狀況穩定下來後，古廄向大夫提議，搬回三樓的架子床房間，會比窄小無窗的二樓房間好，太夫也同意，於是古廄請大夫去向安弄華建言。他認為大夫開口會比區區下人的意見更有效。

結果當天，足弱就由男人們連同睡榻一起送回三樓的廂房。

三樓廂房是古廄為足弱陸陸續續補上不足的物品，逐漸打理出的空間。等到房裡只剩下他和足弱兩人，古廄吐出一口氣，覺得很放鬆。

「殿下……」

足弱還沒有醒來。也不知道這種暫時的安穩何時候又會出現變卦，古廄不允許自己大意。

足弱在河拉哈蘭郡初次接觸到一星蝦的大量蒸氣，皮膚發炎腫脹時，緊急處置後，症狀大約過了四天終於改善。

而現在，他在風車城樓二樓吃下一口同樣的一星蝦，儘管古廄立刻催吐，他的身體內側仍舊過敏腫脹，使得他奄奄一息。

但或許是沉睡在足弱體內的異能發揮了作用，也或許是皇族人的強韌，又或許是只為足弱存在的御前草功效，再加上古廄犧牲奉獻的殷勤照料，足弱逐漸康復。

「殿下，奴才接下來要替您擦拭身子。把身體弄乾淨會比較舒服。」

古廄每次行動前一定會告訴足弱。他扶起足弱泛紅醜陋的身軀，以溼布輕輕滑過，避免刺激皮膚。

足弱搬回三樓的第二天就醒來了。

古廄馬上就注意到眼皮腫脹成一條縫的眼睛睫毛在眨動，於是開口喊他。

足弱的視線沒有焦距，很快又把眼皮闔上。

只是這樣，還是帶給古廄勇氣，他放任鬍子亂長，也不洗浴，專心照料足弱。

日日來看診的大夫看到古廄的模樣，實在看不下去，告訴他如果不保持乾淨，就不讓他來照顧殿下。古廄於是立刻奔出廂房淨身擦乾更衣剃鬍，又趕快回來。此後，他在照料足弱的同時，也會留意讓自己保持尚可見人的程度。

「殿下，湯藥來了。喝下這個可以緩和搔癢。」

儘管餵藥從一滴一滴進步到一匙一匙，但足弱似乎無心接受治療，他只是仰躺著不說話，也不肯吞下放入嘴裡的食物，逕自把臉撇向一旁，視線沒有焦距，彷彿任何人、任何東西都不在他的眼裡。

「殿下……」

古廄好幾次覺得心灰意冷，卻還是秉持一股執著，繼續照料足弱，全心全意糾纏、拉近、背起一心只想跨進冥界尋死的足弱。

「奴才一定、下次一定會救您，無論要奴才做什麼，奴才都會助您逃離那個男人。所以殿下，求您了，請把藥喝下去。」

古廄在耳邊誠摯懇求，苦苦對抗足弱的症狀與他的意願。

喪失活命意志的足弱，在古廄一日復一日的殷切照料下，原本沒有焦距的雙眼逐漸意識到古廄的存在。

「奴才不會讓殿下與那個男人成親。」

古廄以門外守衛聽不到的音量熱切低語，並在足弱全身塗上膏藥、貼上藥布，悉心為他保持乾淨。古廄幾乎都是彎著腰坐在床畔的椅子上度過一天，不曾躺下，時時注視著足弱，只要足弱有什麼風吹草動就會立刻反應。

「奴才不會讓那個男人隨意對待殿下。」

足弱也總算因為這位常遭主子粗暴凌虐的下人真心的奉獻，打消尋死的念頭，開始願意乖乖喝下用湯匙餵給他的少量湯藥，也願意配合古廄挪動身子。

腫脹逐漸消退後，足弱恢復原本的長相。古廄經常趁著與床上病人兩人在房裡獨處時，握著足弱一隻手道歉說：

「這全是奴才的錯。」

古廄有時會把擠好的果汁冰鎮後，一點一點餵足弱喝下，或把足弱額頭上變長的瀏海撥好，或是在熱水中加入帶來涼爽感的花露，以布巾浸溼後擰乾，擦拭足弱的身體。古廄不眠不休照料也不覺疲倦，一心只盼望足弱康復。

「殿下，再有下次，奴才會陪著您，就算要背您逃離這座城樓，奴才也會照辦。」

古廄感覺到手裡的手突然回握，他愣了一下抬起頭，就看到足弱從棉被裡看著自己。

足弱的臉上和脖子仍然貼著藥布，黑眸從藥布之間望出來。

「殿下！」

足弱動動嘴唇無聲說——真的嗎？

「是，奴才保證。奴才這條命是殿下的。」

古廄目光炯炯回答完，把足弱的手貼在自己的臉頰和唇上。足弱微微睜大雙眼顯得很訝異。

＊

足弱本來已經逃到沒人能夠追來的地方，卻被喊了回去；儘管他轉過身不想理睬，卻得到無私的服侍，逼得他即使再害怕，還是決定回到原本的地方。

他害怕別人逼他做他不願意做的事，但他仍舊選擇嚥下那股恐懼，回應古廄捨己照顧的善意。

足弱只是想要回應這位臉上瘀青的下人動容的奉獻，以及他為自己犧牲的親切，因此應允接受他的照料。

活下來，也見不到今世王，也無法回到故鄉的深山，因此他對這個世間沒有留戀，但足弱卻也無法繼續漠視古廄的用心。

其結果就是，假如情況演變成他最害怕的狀態，他也無力反擊；在他打開心胸接納古廄照料的那一刻起，他不得不做好這樣的覺悟。

不管古廄多麼願意捨命帶著自己逃走，結局都顯而易見。足弱心想，無妨，就這樣吧。他能夠回報古廄的，也只剩下聽進這個男人所說的話。

「殿下，藥來了。」

足弱讓對方扶起自己的腦袋，從遞到嘴邊的碗裡喝下大夫煎的湯藥。

「太好了，您把湯藥喝完了。有沒有哪裡會癢？您身上的皮疹和發紅的地方都變淡了。喉嚨能夠吞嚥了嗎？」

「我沒事。」

足弱簡短回答完，古廄以深沉的眼神看著他，那是最初見面時，難以想像會出現在這張面無表情臉上的神情。

「您熱不熱？要不要奴才替您把外袍褪到腳邊？」

「我不熱。」

足弱開始覺得這間寢房彷彿就是全世界，而古廄和自己就是唯二剩下的兩個人。這樣的悠閒安逸時光彷彿是假的。

也的確是假的。

正午之前，古廄還在問足弱午膳有沒有特別想吃什麼，而足弱回答都好。

儘管正值酷暑，但風車的地理位置比鑭城更北方，因此夏季氣候怡人。

足弱應允與安弄華成親卻過敏倒下已過十一日。腫脹逐漸消退後，足弱因食量減少而變瘦的體格更顯得骨瘦如柴。

看到這情況，古廄覺得心痛，更加不眠不休照顧足弱，弄得自己臉頰消瘦、眼窩凹陷，雙眼炯炯。

「看來殿下是已經康復了，真是可喜可賀。既然皮疹已經大致上消退，就該盡快舉行婚禮。」

安弄華沒有先取得許可，就獨自站在足弱寢房的門口。

「都怪你調皮惹出一星蝦的騷動，浪費了不少時日。不能再耽擱下去了，臉上貼著藥布也無所謂，你快跟我過來。」

他身穿銀線刺繡的貴族服飾，頭戴冠，脖子上掛著紅色珊瑚項鍊，腰間佩劍，二話不說就大步闖進房裡。

古廄跳出來站在安弄華和床榻之間。

「大人，殿下的身體尚未痊癒，仍然需要靜養。」

「阿青，你幾時成了大夫？大夫說殿下已經恢復得差不多了。你照顧得很好，可是你的主子不是殿下，是老子我。你這個下作東西，是被皇族迷昏了頭麼！」

古廄挨安弄華一踹，撞上牆壁。

原本只有兩個人的世界被打破了。

「古廏！」

承諾會帶足弱逃走的男人被踢飛。

足弱想上前查看撞壁落地那位臉上瘀青的下人，卻瞥見安弄華的身影靠近，他連忙光著腳想從床榻另一側下床。

足弱穿著淺藍色夏服，露在衣袍外的部分只剩右頰仍塗著膏藥。

他從幾天之前就開始在寢房裡練習拄著拐杖走路。躺著養病太久，走幾步路就氣喘吁吁，但他想要恢復體力；只要有機會逃走，他絕不會放過。

他被動作迅速的安弄華抓住手臂拖回床上，面朝下壓著。安弄華扯著足弱的一隻手往背後一扭，抽下他腰上的腰帶。

「哎哎，你要是咬舌自盡那可不妙。你這性子還真高傲，老子要是真侵犯了你，你八成會想咬舌吧？」

安弄華一邊說，一邊把抽出來的腰帶橫過足弱的嘴裡，牢牢綁在他的後腦杓上。

「噗！唔唔！」

足弱拚命甩著臉色蒼白的腦袋。腰帶強行固定住他張開的下顎，他只能從嘴巴縫隙喘氣。

這情況，在他決定接納古廏的照料時早有心理準備，儘管如此，恐懼並沒有比較淡化，厭惡的感覺也仍然存在。他渾身寒毛直豎，心臟緊緊一揪。

「真是遺憾啊，殿下，你分明厭惡我厭惡得想死，可時間緊迫，我得先把你變成我的所有物，再帶你一起進京。在事成之前，不管我說什麼，你全都得照做。」

就像他過去利用自身體格優勢強暴無數無力抵抗的少女一樣，安弄華把足弱的手臂更往後扭，讓他的上半身緊貼床面，準備扯掉他的褲子。

「唔唔！唔唔！」

足弱再次搖頭，扭動身子翻身，用盡全力遠離跨坐在他身上的安弄華的雙手。

「可惡！給我安分點！你想挨揍嗎？」

安弄華朝很明顯是足弱弱點的右腳一踢，足弱察覺到安弄華稍微放鬆了壓制的力道，咧嘴一笑，把頭扭向一旁，躲開伸過來的手。

安弄華跨坐的體重突然重重落在趴在床上的足弱身上。

「唔……」

足弱嚇了一跳推開安弄華，安弄華的重量也正好在此時離開足弱身上。原來是古廄抓著安弄華的上衣，把他拉起摔在地上。

「皇兄殿下，您要不要緊？」

古廄上前查看，並整理好足弱被扯亂的外袍前襟，從床上扶起足弱的上半身，解開他嘴上的腰帶，將脫去一半的褲子重新穿好，很快又拿來新的腰帶替他繫在腰上。

「古、古廄……你被踹……」

「我抓著他的腳，緩和了一半的力道，我只是假裝被踢。抱歉讓您擔心了。」

古廄再次確認足弱沒事後，替他穿上鞋子，從倒地的安弄華腰間拿走佩劍，把劍抽出劍鞘看了看。

「好劍。配這個男人太浪費，我就收下了。」

看到坐在床上足弱一臉茫然，古廄在他跟前單膝跪地，低頭行禮說：

「皇兄殿下，請您暫時將自己的性命交給卑職。」

古廄抬起那張因看顧足弱而雙頰凹陷的臉，右臉上的烏黑瘀青仍在，表情也不改陰沉，但他充滿決心的眼神使他彷彿換了個人。

不管是他快速起身挺直的背脊也好，還是他走動的步伐也好，都俐落流暢到難以置信他與剛才那位下人古廄是同一個人。

古廄讓足弱拿著沒有裝飾的木頭拐杖。

彷彿早已習慣這麼做一般，古廄拔劍出鞘，二話不說就要揮向地上的安弄華。那個毫不猶豫的劍勢，使古廄完全就像是另外一個人。

「安弄華大人！」

「古廄，你中邪了嗎？」

踹破寢房門的三名護院拿刀闖進來。

古廄沒有先要了安弄華的性命，反而選擇拉著足弱的手逃走。

他的左手拉著足弱，只憑一隻右手眨眼間就斬殺了兩名護院。接著他們衝出寢房，從花廳跑向走廊。

「殿下！」

「古廄？」

「古廄帶著殿下逃了！」

怒吼聲四起，守衛拔刀撲上古廄。

古廄的表情沒變，朝那些支持安弄華的擋路粗魯護院們殺過去。

身為下人的他，究竟是在哪裡學的劍法？

他以最少的揮劍次數，確實撂倒那些跟隨安弄華、對自身武術很自豪的武師們，專挑致命處下手，保存體力；看得出來他考量到接下來還有銅牆鐵壁需要突破。

「皇兄殿下，走這邊。」

古廄把高個子的足弱推向走廊牆壁，挺身擋在他面前，以雙手持劍，擊倒同時出手的兩名敵人。

敵人顯然不敢相信，發出粗啞的短促哀叫聲，噴出鮮血，在漆藝裝飾的走廊留下一灘灘血水，鐵鏽味逐漸擴散。古廄一看到噴出的血沫飛向足弱，立刻以自身為盾擋下。

「皇兄殿下，請把手給我。」

看到鮮血染紅的手伸到面前，足弱因為那副可怕的模樣說不出話來，只是靠著牆壁繃著一張臉。

「這是怎麼回事？是、是古廄幹的嗎？」

二樓的人似乎注意到騷動，上樓來查看了。

瞥了階梯一眼，古廄伸手緊握沒有動作的足弱左手，朝聲音來處前進。

足弱被他拉著，腳步蹣跚跟上。

看到那些人一個個死在眼前，他的腦袋逐漸麻痺。

在京城鑭城門前，保護足弱的灰衣衛遭到夜襲時，他也同樣聽見慘叫聲、怒吼聲、刀劍互砍的聲響，也聞到血味。當時他跑過那些屍體旁邊，但當時是晚上，看不見情況，況且一下子就有人護著他離開現場。

躲在城內王安替他準備的破屋卻遇襲時，敵人是以活抓他為目的，因此沒有拔劍。當時兩名內侍揮劍砍殺了幾個敵人，但親眼目睹溫熱鮮血直接降臨身上的打鬥，這還是第一次。

被握住的手差點因為鮮血而滑脫，下一秒又被緊緊握住。他們一階又一階地走下大階梯。

古廄是認真要帶足弱逃走；他打算下到二樓、一樓，把風車城樓所有攔阻他們的人全部打倒後逃出去。

讓他採取這般絕望的行動、捨命犧牲的人，不是別人，就是足弱自己。

足弱甩開握住的手。

「古廄，你用雙手對付敵人。」

古廄踹下其中一名衝上階梯的護院，站在階梯最下級戒備的空檔，抬眼望向足弱。

「我會好好跟在你身後。」

古廄那張瘀青臉上沾滿噴濺的鮮血，點完頭便轉身面向前方。

「古廄，你這該死的傢伙！」

「你打算對殿下做什麼？」

為了避免手滑，足弱以衣服擦去掌心的鮮血，重新握好拐杖，一邊注意著階梯上方的狀況，一邊一階階往下走。這個時候如果從階梯上摔下去，就會妨礙古廄的行動。

「好強！」

「區區一個下人囂張什麼！」

古廄砍倒一整排武師，眼睛連眨都沒眨一下，很難想像他是同情足弱，因而太過衝動，在一時的情緒驅使下採取這樣的行動。古廏的動作冷靜，揮劍果決，令人好奇他究竟是在哪裡學的劍法？

除了使劍之外，他還手腳並用，拿階梯平臺處的花瓶、扶手的裝飾石雕等，盡情耍弄護院們，使他們再也無法活動。

「他、他怎麼會這麼強？」

「他一個人就擺平了所有人！」

「對付一個下人而已，居然花那麼多時間還搞不定。」

聚集在階梯下方的護院們，朝陸續倒地的夥伴怒罵。

「這些膽小鬼！我來！」

一名怒氣沖沖的大個子推開面前的護院衝上階梯，舉劍過肩，瞄準古廏的腳攻擊。

在照料病人過程中變瘦的中等體型古廏輕盈跳起，踩上大個子的臉把他踹下樓，接著單腳踩在下一級階梯，飛身降落在跌下階梯、撞翻同夥的男人肚子上，借力使力揮劍刺去。

「唔啊！」

「呃啊！」

劍在空中畫了一個圈，毫不遲疑地劃開男人們的氣管。

古廏往下走了幾階，避開噴上天花板的鮮血，確定足弱也跟著下來了，便再度重新握好手裡的劍。

見識到那身銳不可擋的武功，護院們在古廏的注視下紛紛退後一步。

二樓階梯最下級附近頓時安靜無聲。

「你、你是被皇族人的甜言蜜語矇騙，還是受皇族人的色誘失去了理智？」

說話的聲音因此顯得莫名突兀。

古廄面無表情的眉毛挑了挑。

劍尖霍然移動。

這位身上衣物比任何一位包圍上來的男人更破爛、經常遭粗暴主子不合理暴力相向的下人，光靠眼神就足以壓制眾人。

「是誰膽敢侮辱皇兄殿下？」

古廄靜靜問。

有人吞了吞口水。

「不回答麼？那我只好殺光你們所有人。別以為褻瀆皇族的罪可以輕輕揭過。」

他平靜說完，往前踏出一步。

配有二十四瓣籠尾花家徽、手持兵器的護院們，面對古廄過人的強悍，決定不再以打倒下人為目標，改為搶回足弱。

他們儘管聽說皇族人擁有異能且身強體壯，但親眼目睹躲在下人背後前進的那個人——沒有迷倒旁人的俊美容貌，一張極為普通的臉緊繃；身高雖高卻感覺不到驍勇善戰的氣質。

才剛痊癒不久的足弱，此刻右臉頰仍抹著膏藥，身上沒有佩劍，穿著軟鞋手持木頭拐杖而已。

護院們忌憚皇族不敢觸碰，但又不敢讓安弄華繼位為王的關鍵人物逃走，於是他們把劍收起來，全都湊了過來。

足弱揮舞拐杖趕開那些伸過來的手。

他的右腳無法站穩，但比力氣，他不會輸給那些護院，再加上對方沒有用劍，因此他仍有勝算。況且想要從兩邊同時抓住足弱，或企圖攻擊他殘疾右腳的人，都被一邊抗敵，一邊分神注意足弱的古廄迎頭痛擊。

「你這個叛徒！」

古廄把頭一扭，閃過撲來的武師，改用左手拿劍削過對方。

「吾誓死效忠，不曾動搖變卦。」

說完，他走下階梯，在走廊上緩步前進，走往設在二樓另一頭的下樓階梯。

沿途有人拿長槍柄意圖掃倒跟在古廄背後的足弱，古廄也撲過來揮劍格開對方。

「雜碎，那張嘴倒是很會說。」

令人毛骨悚然的不舒服嗓音響起。

那個人比成群的護院高出一個頭，所以在人群中仍然可以看到他的臉。

那個炯炯大眼，邃廓輪深，帶著嘲弄的嘴角，整張臉長滿濃密鬍子的高大男人。

「安弄華大人！」

「主子！」

護院們歡聲雷動。

安弄華並沒有暈過去太久，現身的他右手握著一把新劍，以充滿憎恨的雙眼瞪著古廄，表情晦暗，看得出他的理性幾乎被怒火燒光。

足弱的背上竄過一陣寒意，用力握緊拐杖。

原本瞪著古廄的眼睛看向足弱，瞇了起來。

他一步步走在護院們讓出來的路，走近兩人。古廄來到足弱面前擋著，儘管如此，安弄華的視線仍然死盯著足弱。

「殿下……來吧，讓我坐上龍椅。你可別以為自己是皇族就可以為所欲為啊。我會用我那根肉棒狠狠貫穿你，我要肏幹到你哭叫求饒，王八蛋。」

他的唇角一掀，露出歪斜不正的黃板牙。

古廄夾帶怒火、來勢洶洶地揮劍，安弄華舉劍擋下，尖銳的碰撞聲迴盪在天花板挑高的走廊上。

安弄華粗壯的手臂揮出的一劍又重又猛，古廄一步也沒往後退就接住了，但安弄華的體格和劍術還是高過護院們；這個粗暴殘忍的男人為了打倒更多人，不曾鬆懈劍術。

「別讓殿下逃了！」

接下古廄的劍，安弄華急忙說。他頻頻以尖銳的劍尖快速刺向古廄，試圖讓古廄遠離足弱。

護院們因為安弄華的出現，彷彿打了一記強心針，紛紛以棍棒或徒手攻擊與下人拉開一段距離的足弱。

「抓到他就送到我的寢房去脫光綁起來放床上！等我收拾完這個雜碎，就要照我剛才說的幹死他。」

足弱聽到安弄華的話，湧上刺骨的寒意，無視自己的腳痛，不要命地揮舞拐杖掙扎。

「殿下！」

「殿下，請冷靜下來！」

「殿下！」

掃退護院們的足弱，距離對抗安弄華的古廄愈來愈遠，也被迫遠離了通往一樓的階梯。

下一秒他的拐杖末端被人抓住，拉扯間，一旁有人撞向他的身子，使他順勢撞上身旁的牆壁，他因此呼吸一窒，手中的拐杖就在這個時候消失了。

失去武器的足弱，被喘著氣圍上來的護院們拉高雙手，以灼灼目光盯著。其中還有人舔了舔嘴唇。

「失禮了，請見諒……」

「你是怎麼讓那個死氣沉沉的下人，願意為你捨命也在所不惜？」

「想必是和古廄兩人獨處的緣故吧？」

在汗流浹背、氣息紊亂的攻防下，足弱聽到這些令人不舒服的話語，皺起眉頭。

「殿下，我們也只是聽令行事才會觸碰你的身體。」

三個人同時撲上足弱，足弱放低原本貼著牆壁的身體躲開。

令人背脊一涼的驚人慘叫聲旋即響起。

足弱聽到四周響起宛如大顆雨滴灑落的聲響，一股鐵鏽味衝進他的鼻腔，使得倒流的酸水溢到喉頭，差點吐出來。

「唔……」

足弱用一隻手掩嘴，屈膝坐在地上，抬頭看看發生什麼事了。

只見有個人背對足弱而立。

與那個男人對峙的護院們各各瞪大雙眼、臉色蒼白往後退開，顯然無比恐懼，不是看到古廄展現的強悍時所能比擬。

原本正在跟古廄對打的安弄華從遠處怒吼一聲：

「葉久！你這混蛋！」

嘴上留著兩撇小鬍子、年齡不詳的小個子男人，帶著淡漠冰冷的神情，甩掉劍上的血。

在安弄華那一幫粗魯暴力的親信之中，唯獨這個男人擁有過人武藝，且不與其他人往來，也不追隨安弄華暴虐的行徑，卻比任何人更出色，待在安弄華麾下只是為了錢，對誰都一樣冷漠。

「你想做什麼！背叛我嗎？」

安弄華用劍逼退古廄，朝足弱他們走來。他不曾懷疑過葉久，此刻氣得嘴角吐沫，眼中佈滿血絲。

「吾誓死效忠，不曾動搖變卦。」

外表猶如寒冰的男人，彷彿火山高溫融化般，語氣中帶著熱意。這句話跟古廄說得那句分毫不差。

安弄華臉上同樣寫滿了錯愕。他可以無視那個他甚至沒當成人看待的下人所說的話，但護院中他尤其仰賴的劍客也這麼說，他猶如挨了一記重拳般訝異，下唇微微顫抖。

「你、說什麼？」

古廄不動聲色悄悄回到足弱身邊，伸手環腰助他站起，接著把他護在自己身後。

足弱面前站著頻頻挨踹、弄到滿身瘀青的下人，以及只對銀兩有興趣的冷酷劍客。

他們兩人並肩而站，看著籠尾花家族的護院，以及他們的主子。

「原來你們都是皇族的骯髒走狗！」

安弄華的吼聲大到差點撼動城樓了。

葉久以行雲流水的姿勢舉劍。

「你要說的只有這些嗎？那就動手吧。」

兩人把心生懼意的護院們一一放倒。失去拐杖的足弱由古廄保護，葉久負責在他們兩人面前降下腥風血雨。血水在地上流成河，逐漸淹沒去路，足弱的白鞋也染成鮮紅，變得易滑，時不時就被絆倒，這種時候右手拿劍的古廄就會抱住他的腰。

「古、古廄和葉久，都是，灰色狼嗎？」

在喘息換氣的空檔，足弱問支著他的腰的男人。

「皇兄殿下。」

這麼說來，古廄從打量襲擊足弱的安弄華開始，就不再稱呼足弱為「殿下」，而是用宮裡的內侍們、灰衣衛們使用的稱呼。

「卑職的命，本來就屬於皇兄殿下所有。」

足弱忍不住伸手環上古廄的背後，抓住他的衣服。

古廄和葉久都是灰色狼——足弱的心中突然湧現灰色狼們的歷史。

『接下來不管發生什麼狀況，我等灰色狼一定會前去搭救殿下，請殿下不要捨棄希望，也不要因絕望而想不開，記住了。』

藏在京城破屋遇襲那夜，在離開破屋之前，在伸手不見五指的黑暗中，溫以不似以往的嗓音這樣交代足弱。

對，他說的就是眼前這情況。

灰色狼為了皇族，為了所有皇族，奉獻自己的身體、性命，以及人生——足弱此刻才明白這所代表的意義。

他們不只是待在舒適的宮裡服侍今世王和足弱而已。

他們也不是辛勤訓練、成為戰士戒護維安而已。

他們還會隱藏出身與身分，像這樣潛伏在各地臥底，融入其中，只為了預防萬一。

就為了那個不曉得會不會發生的「萬一」。

足弱單手掩口，眨了眨淚水模糊的視線。現在不是落淚的時候。儘管不是落淚的場合，但他很想大叫。

——你們用不著做到這種地步！

即使他們不希望足弱這麼做，足弱還是想說。

你們在這般嚴峻的環境中隱忍潛伏了多少年啊？也不曉得那個「萬一」會不會發生，一切就只為了那個發生機率很低的「萬一」。

只為了那個「萬一」。

古廄是撐過凌虐的下人，葉久是負責殺死那些安弄華懶得動手的對象、親眼目睹並忍受他殘暴行徑的護院。這些經歷在他們兩人的身心方面會留下多大的傷害啊！

（雷霰……）

足弱忍不住叫喚那個把他們的忠誠分一半給自己的男人。

在安弄華的前下人古廄，以及前護院葉久的保護下，躲在他們身後的足弱頻頻後退。

古廄很強，但葉久的劍術更是令人瞠目結舌的程度。嘴上有兩撇小鬍子的矮個兒男人維持面無表情，劍花飛舞，刀光劍影，毫不留情地斬向退縮的昔日同夥們。

他身上的衣服雖然有二十四瓣籠尾花家徽，但葉久從來不曾被那家徽污染。

暴虐的安弄華麾下集結了護院、從領地招募的私兵，以及花錢僱用的無賴等。有世世代代服侍安家的家生子，也有不少是安夜拜相後主動上門來的食客。

在一堆雜魚之中，當數葉久的武藝最出色。

小看這個沉默寡情的矮小男人，往往會吃到苦頭；見識過他身手的人，只要不是傻子，都知道葉久戲弄不得。

葉久劍不離身，也看不出他在意什麼，他獨自一人默默旁觀主子興風作浪的狂態與暴虐。當主子要求他出手時，他會以最少的力氣展現力量，用他的背影叫眾人離他遠一點。

足弱的臉上感覺到陽光與風。

二樓的激戰持續進行中，在敵方人多勢眾的進逼下，他們來到沒有屋簷的露臺上。

葉久和古廄儘管武藝勝過護院們而佔上風，但仍然贏不了人海戰術。在善與病倒的現在，取代他成為六卿之首的安夜，在雷氏王朝位極人臣，因此他的隨扈人數也不簡單。

即使有部分兵力派駐在京城的宰相府裡，但他們把足弱軟禁在風車城樓三樓，準備上京即位，因此這兒也集結了三千私兵。

古廄的劍一揮，把守在後方的私兵送上西天後，拉住足弱的左手。古廄和足弱每次移動腳步，就會在地上留下一條紅色足跡；尤其是足弱的鞋內已經溼透，每踩一步都會感覺到溼答答的水氣，又由於是高級絲綢做的鞋子，反而比古廄的草鞋更容易吸血變重。足弱瞥了一眼自己的雙腳，發現已經跟鞋子一起被血染紅。

感覺視線變得明亮，足弱抬頭看去，接觸到久違的戶外空氣。

被軟禁在三樓時，雖然他好幾次獲准外出散步，但答應成親那夜在宴席上吃了一星蝦之後，他就一直沒有離開過房間。

足弱彷彿在故鄉深山那樣仰望天空，感受著壓迫胸口的寬廣，看著代表夏季的蔚藍天空與又大又白的卷積雲。人間正在上演人殺人的場景，天空卻沒有半點污染，太陽仍舊以強烈的陽光照耀大地，只有風帶來了血腥味。

「皇兄殿下。」

注意著來到露臺後散開的敵人，古廄用力拉住足弱的左手催促。足弱拖著右腳跟上他。

足弱在想，自己能夠四處竄逃不被抓到，也是多虧有這兩人保護。

右腳陣陣刺痛。

他盡量不讓臉上流露痛苦，他不能再讓古廄和葉久擔心，尤其是古廄格外擔心足弱，經常回頭。

與他們忍受的辛酸相比，這點小事不算什麼，不過是老毛病了，只要服用御前草，第二天就能止痛。

環繞露臺邊緣的是土石牆。俯瞰下方的山崖峭壁，足弱縱使不怕高，但要他從這裡下去，既沒有繩子也沒有手腳能夠攀爬的岩石或樹木。

他看到武裝私兵們集結在城樓下。城樓門很高，手拿長槍的護院們指著他們的方向，其中有些人持弓。

城樓外是護院們的房舍和百姓居住的地區，再往外有城牆圍繞。風車是宰相的領地，因此豐饒富庶，城樓也蓋得很堅固。

隨著私兵的加入，促使安弄華屬下行動的動機改變了。

被當成嘍囉的粗魯護院人數減少後，尚未認清籠尾花真面目的其他護院們，藏起對足弱的憤慨，刺激並煽動百姓對皇室的忠誠，說：

「快救殿下！那些傢伙想要綁架殿下，他們是雷氏王朝的敵人！快保護皇族，他們想把皇族帶去其他國家！」

足弱回應說：

「我的敵人是安弄華！這兩人不是敵人！」

聽到他這麼說的護院們卻露出質疑的表情。

「殿下被矇騙了！他們欺騙溫柔的皇族要把他帶走。殿下沒有搞懂情況，別聽殿下的話！」

護院的粗啞嗓音音量過人，蓋過足弱的努力辯解。

弓弦反彈的聲響響起時，葉久一派輕鬆地打落飛箭。他的臉甚至沒有朝向箭飛來的方向，只是一有動靜就出手反應。

他的神乎其技震驚了全場。

古廄突然左手往下一拉並擋住順勢跌倒的足弱，一枝飛箭穿過旁邊，差點射中他們。

「喂，這樣會射到殿下！別用弓箭！」

露臺的護院們揚聲怒吼。

四肢趴在石板地上的足弱，聽到古廄凌亂的呼吸在耳邊。

「古廄……」

從人數來看，他們居於劣勢。

「你、你和葉久別管我，自己先走，只有你們兩人比較容易逃走。你們逃離這裡，去通知钃城。」

足弱被古廄抓著手扶起，語速很快這樣說。他感受到古廄扶著他的手收緊。

「我相信他們不會殺我，我會等待救援，所以你們倆……」

「卑職絕對不會留下皇兄殿下。」

「我不要緊。」

「現在請您暫時把自己的性命交給卑職。」

古廄拿起劍，說完就轉身背對足弱。他的肩膀因喘息而上下起伏，已經出現疲態。就連表情沒變的葉久，也不可能靠這麼單薄的助力無止盡地撐下去。

右腳的疼痛也會妨礙他們。

如果沒有他，只有劍法卓越的兩人，即使是銅牆鐵壁也必然能夠突破。再說，只要抓到他，安弄華也就不會繼續為難那兩人了吧。安弄華當然會氣憤難耐，但更重要的是帶他上京去繼承王位。或許讓安弄華抓住帶往京城更好，這樣才有機會與身為灰色狼族長的總管或灰衣衛將軍取得聯繫。他沒辦法自行逃離，但他們一定不會坐視不管。

對，只是一旦被抓到，在上京這一路上，他勢必得承受安弄華的暴行，而這正是他不顧一切想要逃出去的原因。

足弱咬著蒼白的嘴唇。

如果只考慮自己，一想到安弄華會對他做什麼，他就無法忍受，此刻也不擇手段只想逃走。可是他不希望見到兩人為了這樣的他，相信他這個皇族人而不再隱忍，下場卻是慘死。與其害古廏和葉久走投無路最後慘遭殺害，不如就讓他抱著不惜一死的決心，捨身站到安弄華面前。

足弱正準備要離開古廏身後。

他才邁出一步，古廏就注意到了，立刻伸手環上他。足弱想甩開他，拿劍的護院看準時機撲上古廏，古廏身子一扭手一伸擋開敵人後，立刻再度單手按住足弱。

「您不可以離開我的身後，這樣很危險。」

「古廏。」

「求您了，請待在我身後。」

「古廏，我——」

我……

古廏朝旁邊橫了一眼，那雙黑眸看著足弱，使得足弱準備要說的話、腦子裡的念頭瞬間全部消失。

敵不過他。

古廏從一開始就不打算離開足弱。

古廏不惜犧牲性命也要救出足弱的意念，比足弱交出自己、拯救兩人的打算更強烈，一切只為了救出足弱。

這叫足弱怎麼離開這個男人？揮開他、連一步都還沒邁出去，就會被帶回；假如足弱堅持一意孤行，他八成會把足弱弄昏扛著走。

（或許我真的是皇族，但……那也是直到去年才知道的事，在那之前我只是普通的野人啊！）

足弱既沒有奇蹟神力，也沒有出色才能，也不像皇族中的皇族——今世王那樣，擁有白皙肌膚及金髮碧眼。

再說，能夠證明足弱是皇族的證據，唯有今世王愛上他而已！

對足弱來說，他對一切仍是半信半疑。

他不是懷疑今世王的愛，但他還是無法全然接納自己是皇族的事實。

風向變了。

吹動足弱變長頭髮的風，帶來人聲。

那是很多人發出的聲音，敲打什麼東西的聲音。

嘩！

聽到來自身後的呼聲，手擺在露臺邊緣的足弱手臂冒出雞皮疙瘩。

轉頭看去，視線範圍內什麼也沒有。

剛才還拿著弓的私兵已經不在城牆上。

他把上半身探出土石牆往下望。

原本集結在樓下的籠尾花護院們也不見了。

「皇兄殿下。」

他的手臂被人輕輕抓住，身體被人推擠，迫使他拖著右腳往後退。靠過來的古廄正在喘氣。

在他前面的葉久甩掉劍上的鮮血。

把倒地的護院送往後方之後，執劍的護院們輪番逼近。在他們身後可看到高出一個頭的安弄華。

每次視線一對上，足弱立刻轉開。

他的身子夾在古廄背後和露臺的土石牆之間，已經退無可退，身後就是遼闊的天空。

「骯髒的走狗們，你們已經無路可逃，快點乖乖交出你們身後的人，你們可明白他的身分跟你們有多麼不同？這些下賤的東西。」

安弄華以粗啞的嗓音威脅著。

「你的氣數已盡，還沒有發現嗎？」

葉久語氣平靜地回應。

「你說什麼？」

原本盯著自己前手下的安弄華突然聽到聲音，把頭一轉，像足弱剛才一樣跑到露臺邊緣，單手舉著劍，身子往外探去。

＊

全身上下籠罩在太陽光輝中。

黃金鱗片串成的鎧甲從前襟延伸到膝下，頭上是同樣顏色的頭盔，盔簷沿著耳朵繞一圈保護脖子後側，盔頂是報吉鳥銀白色羽毛編成的及腰長穗。

腳踩長度到小腿的皮靴，手背上也有黃金鱗甲覆蓋。
黑色披風長及腳踝，此刻下襬正在輕風的吹拂下搖曳。
腰上繫著黑色皮帶，掛著劍鞘，右手拿著劍。
他就站在龍旗高揭的戰車上。
「黎明，現在就讓朕瞧瞧你的驍勇善戰。」
「卑職乃是陛下的盾，隨時為陛下效忠。」
這個人是今世王的車右。
「朕此時此刻只求哥哥平安無事。盡快完成任務。」
「遵旨！」
單膝跪在戰車下方的灰衣勇士低頭行完禮起身後，高大身軀穿過士兵之間快步離開。
「敲鐘。」
「是！」

咚嗡嗡嗡嗡……震撼體內的沉重鐘聲響起。
「全面進攻！」
「進攻！」
「破城！」
灰衣衛將軍一聲令下，各小隊同時朝風車城樓攻擊。武裝工作隊以拖車載著圓木撞開風車的城門。

頭上降下的箭勢減弱。

雷氏王朝的旗子翻飛。旗子上有十顆小太陽圍繞著中央的太陽。

「反抗者均視為謀反！」

「速速開門！」

「不可能是陛下，怎麼可能是陛下！」

籠尾花私兵亂了陣腳慘叫，不怕死的灰衣衛衝過箭雨，鑽進撞擊多次終於開了一條縫的城門縫隙內。

哀鴻遍野。

一位體型大一圈的士兵闖進城內，揮舞大劍像在揮小樹枝一樣靈巧，瞬間就撂倒四周的敵人。

灰衣士兵們把半開的城門朝左右完全推開，成群的灰衣人一湧而入。

「不要命的儘管放馬過來，我黎明成全你。」

顴骨高，眼睛細長，眼尾上吊，有著膽大無畏長相的年輕人這樣一說完，重新握好劍，一路過關斬將攻向城樓。

「第一、第二中隊已經入城。東門和西門也已攻破。」

「城區呢？」

「多數人一看到灰衣衛和龍旗就無意再戰，少數抵抗的已經鎮壓。」

接獲屬下報告後，率領兩千兵馬的將軍騎著白馬前進。

今世王乘坐的戰車也來到已經攻破的城門附近。

「陛下。」

「將軍繼續指揮作戰，朕也要進城。」

「黎明和副將已經前往營救皇兄殿下。」

「朕要安弄華的首級。」

「陛下請靜待狼群的表現。」

今世王下令御者停下戰車，把劍插在地上，雙手置於劍柄。

因消瘦而變尖的下顎抬高了些，望著聳立在藍天之下那棟褐瓦灰牆的樸素三層高城樓。

足弱看到站滿露臺的黑衣護院瞬間倒下。

在夏季毫不留情的強烈日光照射下，映在地上的影子濃黑，擴散在地面的鮮血預告著厄運的降臨。

哀鴻遍地，刀劍碰撞聲尖銳高亢。

「灰、灰衣衛來了！」

劍被擊飛、手臂被砍斷的護院大叫。

一大群灰衣衛不發一語在籠尾花私兵間長驅直入，每次移動都在斬殺掃蕩擋路的敵人，連換氣都沒有，就揮劍把護院們踢下露臺邊緣。

宛如一陣疾風掃過。

「哇啊啊啊！」

男人一個個慘叫著跌落。

其中一名灰色鎧甲沾染飛濺鮮血的灰衣衛，體型比安弄華更巨大，每踩一步，地板都像要凹下去般，但他的行動卻很敏捷。

足弱的手擺在古廄背上，伸長脖子大喊：

「黎明！」

在露臺邊緣的足弱，勉強認出士兵的長相。士兵以眼尾上吊的銳利視線找到葉久和古廄身後的人。

「皇兄殿下，您沒事嗎？」

經常負責今世王安危那男人的低沉嗓音在藍天下響起。

「我、我沒事。」

「請繼續保持，卑職這就過去。」

說完，士兵朝著足弱的方向筆直前進。

「古廄、葉久，黎明來了！」

足弱抓著古廄喘息起伏的背，擠出力氣對兩人說。

「皇兄殿下，真是太好了。」

古廄轉過頭來以沙啞的嗓音回答，葉久也轉頭朝足弱點頭，但兩人的表情仍舊緊繃，一點兒也不鬆懈。

足弱忍不住想要走到兩人前面，古廄的背影卻不准。

「古廄。」

「皇兄殿下，請稍安勿躁。」

籠尾花護院們仍然一個接著一個倒下。二樓露臺上湧入更多的灰衣衛。其中一名灰衣士兵戴著格外醒目的頭盔，繫著白色長穗，身形中等，身上的披風翻飛，以近乎魯莽的凌厲氣勢橫衝直撞，一轉身就跳起將敵人制服。

足弱用力抓著古廄的衣服。

那夜在京城鑭城的城門前，那個人隻身誘敵離開後便生死不明，再沒見過面。

足弱感到口乾舌燥，只能發出嘶啞的聲音。

「光臨……」

他的雙腳頓失力氣。幸好他待在古廄背後和露臺土石牆之間，否則他連站都站不住。足弱攀著古廄的背抹抹眼角。

原本包抄葉久、古廄、足弱三人的護院們，注意力轉向來自後方的猛烈攻擊，因而背對他們退過來。葉久於是泰然自若地揮刀砍向他們的背，瞬間瓦解他們的攻勢。

宰相的護院們這才想起剛才對戰的強大劍客還在場，發現自己遭遇夾擊，臉色瞬間慘白。

「可惡，都給老子滾開！」

凝然望著灰衣衛攻進來的安弄華怒髮衝冠，右手重新握好劍，殺向露臺邊緣的三人。

狗急跳牆的安弄華頂開葉久的劍，朝他的肚子踹一腳，又揮開古廄的劍，伸出一隻手抓住足弱的衣襟。

「哇啊！」

安弄華把足弱從古廄背後拖出來。足弱抓著他粗壯的手腕想要甩開他，安弄華就放開他的前襟，改抓脖子後面，把足弱壓進自己的胸前。

「皇兄殿下！」

「皇兄殿下！」

「你們再靠過來，我就一劍插死他！」

臉被壓在安弄華胸前的足弱動了動，踢他沒穿鎧甲的腳，伸手從下方把男人的下顎往上推，無視自己的右腳陣陣劇痛。

「給老子安分點！」

安弄華從後方抓住足弱的頭髮往後一扯，足弱發出痛苦的叫聲，腦袋順勢往後仰。安弄華準備用劍柄攻擊足弱，卻突然抬高雙臂擋在面前。

只聽到兩聲利器刺進肉裡的悶響，安弄華就抓著足弱的頭髮往右倒下。

「皇兄殿下！」

「您有沒有受傷？」

有人鬆開安弄華抓著足弱頭髮的手，扶起跌在露臺地上的他。

足弱以雙手揉了揉後腦杓，睜開眼睛就看到熟悉的臉孔。這人的灰色鎧甲底下有零星血漬，跟弟弟一樣有高顴骨和眼尾上吊的雙眼，此刻表情緊繃。

「光臨，你平安無事。」

「皇兄殿下、皇兄殿下……」

灰衣衛副將勉強擠出這兩句話，隨即雙膝跪地，握拳搥打石板地好幾下。

接著足弱把手放在光臨伸出的手裡。光臨要拉他起身，足弱的雙腳卻使不上力。

腳趾彷彿也跟著吸滿血水的鞋子裡那些鮮血一起收縮凝固了。光臨迎面抓著他的兩邊手肘扶他站穩。足弱的右腳疼痛，左腳抖個不停，沒有力氣。

「我……站不起來。」

說完，他讓光臨放開他，人就跌坐在石板地上。

安弄華由黎明五花大綁趴在地上。夢想成為一國之君的鬍子臉年輕男人，腿根和腋下都在流血。

其他也在露臺上的籠尾花私兵都倒在地上，流出大量鮮血。

現場只剩下站著的灰衣士兵，以及交出武器投降後跪在一起的人。除了戰意的差距之外，更重要的是雙方武藝有絕對性的差別，灰衣衛在破城而入後，證明了自己是雷氏王朝最強的軍隊。

足弱找尋在灰衣衛現身前，保護自己的兩個男人身影。

「古廏、葉久……」

「皇兄殿下。」

「救了我的那兩個人——」

光臨單膝跪在癱坐露臺地上的足弱身旁，低下頭說：

「他們已經完成任務，所以離開了。」

足弱一時之間無法理解意思。

「離開？」

「既然灰衣衛已經到來，他們就沒有必要繼續待在這裡。」

不對——足弱抓著光臨的衣袖，卻不知道該怎麼說才好。批評灰色狼族的做法也沒有意義，可是他無論如何都想知道這個問題的答案。

「我還會再見到他們嗎？」

「會，只要皇兄殿下想要。」

綁好安弄華後，黎明走近淺藍色貴族外袍沾著飛濺血漬的足弱。

「殿下樂意的話，請讓卑職背您。」

足弱本想拒絕，又突然想起自己的雙腳不聽使喚，沒人幫忙就動不了。

「拜、拜託你了……」

足弱在光臨的協助下，攀上穿著灰色鎧甲的寬背。對方只是扶起他時晃動到身體，都讓他的右腳劇痛，雙眼不自覺滲出淚水。足弱搖搖頭，對光臨說：

「幸好你平安無事。」

「卑職平安無事沒有意義，皇兄殿下平安無事才是最重要。很抱歉卑職們來遲了。」

足弱被背著走進城樓裡，光臨跟在一旁，手上仍拿著劍。

「皇兄殿下。」

「皇兄殿下平安無事。」

「皇兄殿下。」

灰衣士兵們紛紛出聲。

朱紅色的天花板和壁畫一片狼藉。中劍倒地流血的籠尾花私兵被送走後，仍然到處都是血跡。

古殿和葉久護著足弱打算走的階梯，現在由黎明背著足弱往下走。

一階又一階，小心翼翼踩下腳步。寬大的朱紅階梯上也留下斑斑血跡與打鬥痕跡，扶手和階梯處處損毀，牆上還插著斷裂的長槍。

「皇兄殿下。」

「皇兄殿下在黎明背上！」

「太好了，皇兄殿下。」

一看到沒有戴冠、穿貴族綢緞衣袍與前端鮮紅鞋子的足弱被黎明背在背上，灰衣衛們的臉上流露喜悅，雙眼綻放光芒。

就連躺在一旁面露痛苦神色的士兵們也錯愕睜大雙眼。同僚攙扶的士兵、癱坐地上的士兵，也在一看到足弱時，立刻端正姿勢跪地行禮。

有幾張臉是足弱見過的，比方說，去年南下巡幸時，陪同足弱騎馬遠遊的那支隨扈隊伍之一的木立。

篝火呢，就是足弱與今世王初次見面完，準備搭馬車返回鄉時，灰衣衛卻追上來把足弱攔下，當時開口問「足公子在不在？」並把足弱抱下馬車帶回鑭城的士兵。

篝火身穿濺滿血漬的灰色鎧甲，和其他士兵同樣目不轉睛地抬眼望著灰衣勇士背上的足弱。

「皇兄殿下平安無事。」

某處有人這樣說，拿劍的人高舉著劍，灰色鎧甲的男人們及零星可看到的女士兵們，全都高舉拳頭。

「成功奪回皇族了！」

在灰色狼的歡呼聲中，足弱下了階梯。

＊

來到門窗俱損的寬敞一樓，悲慘的氣味多半已隨風散去，然而隨處仍可見到血窪，仍可聽到受傷士兵的痛呼，以及投降者們的聲音等。空氣中瀰漫著紛亂不堪、令人寒毛直豎的殺伐之氣。

稍早置身於戰場中央的足弱彷彿可以直接觸摸到殺氣，臉上血色盡失，雙眼泛紅。

少了綁架後一直陪在身旁的古廄，在持劍士兵的包圍下，足弱感覺自己的心臟仍然緊揪著。

「皇兄殿下，接下來卑職會盡快送您返回京城。」

來到一樓時，光臨心情愉快地說。

「我，可以進京了？」

「是的，京城如今已經擺脫安夜的掌控。陛下也命人消毒了綠園殿，正在準備恭迎皇兄殿下。」

「連瀨死的雷霰都驚動了……」

足弱的手擺在黎明的結實肩膀上，額頭貼著手背。那些氣味和眼裡看見的景象，使他的心無法平靜。

「陛下有皇兄殿下的藥草，已經順利康復了。他也親自來到風車這裡指揮作戰。」

足弱一時間沒能理解這句話的意思。

他被黎明背著大步往前走，看了看走在旁邊的灰衣衛副將，看著他頭盔上的白色長穗搖曳，看著他灰色披風上的血漬，又看向他強悍的臉龐。

「雷霰他？」

眼尾上吊的雙眼變得柔和。

「是的，陛下此次也展現出他的神勇，成功克服了『皇族病』。」

「你是說、他、他在這裡？」

「是的，陛下在這裡，可是陛下他——」

「在哪？雷霞在哪？」

足弱伸長身子，抓住光臨的肩膀。黎明因背上的突發狀況而停下腳步。

「陛下在我等攻城之前，來到城門前，但現在……皇兄殿下，陛下他——」

灰衣衛副將所說的話，足弱沒有聽完，他搖晃背著自己的年輕士兵的寬背。

「黎明，帶我去雷霞那裡。」

領悟到灰色狼族已經救出自己後，脫離險境的事實，使得幾乎要擊潰足弱身心的疲憊感瞬間湧現。

可是一切疲憊也在他聽到好消息後煙消霧散。

（雷霞……真的嗎？雷霞真的活下來了？）

他甚至忘了右腳的疼痛，紅潤瞬間又回到他毫無血色的臉上。

黎明再度邁開步伐，卻與方才不同，顯得猶豫不決。

「陛下沒有打算要見皇兄殿下……」

他以低沉的嗓音輕聲提醒。

足弱盯著說出這句話的人的灰色鎧甲，短促一笑。

「你不是說雷霞來到風車了嗎？這表示他的病體已經恢復到能夠離開京城了，沒錯吧？」

「是。」

「既然如此……」

那位今世王不可能不想見自己。

他曾經把衣衫襤褸的足弱扛上肩膀帶進綠園殿，流淚泣訴足弱若離開，自己也活不下去。他曾經好幾次不顧足弱阻止，執意索求足弱的身體；兩人分明同為男子，卻如男女般深刻交合。他甚至在新嘗祭時提議成親。他曾經帶著足弱去巡幸，即使無法見面也親自譜曲寫成樂譜贈予足弱當作生辰禮物。他擁有閃耀的金髮、湛藍的雙眼、白皙肌膚與強韌的體魄。他年輕且熱情，全心全意渴望著足弱。他是足弱同父異母的弟弟。

如今那位弟弟就在附近，他怎麼可能不理會遭綁架軟禁的足弱？

「雷霞，你在哪？雷霞！」

足弱再也無法忍耐，被人背在背上，伸長脖子大喊。

「皇兄殿下！」

「皇兄殿下！」

不顧光臨、黎明這對武藝出眾的兄弟制止，足弱在灰衣士兵們的注視下繼續放聲大喊，任誰來阻止自己的行為他都不在乎。

「雷霞！」

前方的朱紅色大門吱嘎一聲打開。

足弱愣住，安靜下來。

「雷霞……」

他以為那個人會出現。

他以為那個這片綠意盎然大地上獨一無二的人會現身。

開門出現的男人年約四十，頭上戴著象徵獠牙利爪的優雅灰色頭盔，頭盔頂端別著紅色長穗，灰色鎧甲也較其他士兵精緻，長披風上沒有沾染半點血漬，雙肩上可窺見頭盔掩不住的豐盈潤澤黑髮。

「皇兄殿下，陛下派卑職前來傳話，請殿下返回京城的綠園殿。」

足弱低頭看向頎長的灰衣衛將軍，語帶不解地問：

「呃……我會回綠園殿，但等我先見過雷霰……」

灰衣衛將軍低頭行禮，頭盔上的紅色長穗從背上滑落到肩膀。

「陛下無法見您。雖然染上『皇族病』的陛下已經顯著康復，但龍體仍留著紅斑，陛下會在紅斑消失之後，再與殿下見面。」

足弱的理智上理解這些話的意思。

那位皇族已經從號稱絕症的「皇族病」熬過來，卻不願意以紅斑尚未完全消退的身體見足弱。

問題是，此刻佔上風的是足弱的情感。

「我不要……我要見他。有什麼關係呢？我想見他，我想見雷霰，我立刻就要見到他。雷霰他人不就在這裡嗎？只是見個面又有什麼關係……」

往日多半在思考、顯得很沉默的足弱，很少有情緒化的發言。

即使他有時會出口責備今世王，但那都只是情非得已，從來不曾有傲慢或旁若無人的態度。而這樣的足弱此刻卻悲傷說著任性的話——

「皇兄殿下，請見諒。」

灰衣衛將軍與副將全都雙膝跪下，伏地叩首。

「雷霰！」

足弱一喊名字，灰衣衛將軍方才走出來的門內，就傳來物體倒下的聲響。

足弱愣了一下屏住呼吸，瞬間領悟了什麼。

（他在那裡！）

他就在那扇朱紅色大門後面，在那個房間裡。

他想要從黎明的背上下來。

「皇兄殿下。」

黎明以低沉嗓音制止他，足弱卻扭動身子掙扎。

「皇兄殿下。」

將軍他們也起身試圖壓制足弱。足弱身子一閃差點跌落，他們只好連忙扶著足弱，助他在地上站好。

「唔……」

右膝差點無力支撐，足弱還是強迫自己站穩。

他閃過兩名高個子和一名中等個子攔阻的手臂，靠近那扇損傷累累的朱紅色大門。

「雷霰，你在裡面吧？雷霰，我想見你！雷霰，我現在就要見你！雷霰、雷霰！」

他使盡渾身力氣去拍門。

朱紅色大門吱嘎晃動著，落下不少灰塵與木片。

「皇兄殿下，請冷靜下來。」

「皇兄殿下，請先上馬車。」

足弱甩開抓住他的手，用肩膀去撞門。

門發出更大的吱嘎聲，一陣劇痛竄過他的右腳，足弱踉蹌了一下。

「皇兄殿下，請見諒。」

說完，青嵐正要把他攔腰抱起，足弱就以雙手推開灰衣衛將軍。

「雷霰，我不走，你為什麼不肯見我！把我留在身邊的人不是你嗎？雷霰，你對我……你對我……」

青嵐多次伸出雙手卻被足弱堅定拒絕。足弱泛紅的雙眼不知何時落下眼淚，溼了他的雙頰。

「哥哥……」

肩膀後側傳來的嗓音彷彿來自遠方。

足弱背靠著門——如果不這樣，他無法站著，也無法對抗企圖帶他離開此處的三個男人——立刻回過頭。

「雷霰！」

「哥哥……」

那毫無疑問是今世王的聲音。

力氣重新回到足弱的體內，他再度握拳敲門，抓著把手，卻打不開門，似乎有人從門內阻止門被打開。

「哥哥，你不可以把門打開，請你暫時先等我身上的紅斑消退。京城那邊已經準備好迎接哥哥回宮，你在那裡等我，等我病癒就會立刻去見你。我也是想見哥哥想到快死了。」

「雷霰。」

「哥哥，求求你，跟灰色狼一起回綠園殿去等我。等我好了，我會立刻、馬上飛奔去找你。」

「雷霰……我現在就要見你，我已經不想再等待了……」

「哥、哥、求你，別說那種話，求你了。」

充滿痛苦的聲音從門後傳來。

「我不要……你現在不讓我見你，我就不回宮，我要躲進山裡，再也不與你見面！」

在激動情緒的驅使下，足弱脫口而出這句話，同時揮拳敲打門板，彷彿在證明自己不是開玩笑。

「啊啊……雷風……」

足弱感覺沙啞的聲音由遠而近，但也僅止於此，朱紅色大門仍舊沒有從內側打開。

足弱的眼前一片黑──今世王沒有打算見他。他才剛經歷過綁架、軟禁、被迫成親，想方設法逃了又逃，直到剛剛還身處戰場中央。

足弱的雙手頓失力氣。

「雷霰……」

「不管哥哥你要躲到哪裡，我一定會把你找出來。一旦我找到你，即使你不情願，我也會強迫你成為我的伴侶，再也不讓你離開，不讓你出宮，不讓其他男女看到你。我要不停地跟你交合，就算你害怕也要讓你懷上孩子，我一定會這麼做。如果要面對這樣的下場你也無所謂，你就儘管去你想去的地方。」

這番不顧一切的回答裡熾烈的情緒，讓人想起在地面蔓延的火山熔岩。

足弱的下唇與手微微顫抖，扶著牆壁走開。

「皇兄殿下。」

灰衣衛將軍跟上，與拖著右腳的足弱並肩而行。

「皇兄殿下，陛下是為您著想，才會寧可悲痛流淚，也不願此刻見您。請您先返回綠園殿吧。」

「雷……叫我……儘管、去、我想去、的地方……」

「那絕非陛下的本意。陛下才剛康復就在擔心殿下您，一聽聞紅斑尚未消退或許仍有傳染風險，陛下也很掙扎。」

「雷……霰……他……」

足弱以手背抹了抹淚溼的臉頰，完全無視對方伸出來的手，就從城樓正門走出去。

城門已經毀壞，地上散落著鞋子和斷劍；石板地上的黏稠血漬，吸引嗜血的蟲子聚集。

天空很藍，雲朵很白，陽光強烈，風仍帶著血腥味。

足弱走向第一眼看到的馬兒，拔起斜插在地上的長槍當拐杖，拖著右腳，要求自己沒有力氣的左膝振作，走近那匹馬。

那匹白馬穿戴著精緻的馬具，正由小廝拉著轡繩。

年輕的灰衣小廝發現足弱靠近，驚訝得雙眼圓睜，握著轡繩當場下跪。

足弱放開拐杖，雙手扶著馬鞍。他知道不會有人幫他，於是調整呼吸，只靠雙手的力量把自己的身體往上一撐。

「皇兄殿下！」

「皇兄殿下，請等一下！」

「皇兄殿下，請別亂來！」

反正不管去哪裡，今世王也不會追來——他已經清楚表示不見足弱。

足弱跨上馬背挺起上半身，吞下哀叫，雙腳踩進馬鐙裡。

「轠繩拿來……」

他朝小廝勉強擠出這幾個字，待小廝把轠繩拿給他，便將馬掉頭，拋下包括灰衣衛將軍在內的灰衣士兵，朝敞開的城樓大門離開。

足弱策馬前進。

說是這麼說，其實他光是以腳跟踢馬腹都會痛，所以只用腳壓了一下馬腹告訴馬兒前進，剩下的都交給馬。足弱沒有給予任何指令，所以馬兒噴了幾下鼻息，閃避障礙物往前走。

「皇兄殿下！」

處處都可聽到在喊足弱的聲音。

足弱把大半張臉埋在馬的鬃毛裡，對於自己要前往哪裡半點概念也沒有。

今世王不願意見他。

他的心裡有個東西瞬間坍塌崩毀，所以才會離開成為戰場的風車城樓。

白馬以穩定的速度前進，雖然沒有快跑，但這種程度的和緩振動，足弱的身體也難以負荷。他痛苦呻吟，很想立刻下馬，卻還是咬住嘴唇忍著，想要前往更遠的地方。

他感覺陽光陣陣灼燒著他拱起的背。

白馬穿過灰衣衛掌控下的城區，穿過風車城門，來到一片草原與竹林，走過穿梭其中自然形成的小路，終於看到麥田。

足弱趴在白馬背上，無心欣賞這些景色。

疼痛、不適與失望奪走了他的力氣，再加上騎馬也使得他瀕臨極限。

他把臉往旁邊一轉，半睜眼睛，正好看到森林。

（森林……）

山林一直以來都是足弱的夥伴。

在森林裡生活不會餓肚子，能夠得到保護，獨自過日子。

（回去吧……）

回到山裡吧，自己能夠去的地方，果然還是只有山裡了。

他想去某個更遠的、不是他故鄉的深山。

今世王說等紅斑痊癒了就會去找他，但足弱已經聽不進這句話。

他滿腦子想到的只有——今世王現在不願見他，只願意隔著門跟他說話——的事實。

今世王不願意握住他的手，也不願意給他一個擁抱，甚至連親吻也沒有。

甚至連視線交流都不願意！

（啊啊……）

他覺得自己猶如在黑暗中踽踽獨行。哪怕天空是一片晴朗，夏陽將地面照耀得無比燦爛。

分明說了不見，今世王卻又說假如足弱躲起來，不管躲到哪兒他都會找出來，並做盡所有足弱厭惡與恐懼的事。

（那個人真的很過分……）

足弱吸了吸鼻子，把韁繩往側面扯了扯，讓馬兒往森林走。白馬甩甩頭，差點把足弱甩下地，卻又一踹地面，不情願地往森林前進。

足弱感覺到灼燒自己背部的烈日有了遮掩，知道自己已經進入森林。

啊啊，感謝綠葉的存在——足弱閉眼感受綠葉的可貴，問候倒映在臉頰上的樹蔭。靜逸的空氣，蟲鳴聲與生生不息的活動，保護他遠離人類血腥野蠻行為的寬大胸懷。

他聽見小溪淙淙的流水聲。

聽到涼爽的聲音，他才注意到自己口乾舌燥，滿腦子只想要喝那些溪水。

「我要喝……要喝、水……」

他對白馬這麼說，不清楚白馬是否能聽懂。

他以手掌心撫摸白色的馬毛，感受著馬毛與皮膚底下的肌肉動態，那是有體溫的生物的躍動。

白馬朝著茂密的樹林前進，也不在乎足弱會撞到樹枝。細軟的樹枝打到足弱的頭，趴在馬背上的足弱無聲微笑。

這匹白馬訓練得很好，但個性很彆扭，與足弱的愛馬，十分乖巧溫馴的黑馬阿爾不同。

白馬無視背上的人，低下長脖子開始吃草。足弱的身子也順著白馬低頭的動作滑落草地上。

他抬眼一看，看到馬的長腿和馬腹。

白馬嗅了嗅足弱的氣味，很快就對他失去興趣，扭頭晃著長長的馬尾離開，沒有踩到足弱也沒有看他一眼。

（水……）

足弱的腦子裡這麼想，卻連匍匐前進的力氣都沒有，只是仰躺在陽光從林蔭間灑落的森林草叢裡，吐出一口氣，就在他打算放任自己睡過去時，他感覺到附近有人。

他屏息以待，立刻有人來到他身旁。

「皇兄殿下——」

儘管很不情願，足弱還是勉強睜開雙眼，果不其然就看到年長男人刻劃著皺紋的小麥色臉龐。

「命……」

「是的，殿下，卑職來了，請把一切都交給卑職。」

足弱自己也感到驚訝，當他抬眼近距離看到內侍長的臉時，他察覺到淚水從眼角滑落。

內侍長跪在仰躺草叢裡的足弱身旁，雙手握住他隨意擱著的一隻手，湊近看著他的臉。

「皇兄殿下，馬車上已經備妥柔軟的睡榻。卑職替您淨臉淨身，換上乾淨衣物，您就可以盡情在馬車上好好安歇，再也不需要害怕。」

足弱顫抖著下唇搖搖頭。

「殿下……」

「什麼都別做……別管我。」

「殿下。」

「別移動我，也不要，碰我。」

命因為足弱的拒絕變了臉色，卻也沒有堅持說服對方。他只是摸了摸握在雙手裡的那隻手像是在安慰，並看著足弱的眼睛。

「那麼，至少讓卑職替您洗腳。」

「不、要……」

足弱閉上雙眼，眼眶的淚水順勢流出，他就這樣陷入沉睡。

＊

他聽見遠處的蟲鳴聲。

音色很詭異。

啪滋啪滋、啪滋啪滋、滋哩滋哩的聲響。

接著聞到熟悉的香氣。

那是用除蟲草木製成，叫蚊香的薰香。足弱住在山裡時也經常採集那種植物曬乾，扔進火裡燒。足弱不常被蚊蟲叮咬，但老頭子時常覺得很癢，所以除蟲不可少。

足弱的身體仰躺著，有人在他的胸口到腳上蓋了一條薄被。他把臉往右轉，半睜眼睛，就看到在幽黑的森林地上升起柴火，內侍長命坐在那兒。在他身後有兩名身穿灰色內侍衣袍的年輕男子。足弱不曉得他們的名字，但是在宮裡見過。

與命面對面而坐的是脫下鎧甲的灰衣衛將軍青嵐。

年輕內侍朝命耳語了幾句，內侍長立刻看向足弱。足弱眨了眨眼，命就以雙膝跪地膝行過來。

「您要喝水嗎？」

那正是足弱渴望的東西。他點點頭，命就暫且退下，拿來陶壺，將壺口湊到足弱嘴邊，輕輕扶起他的頭。

足弱被第一口水嗆到，仍舊繼續大口灌水。他彷彿能聽見整個體內都在歡呼，心滿意足的深深嘆息後，命臉上的皺紋也加深，露出微笑。

他摸了摸足弱睡醒的額頭，又摸了摸他頭上的黑髮。

「頭髮，變長了呢。」

他只這樣輕聲說完，接著就把年輕內侍遞來的杯子湊到足弱嘴邊。

「殿下，您的腳很痛吧？這是御前草。」

說完，他再度扶起足弱的腦袋，但足弱卻不肯張嘴，任由綠色湯藥沿著他的下顎往下流。命立刻把杯子拿正。

「殿下，怎麼了？聽說您白天時拖著腳走路，似乎很不舒服？」

「雷霰……」

「您說什麼？」

「給雷霰。」

「皇兄殿下……」

足弱以手指擦了擦沾溼的嘴角，心懷感激地將被子拉高；因為他沉睡前那樣交待，所以內侍們沒有挪動他，他的身體此刻仍然躺在草上。

「可是，這原本就是……」

「我聽說他的紅斑還沒有消失，所以把我的份也給雷霰吧。我就用那個……」

足弱瞥了一眼一直在仔細聽他說話的命，也看到站在他後面的青嵐。

「我只要普通的止痛藥就好……御前草全都留給雷霰。我沒有御前草不會死，但雷霰需要它。」

內侍長來回看了看拿在手上的杯子，以及把被子拉到嘴邊、再度昏昏欲睡的足弱，似乎在考慮。

「卑職明白了。卑職會代為傳達殿下希望把御前草全數留給陛下的意思。」

說完，內侍長回頭叫年輕內侍去找太醫，又立刻把頭轉回來。

「皇兄殿下，可否讓卑職替您清洗雙腳呢？您的鞋子緊貼著雙腳的模樣看起來很窘迫。請您答應卑職了。」

內侍長答應了「把御前草全數留給雷霰」的要求，因此足弱也突然不再排斥他，點頭應允。命的臉色登時亮了起來。

第十九章 擁抱

命終於得以脫下足弱腳上那雙第一眼看到時就很想動手脫去的紅鞋子。

命讓自己帶來的年輕內侍——圓和吟聲，代替失蹤的溫和星上前幫忙。

從風車城樓地牢裡救出的溫和星變得蓬頭垢面又十分消瘦，但他們的目光灼灼，開口表示想要立刻回去服侍足弱，在趕往風車路上接獲風車城攻陷消息的綠園殿總管卻不允許，他們也只能放棄。

足弱再度沉睡，但一碰觸到他的右腳，他就會輕聲哀叫。

鞋子的布片牢牢黏在他的雙腳上，光用手指壓著使力也脫不下來，拉扯造成的晃動反而更增加他的腳痛。

內侍長於是叫人準備熱水，決定先將左腳連鞋子一起泡在熱水裡，溶開血水。這段期間，太醫們也現身替足弱進行止痛等的治療。

灰衣衛將軍退到一旁，把現場讓給內侍和太醫們。

灰衣衛將軍青嵐是騎另一匹馬，追著從風車城樓騎走自己愛馬的足弱而來。

他了解自己的馬，一路上都在提心吊膽，擔心足弱會被甩下馬背。進入森林看到足弱落馬時，青嵐在那當下差點大叫，幸好足弱是跌在草叢上，而且有靠自己減緩摔落的衝擊力道，才沒有摔斷脖子或撞傷。

足弱拒絕內侍的照料便失去意識。他們討論的結果，決定不強行把足弱送上馬車，也放棄強行替他治療。

「我想皇兄殿下現在是因為受不了過大的打擊和精神折磨，才會失去意識，畢竟他經歷了太多，以為自己終於回到最能夠安心待著的皇族懷中，卻連見對方一面也不被允許，於是就跟在綠園殿時一樣，受傷的殿下逃進森林裡。接下來我們不應該移動他，等他休息夠了，一定會恢復正常；他原本就是賢明又文靜、穩重又自制到令人同情的人。我們觀察一晚看看情況吧。」

內侍長這樣堅持，青嵐最後也只能接受。

用熱水溶開血塊，費了一番功夫才脫下鞋子，卻發現血跡也滲入腳趾的指甲縫間，緊貼在皮膚上。內侍們只好不停地換熱水，拿溼布輕柔搓洗擦拭。

太醫們掀開被子想脫去足弱的褲子時，也吃了一番苦頭。才剛鬆開衣帶，還沒有碰到衣服，原本熟睡的足弱就突然睜眼，喊著今世王的名字並試圖逃走。

「皇兄殿下！」

足弱踢翻了擺在腳邊的木桶，光腳踩上草地想要起身卻往前跌，乾脆趴在地上手腳並用爬向森林深處。

青嵐繞到前方，不容分說就抓住足弱的身子抱起。足弱在他懷裡掙扎。

「雷、霰……雷霰……！」

「皇兄殿下，請冷靜下來。」

這件事原本應該由今世王來做，卻變成青嵐代勞。青嵐抱著足弱壓制住他的行動，把他送回內侍們搬來的睡榻上。

足弱的褲子因為他的掙扎而掉落，內侍們便順勢脫掉他的褲子，拿溼布擦拭他的雙腿，太醫們則是一邊觸診一邊俐落貼上藥布，再以繃帶固定，接著調配止痛安眠的湯藥餵足弱喝下。

足弱喘著氣，不斷地拒絕服藥，但他的身體逐漸失去力氣。命在他的耳邊說話安撫他，讓他把藥喝完。

「雷霰有危險……你們快去幫他……」

足弱含糊說完，就力氣用盡在睡榻裡睡去。

青嵐、內侍和太醫們在聽到足弱的酣睡聲之後，紛紛鬆了一口氣。只有命的眼眶含淚，吸了吸鼻子。

＊

次日一大清早，紮營在風車城樓與足弱所在的森林之間的今世王，在軍營大帳裡聆聽足弱深夜的情況。

他身上的黃金鎧甲已經卸下；既然討伐已經結束，他打算等凱旋入京時再穿上那套鎧甲。這天早上起床接受完太醫的檢查，他就換上皇袍，坐在椅子上聽取來自各方的報告。

他的手上原本拿著來自皇城的奏章，一聽到青嵐派人傳話的內容，奏章瞬間掉在地上。

「全部……給朕？」

「是的，殿下是這樣說的，而且拒絕服用御前草。殿下還說自己可以改喝其他止痛藥。殿下在診治過程中醒來時，不清楚是作夢抑或是神智不清，他大喊陛下的名諱想要跑遠，將軍把他送回睡榻時，殿下仍在喃喃說陛下有危險、大家快去救陛下云云。」

今世王雙手握拳，甩開衣襬站起，走向當作寢房的營帳。

他在光線昏暗的營帳裡雙膝跪地，拳頭擺在床上，趴在錦被上無聲吶喊，並扯下歪掉的王冠。

（御前草是哥哥的！是哥哥的！是哥哥的！）

今世王緊咬的嘴角流出鮮血，最後終於忍不住仰天長嘯。

營帳瞬間左右搖晃，附近士兵們的鎧甲和武器也鏘鏘作響。

他撕開金線與頂級蠶絲織成的外袍，扯破褻衣，但不管他如何揉眼，還是能看到白皙肌膚上的紅斑，就跟今天早上起床看到的一樣。

「啊啊……哥哥……」

還不行，還不能見面。

哥哥是這般為自己著想，自己卻無法見他。

在風車城樓時，今世王以為足弱會明白自己的苦衷，聽話回綠園殿等待。

「雷霰，我想見你！我現在就要見你！雷霰！雷霰！」

足弱的殷切懇求，深深刺痛今世王的心，帶來無盡的折磨。足弱最後甚至說出如果現在不答應見面，他就要去躲起來這種話。

他說要躲起來，再也不相見。

今世王差點吐血。

他太過憤怒與失望，差點讓安夜的城樓灰飛煙滅，化為塵土。

他是多麼想見到哥哥，多麼想緊緊擁抱哥哥，多麼希望哥哥在自己的懷抱裡、雙手中。

當他接獲報告，說足弱搶了灰衣衛將軍的馬離開城樓時，他已經開始計畫，等紅斑消失後，他要在皇土全境頒布詔令找到足弱，下定決心不擇手段都要找到足弱。

一旦找到人，他就要像自己宣示的一樣立刻成親。他想著，反正哥哥暫時也會被他折磨到起不了身，乾脆把寢房鎖上好了。

（我絕對要讓他懷上孩子，無論如何都要讓他生下我的孩子。）

做到這種地步，足弱應該就不會再起躲避自己的念頭了。今世王打算不顧一切把足弱綁在自己身邊，腦海裡只有足弱遭自己無情侵犯的畫面。

然而還不到一夜，足弱卻說要把只為他而存在的御前草，全部留給今世王。足弱的潛意識裡只惦記著今世王；他不在乎自己，只在乎今世王。

脫掉撕碎的衣物，停止咆嘯的今世王，坐在床沿，沮喪地垂著頭，透明的淚珠一顆接著一顆從他的藍眼睛落下。

面對足弱的離去，瘋狂的他滿腦子只想著要報復，搞得自己一整夜悶悶不樂，足弱在這段期間卻忍著疼痛拒絕喝藥，只想著要救今世王。

「雷風……我的雷風……」

他原本始終堅信一定是自己愛足弱比較深、比較多，但足弱對他的愛，總是在出其不意的地方悄然展現。

足弱的愛乍看之下很微小，卻充滿今世王不曾見過的柔軟。

哭過一場，腦袋清醒後，今世王讓偷偷觀察情況的內侍進來服侍更衣，接著叫來昨晚抵達軍營的綠園殿總管，一起前往風車的城樓。

今世王和總管接見之前關在地牢的兩名足弱的隨侍，慰勞完頻頻道歉懺悔的兩人後，接著他們也見了七年前就潛伏在安夜府裡，名叫葉久和古廏的兩名灰色狼。今世王讓古廏說話，並親自前往風車城樓的三樓。

古廏報告足弱被綁架之後的種種經歷，聽得今世王的心猶如狂風暴雨中的扁舟般激動不已。

來到軟禁的房間，看到用木條封住的窗子，今世王突然怒火沸騰，但他依舊握緊拳頭，專注聆聽報告，直到聽聞一星蝦的事情，他簡直無法相信。

他瞪大殘留哭紅血絲的雙眼，注視著跪在地上、右半臉瘀青的男人。

「朕告訴過哥哥不准靠近一星蝦。」

「卑職錯估了皇兄殿下的恐懼，才會使殿下出此下策。是卑職失職，陛下。」

「陛下，潛伏的兩人不清楚殿下對一星蝦過敏。」

總管接在古廏沙啞的聲音之後補充道。

為了避免細作身分曝光，即使兩個人同時潛入同一處場所，也不曉得對方的存在，除非必要也不會與族人的聯繫。因此唯有有能力自行判斷思考者，才得以勝任這麼嚴峻的任務。

南下河拉哈蘭郡時，足弱一接觸到一星蝦的大量蒸氣，就甩開今世王的手衝出走廊。

今世王呼喚他、追上他、掀開他遮臉的衣袖，看到足弱就快要窒息。太醫們慌慌張張趕來替足弱治療期間，今世王因為過度擔心，甚至無法安坐，從頭到尾始終站在隔壁房間等著。當時的懼怕還歷歷在目。

「陛下。」

今世王回過神來才發現綠園殿總管正攙扶著自己。

「狼……」

「陛下當時正在對抗皇族病，實在身不由己。」

「哥哥若是死了，朕也活不了了。」

「卑職明白。在這裡的兩位已經代替陛下保護皇兄殿下。」

「是麼……也對。你們做得很好。」

聽到今世王這樣說，原本單膝跪地的兩人改為雙膝跪地叩首行禮。

「不足以掛齒。」葉久說。

「卑職明明在身邊，卻還是讓皇兄殿下採取那樣極端的手段，卑職情願領罰。」

古殿的沙啞嗓音充滿懊惱。

今世王搖頭，轉了一圈環顧花廳，又看了看寢房。

這個隔成內外兩間的空間，大小與足弱在宮裡的寢房差不多，裡頭的家具擺設儘管比不上宮裡，仍看得出來已經盡力，雖然沒有樂器，但有成堆的書冊，而且房內處處可見各種讓足弱舒服度過夏天的什物。

無論走到哪兒，即使沒有表明身分，灰色狼族會做的事情都一樣。

甚至讓人覺得要不是有木條封住窗子，不然足弱在這裡過得也算舒適。

然實際情況卻是，足弱寧可不顧生命危險吃下一星蝦。

這就是，今世王與皇族一代傳一代維持而來的王朝百姓們，給予的報答。

儘管今世王在駕崩之前已經頒布禁令，卻仍有人無視之，把這位極其重要、時隔三十三年才找回的皇族逼上死路，只為了利用他。

穿著明黃龍袍的今世王把葉久和古廄留在花廳，帶著總管站在三樓寢房裡。

「哥哥受到這種迫害，我們應該繼續留在這個國家嗎？」

今世王問了一個不似問題的問題。

雷賽奴。

我們的大地。

我族的大地。

他的藍眼睛始終凝視著木條交織成的菱形空隙。

「那些人祈求我族祖先在這片土地留下，又說我族承諾會永遠留下。才不。我族追求的是與所愛之人的安寧，是和平的綠土，我族一向只考慮『現在』，不會去想未來。」

今世王拔劍出鞘一揮，根本看不出他有使力，木條碎片就已經裡裡外外散落一地。

從窗子能清楚看見藍天，夏風吹來，隱約帶著血腥味。

據說十位始祖們之所以答應留下，是因為有人懷有身孕，族長希望孕婦能夠安穩待產。他們原本四處流浪，打算遊山玩水直到肉體腐朽，但是為了即將誕生的血親，他們決定在這裡定居。

——我族追求的是與所愛之人的安寧。

雷氏王朝在藍血族古語的發音是「雷賽奴」，意思是「我們的大地、我族的大地」。

這支擁有異能的民族，祈求這塊土地擁有族人需要的安寧，因此這樣稱呼。

雷賽奴，雷氏王朝。

在這塊大地上延續千年的王朝。

「假設朕與哥哥兩人選擇浪跡天涯，狼，你們有什麼打算？」

灰色狼族長毫不猶豫就回答：

「追隨前往。」

「若朕不准呢？」

「只有一個人，要找到或許有難度，但兩個人的話，不管您們去到哪兒，都會把當地變成綠土，卑職等只要以綠土為目標即可。」

「那我們就渡海前往大地的盡頭。」

「結果都一樣。無論在哪裡，只要地表上出現充滿綠意、結實纍纍的樂園，我們還是會聽到消息，到時候就會乘風破浪尋過去。」

今世王不再提浪跡天涯的事，靜靜把劍收回劍鞘。

這時內侍出現，稟報足弱已經搭上馬車返京的好消息。

今世王的臉上終於出現微笑。

「是麼，哥哥願意在皇城等朕了。」

一進跪地深深鞠躬說：

「隨侍皇兄的內侍長請卑職代為傳話——皇兄殿下已經決定返回京城，將由灰衣衛將軍擔任隨扈。命對拒絕返京的殿下表示，陛下治療所必須的御前草所剩無幾，需要殿下親手回到綠園殿的御花園裡栽種，皇兄殿下才會答應返回綠園殿。」

今世王感覺心底深處瞬間被掏空，方才窗框遮住的夏日陽光，環照在他的頭頂。

他臉上的笑容消失，低頭看向年輕內侍長戴冠的頭頂好一會兒。

「你們是在利用哥哥的善良嗎？」

隨侍今世王的內侍長、綠園殿總管、待在花廳的葉久和古廄、在場的灰色狼族全都雙膝跪地趴下，沒有回答。

剛才產生的念頭——與足弱兩人去浪跡天涯的想法——再度浮現腦海。

連灰色狼族也不要帶，踏上真正只有兩人獨處的旅程。

不管是原野、山林、大海或河川，去哪兒都只有他們兩人。要建立第二個雷氏王朝也行，只要用皇族的異能把大地變成綠土就好。

或許漫無目的去找找祖先們的發源地也不錯。

今世王會代替灰色狼，照料足弱的所有起居，又或許是反過來，由習慣山居生活的足弱照顧今世王。

沒有為他們兩人鞠躬盡瘁的忠義家臣，也沒有渴求異能帶來好處的老百姓，只有他們倆。

這樣的樂園將會持續到壽命較短的足弱斷氣那一刻。

今世王抿唇，默默走出三樓房間。

＊

載著足弱的馬車在灰衣衛大隊的包圍下朝京城前進，今世王的儀仗也跟著拔營啟程。

被攻陷的風車城樓只留下都尉和中央軍固守。

今世王心底的不愉快，隨著他們距離京城鑭城愈來愈近，也逐漸淡化。

就現階段來說，這片大陸上最安全的地方無疑就是綠園殿。儘管命的做法有失公允，但那也是命夠了解足弱，才會選擇扯謊——不過御前草的庫存所剩無幾也確實沒錯——命佯裝擔心今世王，其實是想要保護足弱。

接獲通報得知足弱已經順利抵達京城鐲城的綠園殿後，今世王自己也來到保護那座宮殿的綠流城坐鎮，心情才終於恢復平靜。

今世王一染上絕症，立刻暴露出雷氏王朝暗藏的膿瘡，讓人看到足弱這個碩果僅存的皇族少了今世王的護佑，自然就成為眾人鎖定利用的目標，也看到灰色狼族不惜犧牲性命也要逆轉情勢，救足弱於水火之中的表現。

（結論就是我不能比哥哥早死。）

足弱遭綁架、軟禁、被迫成親、試圖逃走，也是歸因於今世王差點病死的緣故。

在無法見到自己深愛的足弱這段期間，今世王出手整治這些膿瘡，整天待在綠流城裡，不分日夜想到什麼就寫詔書，從一大清早到三更半夜傾力力求國土安定。

他也趁著政務的空檔，派人去探望病倒的前宰相善與。

他挖出那些京城戒嚴時發生的骯髒事，揪出一個個躲藏的毒瘤。

面對今世王幾乎以綠流城為家的勤政作為，群臣無不感到惶惑不安，也不管正值盛夏，紛紛埋首公務，展現為國犧牲的情操。

今世王也會見稱為「賢人學者」的在野人士，聽取下級官吏的建議，收集多方意見，沒有任何不必要的堅持講究。

染上「皇族病」的今世王避免了死亡的命運，領著灰衣衛將軍與灰衣衛們、綠園殿總管與內侍們回到綠流城這件事，震盪了朝堂。影響最大的就是坐在宰相大位的安夜。

被安夜打入天牢的夏牧，在今世王離開綠園殿坐上龍椅後，獲得釋放。

接著今世王正式罷免安夜的宰相職務，派人看著安夜自盡謝罪。安夜向今世王派來的人辯解並企圖逃走，因而被捕下獄，關入夏牧原本待的天牢。

國璽再度回到今世王手上。

原本應該接替宰相的人，是安夜下一個順位的夏牧，但夏牧以自己才疏學淺為由拒絕，並且希望今世王召回率領家人與護院逃出京城的安姜回來接相位。

今世王允了，宣布由安姜接任宰相，並指派夏牧在安姜返京之前暫代其職，負責保護京城，今世王自己則是率領兩千灰衣衛，前往安夜的領地風車。

今世王離開病床現身後率兵出征等種種一切，都發生在短短兩天之內。

搶回被綁架的皇族凱旋回京後，京城百姓們夾道歡迎灰衣衛，以及穿著黃金鎧甲站在戰車上的今世王。

對於雷氏王朝的百姓來說，他們見證了名為「希望」的太陽回歸。

今世王在綠流城專注聽政，空檔時間也經常向內侍們打聽哥哥的狀況。這天晚膳時，一碗御前草水藥與一封信箋擺在他面前。

「這是？」

「皇兄殿下寫的信。」

信上這樣寫道：

『雷霰，脫口說出我不要進宮、再也不見你，是我不好。我會在這裡等待你完全康復。我會種下許多御前草，讓你要喝多少有多少。就此擱筆。』

今世王凝視著那封簡短信箋看了好久，接著瞥向信箋旁邊那碗綠色液體。

他捧起茶碗，視線看著信籤上的文字，把藥喝光，帶著滿臉笑容說：

「難喝的東西果然還是難喝，雖然比之前好多了，但還是——拿來。」

笑著叫內侍們拿消除嘴裡味道的甜食來。

＊

在阜郡的森林裡度過一夜的足弱，同意返回京城钃城。

灰衣衛將軍命令其中一位副手抱足弱上馬車。

副手小麥色的臉上滿是皺紋，頭髮蒼白，身材中等健壯，雙腿也很有力。他把雙手伸到足弱背後和膝蓋後側，攔腰抱起內侍照料下的足弱。

足弱伸手環住將軍副手的背沒有反抗，由著他抱自己走，甚至沒注意到抱著自己的人是見過的灰色狼。

足弱的視線望著下方，眼睫伏低，臉色不太好。雖然他已經喝下止痛藥，但效果似乎沒有御前草那麼即刻。

馬車是四輪車廂，四面有木板環繞，厚實穩固。

車廂裡鋪著軟榻，車輿頂有珍珠母裝飾，車窗掛著布簾，小木箱裡收著薰香和旅行用品，衣箱裡疊著更換用的衣物。

年長副手把足弱安穩地放在內侍掀開的棉被底下。內侍們趁著足弱尚未躺下，快動作上前脫去足弱的衣袍，換上寢衣。足弱的右臉頰和身體一部分仍有疹子。內侍喚來太醫替他治療，拿溼布替他擦臉、剃鬍。

副手看到這裡，便離開馬車。

內侍長朝灰衣衛將軍點頭示意，馬車和隨車護衛的一行人就朝京城鑭城出發。

從阜郡到鑭城，即使搭乘馬車也要耗時六天。

載著足弱的馬車為了避免產生過大的晃動，始終緩慢前進，九天後才抵達已經不再酷熱的京城。今世王的儀仗隊伍也像在保護足弱一行人般，始終保持一段距離跟著，最後也進入京城。壯麗的京城鑭城因今世王的凱旋歸來而沸騰。

馬車載著足弱直到進入綠園殿才停下，一停下，灰衣衛將軍青嵐立刻再度命副手抱足弱下車。

「我可以自己走。」

足弱這麼說，但副手小麥色臉上的皺紋加深，微笑著抱起足弱。

「我要去小屋，必須快點栽種御前草才行。」

從馬車上來到車外，足弱這麼說，想要離開副手的懷抱，但副手沒有停下腳步，走過綠園殿的苑囿，走上石階。

「朝霧！」

「栽種御前草，等您在床上好好休息夠了再進行，不是更好嗎？」

「我很重，請放我下來，朝霧。」

足弱就這樣被他抱著走過走廊，進入房內。

「遵命，卑職這就放您下來。」

朝霧把穿寢衣的足弱放在床上。

足弱乖乖讓他放下後，露出困擾的表情抬眼看著朝霧。

「現在這時刻烈日當頭，不適合去田裡工作。」

朝霧說完，離開床邊，內侍們立刻一擁而上讓足弱躺下，替他蓋上夏被。

返京這一路上，古廄和地牢裡兩位內侍已經向綠園殿總管稟報足弱吃下一星蝦的事情，灰色狼們也全都聽說了。

看到足弱殘留疹子的消瘦身體，內侍與太醫們都感到心疼，在馬車上拚了命地治療照料。變長的黑髮也再度剪短，儘管由衷喜愛他短髮的人不在身邊。

返京途中，他們曾經在其他郡城過夜，兩位皇族也沒能碰到面。

今世王小心翼翼與足弱保持距離，但顧慮到安全，卻也不敢把距離拉得太遠，一路上都把足弱置於自己的保護傘之下，彷彿害怕足弱再度離開他的視線。

至於足弱，他滿腦子只想著要替今世王種植御前草。

足弱在回京路上也問過內侍們綠園殿的菜園情況、是否有從御前草的花朵採下種子等，又說土壤應該怎樣、肥料應該怎樣，並派人傳話給管理綠園殿田地的寄道。

「我已經不痛了。」

足弱不肯喝止痛藥，說完這句話就拄著臨時準備的拐杖，走到郡城的走廊上，或是在野外休息時，他就走到不遠處，雙手倚著拐杖獨自待著，臉上沒有表情。
內侍們拿來冰涼溼布放在他的脖子後側，讓他躺在床上，他總是露出舒服的表情。
除了聊御花園的藥草之外，其他時候他都沉默不語，或從馬車上隔著布簾凝望天空，或閉眼蜷著身子但沒有入睡，只是安靜躺著。
內侍和太醫們的指示和要求，足弱一概照做，疹子也完全消退，膳食也吃得乾乾淨淨，但他始終不說話。
「皇兄殿下。」
內侍長開口，足弱看向一旁的他，但不管對方說什麼，足弱都只以點頭或搖頭回答。

變得極度寡言的足弱就這樣回到綠園殿。在床上休息一晚後，第二天一早他就前往小屋，而且從那天起，他就待在小屋裡生活，並在一旁四坪大的田地傾注全力栽種御前草。
寄道和太醫們為了避免御前草用盡，煞費苦心，哪知道足弱一回來，只是播播種、澆澆水，快則三天就發芽了。
禿頭腦袋上包著頭巾的寄道對此感到很錯愕，即使知曉御前草由來的人，目睹足弱親手栽種的明顯差別，也同樣讓他們瞠目結舌。
足弱還在夏季涼爽的午後與傍晚時分照顧御前草。
午膳後的時間，他會聽從太醫令的建議睡午覺，睡醒後也多半躺著打發時間。
他會待在小屋的陰涼角落，靜悄悄躺在夏被上。因為太過安靜，你甚至不會察覺那兒有個活人存在。

今世王人在綠流城裡，因此現在這座遼闊莊嚴的綠園殿只剩下足弱一個主人在，這個主人卻選擇窩在御花園角落的小屋裡，過著任由土壤弄髒手腳、在太陽下揮汗如雨的生活。

「皇兄殿下……」

內侍們對於足弱心如止水的態度愁眉不展。

也不是說這樣哪裡不對，只是太安靜而已；足弱原本就是文靜內斂的個性，但現在這樣未免過分寡言了。

等到御前草能夠採收時，足弱試著提筆給今世王寫張短箋。

今世王自從上次回信後，就殷勤地寫信給足弱，但足弱幾乎沒有回信。他有拿起毛筆，卻只是在白紙上落下一滴墨漬，最後還是沒有寫出半個字。

今世王不只是寫信，還送來許多討好足弱的昂貴物品，包括衣服、裝飾品、水果、花朵、絹畫、金銀箔畫漆器、香木、寶石等。

足弱看了看那些東西，卻沒有收下，只點頭表示知道了，就交由送來物品的內侍去處置。

足弱穿著方便種田的短褐，頭戴草帽，拄著返京途中內侍們找來的木杖，默默培育著御前草。命等內侍們的視線都不敢離開，深怕足弱會突然倒下。

足弱的日子過得很規律，每天都待在小屋或田裡，偶爾回到宮殿的浴殿洗浴。只要右腳一痛，他就會喝下太醫開的止痛藥；即使御前草的收成量增加，他也不喝御前草。

他無時無刻都在安靜沉思，對周圍漠不關心，一個人躲在小屋裡，不對任何人透露情緒。

讀完今世王的來信，他也只是隱隱浮現淺笑而已。

唯一一件脫離這個規律的事情，是在他聽聞皇陵旁建了一座慰靈碑，用來紀念在保護皇族任務中殞命的灰色狼之後。足弱請人帶他過去那兒，自此以後，足弱偶爾會獨自駕著單人馬車前往慰靈碑。

東佛郡產的名馬阿爾套著同父異母弟弟送的黃金馬轡，接上車身有高大虛構動物扭身追逐珍珠美玉浮雕的車輿。

乘客座位上有遮陽的頂棚，但足弱沒有坐在那兒，反而站在前側馬車夫的位子自己操控馬車。內侍們目送那輛馬車離開，灰衣衛則是騎馬跟上。

皇陵旁的慰靈碑，與立在綠流城裡紀念為國捐軀者的巨型慰靈碑，在色彩、形狀和尺寸上皆大不相同。

這座慰靈碑約有一個成年男人高，石碑修成圓角，零星散布褐色斑點的灰色石頭經卓越的技巧打磨得平滑，製作成流線造型。

刻著殉職灰衣衛名字的石板鑲在石碑底下。

足弱走到石碑前沉默不語凝視著，摸摸石碑的圓角。但他不知道的是，以前的皇族人也會這麼做。

灰衣衛們待在一段距離外，靜靜守護著這樣的足弱。

＊

足弱汗流浹背。

還不到正午已是烈日當頭，夏蟲以震耳欲聾的音量高聲怨歎夏季的離去。腳下短短的黑影悄然捎來秋意。

汗水從戴著草帽的頭頂沿著背部、胸口不停地往下流。

足弱拔除雜草，採收御前草葉，攤在草蓆上曬乾，並且把前幾天曬好的藥草收集起來移到陰涼處。等藥草冷卻，就取適量裝進竹筒裡封住。

儘管現場有人手可以幫忙，但足弱沒有把事情全都交給他們，反而帶頭勞動雙手和身體，甚至忘了有幫手的存在。

「皇兄殿下，該休息了。」

內侍們每次都必須這樣出聲提醒，用衣袖擦去汗水的足弱才會從田地中央抬起頭。湧上來的疲勞使他沒有力氣開口回應。

他的雙腳深陷在擴大六坪的田地軟土裡拔不出來。他以疲憊的雙眼看向年輕內侍圓和吟聲年輕的臉，他們馬上就來到足弱身邊。

御前草的葉片是寬橢圓形，植株在地面匍匐擴張，花是穗狀花序，花瓣背面有大量種子，種子和葉子都可以煎來服用。

「皇兄殿下，這邊請。」

兩名內侍抓著他的腋下扶他離開土壤站好，足弱搖搖晃晃走到樹蔭下，坐進矮椅背的籐椅裡，雙腿隨意往前伸，讓人脫去他的草帽擦汗，一邊喝著冰水。

田裡沒有半個人在，只有強烈的陽光照亮綠葉。

右手邊可望見那座原本光禿禿的假山。足弱雖然曾經對整理假山充滿興趣，但重返綠園殿後，他僅以御前草為優先，目前還沒有機會去假山走走。

「皇兄殿下，雖然比平常早了點，您要不要直接午休呢？」

聽到命的提議，足弱沉默思索了一會兒。

「再一下……」

這樣回答完，足弱把手上的杯子交給內侍，戴上草帽，拄著拐杖站起。他留意到自己渾身汗臭味，汗水溼透了他的短褐。他每次忙完都會去溪裡清洗一番，現在流汗流成這樣，他很想立刻就去泡泡溪水。

「哥哥。」

足弱一腳踩進田地的軟土裡。

耕地澆水完的土壤是黑色，但陽光曬乾後又變成白色。

「哥哥。」

他只是想要走回跟剛才一樣遠的地方，卻很快又流滿令人厭惡的汗水。剛補給的水分一下子就被奪走。

足弱抬起手背推高帽簷轉頭看去。

他記得去年看過那身水藍色夏服。

那個容貌俊美到令人瞠目的年輕人，頭頂有羽扇遮陽，就站在田地和森林之間；及肩的金色頭髮微捲，即使沒戴王冠也滿滿奢華氣氛。鮮明的藍眼睛給人意志堅強的感覺。他的雙唇鮮紅飽滿。

足弱想起自己第一次看到那雙唇時，曾經想過——這個人應該很重情。

「哥哥！」

今世王跑出遮陽的羽扇底下，穿過藥草田，直直奔向足弱。

他把滿身大汗的足弱用力抱起，雙腳離開土壤，順勢把他帶離田地，壓倒在泛白的地面上。

足弱驚訝失神。

今世王扯掉足弱頭頂的草帽，手指插入汗溼淋漓到猶如有人從頭頂潑水的黑髮之間，捧起他的後腦杓，頭一歪就吻上他的唇。

足弱立刻被對方貪婪索吻，舌尖連同唾液都被人糾纏吸吮。

「唔、唔唔！唔、嗯嗯！」

足弱感覺身下的沙子粗糙滾燙，連呼吸也從唇間被奪去，只能攀著今世王的肩膀和背上的衣服。

溼熱的巧舌在他的口腔裡亂闖，接著移動到他的臉頰和下巴，舔上頸側。

他的腰帶被對方一把扯斷脫落。

「啊、啊……」

沙子緊貼在他的汗溼肌膚上。原本往返田地和小屋的栽種幫手們、帶足弱到森林樹蔭下休息的內侍們、替今世王遮陽的內侍們，還有負責戒護的灰衣衛們，所有人此刻都還在現場。

無須抬眼，仰躺的足弱只要睜開眼，就能看到灼人的太陽，以及散布在淺藍色天空中的白雲。

「雷霰，我不要、在這裡！」

趴在因汗水而貼在身上的短褐上，今世王只顧著埋頭舔吮足弱胸前的突起。

「雷、霰、雷、啊啊、我、汗……」

金髮散落在足弱的肌膚上，今世王舔過冒汗的象牙白肌膚，或吸吮或輕咬他的軟肉，親得嘖嘖作響。

今世王一邊發出聲音一邊吻向足弱結實平坦的腹部，單手拉下褲子，稍微抬起足弱的腰扯掉。褲管都還沒有完全離開足弱的兩條腿，今世王已經含住他露出的下體。

「啊啊！」

足弱扭動身子，沙土從手臂上散落到其他地方。

他的上衣被掀開褪到手臂上，足弱整個人還在風中凌亂，轉眼間已經赤身裸體。對，今世王的手速很快。

「雷霰，我不要在這種地方！」

足弱再度要求，但餓壞了的男人根本聽不進去，抬高足弱的左腳就朝大腿內側又舔又吸。

「雷霰！你要做可以，可是不要在這裡——」

在接近正午時分的御花園小屋和田地之間，推倒從一大清早就務農忙到一身汗的足弱之後，今世王沒有回應過半句話。

今世王突然抬頭大吼一聲：

「還不快點拿芳香油來！」

一進立刻捧著小瓶子跑來，一邊迴避足弱的視線，一邊快速把瓶子放到今世王伸出的手裡。

「等等，快幫我阻止雷霰……」

被小十歲的弟弟壓倒脫光，躺在乾燥泛白土地上抬起一條腿的足弱，朝完成任務離開的年輕內侍長背影盡力大叫。

一進逃進森林裡不顯眼的角落。

內侍和灰衣衛們看到二話不說就開始的求愛行為，起初也像腳下生根似的茫然呆站在原地，此刻也已經躲得不見蹤影，但足弱曉得他們就在附近。頭頂上的強烈陽光灼燒著仰躺的足弱。

「雷霰，你又會，曬傷的！」

試圖阻止今世王的足弱這麼說，但此刻仍穿著水藍色夏服的今世王絲毫不以為意，彈開芳香油的瓶蓋，就朝足弱抬高的臀部倒下。

長指急切地探入菊穴。

「雷、雷霰、不行……不能在、這種地方……唔！」

足弱的軀體一晃，伸出雙手推著今世王的肩膀和腦袋，今世王卻不為所動，只顧著把足弱的腿彎起往前壓，捧著他的腰，擴張他的穴口。

足弱的手臂貼地，扭動身子往上挪移，試圖逃開。

他才移動沒多遠，立刻就被抓住腰，滑過沙地拉回來。一顆顆滴落的汗珠把白土染成了黑色。

芳香在悶熱的暑氣中擴散。

「哥哥……」

今世王終於開口。

「雷霰……不可以在這裡！」

足弱以苦苦哀求的姿態揚聲制止，抬眼看著今世王。

金色髮絲貼在今世王泛著紅潮的臉頰上，那雙藍眼睛的眼底亮著光芒，瘋狂的眼神看著足弱。

他鬆開水藍色夏服的腰際，加速喘息，扯掉足弱掛在腳踝的褲子，大大拉開足弱的雙腳，對著腿心奮力挺腰。

足弱口乾舌燥，一切已經來不及阻止。

「啊——啊啊啊啊啊、唔啊啊啊！」

久違的灼熱毫無章法地侵入，帶來超越足弱想像的衝擊。

「好、痛、啊、啊啊！」

「呼……唔啊、啊啊！」

今世王才一把自己的分身埋入足弱的窄穴，立刻就射精，但硬度不見軟化，轉眼間他再度開始進攻，一下又一下推開幽谷前進。

「啊、啊啊、啊啊！」

足弱已經忘了自己在哪裡、旁邊有誰在等著、陽光很刺眼這些事。

「啊啊、雷、霰、啊啊……噫啊、啊啊！」

「啊啊……」

「唔啊啊啊！」

足弱被過強的力量摟抱著，被滾燙到幾乎灼傷肌膚的熱鐵貫穿。

「哥、哥……啊啊！」

臀瓣被抓著狠狠搖晃，雙腳架在今世王的肩上搖搖欲墜。

粗長深埋在甬道內不留縫隙，今世王忙不迭地前後推送，芳香油的香氣四溢，足弱只能攀著今世王的手臂。

「噫……啊、噫、噫、噫啊、啊啊啊啊！」

在他眼前閃過無數白光。

再度被射精在體內的足弱，也弄髒了自己的腹部和今世王的夏服。

今世王暫時先退出了穴口。足弱在他的懷中反覆急喘，乾燥的土壤從他的手臂、背後、頭上掉落。

「哥哥、哥哥、哥哥，我好想你！」

今世王說完就緊緊摟住足弱。

足弱也想回擁，卻感到呼吸困難，伸手環住今世王的背、把臉頰靠在今世王肩上，已是他唯一能做的了。

「哥哥、哥哥、雷風！我愛你！」

說完，足弱的嘴唇再度被今世王封緘，嘖嘖親吻，今世王的手指觸摸那處尚未完全做好準備就遭強行貫穿擴張的穴口，潛入溼潤的穴內，接著塞進兩根手指。

「嗯唔、啊……」

足弱鬆唇，手放在今世王肩膀上低頭看向自己的腹部。在他的光裸大腿下方，有隻白手正伸出水藍色衣袖外探索。

「哥哥。」

溫熱的氣息噴向耳朵，足弱一抖，雙臂瞬間冒出雞皮疙瘩。

「啊、啊、慢著……」

「想要你，哥哥，我想要你。」

說完，今世王坐直身子，迎面抱起足弱緊緊擁住，由下往上用力一頂。

未著寸縷的足弱滿身沙子、芳香油和精液，由今世王用馬車載著移動到綠園殿裡。一路上今世

王再度隱忍不住，在座位上就把自己的陰莖埋進足弱體內。

「唔啊啊！……雷霰、雷霰、已經、夠了、啊！」

「哥哥，我好想你。」

「我也是，但……」

今世王從身後抱著足弱，讓他坐在自己腿間。從下方承歡的姿勢，足弱無力反抗。馬車吱嘎搖晃，頭頂上有一支遮陽用的華蓋，馬車伕就坐在前面，足弱甚至能夠看到兩匹馬的馬背。

「別、別再進來、了、啊……已經、夠了吧、放開我……啊、啊！」

足弱哽咽制止，一身精水的身子卻仍被上下頂弄到失神。

掛在足弱手臂上的上衣已被脫掉，鞋子也早就不見。

今世王只穿著褻衣，敞開前襟露出紅斑消退的白皙裸體，身上同樣有足弱射出的濁白。

今世王不停地親吻足弱暴露在他眼前的後頸，配合馬車的搖晃振動頻頻往上頂弄捧高的腰部。

「啊！啊！你不要、一直、那樣！」

「雷風，我好愛你。」

「住手……嗯、嗯嗯！」

馬車已經在宮殿苑囿裡停下，今世王還是沒下車，在狹窄空間裡變換姿勢，讓足弱抓著座位，自己趴在他身後由背後插入。噗滋水聲與肉體撞擊聲迴盪四周。

馬車大幅搖晃失去穩定，馬車伕連忙安撫馬匹，趕來的內侍和灰衣衛們則負責扶住車身。

「啊、啊、哈啊、哈啊啊、啊！啊！」

足弱逐漸臣服於今世王橫溢而出的活力，承受著他強大的力量卻也只能逆來順受。

儘管他們兩人體格相仿，但力量有差，被今世王從身後壓制，單憑一隻手根本推不開他，足弱只能照單全收，承受熱鐵猛然刺入深處，任由深處受熱融化。

「哥哥……咕……」

「啊、啊……」

今世王從足弱的身後退開，他卻還是在木椅上無法動彈。大量的白色精液從他顫抖的光裸臀部流到大腿、從膝蓋流到小腿，最後一股股滴落在木底板上。

足弱被今世王摟著親吻脖子和耳後，攔腰抱下馬車，走上石階，走進朱紅色屋頂下的宮殿。目的地不是足弱以為的浴殿，而是今世王的寢房，這讓足弱很不安。

足弱環繞脖子的手臂用力，抬頭凝視今世王。

「雷、霰……今天已經、夠了吧……」

他希望今世王能夠回他「也對，已經夠了」，但那雙藍眼睛此刻仍舊充滿瘋狂的光芒。

他感覺嘴唇被啄吻一下。

足弱的嘴唇也因為被吸吮太過而紅腫。

躲開陽光來到室內感覺涼爽，歷經太陽曝曬的肌膚終於得以休息。

「啊啊，哥哥……啊啊，我心愛的人……我愛你。」

今世王說完，就把足弱放在床上，跨上他的身子。

足弱以雙手抵著壓上來的白皙胸膛，完全不曉得該怎麼阻止對方繼續索求。

「哥哥不可能與我以外的任何人成親，雷風是我的，對吧？哥哥愛著我，為了我那麼用心栽種御前草。我心愛的雷風，我們成親吧。」

躺在床上，溼漉漉的雙腿被打開，帶著溫熱脈動的陽具緩緩侵入，濃郁的香氣再度蔓延。

「唔啊……雷霰……啊啊……」

今世王沉甸甸的肉刃用力撐開穴內的肉摺闖進來，彷彿此刻是他們今天第一次交媾般。甬道逐漸被占領，足弱感到痛也覺得歡愉，整個人正沉溺在這股窒息感裡。

他立刻蹙起眉頭，搖頭拒絕成親的要求。汗水隨著足弱的動作飛散。

「雷風。」

「現在、沒辦法、答應……無法、思考……」

「哥哥，求你想一想，你什麼時候可以？什麼時候願意跟我成親？明天？後天？」

在今世王逐漸增強的推進力道，以及眼睛看不見的某種情緒推波助瀾下，足弱的力氣也被喚醒。

儘管足弱由衷高興兩人重逢，但受到病癒的一方單方面索求、掠奪，令他感到很困擾。

他的身子跟著搖晃，氣息逐漸轉喘，汗水淋漓，唾液流淌；乾淨的絲被吸收兩人的精液，變得皺巴巴慘不忍睹。

「嗯唔、雷霰、我拒絕、成親。」

「為什麼？」

「更重要的是、今天、到此為止。」

「哥哥，我們從冬天過後就沒做了。」

所以這樣還不夠嗎？在藥草田旁邊就做了好幾次，即使自己百般表示「不可以在這裡」，對方也不聽，任憑腦內想法驅使，一意孤行；好不容易移到馬車上，對方也繼續從他背後抽插肏幹，來到龍床上依舊被抱在懷裡深深貫穿。

午膳沒吃，足弱也不清楚現在是什麼時辰。

足弱佩服自己居然有力氣奉陪今世王那麼久。

或許是久別重逢才會如此，也要歸因於某個串連兩人、滿溢而出的情感推波助瀾。

今世王的唇落在足弱被推高的膝蓋上，雙手執拗著撫摸、抓捏足弱濡溼白皙的臀瓣，小幅度擺腰。

「啊、啊、住、住手、啊、啊……」

足弱的生理上很難受，情感上卻愛著眼前的今世王，對於這層認知儘管不知如何是好，他還是抱緊對方，湊近對方的唇頻頻親吻，吸吮並追逐對方探進來的舌頭，感覺深處被深深捅入，眼前再度閃過白光，快感幾乎讓他的四肢百骸失去知覺。

即使足弱起伏喘氣的胸膛變得紅腫，今世王仍舊繼續以舌頭逗弄，發出聲響吸吮，愛撫個沒完也不嫌膩，弄得足弱的乳尖刺痛萬分。解放無數次的下身已經沒有感覺。

「雷霰、嗯、嗯……」

「哥哥，那麼一年後，一年後我們成親，承認彼此是對方的伴侶吧。我想要那個承諾。我不是要向任何人炫耀，只是想要哥哥的承諾。」

肉體被強力拍擊，足弱往後仰頭。

已經容納不了的白濁，從入口隙縫湧出，再度弄溼兩人。

「說好了一年後，哥哥。」

「不要……！啊、啊、不、要！」

足弱體內深處受到刺激，快感湧現，背部發顫，呼吸一窒，忘我搖頭。

「哥哥——」

今世王發出細小無助的聲音哀求，他似乎是把足弱想擺脫難以承受的歡愉所發出的嬌吟，當成了拒絕求親的回應。

意識朦朧間，足弱湧上一抹不捨。

今世王受疾病折磨了好長一段時間，纏綿病榻期間，他也只想著足弱，頻頻寫信，在足弱生辰時送上親自作曲的樂譜，表達與足弱邂逅的純粹喜悅。比起自己將死的事，今世王更擔心足弱的未來，並為足弱留下遺詔。

想到這裡，足弱的胸口一緊，無法思考的腦袋脫口就說：

「雷霰，兩年後的、秋、秋天、在你的生辰、那天、成親。」

體內的種種情緒與今世王的灼熱都在瞬間增幅。

「雷風！」

「唔啊啊啊！」

開心到勃起的今世王，害足弱連晚膳也錯過了。

夜裡，在王的寢房翻雲覆雨完，今世王把稀如湯水的米粥，以及切得又薄又小塊的黃綠色香甜水果，送進足弱嘴裡。

足弱睡意濃厚，一點也不想吃東西，今世王卻看準時機，把食物塞進他嘴裡。

「唔……雷霰……」

足弱的身子已經恢復清爽乾淨，當然也穿上潔白舒適的寢衣。

他的下身虛脫無力，只覺得沉重；身上各處被吸吮摩擦的地方灼熱紅腫，但他此刻只想睡覺。

「雷霰……我想睡覺……」

「哥哥，喝完御前草再睡。我已經完全康復，你可以服用御前草了。」

「想睡……」

「哥哥，不行。」

足弱拒絕張口喝下綠色湯藥，但今世王堅持不退讓，撬開足弱喃喃抱怨的雙唇，灌入一碗湯藥。

「過分……雷……很、過分……」

連同白天一整天的交歡行徑在內，這段時日的種種無處宣洩的不平，都化成足弱聲淚俱下的責怪，朝今世王發洩。

甘願承受怒火的今世王，雙手牢牢抱著足弱，把他黑短髮的腦袋擱在枕頭上，讓他睡進被子裡。

燭光幽微的昏暗寢房，逐漸遠離他的意識。

「哥哥，我要送你訂親禮……」

足弱在墜入夢鄉之前，聽到今世王這麼說。

第二十章 訂親

今世王再度從綠流城搬回綠園殿後，就不再出門露臉，而是把足弱關在寢房裡日夜耕耘，不讓他離開，連日來都是足弱一睜眼就交合，做完就睡去，睡醒餵飯喝藥，然後再度交合。

「哥哥、哥哥！」

「雷霰、雷霰……啊啊！」

今世王不讓足弱離開床，在他睡著後抱他去浴殿，連如廁也是今世王替他處理。

內侍們在一旁守護兩位皇族的生活並從旁協助。

足弱承受今世王狂風暴雨般的索求，因此沒空去小屋和田裡，過了六天之後，總算能夠離開龍床，在涼爽早上走到花廳，躺在長榻上聽今世王彈瑟。

甘霖般的樂聲落在身上。

足弱神情陶醉，聽得入迷。

演奏完的今世王微笑走向足弱，在長榻旁單膝跪地，握住足弱的一隻手。

「你覺得如何？我的未婚夫。」

足弱聽到這個字眼，感到陌生。

「未婚夫？」

「沒錯，哥哥是我的未婚夫，我是哥哥的未婚夫。」

「什麼意思？」

「就是約好要成親的兩個人，稱為未婚夫或未婚妻。」

說完，今世王起身在足弱的頭上烙下一吻。足弱還來不及開口反駁，綠園殿總管正好來訪，雙膝跪在門口低頭行禮。

「陛下，皇兄殿下，恭喜兩位。」

「謝了，狼。」

坐在足弱腳邊的今世王泰然自若地回答。聽到總管開口祝賀，足弱心想，是在恭賀今世王完全康復了吧。

「太好了，雷霰。」

足弱這樣說完，今世王朝他露出滿臉笑容。今世王的頭髮和臉龐光彩四射，與在高呰郡郡府每天聽報告形容的模樣截然不同。今世王如今很健康，充滿力量與生命力。

「這都是哥哥的功勞。能夠活下來並且像這樣與哥哥重逢，甚至訂親，雷霰很幸福。」

原本為了今世王的健康模樣而微笑的足弱，突然歪著脖子感到不解。他挺起躺在長榻上的身子，靠著椅背坐起，手放在屈起的膝蓋上，一邊思索一邊盯著今世王同總管說話的側臉。

「婚禮是在兩年後的秋天舉行，所以還有足夠的時間準備，該做的事情繼續進行。另外為了要慶祝這場值得高興的訂親，我要送哥哥白銀馬具，還要擴建小屋，還要準備金山銀山，對了，也送些普通的山林土地如何？」

「挺好的選擇。」

「在黑紅底色的布料上鑲上一些白銀寶石的衣服，怎麼樣？你有沒有認識什麼技術很好的工匠，頭冠也特別訂製一頂好了。」

「正好有人獻納瑪瑙和翡翠。卑職也認識擅長金工的知名工匠。」

「要不要加入哥哥喜歡的水果和橡實的圖案呢？朕好想把自己滿腔的喜悅全數表達出來。在太陽四周圍繞十隻飛鳥吧，或者乾脆在御花園裡養鳥好了？」

「這主意也不錯。」

「對吧？對朕來說，這可是一生一次的大事，終於能夠與心愛的人共結連理，朕感到萬分雀躍，只想把所有能夠弄到手的東西，全都送給帶給我這般喜悅的哥哥。」

足弱聽著兩人的對話，錯愕得說不出話。

（啊！啊啊啊啊！我想起來了！）

在藥草田那一刻，是春雷轟響那天以來的久別重逢，足弱被狂喜的今世王緊緊擁抱，擋不住他的氣勢，當場被迫承歡多次；搭乘馬車移動時也是，抱進宮殿寢房之後也是……就是在那個時候。

大概就是在那時候脫口而出的。

（我都忘了……）

眼看著情況變成這樣，足弱實在開不了口。

在總管之後，內侍們，甚至連灰衣衛將軍也跪在走廊上求見，允許進房後紛紛獻上賀辭。

足弱的臉色有些發青，抱著雙腿縮在長榻角落。

他無法接受一年後，所以說出兩年後；他討厭夏天，所以希望至少選秋天，結果就變成——兩年後的秋天成親！這是他隨口虛應的下場。

今世王很認真在籌辦婚禮，整個人喜不自勝。

「雷、雷霰……」

「是，哥哥。」

原本與灰色狼們相談甚歡的今世王微笑轉頭。

「我、我不需要訂親賀禮……」

足弱不知道該怎麼開口才好，於是這麼說。

「只是我的一點小心意，哥哥。」

「小屋保持現狀就好。」

「那麼，我蓋一座離宮吧？地點就選在北方的清流附近，讓哥哥可以盡情遊河玩水。我們也可以在河畔不停相愛。」

大概是說出口的同時也想像了一番吧，今世王露出幸福又下流的表情。

足弱戀慕著今世王。

回想起今世王瀕死的遭遇，足弱很想實現他的所有要求。

但一旦事關成親……他懷疑自己真的夠格嗎？況且兩人走到成親的關係，真的好嗎？足弱無法有個答案。

足弱對於訂親隱約不安，雖說如此，他也沒有現在就取消婚約的強烈念頭。

「雷霰，真的只要有心就好，我不需要那些東西，好嗎？」

「我想當作紀念，哥哥。」

足弱試圖制止，但似乎沒有人能夠改變今世王的決定。

足弱收到的第一份訂親紀念賀禮，就是拐杖。

黑漆拐杖在打安弄華時打斷了之後，足弱就一直拄著臨時的木頭拐杖。

新拐杖也同樣上了黑漆，這次的拐杖多了一個橫向把手，下方鑲著小銀飾和小小的綠色寶石，也加強了把手與拐杖的連接。

這天天亮後，足弱下床起身讓內侍們淨臉更衣時，今世王親自以雙手捧著拐杖遞給他。

「試試。」

足弱睜大雙眼驚嘆拐杖的美，他拿在右手裡抵在地上，試著把重心靠上去或試走幾步。

「很穩。」

「我讓太醫計算哥哥的身高與腳的狀況，再由工人伐木打磨、工匠裝飾。你要盡量多用拐杖走路，太醫說你的右腳負擔會一年比一年更大，即使腳沒事也要使用拐杖，能夠幫助左腳和腰桿支撐右腳。」

足弱的右手拿著拐杖，看著今世王與自己視線等高的藍眼睛。

第一份禮物，考慮到足弱的身體。

「雷霰，我，只要這支拐杖就好，這樣就夠了，其他東西我不需要。謝謝你的拐杖，我很喜歡。」

「你喜歡就好，哥哥，我很高興你喜歡。」

今世王抱住足弱，頻頻輕撫他的背。

記得第一支拐杖的下場，足弱心想，一定要好好珍惜這把第二支拐杖。

在今世王說完話後，等在一旁的太醫令和太醫們現身，修正足弱拿拐杖的手的位置等。

根據他們的研究結果，想要減輕右腳的負擔，拐杖要拿在左手而不是右手。

聽著高度專業的說明，足弱頭昏腦脹，但還是決定把今世王送他的拐杖拿在左手。接連幾天他暫時還不習慣，不自覺就會用右手拿拐杖，回過神來才連忙換手。

＊

今世王搬到綠流城，足弱沉默埋首栽種御前草那段時期，安夜與安弄華父子已在京郊公開處決。

籠尾花一家滿門抄斬，家產和領地也充公，安弄華暴行下的受害百姓紛紛獲得黃金白銀的賠償，由充公的家產支付。名門家徽固然不復存在，但安弄華的正妻，也就是陸方的嫡女和孩子們得以倖免於難。

支持安弄華的六卿陸方和華矢遭降級，實際上也就等於六卿名存實亡。

夏牧是下一個順位接宰相位子的人，他卻讓給安姜，自願當安姜的輔佐。

「有資格背負起失去皇族、迷惘無措的雷氏王朝，成為引導方向的強力候補的人並不是微臣，微臣認為唯有安姜能夠擔此重責大任。」

夏牧這麼說完，辭退宰相職位。

至於讓夏牧讓賢的安姜，是四十五歲左右的男人，他的左右眼大小不同，外表冷漠，身高中等，身材偏瘦。

安姜家族的家徽是在融雪後盛開的小白花「帝儲花」。這種吉祥的花代表冬季結束、春季來臨，也象徵著新年。

今世王召見年輕的新任宰相，與他對談數日卻仍覺得意猶未盡。今世王也稱讚了夏牧；夏牧本身也是出色的人才，但他更有勇氣承認安姜比自己優秀，而且不吝主動推薦賢才。

聽到今世王的稱讚，夏牧和安姜都誠惶誠恐伏地叩首。

今世王正式宣布由安姜接任宰相，也對於染疫期間發生的謀反做出賞罰，再來的事情，就交給能幹的新宰相去處理，今世王只要想著足弱就好。

等到他白皙肌膚上的紅斑終於消失，又謹慎觀察了三天，確認沒問題後，今世王立刻飛也似地奔出綠流城，拋下灰衣衛回到綠園殿；他事前就聽說足弱在藥草田，所以催促馬車直奔田裡。內侍們高舉替今世王遮陽的道具追著馬車，展現他們的耐力。馬車一停今世王就跳下車。

接下來連續數日，今世王的腦海中不存在宮殿以外的世界；比起食慾和睡意，他更渴望的是同父異母的哥哥。

今世王費盡唇舌說服再過幾年就滿四十歲、個性文靜的足弱答應成親，足弱還是一樣不懂使用任何惡毒話語，只怪今世王的求歡太瘋狂。他的這種反應，使今世王對他的愛戀更深更濃。

＊

古廄成了綠園殿總管的副官，所以也是最早知道足弱與今世王訂親的消息。

紅斑消退的今世王在正午時分，在御花園的藥草田旁與足弱翻雲覆雨多次；上了馬車上也繼續歡好；把人帶回寢房後，更是連續好幾天不讓足弱離開。這些古廄也都知道。

原本沉默的足弱再度開始說話，關心四周事物，也對於連續幾日不知收斂、頻頻求愛的今世王吶吶表達不滿。

「若是之前，皇兄殿下總是需要沉睡一整天才能夠恢復體力，但現在是怎麼回事？殿下反而變得精神奕奕了。」

說這話的是綠園殿總管的長史冠雪。他就是在今世王發現身上有紅斑時，奉總管命令趕往小屋，通知足弱離開宮殿的年輕文官。

「或許是皇族能夠彼此互相治療，接觸到陛下深刻的喜悅後，皇兄殿下也喚醒自己體內深處的活力吧。他們兩位原本消瘦的身軀也都已經恢復原狀，皮膚也變得更有光澤。」

聽到冠雪的好奇，總管親自回答。

綠園殿的金黃花瓣小花茂密亂長，甚至淹沒御前草田，使寄道十分傷腦筋。街頭巷尾也謠傳說彩虹掛在宮殿上空好幾天都沒有消失。

古廏擔任副官一職，奉命必須看過總管重新編輯的皇族庶子詳細紀錄。

灰色狼族從小開始就在領地兼故鄉——位在國土西南方的華陵郡方領圃，學習並鑽研將來服侍皇族所需的能力。這段期間，他們必須學習皇族的歷史，認識皇族的特性，也會有人教導他們關於庶子的情報。但是古廏得到的紀錄，比在故鄉學到的內容更詳盡。

深夜裡，古廏待在綠園殿旁的宿舍房間裡，不停地反覆閱讀那冊紀錄。

那一夜，古廏得到了只屬於自己的皇族。

他的人生只有一個任務，就是把這條命獻給皇族。

十三年前，讓他不惜犧牲性命的皇族只剩下一位，為了那位孤獨、俊美、不安的英明年輕帝王，古廄選擇走上最艱辛的路。

他潛入最有可能妨礙今世王也最危險的地方，就是二十四瓣籠尾花家徽的名門家族。

家族裡的年輕嫡子平素粗魯無禮，火氣一來就狂暴冷酷。他不把下人當人，認為下人跟貓狗一樣，甚至比馬還不如；心情不好就踹古廄出氣，只把他當成耐踢的狗，踹他的臉、毆打他、折磨他，一次又一次不肯放過。

對武藝出色的古廄來說，躲開安弄華的暴力攻擊很容易，但為了避免自己的細作身分遭到懷疑，古廄只是盡可能避開致命傷，剩下的就是被當成垃圾、不停在地上打滾。

待在那個家裡七年，這段期間他留下無數瘀青，表情和情感也被奪走，唯有心底深處始終存在、對於唯一皇族的忠誠心，無法被奪去。

由於古廄待的是上卿府，能夠偷聽到朝廷情報，因此他在一年前得知皇族從一位變成兩位。古廄在面無表情底下的一顆心，因為庶兄出現的消息，而有了近幾年都不曾出現的激昂。

（真希望有機會拜見，只看一眼也好。）

找到那位庶子皇族的消息已經正式宣布，聽說他是黑髮黑眼，今世王還因此出現戲劇性反應。

（毫無疑問是皇族人。）

只有皇族人能夠分辨出自己的血親，而且會對血親渴望到發狂。對於臣子獻上的美人一向不屑一顧的今世王，聽說很快就對庶兄無比寵愛。那位孤獨的王終於得到族人。

古廄感到喜悅的同時，身為誓言守護皇族的灰色狼之一，因此他有著一般老百姓不會有的情緒——自責之前沒能夠找回長年漂流在外的庶子。

假如那位庶子漂流在外的成長環境不錯也就算了，但聽聞他住在深山裡，儘管古廄不清楚他在山裡生活的詳細情況。

（庶兄太可憐了……）

但無論如何，古廄希望宮裡那些自己的族人能夠好好照顧那位庶兄，他把這樣的想法和心願藏在心底深處，繼續過著任由安弄華打罵的日子，只為了預防將來可能發生的「萬一」時刻。

直到那一夜。

安弄華從下令戒嚴的京城，綁走了與染上「皇族病」的今世王分隔兩地的庶兄。

古廄成了唯一負責處理皇族大小事的下人。

沒錯，大小事。

從早起醒來後的淨臉、剃鬍、更衣等打理，到用膳、打發時間、準備沐浴用的熱水、身體狀態管理都包括在內。少了原本應該待在身邊的內侍們之後，這位黑髮黑眼的皇族，拄著拐杖，來到古廄一人的面前。

保護、照顧這位皇族的人，只有自己。

右臉頰有如黑洞般瘀青的古廄，忍不住在心底深處對於這個突然降落自己面前的事態，感到無比幸運。

他的內心無比雀躍，甚至夜不成眠。

古廄絞盡腦汁威脅安弄華底下掌理錢袋的管事，逼對方吐出銀兩，努力為皇族置辦蒐羅他認為需要的物品。

雷氏王朝的皇族不可能不睡綢緞絲被，不可能不穿用上大量布料的長袖光滑衣袍，不可能以髒水洗臉，不可能用冷水擦身子。

古廄從內到外都很振奮，儘管表情沒有變化，但他決心要為足弱鞠躬盡瘁。這種喜悅比大雪過後看到春天降臨還要濃烈。

庶子皇族右腳行動不便，必須勞煩古廄服侍，但這對他來說，卻是至高無上的幸福。眼前的皇族如果少了自己，就無法享受應有的舒適生活，沒有其他人照顧他。準備鞋子替他穿上、決定當天要穿什麼衣服的也是古廄；修剪指甲、泡茶送上的也是古廄。

古廄為了庶子皇族不吃飯而心痛，了解原因後就費心修改膳食內容，盡力不使他變瘦。古廄不是為了得到安弄華的稱讚，古廄歡欣鼓舞，內心激昂，純粹是因為有機會一手包辦皇族的大小事，這對灰色狼來說簡直像在作夢。因此他宛如母鳥保護雛鳥般，時時刻刻陪伴這位只屬於自己的皇族。

在庶子皇族失去自由這段期間，古廄全方位服侍他、扶持他，恭恭敬敬、仔仔細細，彷彿捧在手掌心的明珠般盡心打理照料。

毫無疑問他是只屬於古廄的皇族。

不管是刮風下雨日照或其他傷害，古廄都想保護眼前這位只屬於自己的皇族。古廄的皇族，對遭受安弄華凌虐的下人古廄很溫柔，不但真心關懷，還主動叫古廄偷懶放鬆。當他以手指觸碰古廄臉上的瘀青時，古廄還以為自己的心臟就要跳出胸口了。

這位被軟禁的皇族與古廄聊天，把身體交給古廄。這樣的皇族再沒有第二位，他只屬於古廄。

想要樂器卻遭拒絕時，古廄去找安弄華交涉卻失利，挨踹回來後，是皇族親手照顧古廄。那個難喝的湯藥，也是古廄不想他失望，才勉強喝下。

皇族逐漸習慣古廄的照顧，儘管拘謹客套，但開始願意依賴古廄了。

然，彷彿在背叛皇族的信賴，足弱抗拒安弄華的求親，轉向古廄求救時，古廄卻建議他答應。

那是因為古廄在前一天看到排列在城樓圍牆上的石陣，得到消息知道灰衣衛即將在近日發動攻擊。

那是族裡時隔多年第一次留給他的暗號。古廄認為讓安弄華鬆懈，就能夠多爭取幾天時間，因此他沒有認真考量到足弱的恐懼，沒對足弱提起自己的真正身分，也沒說會幫助他；他擔心單純的皇族聽到真相，或許會出現不自然的態度，引起敵人懷疑，古廄是想要避免這種情形發生。

後來的下場，使得古廄比自己死去更痛苦萬分。

足弱再也不會是只屬於古廄的皇族了。

只要足弱沒有被抓住、不需要逃走，兩人就再也沒有可能獨處，古廄也不再有機會單獨服侍足弱。足弱的身邊隨時都有內侍等著服侍他，有好幾隻手早就準備好在任何時候發生任何情況時支撐他。

赤身裸體浸泡在裝滿熱水的浴桶裡，由古廄替他洗浴的皇族，已經不復存在。

那位在被窩裡輕喚病倒的同父異母弟弟名字的皇族，現在正在對方的懷抱裡承歡，深處受到滋潤，療癒他瀕臨極限的身心。

對方是金髮碧眼、比他年紀小的皇族，是今世王，不是安弄華那種需要逃離懷抱的對象。

碩果僅存的兩名皇族，理所當然會成親。

「古廄。」

會這樣喚他、被拘禁在風車城樓的皇族，已經不在。

「謝謝你總是這樣照顧我。」

對，唯一會這樣對服侍自己的下人說話的皇族，已經成為過去式。

獨自侍奉那位遭人強行帶離今世王身邊、帶離內侍和灰衣衛身邊的皇族，在那段日子裡，那位皇族毋庸置疑只屬於自己。

＊

儘管已經是今世王的未婚夫，足弱和其他人也沒有什麼特別的改變，因為足弱的待遇本來就與眾不同。

在皇族人數仍多的時代，每位皇族基本上都有一位專屬內侍。今世王一個人就配有三、四名內侍，皇配也會配置數名。

至於灰衣衛，擁有私人隨扈的只有今世王，其他灰衣衛只需要維護綠園殿的安全，因為保護宮殿就等於保護了所有皇族。

但現在不同，皇族只剩下兩人。

今世王理所當然會帶著四、五名內侍，無法返回故鄉深山的足弱也經常有三名內侍跟著，另外還有許多內侍支援。灰衣衛也會派員跟著兩位皇族。

庶子足弱的壽命，以皇族的標準來看已經不算長，卻還有右腳的殘疾，再加上他的身體受過艱困環境的折磨，今世王希望他活得久一點，宮裡的人自然會對他加倍呵護。

內侍和灰衣衛不分日夜輪班服侍、戒護今世王與足弱，沒有任何人覺得這般悉心照料有哪裡不對，或有異議，或感到困惑，唯有足弱例外。

灰色狼族之中，像他們這樣近身照顧皇族的人十分幸運；能夠待在宮裡，就表示他們是傑出優秀的人才。

即使無法近距離接觸皇族或與他們對話，只要能夠看到他們，對於灰色狼族來說，也是無上的幸福。

再退一步，即使無法看到皇族，光是想到自己做的事情能夠使皇族開心或過得舒適或安全，他們也就滿足了，不後悔為皇族犧牲奉獻。

真要說後悔，就是十幾年前飛來橫禍，皇族因此大量死亡，以及庶子發生意外，失蹤三十多年無法找到，獨自帶著不便的右腳過活，這兩件事。

對灰色狼族來說，足弱是他們再怎麼費心照料、再怎麼重重保護也不為過的皇族。

＊

早上去看過御前草和假山的狀況後，足弱搭馬車前往宮殿，拄著今世王送的新拐杖往綠園殿總管的住處走去。

內侍長說直接召總管過來就好，但足弱表示很想參觀總管的家，所以內侍長走在前頭替他領路。

總管的住處位在從綠園殿宮門進來看到的那條走廊右側，是一棟兩層樓的建築，一樓和二樓都是總管的私人空間。

在這座皇族居住的宮殿裡，只有總管擁有一處坐臥起居的房舍，也因此他能夠隨時候傳，發生危險時也能夠待在皇族身邊。

他們抵達後，內侍長派人進去通知，長史和副官立刻出來迎接，領著足弱進入總管的書房。

「大人目前在綠流城，很快就會回來，殿下要在這裡等一會兒嗎？或者您有其他事情要忙，無論是哪裡，大人晚一點都會過去找您。」

一個沙啞的嗓音這樣對足弱說。

聽到那個嗓音，足弱原本在擺著書櫃、四張文案和無腳靠背椅的書房裡好奇走動，瞬間停下腳步。

「古廄？」

足弱沒有在長史拿來的椅子坐下，反而走近雙膝跪地伏首行禮的中等身材男子。

「古廄，你是古廄吧？」

拄著拐杖的足弱更進一步往前走，彎下腰伸出手正要觸摸叩首男子的背，男子立刻抬起瘀青的臉，以雙手握住足弱伸過來的手。

「果然是你！」

足弱揚起笑容，穿著灰色文官服的古廄也隱隱彎起嘴角，雙手繼續握著足弱的手，領他在椅子上坐下。

「您要在這裡等嗎？」

「要。古廄，我一直很想見你……」

明白足弱暫時會待在總管的書房裡，長史等人退下，內侍們則是動手準備茶具。古廄望著眾人的反應，放開足弱的手，這次卻被足弱反握住，古廄因而轉頭看向他。

「皇兄殿下。」

「你和葉久在風車城樓突然就消失蹤影，我嚇了一跳，真希望你們當時有跟我說一聲再走。」

「抱歉，既然最強的灰衣衛已經出手救援，卑職判斷您已經不需要我們了。」

古廄頭上戴著一頂小冠，甩了甩灰色長衣袖，以優雅姿態雙膝跪地，恭恭敬敬低頭行禮。儘管已經七年沒用上這些禮儀規矩，但面對皇族，他自然還是會表現出由衷的敬意。

「古廄，我來找總管，就是想向他打聽你和葉久的消息。原來你一直待在綠流城呀。」

「卑職七年前就是總管的副官，只是當時接到潛入敵營的密令，才會離開這裡。這次任務結束後，大人讓我復職，回歸副官的職務。」

「老夫都說了，要他好好休息一陣子再復職，但是您也看到了，他堅持要待在有陛下和皇兄殿下的宮裡。皇兄殿下，抱歉讓您久等了，還讓您特地跑這一趟。」

沙啞嗓音才剛說完，緊接著一個威嚴十足的年長聲音在門口響起。總管帶著一名副官回到自己的書房了。

足弱拄著拐杖站起準備迎接對方，但總管快步走進室內制止他，示意他喝內侍泡好的茶，自己則坐到他對面的椅子裡。房裡除了他們兩人之外，其他人都跪在地上聽候指示。

「偷聽到您與古廄的對話，實在失禮。您說想要打聽自稱古廄與葉久的下落是麼？」

「是的。可能的話，我想見見他們，還有雷霰、總管、將軍、溫、星也一起，我希望你替我集合大家。」

「您有事要宣布嗎？」

足弱低頭緘口不語。

總管再度勸足弱用茶，等足弱喝下後，他才終於也能喝茶。

「您是什麼用意要集合大家都無妨。既然是殿下的希望，老夫自當竭盡所能把事辦妥，您想什麼時候集合都行。」

「葉久現在在哪裡？」

「自稱葉久的男人在灰衣衛中。」

足弱這下懂了。那劍術並非只有華麗好看而已。

「葉久很厲害。」

「青嵐也想延攬他當自己的副官，但他本人希望暫時回到灰衣衛，以一般步兵身分重新受訓，找回團體行動的敏銳，所以他目前是灰衣衛步兵小隊的一員。您要找他來當然不會有什麼問題。」

「那個，選在大家都方便的時間就行了……也要顧慮到溫和星的身體狀況。」

「是。一旦時間確定，卑職會通知殿下。」

「百忙之中還來打擾你，是我失禮了。」

總管阻止話剛說完就要告辭的足弱，又一次勸他用茶，並為他介紹既榮幸又遮掩不了喜悅的內常侍和長史等人，順道解釋工作內容和書房的各種擺設。

接著眾人才起身來到走廊上，目送足弱在內侍和灰衣衛的簇擁下離開。

那天的正午過後，足弱在宮殿寢房裡剛午睡醒來，正在喝果汁，就接到總管聯絡，已經訂好四天後的傍晚，所有人在足弱的宮殿房間花廳集合。

內侍長替睡得一身汗的足弱更衣時，以充滿疑問的眼神望著他，足弱也只是眼皮低掩。

他旁邊的椅子坐著今世王。

地面的木板光滑黑亮；今世王身後大窗的簾幕收起，可看到欄杆外的池水波光粼粼。漆盒上有人偶裝飾，絲綢掛軸描繪著山景水墨畫，青瓷花瓶插著花，房間角落的茶几上隨時擺著茶。

內侍們在足弱的指示下準備了椅子，被找來的古廄、葉久、溫、星、綠園殿總管、灰衣衛將軍和副將等人分別入座。

皇兄的內侍長和內侍們、今世王的內侍長和內侍們都站在房內一側，負責安危的人們則站在房外。

所有人到齊後，足弱鬆開那隻被今世王握住的手，獨自站起來；他的拐杖仍靠在椅子旁。

那天下午自午睡醒來的足弱戴上冠，換上樸素但正式的皇族服飾迎接眾人。

足弱一一看過每個人的臉之後，低頭鞠躬。

「哥哥？」

在他旁邊的今世王低聲輕問。

「總管來到這裡是代表灰色狼一族，將軍和副將是代表灰衣衛，溫和星是代表內侍們，古廄和葉久是代表那些挺身而出、隱忍潛伏敵營的人……雷、雷霰是告訴過我不准吃也不准靠近的家人……」

足弱抬起頭來吸口氣，接著再度把頭低下。

「我要為自己吃下一星蝦的行為向各位道歉。」

這個位在綠園殿裡的房間，瞬間鴉雀無聲。

臉一抬，頭冠的裝飾發出喀答碰撞聲。足弱以平靜的黑眼珠掃視所有人，說：

「我當時真的萬分不願意與安弄華成親，只想著無論如何都要逃走。可是，當我得知古廄和葉久的存在，知道他們是為了不曉得會不會發生的『萬一』時刻，只為了那種時刻，拋棄自己的人生與性命潛入敵營，我一直在想，自己是否做出了錯誤的選擇。

大家說我是皇族，只為了這個原因，我得到這麼多人的服侍和保護，但我卻在明知有危險的情況下，吃下一星蝦，使自己命在旦夕……我覺得自己背叛了各位無私的心意。我……不是故意那樣做……但或許我應該朝活下去的方向想辦法，或許我應該忍住一時的恐懼與屈辱。

反正不管怎麼說，踐踏諸位的心意和好意是事實，我想為自己採取錯誤行動道歉。對不住，請原諒我。」

說完這些話，足弱第三次深深鞠躬行禮。

接著他感覺到有人移動，足弱的眼角看到灰色衣襬。

對方的雙膝跪在地上，雙手併攏在身前，戴冠的灰髮腦袋俯首行禮。

「身為皇族的雷風殿下親自承認過失，卑職這個灰色狼的一族之長接受您的賠罪。

您願意聽取並理解吾等的想法，對於服侍皇族的族人來說，再也沒有什麼比這點更值得歡喜。

然而，使皇兄殿下置身於寧可尋死也想逃離的恐懼屈辱境地，應當歸咎於吾等的失職。

理當為此謝罪、問罪的是吾等灰色狼才對。都怪卑職這個無能族長太不中用，才會讓尊貴的皇族經歷痛苦，卑職甚感羞愧。」

聽完總管的話，足弱抬起頭來搖搖頭。

他看向僵坐在椅子上的古廄和葉久。

「我聽說你們在那裡待了七年……辛苦你們了。」

聽到足弱這麼說，兩人甚是驚恐地顫了顫肩膀，同時跟著總管跪在地上。

在低頭行禮之前，嘴上有兩撇鬍子、此刻表情仍舊緊繃的葉久說：

「卑職的名字是眺望。」

接著在足弱的凝視下，古廄也以沙啞嗓音說：

「卑職是水明。」

「你們兩位的名字都很好聽呢……『眺望』和『水明』。」

被稱呼本名的兩人抖著身子伏地叩首，已經說不出話來。

足弱繼而看向關在地牢裡、獲救後奉命返鄉休養的兩名內侍。他們一聽到足弱召見，立刻飛奔趕來。

他們三人上次見面，是躲在王安在京城裡替他們準備的破屋卻遇襲的那個夏夜。兩人凝視著戴冠著皇族正式服裝、健健康康站著的足弱，不禁淚溼眼眶。

「幸好殿下平安無事……」

溫忍不住開口。足弱看著他的眼睛點點頭。

「在地牢裡得知殿下吃下一星蝦時，卑職等也不打算活了。」

星哽咽說完，足弱也同樣看著他的雙眼，點了點頭。

「我也很高興你們兩人安好。在破屋前一別後，我連你們是生是死都不清楚。」

「卑職倆當時發現敵營裡有灰色狼在，因為眺望使出的劍法，是我們灰色狼祕傳的劍法，所以我們乖乖束手就擒，沒有繼續頑強抵抗；我們相信即使不在皇兄殿下身邊，不管發生什麼事，其他族人也會幫助殿下。直到我們聽到一星蝦的事。殿下——」
跪在地上的溫膝行到足弱跟前親吻他的衣襬。足弱嚇了一大跳。
「溫，我沒有聽你的話——不管發生什麼事都不要捨棄希望——對不住。」
年輕內侍激動搖頭，啜泣著膝行退下。
強忍著眼淚，沒有跟著哭出來的足弱，看向代表灰衣衛的兩人。
「我不知道要對死去的士兵們如何交代。」
「為皇族戰死就是士兵們最大的願望，請殿下別為此懊悔。大家都是早知道會有這一天，才會選擇加入軍隊。他們都是自願擔任戒護，發誓戰到最後一兵一卒也要保護皇族。」
豐盈美麗的黑捲髮流洩在他的肩膀和背上，身材碩長的將軍毅然站起，單膝跪地。副將也跟著做。
「你們不惜犧牲也要保護我，而我卻……」
「真要追根究柢的話，皇兄殿下被擒的原因是我等失職。殿下遭到軟禁，也吃盡了苦頭不是？因此有愧的該是卑職等人。」
面對兩人的低頭行禮，足弱只能搖頭回應。流最多血的是他們，怎麼可能怪罪呢？
不知不覺間，花廳的所有人全都跪在地上低著頭，待在一邊的內侍們也是，只有今世王坐在椅子上看著這一切。
足弱轉身面對今世王，今世王執起他的雙手，從椅子裡抬眼望著他說：
「沒錯，哥哥不能靠近一星蝦，你應該要相信並等待灰色狼的救援。假如今後我又有什麼狀況，請你一定要相信並遵守他們說的話。」

只說完這些，今世王就起身默默抱著足弱。

集合在花廳的眾人解散後，足弱叫住水明一個人。

夏季傍晚的森林上空，還殘留著淡淡的夕陽色，但天色已經暗下來，因此內侍們忙著點燃各處的燭火。

今世王打算和足弱一起用晚膳，先一步前往膳桌所在的房間。

足弱叫住水明，示意他坐在今世王坐過的椅子上。

水明誠惶誠恐跪地拒絕，於是足弱讓水明起身，叫他坐在自己剛坐過的椅子，足弱則是移動到今世王的椅子。

「這樣就行了吧？」

說完，足弱看著水明，看到這位前下人眼裡的左右為難。

「坐下吧，這樣不好說話。」

察覺到自己的態度必須強硬一點，足弱於是改成這樣說。水明乖乖坐下。他一坐下，就把瘀青的臉轉向足弱，臉上帶著不解。

「我本來在想，古廄如果沒有去處，可以來當我的內侍。」

足弱這麼一說，水明那張七年來逐漸失去表情的臉上流露驚訝。

「可是，對水明來說，擔任總管的副官，應該是更好的選擇吧。要你繼續照顧我的起居，這要求太厚臉皮了，對吧？」

水明離開椅子跪在地上叩頭。

「怎麼會呢？卑職很高興，皇兄殿下。」

沙啞的嗓音在顫抖。足弱只能看到他戴冠的黑髮腦袋。

「希望你臉上的瘀青會消失。我會去查查有沒有藥草能夠消除瘀青。」

「殿下，卑職不值得，請您別管卑職的瘀青了。這個瘀青現在是卑職的勳章，請您別放在心上。」

「是麼……水明，那個時候真的很謝謝你……」

道完謝，足弱允許對方退下。

水明低頭行禮離開房間後，足弱才發現外頭的夕陽又更西沉了。他注意到身旁的燭火微微晃動。

「哥哥如果中意那個人，把他安排在身邊服侍你也無妨。」

足弱看向聲音的方向，就看到今世王站在房門口。照理說他應該去了用膳的房間，看樣子他是待在隔壁。

「比起待在我身邊，去當總管的副官比較好吧……」

「這種事還是必須看他本人的意願。我聽說哥哥被擒之後，一直和那個人單獨關在房裡。」

「他對我好到我都嚇到了。」

足弱略低著頭回答。

以受虐下人身分出現的古廄，不理會足弱要他偷懶放鬆的建議，盡心盡力服侍著。軟禁那段日子始終在自己身邊的，就只有那個右臉烏黑瘀青的男人了。

「是麼。」

不曉得想到了什麼，今世王來到坐在椅子上低著頭的足弱跟前蹲下，伸出雙臂環上足弱的膝蓋後側和背部攔腰抱起。足弱的頭冠裝飾發出喀答聲響。

「怎麼了？」

「哥哥已經有我了。」

「什麼意思？」

一邊哄著堅持自己能走、想要下來的足弱，今世王抱著他前往膳桌。

＊

意識矇朧間，他知道有人在照顧自己。屋子裡安靜涼爽，溼度剛好。

鑭城裡有朝廷設立的養病院，以及皇室規劃的綠護院。

綠護院位在京城北側，靠近綠園殿。

朝廷管理的養病院，是以短期收容窮人、孤兒、症狀輕微的病患為目的。

綠護院則是只接收從養病院轉來的重症病患。這裡的大夫，除了固定坐堂的之外，宮裡的太醫們有空時也會過來露個臉，因此能夠得到全國最精良的醫術治療。

王安就在綠護院內的一個房間裡。

他們替他安排了一間單人房，甚至派一名年輕姑娘照顧他。這位蔡姑娘每天餵他三餐和湯藥，替他淨身，甚至協助他如廁。

（應該是蔡姑娘吧……）

閉眼午睡中的王安感覺額頭上有溼布溫柔觸碰，心裡這麼想著，小姑娘的臉旋即浮現在他的眼皮子底下。

她的圓臉黃皮膚緊實，才剛及笄（滿十五歲）；烏亮黑髮紮成髮辮垂在右臉下，耳尖、臉頰、手指泛紅，衣服因洗過太多次而褪色，但她整個人健健康康，微笑露出一口白牙的模樣甚是好看，平時喊自己名字的聲音也圓潤好聽，是個可人兒。

即使王安沒有食慾，負責餵飯的年輕姑娘仍然把湯匙湊到他的嘴邊，說：

「王公子，吃飯了。」

聽到她這麼說，王安就無法不張嘴，也說不出自己不想吃。

從地獄般的石牢裡獲救之後，王安醒來才發現已經換成溫柔的年輕姑娘在照顧他。

他身子難受時，她會睡在房裡看顧，從早到晚陪在身邊；多虧有她這樣的用心，王安儘管渾身傷痕累累、皮開肉綻，仍然從脫水與失血的悲慘深淵爬上來，傷勢逐漸復原；覺得痛的地方，只要有蔡姑娘的手摸一摸就會緩和。

王安對著腦海中的小姑娘微笑，緩緩睜開眼。

他看到沒戴冠的短黑髮、黑眉黑眸、挺直好看的鼻樑，以及象牙白的肌膚。

以整體印象來說，這個男人的長相極為平凡。

眼睛下方和兩邊嘴角都有淺淺的皺紋，感覺得出已經不是青年的年紀，但十分清爽白淨，鬍鬚也剃得乾乾淨淨，整張臉到脖子根部的肌膚潤澤光滑；身上的綠色衣袍樸素但料子很好，不對，應該是要價不菲的布料吧；衣襟邊緣繡有同樣顏色的精緻刺繡。身上有很好聞的香氣，他的房裡或許有花。

「殿下……」

王安小聲說，男人微微彎起嘴角。

「我是足。聽說你已經快要康復了。沒想到我不但煩勞你，還害你遇上這種事，真的很抱歉，王兄。」

「足、兄，你已經平安了麼？」

「是的。」

「那就好。」

看到足弱把溼布放回木桶裡，王安的心裡一驚。

剛才替他擦拭額頭的人，是這位皇族。

（話說回來……）

他完全沒有想到足弱會來探望自己。

他的確是在離開破屋的回程路上被衙役等人逮住，但那也是因為自己太大意。至於毀掉受託的信箋，是身為雷氏王朝的老百姓理所當然會採取的行動。

他從蔡姑娘那兒聽說，染上「皇族病」的今世王已經奇蹟般康復，並且罷免了宰相安夜；接著還聽說今世王率灰衣衛前往安夜的領地，救出被安夜之子綁架的雷風殿下。

明明經歷過這些，足弱的表情卻彷彿事不關己。

「打擾了。」

年輕女子的聲音說完，房門就被打開。

「請用茶。」

進來的是蔡姑娘。機靈的她是替王安的訪客送茶進來。

（哎呀，蔡姑娘，這位……）

是被視為天人的皇族，妳端出來的茶，一定過不了旁邊內侍那關。王安很擔心純樸的小姑娘會因此受傷。

「足公子請用。」

「謝謝妳，蔡姑娘。」

沒想到兩人竟然已是知道怎麼稱呼對方的關係。

在這個有一扇窗子、床勉強能擠下兩人的單人房裡，只有躺在床上的王安、在床邊的足弱，以及剛走進來的蔡姑娘三人。

「王公子，足公子帶來好多慰問品呢！全都是一些看起來很好吃的甜食，從京裡正當紅的甜點、不曾看過的水果，甚至是很貴的糕點都有。」

「蔡姑娘，請與王兄一起品嚐。」

「我也可以吃嗎？」

看到足弱點頭，蔡姑娘立刻朝他羞怯一笑。

足弱把端上來的茶津津有味喝完後，從腰帶上的布包拿出一只竹筒。

「蔡姑娘，這裡面是對止痛很有效的藥草，王兄看起來難受的時候，請盡早煎給他喝下。只是這藥非常難喝，請妳務必附上甜食給他清清嘴巴。」

「啊！所以才會有這些慰問品？」

「這些也是有這個作用。這藥好像真的很難喝，如果實在難以下嚥也無須勉強。」

「畢竟良藥苦口啊。」

「也不是，這藥不是苦，只是聽說非常非常非常難喝……」

聽到足弱頻頻強調難喝，躺在床上的王安開始感到不安。

（那是皇室祕傳的藥草之類的嗎？）

王安對於收到那麼貴重的東西感到惶恐，同時又夾雜著單純的恐懼。

足弱偶爾會看看王安，但卻是和照顧王安的小姑娘聊天，沒有待太久就準備告辭。離開時，足弱雙手扶著蔡姑娘，深深鞠躬說：

「王兄就有勞妳照顧了。」

「我會盡力把他照顧好。」

蔡姑娘也雙手收攏在膝蓋上鞠躬回禮。

王安嚇到說不出話來，扭動身子拚命嚥下已經到嘴邊的呻吟。

足弱從懷中拿出王安似曾相識的紫色薄巾遞給蔡姑娘，告訴她可以用來綁頭髮，說完就離開房間。

蔡姑娘雙頰泛紅，來到王安床邊湊近看著他的臉。

「王公子，足公子給了我這條漂亮的布，我沒見過這麼輕巧的布……這是不是什麼貴人才能用的東西呢？我是不是拿去還給他比較好？」

見蔡姑娘把布舉到他面前，王安這才想起那是足弱上次造訪他家時，掛在脖子上的領巾。足弱當時說，那是那戶不好對付的富家主子給的東西，但王安現在懂了，那肯定是今世王送的。

王安在心裡暗自哀號。

蔡姑娘是窮人家的女兒，為了幫助生養眾多孩子的庶民父母分攤家計，才會來到綠護院工作。

讓這樣的姑娘擁有貴族的逸品——不只是貴族，而是還要高上好幾級，是皇族的東西……

可是那是足弱特地送給姑娘的禮物。

「妳就……收下吧。」

「可以嗎？」

感受著領巾觸感的蔡姑娘臉上既高興又困擾。

「妳要好好珍惜。」

「好，我會的。」

蔡姑娘在腿上把領巾折得整整齊齊後收進懷裡，接著搓洗木桶裡的溼布，雙手用力擰乾再展開，輕輕擦拭王安的頸側。

＊

夕陽西下，散發白色光芒的月亮露出臉來，在綠園殿這處房間裡的討論卻演變成硝煙瀰漫，火花四濺的局面。

事情的開端是今世王為了慶祝訂親而送的頭冠。

足弱準備前往綠流城見霍上洲顧問，內侍們卻拿出用白銀和大顆珍珠打造的、奢華程度不輸給王冠的頭冠。足弱看得目瞪口呆，往後退了幾步不肯戴上。

直到內侍表示今天只準備這頂頭冠，足弱才不得已戴著進宮，但這麼一來不僅嚇到了對重逢感到喜悅的霍老，足弱自己也很怕下顎的冠帶綁得不夠牢靠，頭冠會掉下來，從頭到尾都很擔心搞得脖子僵硬。

足弱與霍上洲談完後，前往御書房去見今世王，表示不需要更多的訂親禮物。

今世王當然還想繼續送，所以試圖轉移話題，說：

「哥哥，那頂頭冠很適合你，黑髮不止跟白銀很搭，跟黃金也很配呢。」

「雷霰，你如果繼續送我訂親禮物，成親的事情就當我沒說過。」

聽到足弱這麼說，今世王僵立在原地。

當晚回到綠園殿的今世王與足弱兩人，針對這個話題繼續爭論，今世王堅持無論如何都想要再送些其他禮物，於是問足弱有沒有什麼想要的東西、希望達成的願望，結果——

「你在說什麼鬼話？陛下和皇兄殿下外出旅行，我青嵐怎麼可能不跟？負責他們安全的人是我！」

這裡是綠園殿總管房舍的一處房間。

「你太顯眼了，最好別跟來。」

「長得高的人又不是只有我，黎明不也很高大嗎？」

「我不是在說身材，是因為你這個黑髮濃密將軍太有男人味，不管走到哪兒，距離再遠都能一眼認出來。」

「朝霧大人，我是給你機會抱殿下的大恩人，你卻這樣回報我，未免不近人情吧！」

「追根究柢要怪就怪你自己，誰叫你要跟我炫耀，說什麼『我把皇兄殿下抱在懷裡感覺著他的重量』云云，錯就錯在你存心要讓我嫉妒。」

「所以我不是補償你了麼?還帶你去風車。好，我把頭髮剪掉總行了吧?剪掉頭髮，我就可以一起去了吧？」

說完，灰衣衛將軍左手抓著大把黑髮，彷彿下一秒就要拔劍斷髮。

「哎，先慢著。」

始終忍著笑意的灰色狼，終於出面調解。

灰色狼族遠古以來就追隨皇族，而能夠以族名自稱的這位老人，正是灰色狼一族的族長；灰色狼的名稱與綠園殿總管的職務，都是由歷任族長代代傳承。

真是的，這兩個人一旦開始抬槓，就會分不清現在到底是誰的位階比較高。

已經養成習慣的上下關係，或許不管經過多少年都難以改變。

「新嘗祭結束後，陛下和皇兄殿下立刻就要出發前往殿下長大的深山。殿下不要以巡幸模式前往，希望能夠微服出巡。」

今世王問足弱有沒有想要的東西或希望達成的願望時，足弱回答：

「我……還是想要，回到，山裡去……」

說完，他偷覷著同父異母弟弟的反應，連忙補充說：

「雷霰，我一定會回來，我只是想回去看看罷了。」

難掩錯愕的今世王抓住足弱一隻手放在自己胸口。

「那我們一起去吧。」

這次換足弱驚訝了。

「你打算退位？」

「退位也行，不過既然哥哥說還會回來，我們就當是去旅行。去年是南下巡幸，今年就往西邊去。」

「又要搭那輛巨型馬車麼……」

「你不想？」

足弱似乎是想到了什麼，吞吞吐吐地說：

「我只是想探望洪老哥和靜惠嫂夫妻，帶著巡幸隊伍還有你一起出現的話……他們一定不會再跟我說話了……」

據說那對夫妻十分敬仰今世王。

顧及到足弱的想法，今世王最後下令灰色狼總管準備微服出巡。

既然是微服出巡，隨行的人數自然不能太多。然話雖如此，也不可能為了兩位皇族的自由，就害他們遇險。

「我打算帶五百灰衣衛去。」

灰衣衛將軍這麼說。

「就對士兵們匡稱是訓練，前後各安排兩百人，留下大約一百人負責兩位的安全戒護，這樣如何？」

坐在文案前的長榻上屈起一條腿抱著的朝霧，低頭看了看從京城到西遼河南郡天寶縣天寶鄉天寶村的地圖。

「安排一百五十名騎兵護駕，或許挑五十人扮成僕役吧。」

淺淺坐在斜對面椅子裡的青嵐，放棄剪掉頭髮的打算，把頭髮往背後一撥，手抵著下巴。

「陛下他們應該會帶幾名內侍前往。內侍他們對於人數恐怕也有自己的堅持。」

「為了安全起見，士兵人數不能少。」

「話雖如此，也不能影響陛下他們的行動自由。」

總管正準備介入調解，兩人的對話卻轉往有建設性的方向；他們倆是互相衝撞反而會激盪出正向火花的交情，所以其實也沒必要叮嚀他們什麼。以灰色狼的立場來說，他要做的頂多是前往綠流城，把微服出巡的事情告訴宰相安姜而已。

「對了，將軍和朝霧，有件事必須告訴你們。」

「什麼事？」

坐在窗邊賞月品酒的總管，抬頭看向青嵐。

「我也要一起去。」

上司部屬立場如今對調的朝霧和青嵐兩人，同樣一臉錯愕。

「總管要去的話，青嵐就註定要留守京城了。」

朝霧搶先說。

「哪有這樣的！我會派光臨留守。不管怎麼說都是他留下，我去。」

慢了一步的青嵐主張。

「你會被怨恨的。我若是光臨，一定會恨你。」

無視前上司的話，青嵐看著總管。年邁的灰色狼點點頭。

「派副將留下也好。既然我要去，我也會派我的代理人留守。就像朝霧把將軍位子交由青嵐接手，我也差不多該讓賢了。」

「那位代理人將是下任的……？」

朝霧放下抬上椅子的腳，端正坐好。

「雖然還沒辦法立刻就讓他接手，不過他不管是劍術也好，強悍的意志力和耐力也好，忠誠心也好，抑制對皇族的強烈私心這種克己之心也好，全都高人一等。至於他的行政能力，如果就我以前觀察到的，只要今後慢慢指導，他必然很快就能上手。至於他能否能夠接任一族之長，當然也不是只憑我的意見就作數。」

青嵐此時霍然站起。

「我再去拿些酒來。我從來沒聽過灰色狼這麼稱讚一個人，這對我族來說值得慶賀。」

說完，他轉身搖曳著那頭長捲髮離開房間。

剩下的兩個老人看著關上的門看了好一會兒。

「這傢伙還是一樣貼心，你說是吧，朝霧？」

「嗯，好男人。」

＊

新嘗祭順利結束。

今世王趁著早上進入太廟。接下來的白天時間，晴天廣場舉行替今世王祝壽的音樂表演，來自全國各地地方官薦舉的知名樂師全都站在這兒。

他們在今世王與坐在垂簾後的足弱，以及貴族們面前演奏，當中表現特別優異的人，或譜曲出色的人，都能直接獲得今世王的賞賜。

而演奏會的最後，居然是今世王首次在人臣面前演奏他最拿手的弦樂器——瑟。樂聲悠然響起。

那是只有足弱和灰色狼族聽過的新曲。

在秋天的天空下，今世王將原本計畫在那年春天彈奏的曲子，彈給坐在垂簾後方那個人聽。

演奏完畢後，朝臣與聚集此地的樂師們全都跪地叩首。足弱戴著巡幸使用的黑紗帷帽，拄著黑漆拐杖，從垂簾後走出來。多數貴族和官吏直到此刻才曉得足弱需要拐杖。

內侍以雙手捧來琵琶，另一位則搬來椅子。

「這麼晴朗的秋日，演奏《天上遙遙悠悠快快》如何？」

「好。」

今世王這樣回答完，兩名皇族落坐——足弱坐在椅子上，今世王單膝立起坐在地毯上——配合彼此的呼吸開始演奏。

沒有樂譜也沒有互打暗號，琵琶與瑟的樂聲沒有互相干擾，朝天空飛昇。

晴天廣場的聽眾鴉雀無聲，連大氣都不敢喘，沉醉在誘人的樂聲中。皇城城牆外的老百姓與下級官吏儘管無法親眼目睹，但他們大多都是時隔十多年才再次有機會聽到皇族演奏音樂。

這才是鑭城原本的樣貌——充滿花與音樂、學問與文化、貿易與黃金。自從足弱被找到後，京城裡原本死氣沉沉的氣氛一掃而空。

足弱這夜再度被帶到皇城的城牆上，與今世王一同供百姓瞻仰。他因此戴上慶賀訂親的白銀珍珠頭冠。

兩人訂親一事尚未詔告天下，但是遇到其他國家來議親時，大鴻臚就拿他們即將成親為理由拒絕，因此消息早在朝臣、貴族、他國使節之間傳開，不久之後百姓們也都聽聞了。

也因此今世王與足弱並肩站到篝火的火光中，現場立刻有人說——

「恭賀陛下與殿下福締良緣！」

群眾紛紛跟著祝賀。

「祝願我朝長長久久。」

「陛下萬歲萬萬歲。」

「殿下千歲千千歲。」

「雷氏王朝千秋盛世！」

鼓聲沉沉響起，官倉開放百姓自由取酒享用。

各地豐收的作物紛紛用牛車載進京城。

今世王願意聽取學者賢人的建議，也因此全國，甚至是他國的賢才紛紛齊聚鑭城，在城郊創設各式各樣思想、學說、研究的學派。

鑭城這晚燈火通明，笙歌鼎沸到深夜。

＊

六卿實質上已經名存實亡，因此晚宴也早早就散會。今世王在寢房裡的足弱尚未入睡前就回來了。

若是平常，足弱總是倒頭就能睡著，但他猶記得去年睡著後的下場，不願再回想起那場令人心臟緊縮的性愛，於是他乾脆不睡。結果今世王很開心足弱仍然醒著。

「啊，哥哥，你在等我嗎？」

今世王以為洗浴完換上白色寢衣的足弱這麼晚了尚未入睡，躺在龍床上是在等他。

「嗯。」

真要這麼說也的確沒錯，所以足弱點頭。

穿著寢衣的今世王突然壓上來吻住足弱的雙唇，脫去他的寢衣。

「啊，雷、雷霰、雷……啊、啊！」

單手撈起足弱的腦袋，今世王以另一隻手解開自己的寢衣，讓兩人的肌膚直接接觸。

「心愛的人在等著我，我好開心。」

「雷霰，二十、七歲……」

「謝謝。」

今世王的生辰之前，足弱直接問過本人要送他什麼賀禮才好。這位同父異母的弟弟表示，只要一句祝福的話就足夠，因此足弱今天一早，在今世王進入太廟之前，就對他說了賀辭；晚上等今世王回來，他還想再祝賀一次。

但話都還沒說完，他就被挪成左邊肩膀在下、抱膝側躺的姿勢。今世王要他雙手抱著右膝後側抬高右大腿。

早已脫掉寢衣的今世王從枕邊小銀盒拿出小玻璃瓶。彈飛瓶蓋，把燭光下曖曖含光的琥珀色芳香油倒滿右手；芳香油從掌心溢出一道油液落在綢緞床單上，散發出濃郁花香。

今世王靠近足弱身後，左手捧起他的臀肉，右手掌心抵著穴口，再以左手手指拉開穴口四周，抵住穴口的右手中指一勾，探入其中。

「唔！」

足弱的肩膀和大腿晃了晃。

中指帶著潤滑用的芳香油直接闖入菊穴，等到連指根都沒入後，手指開始四處探索移動。

「啊……啊、啊！」

足弱拚命忍著不出聲，但第二根手指加入後，他的背後竄過一陣毛骨悚然，手臂震顫，下身不自覺緊緊絞住體內的手指。

今世王不停地補充芳香油，直到用完三瓶時，足弱已經變成抓著枕頭趴下的姿勢，一下又一下地顫抖著，只有腰部被今世王抬高。

「不痛嗎？哥哥？」

足弱光是要好好呼吸都很費力，更別說要他答話了。

「看來是不會呢。」

今世王抽出手指，拉起足弱的腰，足弱抓著枕頭一起被往後扯，今世王讓他趴下貼著床面，大腿朝左右打開，接著只把他的腰捧高，來到今世王盤腿而坐的大腿上。

今世王鬆開盤起的雙腿，改採跪姿。

「我今天二十七，明年二十八，等到我二十九歲時，哥哥和我就是——」

足弱知道那昂揚的硬物正抵著自己。

芳香油從弄軟的穴口流下大腿，沒用力的膝蓋離開床單。

硬物用力擠進來往裡面推，一點一點撐開窄穴。

「啊……哈啊！」

足弱注意到自己屏住呼吸，於是抬頭吐氣。

帶來疼痛的巨物緩緩進入體內。

「唔、嗯唔！」

穴口一受到刺激就緊縮，足弱下意識晃動臀部，差點甩掉前端剛進入的粗長。他的臀瓣突然被人以雙手抓住，繼續把粗長硬物往裡送。

「哈啊……啊、唔啊啊！」

唾液從嘴角流下也沒空理會，眼前閃過白光，香氣瞬間擴散，足弱的全身噴出汗水。

「哥哥……」

足弱聽到帶著情潮的低沉嗓音。

「雷風。」

足弱腰一縮想要躲開入侵的異物，卻被猛然往後一拉一撞，雙腿間的東西就在莫名其妙的狀況下洩在床單上。

「啊、哈、哈、啊、啊……」

「哥哥，我要讓你更舒爽。你真的好可愛呢，哥哥。」

今世王一邊說，一邊更用力抓住足弱的腰，一陣酥麻快感從足弱的腰部爬上全身，他放掉手裡的枕頭想要改抓其他東西，還沒有找到新目標，下體深處就被貫穿。足弱滲出淚水，發出含糊叫聲。

在多了一歲的同父異母弟弟，與去年同樣熱情的疼愛下，呻吟嬌喘的足弱逐漸淪陷其中。

今世王的生辰過後，到了第三天的黎明時分。

趁著天未亮，幾個人騎著馬跟隨馬車從綠園殿御花園後方的朱紅色宮門出發。

度過護城河的橋，穿過鑭城裡一扇扇的大門。

一走出安靜無聲打開的城門，等在城外的騎兵隊立刻簇擁上來，護送馬車一路往西行。

第二十一章 西行

足弱心情很好。

他騎著來自馬產地東佛郡的名馬——黑馬阿爾，與馬車並行。

離開了京城後，與黑髮黑眼的足弱比起來，反而是今世王比較惹眼。既然他們是微服出巡，需要遮臉的人就不是足弱，而是金髮藍眼的今世王。今世王戴著黑紗放下來的黑色帷帽，與御者並肩坐在馭座看著足弱。

兩人的衣袍同樣沒有半點黃色。

今世王身穿藏青色蠶絲衣袍，上面有銀色蒲公英飛舞的圖案，在老百姓來說新穎鮮豔到令人眼睛一亮。鞋子也是藍色，配戴劍柄鑲著紅寶石的銀劍。

他們假扮成京城鑭城的藍姓富商一行人，一邊遊山玩水一邊行商。足弱替今世王取「藍氏」當作假名，純粹是因為「雷霰的眼睛是藍色」，其他人也都沒有意見。

足弱的身分則是藍姓商人的兄長，他的下半身和上衣的下襬都是深綠色，絲綢外衣由下往上逐漸變成黃綠色，鞋子也是綠色。頭上原本戴著低調的髮冠，但他一說要騎馬，就拿掉髮冠，改戴褐色的馬帽。他腰帶的布包裡是裝著御前草的竹筒，腰上沒有佩劍。

「大哥，讓我坐到你後面。」

「雷……不對，二弟會捉弄我，我不要。」

「我什麼也不會做的。」

「你是這支隊伍的主子，待在馬車上就好。」

「那不過是假身分，況且我們這趟旅行不是為了紀念訂親嗎？」

「什麼時候變那樣了……」

見今世王似乎立刻就要跳上自己的馬，足弱連忙舉手阻止他。

「那，雷……不對，二弟可以騎自己的馬啊。」

「戴著帷帽很難騎馬，我可以拿掉嗎？」

「二爺……」

黎明安靜來到馬車旁出聲警告。

「哎，真無趣。」

被隨扈阻止，今世王在帷帽的黑紗底下喃喃抱怨。

「大爺，就讓您弟弟上馬吧？」

語氣輕鬆提議的人是灰色狼。

「那……只騎一下下的話……雷、不對、二弟，可以坐上來。」

足弱這麼說完，眾人都以為今世王會先下到地面再跳上馬背，沒想到今世王卻站在馭座上，朝足弱招手讓他靠近些，接著腳一跨就跳了過去。

「唔哇！」

足弱和阿爾都受到驚嚇，今世王單手摟著足弱，雙腿夾住馬身拉住韁繩，瞬間就控制住情況。

「大哥，轡繩交給你了。」

等足弱恢復平靜後，今世王把轡繩還給他，空下來的兩隻手環住足弱的腰，雙手在他的腹部交握，下巴靠在足弱的肩上，緊貼著足弱的背部。今世王擺好這個姿勢後就很乖巧，沒有亂來。

看到今世王沒有踰矩，足弱也無話可說，兩人坐在馬背上配合著馬的步伐上下起伏前進。

在阿爾後面跟著黎明，右手邊是綠園殿總管，前面是青嵐策馬前行。

負責保護這一行人的士兵們，穿著藍黑相間的衣服與鎧甲，肩膀上畫著白色的五葉家徽。這個家徽是今世王畫的「御前草」圖案；內侍們穿的褐色與黑色衣褲上，也印上同樣的家徽。

他們走在人車往來的道路上，錯身而過的很少是馬或馬車，多數百姓們都是騎牛，或讓牛拉著貨物，自己悠閒步行。

看到大批騎兵和連續六輛馬車通過，街頭巷尾紛紛開始好奇這群人究竟是哪裡的貴族。

「紅葉比上次巡幸時更多了。」

「南部跟上次一樣較早就有紅葉，不過西部現在和接下來，將是紅葉最美的時期。這樣真不錯，能夠和大哥悠閒漫遊，只有我們兩個人。」

在今世王心中認為灰色狼隨身跟著是理所當然的狀態，所以儘管四周都有人戒備，他仍然覺得這樣子就算是兩人獨處。

道路兩旁的樹葉逐漸轉紅，變成黃色和朱紅色等各種顏色。

一行人走到這裡，接著就往河畔走，他們打算在那兒用午膳順便休息。

河畔就在離開道路繼續往前的地方。磨去銳角的大塊岩石排成一列，岩石間佈滿白石子。小小的高低落差處水聲沙沙作響，揚起白色水花，這條河的流速意想不到的快。

眾人停馬，留下幾人戒備，其他人下到河邊。

今世王停下阿爾，獨自翩然下馬，足弱等著他替自己放好馬臺，就看到他朝自己伸出雙手。

「大哥，來吧。」

「我會踩馬臺下馬，不勞你。」

「這是為了謝謝你載我騎馬。」

視線與掀開帷帽黑紗、露出藍眼睛的今世王一交會，足弱就沒了反抗的心情，雙腳離開馬鐙併攏撲向今世王，今世王從底下支撐他的腰桿，助他落地站好。

足弱以為內侍們立刻就會把拐杖遞給他，沒想到今世王就順勢環著足弱的腰往前走，走到路旁站住。

斜坡下方或粗或細的樹木，像蛇一樣伸長脖子生長。

足弱看向下方，查看有沒有能夠踩著下坡的路，就看到右邊有人正搬著物品往下走。樹根和石頭正好形成階梯。

「雷……不對，二弟，我們從那邊下去吧？」

「好。」

今世王似乎打算扶著足弱下斜坡。

黎明走在兩人前面，視線盯著皇族，轉身背對著走下自然形成的階梯。

「衣襬真礙事。」

他們現在的衣袍雖然不像在宮裡那樣長長拖在地上，但下襬仍然很長，只隱約看到鞋子，所以今世王讓內侍把衣襬纏在腰帶上固定。足弱也請內侍如法炮製。

帷帽的黑紗仍然掀開的今世王，一手扶著樹幹，另一手抱著足弱的腰，踩上陡峻的階梯。足弱的右手抓著今世王的腰，左手被黎明抓著。

身材高大的黎明，為了避免足弱滾下階梯，為了在滾下去時及時救起足弱，以倒退走的方式下階梯。

「啊……」

看向聲音的來源，只見今世王帷帽上的黑紗落下來遮住了他白皙秀麗的俊容，這麼一來他就很難看清前面。足弱忍不住揚起笑容，要黎明放開抓著他的手，伸手替今世王掀開黑紗。今世王本來也要收回扶樹幹的手掀黑紗。背後可聽見河川不斷發出轟然水聲。

掀完黑紗，再度踏下滿是塵土的階梯，途中有塊大岩石突出，使得這裡無法同時容納兩個人並肩往下走。

「黎明，你抱大哥下去。」

足弱雙手扶著岩石，抬眼望著今世王。

今世王的身後跟著灰衣衛將軍、總管和內侍們，階梯下方則是已經先下去等著的變裝內侍與灰衣衛們。

「是、是我動作太慢嗎？」

「不是的。是因為這條路危險，讓黎明帶著你下去比較安全。」

足弱還顧四周，路的確到了岩石突出的部分就變窄了，不過對於曾在山裡生活的足弱來說，這種情況不算危險。

「別擔心。」

說完，足弱手扶著岩石快速前進。即使走到能夠兩人並行的地方，他也拒絕今世王的手，自己扶著突出的樹根或土牆往下走。雙手雖然弄得很髒，但足弱堪稱健步如飛，這麼一來應該很快就能走到最下面。

足弱一邊走一邊拍打弄髒的雙手拍掉塵土，突然一隻腳踩進洞裡。

「唔哇！」

他才開口大叫，就被黎明抱起來。

可看到他的綠色鞋子卡在岩石與岩石之間的軟土裡。結果他被自己拒絕的手救起，足弱面紅耳赤。

「我沒事，放我下來。」

此刻仍戴著褐色馬帽的腦袋一轉，對著今世王的隨扈說，今世王卻下令：

「黎明，直接把哥哥送下去。」

「遵命！」

粗壯手臂抱住足弱的大腿將他整個人扛起；足弱的手肘抵著黎明的肩膀，不想自己的髒手沾上士兵的衣服。少了一腳鞋子的雙腳在半空中搖搖晃晃讓人抱著走。

白石子上擺設兩張椅子和一張茶几。

被放到其中一張椅子裡後，內侍們拿來用河水浸溼的溼布擦拭足弱的雙手，替他穿上撿起的鞋子，並脫掉褐色馬帽。

「謝謝你們。」

看樣子他反而增加了內侍們的工作量。

足弱喝著送上來的茶，低頭看向自己的右腳。

「哥哥，累了嗎？畢竟你騎馬走了很長一段路。」

「不，我不累。」

黑紗仍掀開的今世王也喝著茶。

兩人身高相仿，肩寬與胖瘦身形也差不多。手的大小、腳的尺寸、衣服的長度也一樣。

但是，今世王有一雙修長的長腿，走路不需要拐杖，能夠走得飛快也能夠跑步。

他是今世王，所以上下階梯會有人伸手攙扶，但事實上他並不需要那些幫助。就像他能夠在馬車行進間一躍就跳到馬背上一樣，他有高超的運動能力。

足弱仍看著自己在綠色綢緞衣袍底下的右腳。

這條腿就是老人稱他為足弱的原因。

或許是因為原本就住在離群索居的深山裡，即使這條腿這樣，他也能夠毫無滯礙地過活。他的右腳情況不穩又行動不便，對他來說是理所當然的情況，他不會特別去意識到這點，有需要才會考量右腳的狀況採取行動。

從某個時期開始，也是因為有「御前草」的關係，所以足弱有些行動遲緩，也不會有人擔心。老人對他很苛刻，討厭他動作慢吞吞，但也不會因此就阻止足弱去做危險的事情。

但是，一得知他是今世王的庶兄，開始住進宮殿後，他右腳的不便，引來許多關注與擔憂。

以今世王來說，只要一有事，他就會想要抱著足弱走。夜晚的那些行為之後，足弱主動開口讓今世王抱他去浴殿是例外，即使說自己能走，今世王還是輕輕鬆鬆就把他抱進懷裡。就算他說「我可以」、「我沒問題」，還是會被人抱著走。

他在想，或許自己應該學著去依賴那些體貼。

今世王的太醫令卷雲也說過，足弱的右腳移位，會隨著年紀愈大愈嚴重，也愈容易疼痛。他還說，左腳、腰、肩等全身各處也會因為代償作用而出現疼痛。

從以前起，他沐浴完畢後，太醫就會來到床邊，以足弱的下肢為中心替他指壓，內侍們也經常替他按摩。

（這樣比我自己走，更快吧……）

拄著拐杖走路時，周圍的人很顯然都在配合他的速度。即使他揮手示意他們先走，服侍皇族的他們也不可能照做。足弱由某個人抱著走，才是最快的答案。

之前他就一直很介意這件事。他想用自己的雙腳走路。可是這樣做會給其他人添麻煩。一想到這裡，他的胸口就竄過一陣錐心之痛。自己到底該怎麼做才好呢？

「哥哥。」

聽到呼喚，足弱抬頭。

「怎麼了？」

「什麼意思？」

「你在想什麼？」

「沒什麼。」

這不是抱怨也不是示弱，只不過是環境改變造成的、不得不接受的事實。

足弱把茶几上切成一口大小裝在盤子裡的水果放進嘴裡。

午膳過後，今世王找足弱一起去由河岸突出河流中的大塊平滑岩石上。

「去上面眺望四周，很舒服喔。」

先一步上去看過的今世王回來拉著足弱的手。來到岩石旁，足弱看到黎明守在岩石下、青嵐守在岩石上。

「讓他們送你上去。」

一聽到今世王這麼說，足弱的心中很迷惘，卻也只是靜靜點頭。

他讓黎明抓著腰往上舉，再由青嵐把他拉上去，接著他就順勢被抓著手臂帶到岩石中央，等著今世王上來。

今世王只是踩上黎明交握的雙手，再度縱身一躍跳上來。

從岩石上可以看到遠處的河面。

也能清楚看到紅葉翩然飄落河畔，樹枝末梢碰到水面，小魚躍起，森林上空橫長的白雲及高高的青天。

颼颼的風聲也贏不過地面上轟然作響的水流聲。

乾燥的岩石表面很溫暖，從岩石上俯瞰，有兩名內侍正抬頭仰望，有的在溼漉漉的川岸砂石上洗東西。轉向另一頭，就看到假扮成商人護院的灰衣衛們正在輪流吃飯，或拿掉原本戴的黑斗笠，坐在岩石上聊天。

足弱感覺到視線，往旁邊看過去，正好與抱著足弱腰桿的今世王四目相對。

他眼睛的顏色類似上一秒看到的景物中的藍天，眼裡可看到自己的臉。

「哥哥，要不要吹笛子？」

足弱點頭完，就在乾燥岩石上就地坐下。

今世王從懷裡拿出兩根收在袋子裡的笛子。

雖說岩石很寬，但青嵐不想當兩人的電燈泡，所以主動說要下去。將軍把黑長髮編成麻花辮垂在背上。

他沒有想到要吹奏什麼曲子，決定想到什麼就吹什麼。

飽滿的低音響起，另一個輕盈的低音隨之跟上。

沒有樂譜就這樣吹奏，而且還要吹成一首樂曲，足弱感到不安，但他試著配合今世王吹出的樂音吹奏，無視一切規則自由奔放玩弄音階，結果今世王都能夠絕妙配合，不知不覺間足弱完全樂在其中。

笛聲悠揚。

在陽光灑落，紅葉飛舞的絕佳美景中，引誘人心前往異鄉的笛聲突然中斷。足弱放聲大笑的笑聲迴盪四周。

「那個、音、是怎麼回事？哈哈哈哈！」

顯然是故意走音。由於太滑稽了，足弱的嘴忍不住離開笛子。

結果，同樣停止吹奏、仍然戴著黑紗帷帽的今世王也流露微笑，接著把臉湊近足弱，在他臉頰上留下一個響吻。

「哥哥，我最喜歡你了。」

說完，他的嘴唇從臉頰挪到足弱的雙唇，將溫熱的舌頭餵入。足弱緩緩閉上眼，雙腳往前伸，坐在岩石上，輕抓著今世王的衣袖，身體放鬆力氣。

溼熱的舌頭在口腔裡探索，纏上足弱的舌，吸吮他的唾液。

「啊……」

足弱把臉稍微挪開，想要睜開眼睛，卻只是因為稍微溢出呻吟，就再度被追上來的雙唇吮住，足弱的身子散失更多力氣，臉上佈滿情潮，想要直起身子也愈來愈困難。他察覺不妙，抬起原本抓著袖子的手，推開今世王的胸膛。

今世王吸吮完足弱的下唇，才鬆開他的嘴。

足弱勉強半睜開眼，才發現帷帽的黑紗已經放下，四周一片昏暗，只有他們兩人在。

「哥哥……我抱你上馬車可以嗎？現在立刻。」

「好……」

眼睛盯著今世王紅唇的足弱，根本不知道他問了什麼。今世王把黑紗撥上帷帽，在聽到足弱的回答之前，手就已經伸到他的背後和雙膝後側。

足弱此刻一隻手仍拿著笛子，沉醉在風景、音樂，以及今世王的甜美親吻中，來不及跟上這急轉直下的發展。但他後來終於反應過來今世王要做的是什麼。

他沒說一句話就逃離今世王的擁抱。

「哥哥。」

「雷霰，現在還是大白天。」

足弱不自覺就用他的本名叫他。

「我只是提議上馬車午睡一下而已。」

「我、我不想睡到晚上……」

「我、我不會做到、那種程度，就一下、一下下、就好……」

含糊回答完，今世王的雙手從足弱身後連同他拿著笛子的手臂一併抱住。這時用上的力氣還不大，差不多就像兩人在嬉鬧，但足弱突然被用力壓倒在岩石上，力量大到都弄痛他了。

難道今世王打算在岩石上行苟且之事？足弱心裡慌張，卻有個尖銳物體射到他們兩人腳邊。

「誰！」

青嵐以過人的音量出聲大喝。

彷彿連水聲都靜止般，四周的空氣瞬間一變，氣氛頓時劍拔弩張。

只見飛箭再度落在岩石四周，足弱擔心射中以身為盾掩護自己的今世王。

「雷霰，讓開！快躲開！」

「哥哥，你別動，我們立刻離開這裡。」

趁著士兵們張弓朝箭飛來的山邊回擊，今世王等黎明爬上岩石來，就抱著足弱起身。

今世王強有力的雙臂攔腰抱起足弱的後背和雙腿，跳到隔壁的岩石上，接著又助跑跳向再隔壁的岩石上。

「二爺，這邊。」

「大爺！」

足弱看到內侍們在岩石之間挺直腰桿揮舞雙手。

黎明慢了一步，也跟上抱著足弱的今世王在岩石上移動。為了保護皇族，其他士兵們也爬上岩石。

「你們是誰？」

「你們有什麼目的？」

士兵們之間傳來怒吼。

今世王比黎明先一步跳到下一個岩石上，再度放下帷帽的黑紗。

「哥哥，把帽子脫掉。」

聽到焦慮的聲音，被抱在懷裡、雙臂環著今世王脖子的足弱，把手伸向帽子。

這時候，他注意到今世王的背後那頭，有弓箭手躲在山裡的樹上瞄準這邊。足弱看到箭矢飛過來。

「危險！」

他迅速雙腳脫離今世王的手臂，踩在岩石表面上一跳，把今世王仆倒。但是這塊岩石的表面沒有剛才吹笛的岩石那麼巨大。

於是兩人雙雙跌落奔流的急流裡。

在透明的水裡，泡泡，以及綠色和黃綠色、藏青色和銀色的長衣袖膨脹舞動，遮住了視線。

他知道自己正在逐漸順流漂向河川的下游。

身上好幾處撞到石頭，他想伸手抓住水中的岩石，手指才勾住石頭沒多久就被沖走。

（雷霰！）

足弱趁著臉浮上水面時，找尋今世王。

他試圖按照去年夏天學過的方法，仰躺在水面確保呼吸，等待救援，但他的眼角一看到黑紗帷帽，足弱立刻舞動雙手雙腳朝帷帽移動。

他在震耳欲聾的轟然水聲中大喊：

「雷霰！」

儘管他知道雷霰擅長泅水，但從岩石上落下，難保雷霰沒有撞到頭。長衣袖和外袍吸水後，糾纏阻止著足弱的行動，但他仍然順著水流想要游到帷帽那邊。他喝了好幾次水，嗆到沉入水底，又掙扎著把臉露出水面。

黑紗從伸出那隻手的指間滑脫。

（唔……）

鼻子也在水裡，扭動身子，雙腳卻無法如願移動，大概是被衣袖纏住了。他在水裡嗆到，又喝到水，覺得胸腔好痛。

足弱一瞬間以為自己置身在夾帶泥沙、轟然作響的激烈裡只是錯覺，他稍早還在厚實的胸膛裡，此刻卻離開了那個懷抱，再也無法見面。

他擠出力氣撲過去追著帷帽。

一隻手抓住帷帽後，他一邊任由水流往前推，一邊環顧四周。

「雷……雷霰……！」

在一聲吶喊後，足弱沉沒水裡。

＊

感覺聽到了吶喊聲，今世王轉頭。

因為妨礙泅水，他最先就把外袍脫掉，帷帽不曉得什麼時候也鬆脫，他在河流裡載浮載沉，一心尋找著黑髮腦袋和黃綠色衣服。

「哥哥！」

足弱的雙手環著他的脖子，一起跌入河裡時，今世王也抱緊足弱，豈料水流比想像中更湍急，在水花擋住他的視線時，足弱就從他的懷抱裡被奪走。

「哥哥！你在哪兒？」

他有時把身子靠在河中的岩石上，掃視河面和水面下並呼喚，卻沒有回應。看樣子足弱也沒有回到岸上。

為了應付這種「萬一」的情況，他曾經教足弱泅水。但那已經是去年夏天的事，今年夏天他染上「皇族病」，因此根本沒空指導足弱練習泅水。

與其他皇族一樣，足弱也不擅長泅水；況且這是他第一次接觸御花園水池以外的湍急河流吧，今世王也是第一次。

他還穿著證明貴族身分的長衣袖與長衣襬。

（希望他脫掉了……）

他想到足弱的脖子或許會被衣袖纏住，或許手腳會因為衣服而無法泅水，或許腦袋身體會撞到石頭失去意識。腦海中不斷浮現各種負面景象。

今世王臉色蒼白，再度往河川下游泅去。

＊

青嵐大聲詰問的神祕襲擊者，終於開口回話。

「你有什麼目的！」

「把錢財全部留下！還有吹笛子的人！」

灰衣衛將軍冷笑，派人以弓箭回敬，趁著放箭反擊時，士兵們繞到敵人側面。

除了錢財之外，還要求留下吹笛人，這擺明是助興的用意，雖說不知者無罪，但這要求未免也太大膽。

雙方的兵器與武藝有天壤之別，在短暫的刀光劍影後，敵人轉瞬間就被制服了。綁著二十人左右的山賊，安頓好傷患後，綠園殿總管兼族長的灰色狼一臉嚴肅地走過來。

「青嵐。」

他們都會注意在旅途中盡量不稱呼彼此的職稱。

「怎麼了？」

青嵐一甩髮辮轉過頭來。

「二爺和大爺掉進河裡了。」

青嵐的臉色倏然轉白，內侍們匆匆忙忙一個接著一個朝著河川下游跑去。

＊

今世王把臉探入水面下，任由川流帶著他往前漂。

這條河的河水清澈，儘管水底的砂石揚起，視線仍然清晰。他避開岩石，閉氣下潛到極限，才快速浮出水面換氣，接著再度探入水下張望尋找。

這裡已經是河川下游，他在岩石底下發現綠色、黃綠色漸層的長衣袖。今世王心跳如擂鼓，快速吸了一口氣潛到河底。

他抓住順水漂蕩的衣袖，感覺到重量，改用雙手一拉，就看到袖口伸出的白手在掙扎。他一抓住那隻手的手腕，那隻手就牢牢抓住他。

短短的黑髮在水中搖曳，他的視線對上足弱大睜的雙眼。

今世王的體內深處湧上一股力量，抱著足弱使力游上水面。

破水而出的今世王把足弱帶離水面，迅速游向岸邊，把仰躺的足弱拖上岸。

「哥哥……？」

今世王開口叫喚，足弱轉向一旁咳出嗆到的水；他趴在地上，兩邊手肘撐著溼答答的地面，仍在因嗆到而咳個不停。

等他呼吸恢復正常後，今世王抱住他，以臉頰磨蹭他溼淋淋的黑髮，並替他脫掉吸水變重的上衣。

足弱跟今世王一樣，只剩下白色褻衣緊貼在肌膚上，甚至可以隔著布料看到平常倍受疼寵的乳尖。

今世王看到足弱右手抓著黑布。

「哥哥，那是？」

那頂黑紗帷帽。足弱終於鬆開手指，讓帷帽掉落地面。髮尾滴著水的他嘆了一口氣，抬眼看向今世王。

「雷霰，你有沒有受傷？」

「我才想問哥哥有沒有受傷呢。」

「我，沒事，只是，喝了太多水，感覺，不舒服，而已。」

說話時，他頻頻停頓換氣。

「陛下！皇兄殿下！」

發出帕沙帕沙水聲上岸來的人，是去年教足弱泅水的灰衣衛鹿砦。

今世王舉起手。

「沒有大礙，朕和哥哥都無事。」

聞言，鹿寨的雙膝跪在岸邊軟土上，像是失去力氣似的癱下身子跪地叩首行禮。

緊跟在鹿砦身後的是足弱練習泅水時的年輕助手砂礫，他也從河裡上岸來。

鹿砦和砂礫之外，其他也跟著跳進河裡的士兵們陸續會合，內侍們因此發現他們一群人，遣馬車過來載人，讓兩位皇族泡熱水溫暖身子後更衣。

直到把足弱安置在馬車的睡榻上才安心的今世王，帶著灰衣衛將軍親自去見那批山賊。

黑紗帷帽泡水浸溼了，所以今世王拿布包住金髮後戴上竹編斗笠，穿上藏青色綢緞衣袍，上面有水色的細長繁茂葉片圖案。

「這個國家明明物產豐饒，你們當山賊圖的是什麼？」

今世王十分不解。

雷氏王朝的領土不是只有平坦的南原，也有山脈縱橫，但已經是這片大陸上首屈一指的富裕國家，就算打零工也不至於餓死。為什麼要搶奪他人的財物不可呢？

雙手綁在身後、武器都被拿走、跪在地上的山賊首領是一名中年人；他的下半張臉長滿黑鬍子，露在衣服外的手臂和胸口也都長著濃毛。

「我們要的就是錢！」

首領大聲回答，嘴裡的黃板牙缺了幾顆，似乎瞧不起眼前這位貌似這群人主子的翩翩公子。

「只要勤奮工作，要多少錢都能賺到。換言之，你們不願勞動嗎？」

「沒錯！像你這種出行就要帶上多達六輛馬車的有錢人，怎麼可能會懂？咱們只是想過更好的日子。只要有錢，就連京城的花樓也去得起了。銀兩，咱們要的是錢，也想過過貴族的生活，就這樣。」

首領想到什麼說什麼，一點反省的意思也沒有。

「你們不知道從別人手裡搶來的錢，不過是黃粱一夢嗎？擁有貴族身分，就必須盡到應盡的義務。你們什麼也不明白……」

今世王對於自己的子民，而且是沾染犯罪的百姓，特別感興趣，相反地，也很容易因為那些人過度簡單的想法而敗興。他與足弱歡快的訂親紀念之旅可不能因為這些鼠輩而壞了興致。

「把咱們送衙門行了！善良的今世王才不會要咱們的命。等老子出獄，就會再去想辦法弄到錢和女人！」

「善良的今世王也是會改變想法的，山賊。」

瞇起藍眼睛這麼說完，今世王朝青嵐點頭，把剩下的事情交給他處理。另外派一支小隊把山賊們交給附近郡的府衙後，他們一行人再度啟程。

今世王回到安置足弱睡覺的馬車上。

脫掉溼衣服，以熱水擦拭身體後換上寢衣的足弱，臉上已經恢復血色，聽從內侍和今世王的安排躺在床上。

「哥哥，你身體還好嗎？」

馬車靜靜往前走。

「我原本就沒有哪裡不好，都是雷霰你們一直叫我躺下、叫我睡。」

足弱從棉被裡以含糊不清的聲音這麼說完，抬起臉。

「不對，是你說喝太多水，身體不舒服，我們才叫你躺著休息。」

足弱把手插進枕頭底下不說話。

「哥哥……」

「都怪我不喜歡巡幸的方式，才會害雷霰遭遇危險吧。」

「哥哥，不管是不是用巡幸的方式，該遇到危險的時候，就是會遇到。我很喜歡這種微服出巡的方式。況且我們不是都安好嗎？」

儘管嘴裡說著安慰，但今世王決定指派灰色狼重新訓練足弱泅水，並且把這件事牢牢刻在腦海裡。

＊

一行人趕在這天太陽西沉前進入郡城城門，選在客棧過夜。

比隊伍早一步先來探路的灰衣衛們，選擇投宿在郡城裡最偏僻、最不醒目的客棧。

在眾多騎馬護衛的簇擁下，個子很高的兩人穿著與貴族同樣華貴的衣袍，從馬車上下來。其中一人即使進入客棧，斗笠也仍然深深戴在頭上遮住眼睛，身旁還跟著幾位隨侍。

這間絕非郡城裡最大的客棧老闆，面對這群氣氛凝重嚴肅的客人，頓時不知所措，幾乎都是人家說什麼他都照辦，把別館、附近其他房舍及浴堂全都讓出來給他們用。

這一行人自稱是在京城鑭城以藥草生意為主的商人，經常收到貴族等給的昂貴寶珠和寶石等物品。看到他們身上有王公貴族才允許擁有的家徽，緊張到臉紅的客棧老闆流著汗，向站在旁邊的年老健壯護衛打聽家徽的事，那位開朗的白髮男人這樣介紹家徽上的五葉植物：

「這個圖案是藥草，叫御前……不對，叫勝紅草，是十分稀少的藥草，非常罕見，只要不是皇族就很難取得。」

男人臉上的皺紋加深，呵呵笑著說完，拍拍客棧老闆的後背。

沒想到這群貌似富商的客人，出外旅行還自備廚子、廚夫。他們霸佔客棧的廚房後，就飄散出難以形容的美味香氣，還拿自己帶來的各式美麗器皿盛菜，再由人數眾多的隨侍們排成一列端到客棧別館去。這群人幾乎佔用了整間客棧，因此這群人的主子送給原本投宿的客人們銀兩，補償他們的不便，也把料理分給他們。客棧的角落因此響起歡呼聲。

所作所為都超乎常理的這一行人點亮火炬，不使可疑人物靠近，在這裡過夜。

＊

今世王和足弱原本計畫使用客棧的浴堂，浴殿人員查看過後發現那裡實在不適合皇族洗浴，於是改將熱水送進房間，裝在浴桶裡，在別館的房裡泡澡。

（雖然我不會介意……）

全裸泡在浴桶熱水裡的足弱心裡這麼想，但他怕又惹內侍們生氣，所以閉口不提。

「果然還是應該去住最大的客棧。」

「這樣的人數在那種地方太顯眼了。」

房間角落的內侍們在聊天。

今世王拿掉深深遮住眼睛的斗笠後，說自己流汗了，不忘讓內侍替他洗頭。

那一夜，或許是在岩石上沒能成事的緣故，足弱被今世王抱到上房的睡榻上，沒讓他逃走。

房裡有陌生的木板牆壁，也有馬車帶來的矮屏風；高腳燭臺的蠟燭點亮，黃金香爐升起白煙。黑漆木箱放置在床邊。

「啊……！雷……霰、啊、啊啊！」

胸前的乳尖被含住，下身被頂弄到他甚至覺得厭煩。

手伸出去抓住的棉被，也不是客棧的物品，當然也是馬車載來的頂級絲被。

「啊、啊、噫啊啊！」

深處不斷被搗入，白濁零星灑落在仰躺的腹部。繡著天鵝展翅雄姿的軟被表面，轉眼間增加了不少污漬。

「哥哥，再來……！」

「不、啊、不要了、啊啊！」

足弱以指甲搔抓從棉被底下露出的木床板，發出喀答喀答的聲響，持續插入的嗤嗤水聲響亮，足弱啞著嗓高叫。

掙扎無果，只聽見肉體撞擊的聲響，室內芳香瀰漫。

挺立的乳尖被玩弄擰扯，足弱哀叫著，深處隨之緊縮。

「嗯、啊、啊……」

今世王充滿情慾的嗓音落在足弱耳際，灼熱的體液猛力灌注到裡面，足弱的胸口往前一頂，渾身震顫。

「啊……唔唔……」

一陣酥麻的感覺竄上背部。

挺出的胸前再度被軟舌舔吮，今世王抓住足弱一邊的臀肉。

「哥哥……」

「嗯唔……」

只是炙熱的氣息吹上足弱的前胸，也激起他的慾望。

汗流浹背的足弱蹙眉，手臂無力顫抖。一如預測，貫穿深處的昂藏只是暫時休息，很快又再度變硬變大。

「雷、霰……明、天、很忙，放過、我、吧……」

足弱推開今世王的雙肩，一邊抽出自己的下身，一邊氣息不穩地說。

「哥、哥、不想、要、我、嗎？」

「已、已經……夠了……」

哽咽的聲音勉強回答出完整的一句話。體內的粗長因為足弱的動作而逐漸抽離，那個觸感也差點奪走足弱的呼吸和意識。抵著肩膀的手指在顫抖，挾著今世王身軀的雙腿使不上力。好不容易撐過這一段後，足弱流洩出類似啜泣的聲音，重重吐出一口氣。

沉甸甸的滾燙肉棒離開兩腿之間的同時，也帶出了溫熱黏稠的液體。房內的香氣變得更濃郁。

足弱的身子往右一扭，支起手肘，把臀部一縮，好不容易從今世王身下抽身，再伸手抱起自己的左大腿，將兩條腿併攏；用來承歡的、接受濃烈疼愛的雙腿終於重逢了。

足弱發著抖弓起身子，拖著芳香油和白濁弄得溼滑的下肢靠向睡榻邊。

突然一條胳膊環上他的腹部。

他的上半身被抱起，脖側被吸吮。他伸手想要反抗，雙手的手腕卻被抓住，熱舌落在他變得毫無防備的胸前。

「噫、啊……」

足弱扭動上半身。

「不要，給我住手，雷霰……」

他被攔腰抱起橫坐在今世王的腿上。

「我受夠了，我不要你再進來了。」

「啊，哥哥……」

今世王以無助的聲音說話，以鼻子磨蹭足弱的後頸。

被灌入的熱液此刻也隨著足弱的每個動作，從體內大股大股流出。

「已經、做得、夠、多、了吧……我、已經……」

足弱閉著眼睛搖頭，今世王就在他的眼角落下一吻，溼潤的雙唇接著移動到耳朵，把舌頭伸進去舔，又吸吮耳珠。

「嗯、嗯唔……」

「哥哥、哥哥，很快就可以休息了……只要再一下子就好，陪陪我吧。」

他一邊說著，一邊把兩根手指探入溼軟的穴口，很輕易就插入到指根。

足弱很慌張地抓住他的手腕，在他的腿上扭動身子。

「你、你如果那樣、我、我……」

「你的這裡也說還能做喔，雷風……」

今世王不斷地勸說，足弱終於被他說服，兩人抵死纏綿。

＊

眺望聽著足弱隱約的哀叫。

這趟微服出巡之旅只帶少數精英隨行，他接獲灰衣衛將軍的命令成為隨扈之一。

假扮成富商的一行人，是由身為主子的兩兄弟、總管等親信、變裝的灰衣衛、內侍、廚子等，共計約兩百人所構成。為了這一行人的安危，灰衣衛的大隊和中隊分散駐守在鄰近各郡，並匡稱是在進行演習。

留在鑭城的灰衣衛副將光臨，聽到將軍的命令時，表情沒變，冷冷接下命令，但眺望聽將軍的副官焰說，光臨拿走了將軍屋裡的青瓷花瓶。

聽說副將只要精神上受到衝擊，有時便會下意識地把現場的物品帶回家。

「所以我想他是十分失望。」

焰這麼說。

眺望跟著其他人負責別館寢室的安全，沒過多久，皇族們就開始翻雲覆雨。

從人聲和其他聲響判斷，一開始是今世王求歡，足弱委身；漸漸地變成足弱不情願，今世王哄騙；到最後是足弱想要逃離，卻被今世王抓住。

足弱顯然想要制止今世王，最後卻被忍不住的今世王強行征服。

足弱喊啞的聲音斷斷續續流洩出來。

「啊……啊、啊、啊啊……」

從門縫滲出高級芳香油的香氣，逐漸擴散到黑暗的走廊各處後消失。

聽著足弱在這個香氣中承受今世王雨露的嬌喘聲，就連如冰般面無表情的眺望，也感覺自己體內深處有某處被點燃了。

不成調的聲音出現後，過了一會兒，內侍們打開眺望旁邊的門進入寢房。門一打開，香氣彷彿被推到昏暗走廊上般飄散出來。

足弱似乎低垂著腦袋。

「哥哥……結束了，已經結束了……」

今世王以沉穩的嗓音安慰。

「腳、腳……」

「腳在痛嗎？」

今世王一邊溫柔關懷，一邊移動。

「平、平常、我的動作、就已經、夠慢、了……現在、腳還這樣、使不上……力……」

「腳使不上力的話，我雷霰會負起責任抱著你走。」

「雷、雷……雷霰……我、要、自己……」

「你想要自己站起來嗎？沒關係，休息半天就行了，在那之前就由我來抱著走。」

「雷、雷霰你、你……」

「哥哥，水來了，喝水。」

足弱喝下水，接著聽到他泡進內侍們準備的熱水裡的水聲。

「哥哥，你想睡了嗎？很快就能上床睡覺了。哥哥——」

在今世王安撫的話語聲中，似乎夾雜著其他的人聲。

「怎麼了？原因是我嗎？對不住。怎麼回事？」

等了好一會兒都沒有聽到回答，內侍們也屏息以待。

只聽見靜靜吸氣的聲音。

「求你了，哥哥，不管你要怎麼責怪我都沒關係，不要不說話，告訴我原因。是我，對吧？是我不好，對吧？」

今世王以快哭出來的聲音不停勸說。

接著聽到摩擦的聲音，今世王耐著性子說服足弱。

終於聽到足弱斷斷續續說話的含糊嗓音。

「我、我、甚、甚至、在想、我是不是、乾脆、不要走路、比較好……我、我一直……想要、用自己的、雙腳、走路、卻反而、不斷、製造、麻煩……」

今世王沒有說話，似乎抱緊了足弱。

內侍們悄然帶著道具離開寢房，每個人都垂下腦袋。

（無法走路的皇族）

這是特例。

（拄著拐杖的皇族）

上了年紀的皇族拄拐杖也是理所當然，但是以還不到四十歲的皇族來說，或許真是特例。

像他那樣帶著殘疾生活，在皇族史上更是罕見。

足弱的跛足並非天生，而是發生意外導致右腿受傷，三十三年來都沒有治療，終於變成行動不便，卻已無力回天。

今世王、灰色狼族們都提供足弱無微不至的照顧，就連小病痛都捨不得讓他承受，甚至是有一點點高低落差，也想要抱著他通過。

足弱感受到這些心意，他在想，自己想要靠自己站起來走路的堅持，是不是枉費了身邊那些人的體貼呢？這樣的迷惘終於使得他精疲力盡，換個角度來說，也使得他願意像撒嬌般對今世王坦白苦衷。

眺望不清楚今世王會怎麼回答，但他情願相信，只要彼此能夠像那樣敞開心胸坦白自己的心情，任何問題都能迎刃而解。

那一夜，對於以葉久身分，身負重任潛伏七年的眺望來說，足弱是他時隔多年來第一個看到的皇族。

他心目中的皇族，與多數灰色狼族人一樣，就是今世王——擁有金髮、白皙肌膚、鮮藍色眼睛，身材頎長又年輕的獨一無二皇族。

十幾歲就擁有過人劍術的眺望，為了今世王潛伏在安夜家，成為他兒子的護院。

安弄華的殘暴跟傳說中的一樣，甚至超越傳說。

只為了保護這片大地上唯一的天人，眺望沒有幫助在他面前遭遇暴行的弱者與婦女。

即使他身為劍客葉久，也會與安弄華其他親信保持距離，但安弄華有時仍會強迫他當著自己面前侵犯強奪來的村婦。

遇到躲不過的情況，眺望就會做出覺悟，親吻嚇到虛軟的小姑娘耳邊小聲說──裝一下。

如果小姑娘立刻就聽懂他的意思還好，有些人說自己做不到，他只好偷偷拿小刀輕劃姑娘大腿的軟肉，讓她們尖叫。偶爾在安弄華和其他同夥下流大笑時，眺望會抱起姑娘說中意，讓安弄華賞賜給自己，這樣就能成功帶著姑娘離開。

安弄華這許許多多的作為，逐漸奪走眺望臉上、眼裡的表情和情緒，唯一不變的只有心底堅持保護的對象。

待在六卿府裡，眺望也能偷聽到今世王一年比一年孤獨可能導致的危險。

（啊啊……陛下，太可憐了……）

儘管假扮成別人的護院，但他心中只惦記著一個主人，眺望沒有表情的面容底下在流淚。

獨自一人住在廣大肅穆的綠園殿裡的今世王，為了實踐遠古定下的約定，而前往綠流城處理政務。

十四歲就即位，即位當時宣布「寡人乃本朝最後的君主」的覺悟。

還有一年前的好消息──發現前任今世王的庶子，也是最後一位今世王的兄長，並將他留在綠園殿了。

不需要挖出過去在故鄉學過的知識也知道，庶子也就是黑髮黑眼，眺望的腦海中偷偷浮現黑髮黑眼版本的今世王。

那一夜。

在手持棍棒打算生擒活抓的攻擊者包圍下，那位皇族張開雙手站到前面護著自己的內侍。

那是他時隔七年才看到的皇族，也是他有生以來第一次看到的庶子皇族。

庶子殿下比今世王年長十歲，年紀較大，儘管如此，在眺望的眼裡看來卻是閃閃發亮。

庶子殿下沒有他想像中的俊美相貌，但這不是問題；庶子殿下拄著拐杖、右腳跛足，這也不成問題。

（就是這位！）

自己願意捨棄這條性命、這副身體、整個人生，奉獻一切的皇族，之一。

厚重的冰層有了裂縫。

皇族被迫離開兩名內侍，只有一位安弄華經常凌虐的下人跟著，右手拿拐杖，連個保護他的人也沒有，毫無防備。

「那個時刻」靠近了。

撫慰今世王的心，救出從灰色狼族手中失去又找回來的皇族——那個時刻即將到來。

眺望盈滿熱度的雙眼低伏，騎馬跟著皇族與下人搭乘的馬車，握著韁繩的手甚至握到泛白。

成為灰衣衛一員後的日子，對眺望來說是安穩的時光。

這位嘴上有兩撇小鬍子的新人，被士兵同僚們問起年齡。

「我二十六歲。」

卻不曉得為什麼四周齊聲嘩然。

「是誰說他五十幾歲了！」

後面有人這麼說。

不管旁人怎麼想，中等身材的眺望從來不會一驚一咋。

名叫清流的二十一歲青年，一條路聘用布巾掛在脖子上，看到眺望的劍術後瞠目結舌，還說希望等他傷好後，眺望能夠教他劍術。

十九歲時奉命潛伏安夜家的眺望，為了讓自己看起來老成些，特地在嘴唇上留鬍子，但是比其他任何偽裝都更能夠掩飾他年齡的，其實是他宛如冰凍般非比尋常的長相。那副別人以為他連血都冷透了的表情，就先令人懷疑他不是人，不會去考慮他的年紀。那張臉即使回到老巢來，也遲遲沒有融化。

但是他的黑眸已經變得平靜許多，身邊充滿與自己同樣對皇族忠誠的人，他因此得到安慰。

但是比任何事情都更讓眺望滿足的，就是兩位皇族恩恩愛愛的生活。

＊

「哪有什麼製造麻煩……我們絕對不是不讓哥哥走路，你對我們來說很重要，所以才會不希望你感受到右腳的疼痛，也不希望你滑倒跌跤，我們的動機只是這樣。絕對不是因為哥哥走路慢才這麼做，也不是因為嫌你麻煩，而是因為你很重要，想要珍惜你而已。」

用矮屏風隔開的寢房裡只剩下兩人獨處，今世王在換好的新床單上對足弱滔滔不絕說話的聲音，眺望聽到了。

足弱發出含糊不清的聲音。

「你們那麼看重我……如果我不是皇族，就枉費大家的用心了……」

「你是皇族。」

今世王說得毫不遲疑。

「哥哥太介意灰色狼們的照料，感覺自己的身分不相稱，都是因為你認為自己有可能不是皇族，是麼？」

足弱沒有回答，但好像隱約點了點頭。

「假如就算你不是皇族，但你仍是我的未婚夫。我是誰？」

「雷霰是……今世王。」

「沒錯。我是雷氏王朝的皇族，也是最後一位今世王，在這片綠土上再也沒有誰的身分比我更高，臣民敬畏我，沒有人來到我面前不跪拜。而你是我深愛的人，兩年後的秋天我們就要正式成親。身為一國之君的配偶，怎麼可能隨意對待呢？你是理所當然應該接受許多人服侍的身分，沒必要認為他們做白工。你儘管讓他們牽著你的手就好，儘管讓他們支撐你的身體就好，儘管讓他們抱著你走就好。」

眺望聽到喉頭哽住般的沙啞嗓音，但聽不清楚足弱說了什麼。

「哥哥，我愛的人，我們睡覺吧。謝謝你告訴我你的想法。原諒我今晚勉強了你，快睡吧……」

今世王從熱情的語氣轉為輕柔的口吻，柔聲低喃，接下來持續感覺到東西摩擦的動靜。

過了一會兒之後，寢房裡不再有聲響。

夜深人靜，在眺望準備換班時，房門打開，寢衣外面套著睡袍的今世王現身。他說要去總管那兒，派灰衣衛走在前面，自己跟在後面離開。眺望目送他修長的背影。

＊

今世王看到綠園殿總管皺紋逐漸加深的表情，說：

「誰叫哥哥太可愛了，我忍不住了！」

「您今夜也過度索求了嗎？」

「我讓他哭了。」

「這還真是……」

這裡是客棧別館附近另外一棟建築裡其中一間客房。

接獲今世王正要過來的消息，總管離開被窩，在寢衣外披上外袍，出去迎接。

接著他在窗邊準備桌椅，命人送酒過來。

今世王盤腿坐在上座，靠在扶手上。

「白天才落水，您卻還與他行房，皇兄殿下真可憐。」

「都怪山賊出來攪局！我本來就打算把他抱上馬車求歡了。」

那隻白手一拿起酒杯，總管立刻雙手捧起酒壺替他斟酒。

「皇兄殿下不喜在野外行房。」

「我知道，但是只做一下下可以吧？」

「也是，積太久也不好。」

說得事不關己的總管拿起酒杯低頭喝酒。

「這是火酒吧，有當地獨特的濁度。」

總管說完感想之前，今世王已經喝光第一杯。

明月照耀下的金髮散發著白光。

白皙肌膚彷彿看到幻象般滑潤，因為剛與同族人交合完，看起來鮮嫩又似有香氣。五官也美到令人屏息。

身為自古服侍皇族的一族之長，對皇族這般美貌充滿敬畏，因此再度倒酒。

「孤單十二年之後，哥哥出現，朕視他如珍寶……經常抱他是因為知道他腳不好，希望他避開危險……可是，哥哥今晚噙淚對朕說，是不是他乾脆都不要走路比較好。」

小口啜著杯中酒的今世王，低頭看向白色混濁的酒液喃喃說。

總管抬頭離開座位，雙膝跪在地上叩首。

「是卑職等人做得不夠，才會讓皇兄殿下有那樣的苦惱麼？」

「狼們做得夠多了，正如朕所希望的。哥哥對於我們的幫助感到痛苦，最根本的原因還是因為他不相信自己真的是皇族。儘管他理智上知道皇族會愛的只有血親，但心裡似乎不能接受。」

「即使已經過了一年，殿下仍然存疑麼？」

「倘若他是在宮裡長大，就不會產生那種疑慮了……朕也對於自己的愛遭到懷疑而甚感難受。」

灰色狼回到座位上。

「我想起把御前草的事情稟報皇兄殿下時的情況。」

今世王和總管回想起當時的情景。

即使太醫令、總管、今世王說破了嘴，表示御前草毫無疑問是足弱的異能創造出來的藥草，還說製造御前草的能力就是足弱的異能，換言之足弱就是皇族，足弱卻似乎不肯接受這個主張。

「御前草只是我偶然發現的。」

足弱這樣說。

「卑職推測，陛下的求婚也是為了緩和皇兄殿下質疑自己身分的痛苦。」

斜坐在椅子裡靠著扶手的今世王，瞥了總管一眼。

「繼續。」

「假使殿下不是皇族，只要是陛下的皇配，住在宮裡、接受卑職等的服侍和保護，也就不奇怪了。」

年老的灰色狼這麼說完，今世王勾起一邊嘴角。

「瞧瞧朕在面對哥哥有多卑微，庶子真是可怕啊，狼。」

灰色狼在改變話題的今世王杯子裡倒酒。

「庶子令皇族懼怕麼。」

舉杯就口的總管低聲笑了笑，眼角和雙頰的皺紋跟著加深。

「只能不停地忍耐、忍耐、再忍耐。今晚也是啊……雖說強迫了哥哥……」

「卻還是不夠？」

聽到灰色狼的問題，今世王盯著某處呻吟。

「皇兄殿下對於房事已經比過去習慣了。」

「是沒錯。他不再對此感到害怕，朕也很高興，習慣後他也經常露出舒服的表情，所以反而更……」

「還真是兩難啊。」

「反正只能忍耐再忍耐……」

今世王一邊抱怨一邊把酒喝光。

年老的總管，露出平靜的神情，陪著皇族喝酒喝到深夜。

＊

第二天早上用完早膳後，一行人付了一大筆錢後出發。

讓內侍們換好衣服的足弱，左手拿著拐杖，坐在椅子上沉思，接著他直起腰，看著坐在椅子上等待的今世王說：

「雷霰，我希望你牽著我的手走到馬車。」

「悉聽尊便，哥哥。」

今世王斗笠下的臉上露出燦爛笑容，幫助足弱站起。足弱讓今世王牽著自己的手邁步就要走，卻差點跌倒，最後變成今世王扶著他的胳膊。

馬車就停在別館旁。來到上馬車需要踩的三階木梯前面，足弱放開今世王的手，吸了一口氣。

他覺得雙腳無比沉重；身上幾乎不覺得痛，卻只有腳使不上力。
昨晚足弱告訴今世王想要盡量靠自己走，剛才卻要他牽著自己走，所以現在足弱想要靠自己上階梯，表現給今世王看。
根本沒有必要說那些話——足弱後悔自己說漏了嘴。
他往旁邊瞥了一眼，正好與今世王的藍眼睛對上。
足弱舔舔唇。
低頭看向水藍色的鞋子，把左腳放到木梯上。
他伸手抓住馬車的門緣，本想靠握力把身體拉上馬車，但因為左手拿拐杖，他只能用手指揪著馬車門緣。
右腳緊跟著左腳上了木梯。足弱把右手的拐杖放入馬車內，扭身背對車門坐下；用臀部先進去的姿勢上車，比較方便他把雙腿拉進車裡。
足弱以雙手撐地，扭動身子。
足弱注意到牽著他的手來到馬車前的今世王，始終站在一旁。朝霧散去後，變裝的內侍們和灰衣衛們也圍在馬車四周。
所有人都在等著足弱上車。
足弱感覺到自己的臉頰發熱；不過就是三階的木梯，他究竟要磨磨蹭蹭到什麼時候？
「很、很快就好……」
足弱忍不住這麼說。
「哥哥，用不著焦急。我幫你吧？」

「不用，我可以……」

他這樣回答完，把身體往涼爽的車上挪動，收起雙腳。等到他鬆了一口氣，今世王一腳就跨進來。

「哥哥，請坐在那邊。」

矮籐椅上鋪著毛皮。坐在那張椅子就能夠把雙腿往前伸直休息。足弱本來打算爬過去，想了想還是改變主意。

「雷霰，抱我過去。」

今世王立刻回到足弱身邊，從腋下抓起伸出雙手的足弱。足弱把手臂繞上今世王的脖子。今世王輕鬆抱起足弱，把他放進矮椅子裡。

「哥哥，要脫鞋子嗎？會比較舒服。」

「好。」

足弱屈起左膝，脫掉鞋子後，讓今世王替他脫掉右腳的鞋子。足弱微笑道謝完，今世王自己也脫掉雙腳的鞋子，在足弱身旁坐下。

「二爺，大爺，可以啟程了嗎？」

外面傳來青嵐的聲音。

今世王以眼神看向足弱詢問，足弱點頭。

「出發吧。」

「是！」

馬車終於靜靜出發。

足弱的身體隨著馬車晃動。

（只要像今天早上一樣，我……做自己能做的……剩下的請別人幫忙……雷霰似乎也不討厭……）

嘴上說是微服出巡，結果卻搞出這麼大陣仗的男人，對於幫助足弱，沒有半點嫌棄的表情。與那個男人行房的第二天感到身體沉重，雖然是自己應允的行為，但那個男人也有錯，讓他幫忙也很合理吧——足弱這麼想。

假如那個人因為嫌麻煩而耐性用罄，不再願意幫忙，自己就不再是他的未婚夫，也不會成為他的皇配。

等到今世王耐性用罄，足弱就再也沒有待在綠園殿的理由，到時候他會離開皇宮找個地方生活；他還是會擔心今世王的情況，所以會選在鑭城附近，但兩人還是分開比較好吧……只要斬斷來自王的、來自那個男人的愛情，兩個男人成親的特例就不會變成慣例，一切就會煙消霧散。

那位同父異母弟弟即使染上絕症，仍然一心一意惦記著足弱；足弱也曾經很想見到對方，甚至對他心生憐愛。

但是自從兩人相約成親後，足弱就感覺到一股難以說明的不安，一點一滴從四面八方湧上來籠罩著他。

第二十二章　山路

微服出巡時，足弱看到上京途中見過的乾枯田地已然復甦，心中訝異不已。

（已經收成了……）

當初看到的枯草與乾裂土地，現在都已是收割完畢的麥田。當時枯竭到露出乾巴巴河床的河川，此刻也水量豐沛，波光粼粼；最近幾天分明沒有下雨。

（啊啊……）

那個時候一同上京的旅伴們還在喟嘆未來一片黑暗，若看到如今的豐饒，他們會有什麼反應呢？

到處都可見到野牛悠閒晃動尾巴的身影。

──皇族人無法一個人獨活。

足弱想起綠園殿總管說過的話。

他在想，身為皇族的今世王能夠找回力量，會不會是因為遇到了上京的自己？

眼前復甦的綠意，能不能當作自己是皇族的證明？

今世王只把足弱帶回後宮。連續幾日激烈交纏的對象只有足弱。纏綿病榻時擔心的也只有足弱。

（我真的是雷氏王朝的……）

胸口騷然，無法平靜。

這片綠意只是偶然嗎？

有沒有可能就算足弱不是皇族，今世王單純心悅著足弱，也會產生這種力量？

（不知道。）

足弱一方面在想，如果自己不是皇族，那些死去的灰衣衛和服侍的人就太可憐了；另一方面他也在想，如果自己是皇族，他的存在是不是根本上就背叛了老頭子？足弱很害怕。

儘管他與今世王已經訂親，但足弱心底深處此刻仍不願意破壞自己在山裡服侍老頭子、接受老頭子教誨時的順從形象。

足弱開始偶爾偶爾會要求今世王幫忙。

雲雨過後的第二天，他會伸出雙手要今世王抱他走，不管是在房內移動，或是去用膳，或是去浴殿，還有上馬車也是。

除此之外的日子，足弱會要求今世王牽著他的手，會把手放在今世王肩膀上問是否能倚著他。因為他們正在旅行，所以足弱會依賴就在身邊的今世王，而不是內侍們。

即使足弱對於自己的皇族身分半信半疑，但他既然是王的未婚夫，往後將是皇配，他於是有了理由接受服侍與保護，停止懷疑。

對，就是今世王說的那樣。

足弱在等著今世王的呵護用盡，開始嫌他麻煩並決定結束兩人的關係；他做好心理準備了，所以能夠開口說出「有你幫我，我很開心」這種話。

而每次求助，今世王總是面帶笑容回應，抱起足弱並在他耳邊說：「我很高興能夠為你服務。」上了馬車之後，他卻沒有把足弱放在椅子裡，而是抱在自己的腿上。

足弱若是伸出右手要今世王牽著，今世王就會握住那隻手親吻他的指尖；足弱若是問今世王能不能倚著他，今世王總是伸手環上足弱的腰，親吻他的臉頰。

鮮藍色的眼眸凝視著足弱，閃爍喜悅的光輝。

＊

有關藍姓富商這一行人的傳聞，也在他們去過的每個地方引發討論。

以至於負責找客棧的探子都還沒有派出去，下一個郡城已經有人過來毛遂自薦；因為投宿在他們的客棧裡，當地的富戶和商人們就有機會上門認識一下。

遇到這種時候，藍姓兄弟一概不出面，都是交由總管和朝霧出去應付。這兩位一看就不是尋常人物的長輩一站出去，瞬間就控制住現場氣氛；而他們一開口，多數人往往只能伏首稱臣。

等級差太多。在地富戶和商人們以為他們只是管事或打理生意的親信，但那種彷彿可以自在統治一個國家的威嚴，不是一般老百姓能贏得了。

人們開始認為帶著這種等級的隨侍、有五葉勝紅草家徽的商人，不是一般普通商人。

再者保護這一行人的騎兵隊也不尋常；他們穿著乾淨的衣袍和鎧甲，在留宿的郡城裡也會逛花樓，但舉止不粗暴，為人正派且恪守禮教，賞銀也給得大方。

他們說話沒有口音，動作俐落毫無破綻。

尤其是保護主子馬車的四十出頭歲、長髮紮成髮辮的修長男人，以及一臉無所畏懼的年輕高大男子，一看就知道打不過。

人們只知道他們的主子是一對正在旅行的兄弟，頂多能在客棧上下馬車時瞥到一眼，其他時候根本見不到人，但是看到他們的隨行人員整齊劃一的行動，在地老百姓對他們益發讚不絕口。

於是有不少人上門兜售商品，儘管大多都會遭到拒絕，但有些也會被接受。這種時候最驚訝的就是足弱。

「這樣……好嗎？」

綠園殿總管對足弱泰然自若一笑說：

「做點小生意來維持這次的假身分，也不是壞事。皇兄殿下，回鑭城後，要不要挑戰做生意呢？」

聽到總管問起他連想都沒想過的事情，足弱瞪大雙眼顯得很錯愕。

五葉藥草一行人或快或慢，持續往西前進。

旅行勢必伴隨著危險，所以要往同一個方向的話，多數人都會湊在一塊兒一起走；搭牛車或馬車的人則會串成一列車隊。有護衛隨行的走商人更是許多旅人的湊隊首選。

因此許多人看到這支護衛全都騎馬的富商隊伍，也希望同行。但因為他們騎馬，所以拒絕徒步和牛車加入；如果是馬車，在確認過身分後，就允許跟在隊伍最後面。

一到飯點，儘管富商沒有邀請同席用膳，但一定會送來酒菜；臉皮厚一點的若是企圖靠近主子們的馬車，護衛們立刻會拔劍示警，不許任何人靠近。

足弱在客棧偶然聽到體弱多病的少婦帶著幼女希望加入他們的隊伍，轉頭看向今世王，問他能不能想想辦法。

「哥哥想怎麼做都行。」

今世王十分輕鬆自在，不以為意地點點頭，並召來青嵐去處理。

灰衣衛將軍確認過母女兩人的身分後，讓她們坐上六輛馬車的最後一輛，並在來到目的地附近之前，替她們付了三頓飯錢和客棧房錢。看到背上垂著髮辮的青嵐替他們忙進忙出，少婦始終雙頰緋紅、雙眼含春抬望青嵐的臉。

母女倆要與富商一行人分道揚鑣時，青嵐派一名手下送她們到家門口，還包了些銀兩給她們。每到用膳時，足弱總會擔心那對母女是否有東西吃，聽了將軍的報告後，足弱這才展顏；看到足弱開心，今世王也很開心。

這類小插曲，加上在河邊擊退山賊的傳聞，後來四處流傳開來，成了富商兄弟倆的善行義舉。

他們一行人進入遼河南郡後，沒有進入郡城，而是直接前往轄內的天寶縣。此時他們離開京城已經超過四十天。

秋意漸深，蜻蜓紛飛，四周愈來愈鄉下。

牢固的屋舍等很罕見，放眼所及都是無止盡的山林、草原、天空，路上也很少遇到人。

偶爾看到的農民們見到這般大陣仗的馬匹和馬車，也只是目瞪口呆地目送隊伍離去；他們都不夠機靈，沒想到要拿農產品上前兜售。

農村多半就是這個樣子，但進入天寶鄉之後，人跡更加疏疏落落。護衛們甚至在小聲討論——這裡真的有人住嗎？

等到他們一抵達天寶村，除了足弱和來過的朝霧之外，其他人全都因為這地方太過荒涼偏僻而愕然。

＊

天寶村位在群山環繞的盆地裡。

雷氏王朝規定「村」是由約兩百戶人家所構成的聚落，但是這個村子只有不到三十戶人家。村民之中有人是做藥草生意的，除此之外的其他人全都是農戶，說話有濃厚的口音，過著悠閒享受大地恩惠的生活。

那對夫婦被一大清早出現的不尋常馬蹄聲嚇到跳起來，僵立在原地看著從山間出現的馬車與騎兵隊伍，看到失神。

鄰居老古一家早已背起年邁雙親往山裡逃去。老洪也抓著妻子的手說我們也快逃。

馬車來到田隴前無法再前進，騎兵隊於是分站兩邊，他們之中有個人騎馬來到老洪和靜惠的稻草屋前，就看到老洪夫婦正手牽手轉身準備逃走。

「洪老弟！靜惠媳婦！是我，朝霧，以前來找過你們帶我去足公子家採藥草的朝霧。」

一聽到對方大喊，老洪差點跪趴在地上。

看到翩然下馬跑過來的白髮男人，老洪的恐懼瞬間散去，朗聲說：

「什麼啊！突然來這麼一大群人，嚇死人了。」

靜惠也笑了出來，豐滿的胸脯上下起伏喘著氣。

「嚇到你們真是對不住。不過待會兒還有更驚訝的。」

朝霧愉快一笑，要他們兩人站到自己身邊。

佈滿紅葉的群山間此刻依舊雲霧繚繞。輕風從右往左吹過。

遠處的田地那頭，一名男子在隨從的攙扶下從馬車裡下來。

男人左手拿著黑色拐杖，拄著拐杖緩慢謹慎地走過田隴，來到老洪、靜惠、朝霧等待的洪家前院，拿掉草帽。

他的身材高瘦，黑髮很短，沒有蓄鬍，肌膚是清新乾淨的象牙白色。

手上的拐杖很華麗，鑲著白銀和寶石。衣服有著不曾見過的滑順光澤，圖案是淺藍色和深藍色相間的森林，搭配白色的腰帶和鞋子。

他笑瞇著黑眸看向兩人，臉上鼻樑高挺，長相平凡，是年紀無法稱為青年的中年人。

「好久不見了，洪大哥，靜惠嫂。」

老洪和靜惠一開始沒認出來，接著老洪睜大雙眼，顫抖下顎說：

「你、你難道是……」

靜惠以雙手掩嘴，難以置信。

「我是足弱。」

男人有些難為情地笑著說完，夫妻倆發出怪叫，響徹了遼闊的原野和山頭。

「你是足老弟？真是足老弟嗎？」

「足足足、足老弟？」

兩人聽到足弱自報名字都滿臉錯愕，從朝霧身邊跑到足弱面前，握緊他拿草帽的手和拿拐杖的手上下晃動，又叫又跳欣喜不已。

「哎呀哎呀哎呀，足老弟，咱沒認出來，你變得這麼氣派，真的認不出來！」

「足老弟、足老弟，你看起來很好，太好了！」

靜惠的眼裡盈滿淚水，不停地晃動足弱的手，另一手則按在自己的嘴邊。

夫婦倆仰望個子較高的足弱，顯得欣喜若狂，連忙招待久別重逢的朋友到屋簷下坐坐。

與他們三人保持一段距離的朝霧，也跟著一起到屋簷下。

「足老弟，你發達了。對了，這個人來拿過你的藥草，還帶了土儀和信給咱們。」

「是啊。謝謝你的土儀，足老弟。」

老洪指著朝霧說完，靜惠也帶著笑容道謝。

「你們喜歡嗎？」

「當然。」

「信上說你在京城巧遇失蹤多年的弟弟。朝霧兄告訴咱們你弟弟非常有錢。看到那些……看來是真的。」

三人說到這裡停住，看向停在田地那一側、護衛都已下馬的馬車。

「那個……我想介紹我弟弟給你們認識。他臉上長出嚴重的紅疹，沒辦法讓你們看到他的臉，不過他說無論如何都想見見你們……」

「哦，你弟弟也來了嗎？咱們當然要見見，對吧，靜惠？」

「嗯！當然。不過，足老弟，你現在說話不結巴了呢。」

在靜惠感動的目光注視下，足弱垂下眼瞼，雙頰微紅，努力不把視線瞥向她的豐滿胸脯。

「向兩位介紹，這位是我弟弟藍公子，在、在京城做生意。我現在住在他的府裡。」

足弱也向今世王介紹老洪和靜惠。

內侍們把椅子拿到面對簷廊的房間裡。足弱本來堅持要坐地上，但內侍長命二話不說徵詢老洪夫婦同意後，就拿來兩張椅子，也替老洪夫婦準備了兩張椅子。

準備妥當後，護衛和侍從退下，以帷帽黑紗遮住面容的今世王，走進老洪夫婦簡陋的屋子裡。

儘管看不到臉，不過這位弟弟的身高與足弱相仿，光憑走路方式來看，他這個人大大方方，果敢無畏。

身穿藏青色和銀色的綢緞深衣搭配黑色腰帶和鞋子，腰上掛著金色裝飾的配劍。從長衣袖窺見的手膚色透白。外表看起來就是有錢人的樣子。

老洪和靜惠頓時覺得惶恐，不敢坐在椅子上，連忙雙膝跪地叩首迎接足弱的弟弟。

就連侍從搬進來的椅子也是黑漆和珍珠母鑲嵌的精品，椅面還鋪著刺繡裝飾的軟布；就算去郡城也看不到這種水準的東西。

「洪、洪大哥、靜惠嫂，請把頭抬起來，在椅子上坐下吧。」

足弱一臉困惑地提議。儘管這兩人不清楚弟弟的真實身分，敬畏的念頭仍使得他們打從心底想要跪地叩頭。

「洪大哥、靜惠嫂，請起身坐在椅子上。敝人由衷感謝兩位照顧我失散多年的兄長足。」

聽到今世王第一次開口說話，兩人迅速把頭抬起又再度低頭叩首，額頭貼著木地板。

內侍們把桌子搬進來，擺上老洪夫婦恐怕也不曾看過的薄瓷茶具，屋內瞬間瀰漫芳香。足弱請兩位用茶，勸了老半天，他們才勉強起身入座。

今世王的雙手手肘靠在扶手上，沒有掀開黑紗喝茶，只是坐在黑漆椅子上，連他的視線落在哪兒都不知道。明明只有這樣，他的一舉一動卻完全奪走農戶夫婦的所有注意力，兩人渾身僵硬坐在椅子裡。

「兩位是什麼樣的契機，認識家兄的呢？」

今世王問話的態度始終氣定神閒，老洪卻嚇得差點從椅子彈起，連忙說明自己在山裡遇難被足弱救起的來龍去脈。

「你第一次見到家兄時，有什麼想法？」

「原、原諒咱失禮，當時看到他亂糟糟的頭髮和鬍子，咱還以為是山賊……可是他說話很有禮貌，也替咱包紮了傷口，真的很照顧咱，還帶咱去他山裡的家，給咱喝難喝的湯藥，真的很難喝。」

「我懂。」

得到今世王認同，老洪鼓起勇氣繼續說：

「足老弟他，說自己叫足弱，咱聽了嚇一跳，一問之下才知道他和老頭子兩人一直都住在山裡，所以咱叫他下山搬到村子裡來。」

「足、弱？」

「是啊，足老弟說老頭子都是這樣叫他，對吧，足老弟？咱跟他說那不是人的名字，所以只取前面，喊他足老弟。」

「哥哥、被、那樣稱呼……」

今世王把手擱在鄰座的足弱手臂上，動了動戴著帷帽的臉。

「嗯，老頭子一直都叫我足弱。」

足弱抬眼先看向手臂上的白手，接著凝視今世王在黑紗後面的臉。

「這樣叫怎麼了？」

「沒……」

後來今世王繼續問夫婦兩人幾個與足弱相處往來的問題，緩和現場氣氛。

「足老弟，你曉得自己真正的名字了嗎？」

「嗯，是雷……」話才說到一半，足弱連忙改口：「沒有，可惜還不知道……」

夫婦兩人再度同情起足弱。

接著他們聽到這群人準備入山，十分驚訝。

「問題是啊，足老弟，我帶他們去採藥草時，山上的田地已經乾枯，那間屋子也是，現在恐怕已經……」

「可是洪大哥，那裡是我生活多年的地方。我雖然和弟弟住在京城裡，卻很想有機會再回去看看。家弟也說想去瞧瞧……」

「有那麼富有的弟弟照顧你，真是太好了，足老弟。老洪，你別多嘴亂說話。」

靜惠按住丈夫的手臂制止他繼續說，同時轉頭對足弱笑了笑。

在夫婦倆的微笑送別下，巨賈弟弟和得到弟弟收容的足弱，繼續往天寶村的深山裡前進，大批護衛和隨侍也拉著行李跟上。

＊

他們在去見天寶村的友人夫婦之前，討論過要怎麼解釋兄弟身分，以及今世王戴帷帽的原因是什麼。

「就說是因為長得過於俊美，怎樣？」

說這話的是一進。

「或者說臉上有傷。」

提議的是青嵐。

「簡單一點說是正好生病，不便見人，這樣如何？」

最後一個提供答案的是灰色狼，今世王也滿意他的建議。

所以足弱對老洪夫婦用的藉口就是這個。

至於身世，就說他們是因為意外和生病而分隔兩地，整個家族只剩下他們兄弟兩人。老洪夫婦對於兩兄弟能夠重逢覺得很感動，也給予他們祝福。

一行人在夫婦倆的目送下離開後，在荒煙漫草間開荒闢路來到山腳下。

接下來的路馬車無法前進，所以足弱改為騎馬。今世王也沒閒工夫在意他人目光，脫掉黑紗帷帽，只戴遮陽斗笠騎上馬。斗笠下可看到他的微捲金髮搖曳。

等他們來到連馬匹也過不去的地方，也跟馬車一樣再度留下幾個人看守，其他人開始搬運跟在後方的物資上山。

足弱在內侍們的協助下從馬上下來，拿著拐杖走到隊伍最前方，看到朝霧就在那裡。

「皇兄殿下，我知道道路，接下來您慢慢來就好。」

「不，最了解這一帶的人是我。」

足弱堅持不肯退讓，一行人自然是配合足弱的步伐緩慢前進。足弱時不時就會說：「這條是捷徑。」領著他們抄近路；捷徑的草叢裡埋著足弱做的木頭柵欄。足弱從腰帶的刀鞘裡抽出刀，砍倒擋路的雜草。其他人也連忙幫著砍草。

「前面右手邊的草叢裡有皮膚一碰到就會腫起來的『危牛草』，大家要小心。」

足弱這樣對朝霧說完，白髮灰衣衛立刻派手下把長矛插在那處草叢前面，綁上警示的布條。

即使路況坑坑洞洞凹凸不平，足弱仍然拒絕其他人協助，自己拉著樹幹的藤蔓，熟門熟路地往上走。

「看到那邊的山壁了嗎？」

朝霧轉頭看向手指的方向。那是一塊突出半空中的岩塊。

「是。」

「下山時，從那處山崖下來，就是最快的捷徑。這麼一來下山大約只需一天半的時間就可以走到村子。不過回程就無法從那邊爬上去，所以有時得花上整整兩天或露宿野外兩晚。」

足弱說得彷彿那不算什麼大事。

「您一個人，從那處山崖下來嗎？」

「那裡我有好好整理過，弄得很方便下來。而且我會把藤蔓綁在腰上，避免摔下山。崖壁上也有腳可以踩的地方，還有可以中途休息的突出岩石。當然如果是下雨天，我就不會走那裡了。」

說完，足弱咧嘴微笑。

朝霧的臉色反而變得有些鐵青，頻頻回頭看向山崖。

太陽來到頭頂正上方時，就到了午膳時間。

足弱領著眾人來到他以前經常休息的地點，是旁邊有小溪流的平地。士兵們清除礙事的雜草和倒下的樹木後生火。廚夫們拿出從馬車搬下來的廚具。內侍們也擺好背來的椅子，並在四周放置加了驅蚊草的香爐。

足弱蹲在溪邊，讓拐杖靠在肩膀上，把長衣袖收在膝蓋上避免弄溼，洗完手後漱口，接著以雙手舀水喝了好幾口。

在他準備用衣袖擦嘴之前，有人遞出布巾給他。足弱看向旁邊，發現是溫。

「謝謝。」

足弱把布巾還給溫，並讓他扶自己起身，接著就跟著溫走到樹蔭下的座椅。

椅子擺在避開落葉的地方，足弱看到今世王坐在紅葉底下的姿態，瞬間失了神，甚至說不出話來。

他的豐盈金髮垂落在穿著藏青色與銀色綢緞深衣的肩膀上，搭配黑色腰帶與同色的鞋子。金色裝飾的佩劍則由內侍捧著。

他這身打扮怎麼看都不適合爬山，但是在森林深處的紅葉下，他比任何人都更像是一幅畫。

鮮藍色的眼睛面向足弱。

「哥哥，過來這邊。」

白手示意自己身旁的椅子。足弱拄著拐杖走向那邊。

「這段路走起來真辛苦。」

「因為我和你穿的這身衣服都太礙事，最好換下來。」

「那麼用完午膳就更衣吧。」

御廚替他們準備了幾道菜，都令人很難置信在這種深山裡會吃得到。另一方面，大鍋菜的香氣也使士兵們雙手捧著自己的碗開始排隊。

足弱吃了熱呼呼的香甜烤地瓜，還把白飯倒進香菇味噌湯裡用湯匙舀著吃。御廚收集了許多秋天的剋雷實，煮熟後壓碎揉製成雙層構造的小甜點，足弱一看到就睜大了眼。小甜點的味道仍然是果實原本的滋味，只有外型是宮裡才會出現的高雅甜品模樣。

足弱十分佩服，又因為覺得好吃，所以拿紙包起一塊甜點，小心翼翼收在懷裡，卻在更衣時掉在地上。足弱讓內侍替他撿起來，準備就這樣放進嘴裡，卻被命搶走。

「殿下，這掉在地上了。」

「沒有沾到土沒關係。」

足弱朝命伸出手，命卻不把甜點還他。

「那個還可以吃。」

身後的足弱這麼說，命卻把更衣工作交給其他內侍接手後就離開。足弱心裡覺得可惜，早知道應該早點吃掉。

今世王和足弱都換上短袖棉布衣；腳上也不再是軟鞋，而是皮革做的鞋子。足弱戴著草帽，今世王則戴著斗笠。

足弱再度拄著拐杖走到隊伍前頭。這次不止朝霧，青嵐和眺望也在。

「眺望，我沒注意到你也一起來了。有你在，我覺得更安心了。」

這樣說完後，兩撇鬍子的男人當場跪地行禮。

「殿下的稱讚，卑職甚感榮幸。」

男人低垂的腦袋彎得更深。

他們終於進入山路。

儘管山路蜿蜒，足弱仍舊一一指點他們哪些路好走。但是這些山路全在荒煙漫草間，必須割開草否則走不過去。

森林的小動物因為這般大陣仗而受到驚嚇，紛紛從草叢裡飛奔而出；鹿也遠遠盯著他們一行人。路上遇到以前不存在的岩石擋路，足弱一時間不知所措，便接受青嵐的提議，讓他把自己抱上岩塊，等在岩石上的朝霧再伸手拉住足弱。

足弱向兩人道謝後，舉起右手指向左邊。

「從這裡往那邊直走上坡，就是我平常野宿的地方了。」

「是麼，那麼在進入那條路之前，我們先在這裡休息一會兒，等所有人上來吧？」

青嵐這麼說，足弱點點頭，以衣袖擦去下顎的汗水。

足弱走到岩塊邊緣，俯瞰灰色狼們一個接著一個爬上來。他感覺有人站在自己身旁。

「啊，那是雷霰吧？跟黎明在一起的。」

「是的。」

聽聲音，足弱知道對方是青嵐。

即使距離再遠也能夠一眼看出那個大個子是黎明，他正在與身旁戴著黑斗笠的人耳語。斗笠微斜，可看到金色的髮色。今世王朝這邊揮手，所以足弱也揮舞右手回應。左手的拐杖在岩石表面稍微一滑，就有一隻長臂抓住足弱的腰肢。

足弱放下揮舞的手，抬眼看向旁邊。

「這裡很危險，請往後退幾步。」

足弱往後退了退，瞥了一眼今世王的方向後，便從岩石邊緣離開。

休息時，內侍們不忘搬椅子過來，這舉動看得足弱既驚訝又傻眼。在他面前再度出現那道午膳時他藏起一個卻掉在地上沒吃到的甜點。

足弱來回看了看甜點和命的臉，拿起一塊放進嘴裡，又覺得有些尷尬，為了掩飾尷尬，足弱向今世王推薦手邊的甜點。

「雷霰，這個甜點，很好吃喔。」

「哪個？」

足弱從盤子裡捏起一個小甜點給今世王看，說就是這個。今世王把臉湊近，連足弱的手指一起吃下。

「不可以連手指也吃下去。」

足弱正想抽回，卻被抓住手腕輕咬手指。

已經不是顧慮甜點的時候，足弱扭動身子，抬起可自由活動那隻手想要推開今世王的臉，卻也被抓住。長舌舔舐足弱的手指，逐漸沾上他嘴裡的甜點。

「放手！」

這種折磨人的行為無人出面阻止，足弱只能獨自面對。他離開椅子起身，想要從今世王的嘴裡拔出自己的手指。

「雷霰！」

叫出名字警告他，足弱這才終於拔出手指，但對方卻沒有放開他的手腕。

「哥哥。」

抓著手腕的手轉瞬間就環上足弱的腰把他摟近，讓他坐在今世王的腿上。

「你、你想要我坐上來，只、只要說一聲……不就好了。」

紅著脖子的足弱對今世王小聲說。

「我對你說『坐到我腿上來』，你真的會來嗎？」

聽到今世王的質疑，足弱默不作聲。

來到岩塊上休息過後，一行人按照足弱所說，走左手邊那條路前進，並趕在太陽下山之前，姑且找到一處平地紮營。

大帳篷架設在中央，四周則是一個又一個的小帳篷。

足弱牽著今世王的手，在柴火附近望著紮營的過程。

他以前經常在這裡靠著樹幹睡覺。

「帳篷已經搭建完畢。在晚膳準備好之前，請在那處休息。」

負責紮營工作的灰衣衛將軍行禮稟報進度。

「有勞了。」

今世王說完，牽著足弱的手走進內侍們掀開入口的帳篷裡。帳篷裡燈火通明，鋪在地面的軟布上放置毛皮和火盆。

「卑職這就去端茶來。」

內侍說完告退後，帳篷裡只剩下他們兩人。

脫下鞋子盤腿坐在毛皮上的今世王，拍拍大腿說：

「來，哥哥，到我的腿上來。」

足弱坐在準備好的椅子上。

「來啊，哥哥，不過來嗎？」

「休息時已經坐過了。」

「沒人說一天只能坐一次大腿。」

看到今世王這麼認真地主張，足弱不曉得該如何回應。

「雷霰……我記得坐在大人的腿上這種行為，是小孩子才有的舉動吧？我已經是成年人了。」

「就算已經是成年人，也會希望自己愛的人坐在自己的腿上。」

「何必要這樣到哪裡都黏在一起呢？」

「你在說什麼傻話？已經訂親的我們不黏在一起，要跟誰黏在一起？」

到了這種地步，足弱已經不知道該用什麼理由反駁。

「在、在我們訂親之前，雷霰你也經常讓我坐在你的腿上。」

「對，因為我愛你。」

「那訂親……」

「深愛彼此的我們黏在一起卿卿我我，有什麼不妥？」

說完，今世王朝椅子膝行而來，來到椅子旁站起後，伸出手臂攔腰抱起足弱，足弱沒有拒絕。

今世王抱著足弱回到剛才的位置盤腿坐下，把足弱放在腿上，雙手環住他的腰。足弱的雙腳跨過今世王的腿，稍微碰到地上毛皮的表面。

「雷霰……我希望你別在外人面前做這種舉動。」

「明白了。」

今世王微笑回應。

內侍把茶送進帳篷時，今世王當然沒有把足弱從腿上放下；因為灰色狼族對今世王來說不是外人。

「皇兄殿下，請用茶。」

看到足弱坐在小十歲的弟弟腿上，內侍們的態度也仍舊冷靜，似乎認為這情況理所當然。

外頭終於有人來說晚膳已經備妥。

「陛下和殿下要在帳篷裡用膳，或是在外頭用膳？」

聽到內侍這麼問，今世王看向足弱。

「去外面吧。」

足弱對今世王這樣說完，今世王看向內侍點點頭。接著他抱著足弱站起，等內侍們替足弱穿好鞋子後才放手。

入夜後，內侍們燒了熱水，替流了一身汗的兩位皇族擦拭身子後換上寢衣，備好睡榻讓他們入睡。

跟巡幸時一樣，因為出門在外的緣故，所以兩人同睡一個睡榻。足弱心想慣例就是這樣，所以睡在同一條棉被底下，乃至於今世王的懷抱裡，也沒有懷疑。

一沾枕就昏昏欲睡的足弱，發現有一隻手滑過他的肌膚，拉開他的寢衣。

足弱在黑暗中睜開眼眨了幾下，今世王立刻就跨上他的身子。

「明天我會負責背哥哥，所以，可以做吧？」

「我、我要負責領、路……」

「我已經勃起了。」

耳邊聽到熱切的嗓音這麼說，足弱一點也不覺得高興，他使出渾身力氣推開今世王。

「哥哥……」

寢衣敞開也不管，足弱手腳並用爬向門口，閃開伸過來的手，光著腳就跑出帳篷外。

外面有明月高掛夜空。

只有顧柴火和看守的士兵醒著，其他人都在各自的帳篷裡睡覺。

「皇兄殿下。」

「您會著涼的。」

彷彿知道帳篷裡的情況，站在帳篷外的守衛們，連一聲「出了什麼事」都沒問，只對足弱這麼說。

足弱轉頭看去，在昏暗中看到穿藍黑相間衣袍和鎧甲的士兵身影，便將敞開的寢衣前襟合攏。

「哥哥，我明白你的意思了，回來吧。」

帳篷入口的布簾撩開，著白色寢衣的今世王走出來。士兵們立即退後一步。

「我要，睡在外面。」

「哥哥，我什麼也不會做了。」

今世王往前走一步，足弱就往後退一步。

儘管他們已經壓低聲音說話，但紮營在主帳篷附近的內侍們仍然聽到聲音探頭查看，紛紛離開帳篷走出來。

「哥哥。」

足弱定睛注視著一步步靠近的今世王，開始猶豫不決。

如果就這樣睡在野外，內侍們一定會為了他忙進忙出。他已經差不多吵醒所有人了。既然今世王已經這麼說，今夜應該不會再有什麼不軌之舉才是。

今世王的手碰到肩膀時，足弱瞬間僵硬。今世王就這樣把他抱進懷裡，帶著他回到剛才待的地方。足弱以眼神朝醒來的內侍們表達歉意，回到帳篷裡。

在躺進睡榻之前，他拍掉腳底的髒污。

「身子都變冷了。」

今世王這麼說著，抱著足弱，拉過棉被替兩人蓋上。

足弱伸手環住今世王，發現他的背上也很冰涼。

從白天吃甜點時開始，今世王就格外黏人；仔細想想最近這幾天，兩人即使同床共枕，他也沒有更踰矩的舉動。但足弱另一方面又覺得也不能因為這樣，自己就應該乖乖就範。

「那麼反感麼……」

他的語氣始終平靜，不是寂寞也沒有失望。

「我有責任讓大家安全抵達……畢竟這趟旅行是我要求的。」

「我們不是在旅行麼？輕鬆些，就算在這裡待一兩天也無妨吧。」

「就、就因為我要睡覺，就讓大家等嗎？」

「有錯的不是哥哥，是我，是我想要這樣，這不該由哥哥來擔心。哥哥若想繼續往前行，就算你睡著了，我也能抱著你走；況且我也說了，不會折騰你到起不了身的地步。」

足弱感覺到眼底的溼意，收緊環著今世王後背的雙手。

「是、我……我……」

是我不對嗎？

是我太不懂得變通嗎？

我現在應該要張開雙腿承歡才是對的嗎？

足弱在黑暗中始終無聲凝視著今世王朦朧可見的白色前襟。

「啊啊……哥哥，對不住，是雷霰太任性；白日裡見到哥哥充滿活力，愉快走山路的模樣，實在覺得可愛，所以……」

今世王悶聲說完，重新摟緊足弱。

足弱沉沉睡著，不管叫了幾次都沒有醒來。

「就讓他睡吧。」

他聽到今世王下令的聲音，感覺到幾個人離開帳篷的動靜，微微睜開眼，發現白色帳篷已是光亮一片，帳篷外也可聽見活力十足的聲響。

（天亮了……）

他動了動身子翻身仰躺，就看到命和溫出現在他的視線範圍內。

「您早，皇兄殿下。」

「早……」

足弱坐起身淨臉，剃鬍，修剪指甲和頭髮，漱口，接著站起來更衣，穿上鞋子拿起拐杖，走到帳篷外。

外頭是萬里無雲的好天氣，葉子染上漂亮的紅色和黃色，四周充滿好聞的氣味，人們已經起來準備出發。今世王坐在柴火附近的椅子上，吃著膳臺上的早膳。他旁邊的位子是空的。

足弱一走動，附近的人紛紛行禮問早。

他一邊打招呼一邊走近膳臺。

「早，雷霰。」

「哥哥早。我沒等你就先吃了。你昨晚似乎睡得很好。」

「嗯，我睡過頭了嗎？」

「沒那回事。」

今世王的反應和平常一樣平靜，足弱的心裡鬆了一口氣。他低下頭拿起茶杯溫暖掌心，肩膀就被對方摟住，在足弱轉頭之前，今世王已經在他的頸側烙下一吻。

＊

他們在中午之前啟程。

今世王跟在足弱身旁，握著他一隻手。

一行人不斷地往深處挺進，下坡之後準備過溪。眾人往足弱指的方向走，來到有幾處岩石可踩著過溪的地方。

「這塊石頭的位置剛剛好。」

渡溪就得放開手，今世王抵達小溪對面之後說。

「是我把它放在剛剛好的位置。」

拄著拐杖獨自過溪的足弱小聲說，在場的今世王和灰衣衛們滿臉訝異。所有人都踩著溪裡的石頭順利來到對岸。

「那是哥哥放在那裡的嗎？」

「嗯。雖然要找到合適的石頭還要搬過來很費事，不過放了石頭，走起來比較方便。」

足弱的表情顯然有些自豪。

「你是怎麼搬過來的？」

「綁上繩子用拖的，或是拿粗棍子用滾的。」

「是麼……」

一行人再度來到雜草叢生的區域，一邊割草一邊前進。割草的灰衣衛們先一步走在足弱指示的方向，足弱時不時就提醒眾人「那一帶有大石頭，要小心」「右手邊有樹根隆起，很容易絆倒」「這裡下坡很陡」云云。

士兵們反而帶著喜孜孜的表情，勤奮揮舞鐮刀。

正當他們決定稍微休息一下，草叢裡突然衝出大野豬。今世王撲向正好站在野豬前面的足弱，護衛撲到他們兩人身上，其他士兵拿著武器將他們團團包圍。野豬瞬間轉向，再度衝進森林深處。

「哥哥，你沒事吧？」

「啊、嗯……」

被體重與自己差不多的成年男人撞倒在地，上頭還有其他穿鎧甲的高大男人疊壓上來，老實說，仰頭倒下變肉墊的足弱差點沒氣。

他讓今世王拉他站起，內侍們連忙拍去兩位皇族身上的塵土。足弱發現自己左手的拐杖飛了出去，還來不及擔心，一位年輕內侍已經替他找回來。

重新戴上草帽，足弱接過拐杖，拄著拐杖準備要走，就踩到石子一個踉蹌，正好撞上站在前面、隨侍今世王的年輕——與其說年輕，應該說孩子氣——的內侍小鳥，兩人差點跌成一團。

「皇兄殿下！」

「皇兄殿下！」

在場的內侍們紛紛伸手扶住他們兩人。

「卑職惶恐！」

小鳥漲紅著臉，立刻跪下叩首。

「不是你的錯，是我撞到你。對不住。」

足弱拄著拐杖原地踏了幾步，檢查自己身上有沒有哪裡會痛。

不過是往山裡走，一行人接下來卻也各種小狀況不斷。

搬行李的人踩到落葉滑倒，或有人弄掉了蜂巢，眾人急忙逃走。後來廚房派出幾名、灰衣衛派出幾名擅長射箭的人去打獵，帶回獵物加菜。

原本計畫要走的路因巨木倒下擋住，他們不得不繞路；足弱頭上的草帽被風吹走，去追帽子的士兵摔下草叢遮住的斜坡。

隊伍中陸陸續續有人受傷，但都是輕傷，由隨隊的太醫們治療過後，都能迅速歸隊。

用午膳時，足弱請人替他煎了御前草喝下；雖然還不到痛得受不了的程度，但他覺得快要痛起來了，決定提早喝藥預防。

剛把藥喝光的足弱臉上，感覺到水珠滴下來。

天空瞬間烏雲密佈，轟隆作響。

「快躲到樹下！」

灰衣衛將軍一聲令下，眾人同時散開。

只有跟隨今世王和足弱的內侍們沒有，他們協助兩位皇族在茂密樹下避雨，還搬來桌椅等，在不會立即淋到雨的位置生火，並四處找尋適合搭帳篷的地方，以免雨下得太久。

「雨會下很久嗎？」

「大概會比夏季的雨後雷陣雨久。而且雨停後，踩到落葉很容易滑倒。今天最好先到此為止，不要繼續前進比較安全。而且我想會變冷。」

聽到今世王的問題，足弱回答。眾人決定聽從足弱的意見，確定今天的紮營位置。

嗜好風雅的今世王看到雨中的紅葉森林，似乎起了興致，讓內侍拿來笛子，替他撐傘，一邊吹奏一邊悠哉悠哉地漫步。

原本看著今世王的足弱叫來朝霧，而不是正忙著指揮紮營的青嵐，詳細說明從這裡到目的地的路線。

＊

在沙沙降下的大雨中，在敲打葉片的雨滴之間，響起悠揚笛聲，替淋雨勞動的灰色狼們打氣。

今世王帶著內侍們即興演奏。

大雨在傍晚之前停止，但附近升起霧氣，氣溫也隨之下降。眾人拿淋溼之前收集來的木柴生火。至於晚膳，則是把打來的獵物做成熱騰騰的壯陽滋補湯，搭配一大碗雜糧飯，上頭擺著小菜和滷味，另外還準備了酒。

「勞動完喝酒配熱呼呼的兔肉湯！好溫暖。」

跟隨灰衣衛將軍的副官焰，笑得很開懷。四周有著同樣感想的士兵們，紛紛圍著柴火談天說笑。

「朝霧大人之前來的時候，沒有淋到雨吧？」

「嗯，時間上差不多也是同樣這個季節，不過我來的時候沒遇到下雨。」

「上次來也是走這條路嗎？」

「不，這條路比上次那條好走。雖然必須邊走邊割草，但較方便我們這麼多人上山。我想這是皇兄殿下特別挑選的路線。」

又續了一碗熱湯的青嵐問，吃完飯正在喝酒的朝霧回答。

今世王喝的湯是經過御廚調味；足弱的湯裡則是加入地瓜、蕈菇和年糕。

原本在烤火的兩位皇族用完晚膳後，在內侍的建議下，回到主帳篷裡，避免霧氣弄溼身子。

「哎，陛下的笛聲真好聽……」

喝著酒的焰，像是想起那畫面，閉起雙眼讚嘆。

「在河邊的即興演出也是，這趟旅行似乎更深刻地激起了陛下心中對藝術的愛。」

「可是啊，使那顆心重新跳躍的是皇兄殿下……」

給予今世王重拾樂器力量的人，使他願意作曲的人，喚醒他豐富的心靈，有興致簡單吹個笛子表演的人，不是其他人。

（陛下對皇兄殿下深刻炙熱的情意，一目了然，但皇兄殿下他，只是不擅長表達情感罷了，相較之下也絲毫不遜色……）

朝霧心裡這麼想，回想著足弱重新說明前往小屋的路線時頻頻沉思的模樣，抿了一口酒。

＊

今世王在點著燭光的文案上攤開紙作詩。

內侍們替兩位皇族換上寢衣後，今世王仍沒有打算就寢，於是內侍替他套上鋪棉坎肩，備妥茶水，便退出主帳篷。

睡榻的四周掛著防蚊用的蚊帳，蚊帳裡有人說話。

「雷霰，你不睡嗎？」

「我想晚一點再睡……」

「雷霰……來睡覺。」

又要考驗我能否抵抗誘惑了——今世王痛切地心想。

昨晚他是多麼辛苦才克制住慾望呢？這麼說對於足弱來說或許殘忍，但今世王已無計可施了，如果可以，他很想不顧一切擁抱足弱。

但足弱不僅逃出帳篷，甚至還說要睡在外面，今世王能做的當然就只有用盡所有力氣壓下慾望。

（忍住……忍住啊雷霰。抵達小屋後，哥哥的態度一定也會軟化的。）

應該說，假如足弱不肯軟化，他的理智可能會斷線。

對，只要再忍耐一天。

今世王喝茶潤潤後，吹熄燭火，脫去上衣，掀開蚊帳，步履蹣跚走向折磨他的地獄。

先一步睡下的足弱，掀開被子邀請他進來。

枕頭上方的銀色小箱子看著真礙眼；即使裡面裝滿芳香油瓶，也沒有用武之地。

今世王注意著別越界，以免自掘墳墓，輕吻足弱的雙唇後，便頭靠著枕頭側躺。

他閉上眼睛，感覺著兩人接觸的地方傳來的體溫。

白天時，他從大野豬的蹄下救了足弱，與足弱手牽手度過。在山裡長大的足弱對山裡的情況很熟悉。足弱說得沒錯，不能讓這麼優秀的領路人下不了床。

今世王半點睡意也沒有，微睜的雙眼已經習慣黑暗，連帳篷裡面的物品都看得很清楚。

（等哥哥睡著，我再去找總管陪我喝酒吧。）

今世王這麼想著時，旁邊的足弱突然翻身坐起，背上還披著被子就跨上今世王的身軀。

大概是想去外頭如廁，卻沒辦法按照自己的想法移動吧——今世王心想。

「哥哥，你還好嗎？」

「雷霰……你一直都醒著嗎？」

「嗯。你既然能夠坐起身，我扶你站起來吧？」

今世王翻身仰躺，雙手抓著足弱的腰。

「不是，不用……」

見足弱以雙手推開他，很想多觸碰一下身體也好的今世王感到可惜。足弱仍然跨坐在今世王的腹部上，雙手擺在今世王的頭部兩側，身子往前彎。

「雷、雷霰……」

帳篷裡一片漆黑，他無法清楚看見足弱的表情。

「怎……唔！」

在問完「怎麼了」之前，足弱的雙唇落下，堵住今世王的嘴，伸出軟舌，今世王當然立刻張嘴歡迎吸吮。

足弱的手指解開今世王寢衣的綁繩時，今世王明白這是怎麼回事了。

他苦苦忍住了想要一口氣掀翻足弱、搶回主導地位的衝動，也放緩了吸吮舌頭的力道，反而將自己的舌頭探進對方嘴裡，讓足弱吸吮。足弱的雙手觸碰今世王的臉，撫摸他的頭髮。兩人高挺的鼻子頻頻互相磨蹭。

「啊、哈啊……」

足弱的臉一離開，立刻吸氣又吐氣，稍微觀察了一下今世王的反應，為了掀開綁繩已經解開的寢衣，他抬腰離開今世王的腹部。

今世王的胸膛袒露出來後，足弱仍然跪立著，這次是開始解開自己的寢衣綁繩。他正想從手臂脫掉寢衣，右膝卻失去平衡，足弱連忙以右手撐住睡榻。

儘管有些小插曲，足弱還是脫掉寢衣，赤身裸體的他再度跨上今世王光裸的腹部。肌膚與肌膚接觸，今世王突然感受到一股甜蜜的酥麻。足弱把臉湊過來，依序親吻今世王的下顎到頸側、脖子根部。這是今世王經常對足弱做的事。

足弱趴在今世王身上，啄吻他的肌膚反覆愛撫每個地方，這是足弱第一次主動觸碰。

今世王的太陽穴激昂鼓動，胸前的乳尖碰到溫熱的嘴唇時，今世王忍不住顫抖，手臂上的寒毛豎起。

沒有人能夠光憑親吻、觸摸肌膚，就把今世王逼到這種程度。

不管是跨坐在上的足弱，或是躺在底下的今世王，都很清楚彼此的慾望高漲。雙方的體溫逐漸升高，額頭流下汗水。

右膝再度失去平衡，足弱差點順勢跌落。今世王身手從下方支撐他的腰。手支著睡榻的足弱大口喘息。

今世王心想，差不多快到極限了。

自己的慾望也是，不過採跪姿的足弱看來撐不下去了。

一方面也是這樣，所以他過去不曾讓足弱跨坐在自己的腹部扭腰擺臀，恣意妄為。如果讓足弱這樣做，他知道足弱的右膝跪不住，就算幫忙支撐他繼續下去，不難想像完事後足弱會很痛。

雖然不曾以這種姿勢激烈上下律動，但今世王很清楚他的膝蓋無法支撐體重。

在開口之前，足弱伸長身子，把胸部以下緊實平坦的腹部暴露在今世王眼前，朝銀色小箱子伸手，打開盒蓋，抓住瓶子。

足弱將身體疊在寢衣仍掛在雙臂的今世王身上，兩人泛著薄汗的肌膚像吸住般緊密貼合。這種舒服的感覺，使今世王忍不住吐出一口氣，陶醉其中。

對方的一隻手臂繞上今世王的脖子，臉頰貼近他的臉和脖子之間。緊密貼合的兩具軀體，提醒彼此對方有多麼激昂。今世王吐出熱氣。

口腔裡頻頻湧上唾液，難以自抑。他吞了吞口水，掌心裡多了個東西。

「這個……幫我用。」

足弱悄聲說，音量幾乎完全影響不了夜裡的空氣，但今世王的心臟卻重重跳動。

足弱以雙臂抱住今世王的脖子。

緊握手中的瓶子，今世王以雙手將足弱的背摟近，霍然交換了姿勢。

他彎起足弱仰躺的雙腿，捧高他的臀部，背部離開睡榻，以腹部支撐他的姿勢，彈開瓶蓋，把芳香油朝手指掰開的穴口倒入。

「啊、啊……」

溢出的芳香油從腹部流過胸口越過肩膀，縱貫足弱的身子。今世王插入的手指連指根都被吞入穴內。琥珀色的芳香油發出噗滋的聲響。

足弱雙手握拳在臉上交錯，呼呼喘著氣。連一次都還沒被舔過的胸膛上下起伏。

今世王從緊縮的菊穴拔出手指。

「啊啊！」

足弱揚聲一叫，今世王放下捧高的腰桿改成側躺的姿勢，從箱子裡拿出更多瓶芳香油，盤腿把那些瓶子扔在一旁，抓住足弱的腰，伸直他的雙腿，把足弱的臀部拉到他的大腿上。

他拉住足弱的一條腿，從腿根處打開，掀開他的臀肉補充芳香油。

「雷、雷霰……」

趴著的足弱發出痛苦的聲音，但今世王也很痛苦。呼吸轉淺，汗水噴發，還得注意埋入肉穴的手指不能粗魯亂捅。

「哥、哥，從後面、好？還是從正面、好？你希望、我怎麼做、我會照辦……」

吞入三根手指之後，今世王在足弱的耳邊低語。足弱只是搖頭。

今世王拔出手指，抓住他的肩膀把他拉起來，在黑暗中看著足弱的臉，又問了一次同樣問題。

足弱半睜開眼睛，睫毛被汗水濡溼，臉頰泛著紅潮。

「哥哥……」

「哪……哪邊都、可、以……」

「是麼……哪邊好呢……」

今世王對著耳畔問話，同時以沾滿芳香油的手指由下往上撫摸玩弄足弱的腹部到胸口，接著由上往下，進入黑色密林，以手指套弄硬挺的根部。足弱晃著腰，把手伸過來，今世王卻不讓他碰到。

「唔……啊啊……快、點……」

今世王想要看到自己深深插入時足弱的表情，因此把他的身體轉為仰躺，推高他的雙腿。

「啊、啊、啊、啊啊啊啊！」

一開始他還想要慢慢進入，到後來耐性就用盡了。

結果一行人連一步都沒有前進，繼續在同樣地點再住一晚。

足弱睡在主帳篷裡，今世王在外面散步了一會兒，又立刻回去帳篷顧著足弱。但是他也知道足弱八成還沒醒來。

入山第一晚逃出帳篷拒絕行房的舉動，看來似乎也隱隱折磨著足弱，所以足弱主動求歡，今世王上鉤，昨天夜裡從正面交合完後，就失去理智持續做了好幾回。

今世王抱起足弱的雙腿；其實他希望足弱的雙腳腳踝在他的腰後交纏屈起，但足弱的腳無法維持這個姿勢。

今世王讓他試了一次，腳很快就鬆開，於是足弱拚命重複這個動作。今世王連忙制止，對表情無助的足弱道歉、安慰；他很清楚無法強求。

行房時雖然有很多做不到的，但這不影響足弱在今世王心目中的美好，今世王甚至愈來愈愛他。

昨夜也是，無止盡高漲的憐愛與慾望，使今世王遲遲不讓足弱睡；累積了太久的他猶如餓虎撲羊。

最後他終於還是喚內侍們進來。

替他擦拭沾滿芳香油和精液的身體、以熱水清理穴內時，足弱仍然沒有意識；勾引同父異母弟弟的下場就是被脔到暈過去。弄髒的睡榻已全部拿掉換新，讓換好白色寢衣的足弱睡下。今世王想餵他喝水喝藥，但無論對他做什麼，他都沒有醒來。

今世王只好放棄，把自己也打理乾淨後，穿著寢衣躺在足弱身邊睡去。

睡飽起床時，已經接近正午。又是個萬里無雲的大晴天，紅葉染上難以置信的深紅，放眼望去豔紅一片。廚子們還因為發現十分珍貴的黃金菇而騷動。

那些黃金菇成了午膳的材料。品嚐到它香氣十足的風味，所有人都顯得很開心，唯獨與今世王共同帶來奇蹟的另一位仍在沉睡，沒有機會吃到。

今世王原本打算等足弱醒來再一起吃菇，但又想到自己如果這樣做，其他人也會跟著，所以他確定足弱也有一份後就先開動。

足弱直到那天日落之後才醒來，嚷著肚子好餓。

喝完黃金菇湯，他差點再度睡去，今世王和內侍們合力把他弄醒，將切成小片的水果塞進他嘴裡，又讓他喝下御前草湯藥。

喝完湯藥被嗆到的足弱，再度陷入沉睡。除了肚子好餓之外，他沒說半句話；他在睡覺期間也有人替他淨臉剃鬍清理。今世王輕撫足弱乾淨的臉頰。

放了一片深紅色的漂亮葉子在足弱枕邊，今世王命人備酒，望著足弱的睡臉獨飲。

*

一行人第二天在接近正午時啟程。為首的是朝霧，他領著眾人走足弱事前告訴他的路線。

足弱則由今世王背著。內侍們用細繩將兩人的身子綁在一起。黎明自告奮勇說他來背，但今世王拒絕，而足弱也同意讓今世王背他。

在今世王背上的足弱頻頻打盹兒，到了正午休息時，在背上睡著的他被叫醒。

「你們採到很多香菇吧？但我不記得這座山裡有那麼多香菇……」

吃著再次出現在午膳中的黃金菇，足弱偏著頭滿臉不解。

「這個又叫做香菇嗎？」

星問，足弱搖頭。

「我是看了書才知道它叫黃金菇，過去我和老頭子都稱它為香菇，只是這樣而已。這種菇不管是烤或燜或切碎用陶壺煮，都會散發香氣而且很好吃。」

足弱吃下眼前剛烤好的熱騰騰黃金菇。

用完午膳後，足弱完全清醒過來，力氣也恢復了，於是他不再需要人背，改為倚著今世王的肩膀走，後來變成可以只牽手就好。

「雷霰，我要去前面。」

「好。」

放開交握的手，足弱拄著拐杖加快腳步，今世王也跟在他身後。走在前面的人讓路給他們兩位通過，不一會兒他們就來到朝霧身邊。

一看到皇族們，朝霧露出白牙。

「您們來啦。」

「謝謝你帶路。」

「這是皇兄殿下您告訴卑職的方向嗎？」

「是的。」

前面有十名士兵負責割草，接著是朝霧，再來是足弱和今世王，兩人的背後跟著黎明、青嵐，以及護衛們和內侍們，再後面就是廚務、浴殿、梳頭、工作隊、搬行李等的隨從們延伸出來的隊伍。

前方的地面裂開大洞，大洞上架著倒下的樹幹當橋。

「走過這裡之後，再往前直走就是我家了。」

足弱對今世王說明。

「哥哥，你以前也走這個木橋嗎？」

當橋的樹幹不是很粗，只比中指和拇指張開的寬度再寬一點而已；而且上頭長滿青苔，有些地方甚至裂開了。

「對，就像這樣側著走。」

足弱以雙手拿著拐杖側著走，示範過橋的訣竅。他說跨大步走約八步就能走到。今世王蹙起眉頭。

「別擔心，雷霰，我會牽著你的手帶你過去。」

以為今世王是害怕了，足弱這麼說。今世王愉快微笑著，叫來灰衣衛將軍。

沒戴斗笠的青嵐單膝跪地行禮。他一進山裡就解開粗髮辮，在脖子後側紮成馬尾。

「搭橋。」

「是！」

足弱被今世王拉著手，與內侍們一起退到後方，讓出空間。

在足弱還傻愣著沒回過神來時，工作隊已經砍倒樹木，削去樹枝，打樁綁繩，造出一座有扶手，而且寬度和強度都能容許馬車通過的木橋。雷氏王朝的軍隊不僅武力所向披靡，作戰時的工務技能也是南原第一。

完成後，割草隊的十人、工作隊和朝霧率先過橋。

足弱姑且照著自己承諾的，牽著今世王的手過橋，但站在橋上根本穩得很，頂多能從縫隙看到下方的大洞，還沒有反應過來已經走到對岸。

原來的舊橋從小就是足弱的心頭大患，沒想到竟這麼容易就被擺平，他不禁懷疑自己過去度橋時吃盡苦頭的意義何在，他的心裡無法釋然，但看到其他人跟在自己身後陸續過橋來，又覺得還是新橋比較安全。

足弱不自覺變得寡言，跟著領頭的人往前走。

離開超過一年，他仍然記得樹木的形狀、葉子的顏色、氣味，一切的一切。

足弱不由自主加快腳步，跑向平地。

已經可以看到瀕臨腐朽坍塌的小屋。

第二十三章　我家

這裡是位在山腰處的平地，經過某些程度的開墾，所以小屋前方的樹木稀少，能夠俯瞰底下的樹海。

眼前高山聳立，屋後也是群山連綿，放眼望去楓紅遍野。

「真美。」

綠園殿總管忍不住讚嘆。

今世王也點頭同意。

望著這片值得一看的美景，辛苦爬上來也有價值了。

這塊能夠眺望美景的位置正好是懸崖，高度不是太高，下方可看到小溪。足弱似乎就是靠著那條小溪的溪水過活。

清洗餐具，清洗身體，汲水灌溉田地，不過抓魚聽說是去另外一條溪流。

這棟小屋比足弱在綠園殿蓋的那棟更小。怪不得足弱之前說過綠園殿那棟小屋是大房子，如果原始的小屋是這樣，那麼御花園的小屋就堪稱是豪宅了。

在皇宮裡出生長大的今世王很難想像足弱和老頭子兩個人怎麼生活在這間小屋裡。這間屋子小到，高大的黎明在屋裡躺成大字型，手腳就碰到牆壁了。

「皇兄殿下似乎真的很感到開心呢。這真的是最適合慶祝訂親的禮物了。」

「朕也這麼覺得。」

抵達小屋的足弱臉上瞬間綻放光芒，大聲喊著：「這裡！就是這裡！」接著他打開小屋的門，查看田地，從小屋裡拿出鐮刀準備割草，卻突然發現鐮刀變鈍，因而打算動手磨刀。其他人喊他喝杯茶休息一下，他聽不進耳裡；工人們上前主動說要替他重新打磨小屋的農耕和木工工具、嚴重磨損的菜刀等刀具，足弱立刻露出感激不盡的表情。

士兵們不甘心輸給工人們，主動說要幫忙田裡除草。足弱尷尬點頭應允，並告訴他們哪邊到哪邊是田地的範圍、希望他們怎麼處理。在這段期間，足弱把小屋內的物品拿到屋外曬太陽，內侍們連忙站出來幫忙。但當他們看到那些物品有多破爛，一時間全都說不出話，頻頻停下手上動作。

「皇兄殿下，這個稻草可以撿起來嗎？」

「那是草蓆。哎呀，果然受潮了。」

「都發臭了。」

「可是我都是睡在那上面……總之幫我拿去外面曬。」

足弱毫不遲疑地說出可怕的話並給予指示，半信半疑的星只好把四分五裂的草蓆——比較像是一堆稻草——擺在日照良好的地方。

「皇兄殿下，卑職只看到茶壺、陶鍋、木碗，其他餐具收在哪裡呢？」

「只有那些。」

「什麼？」

「沒有其他餐具。想要其他碗盤時，就拿桃御子的葉子代替，或是用木頭削一個。」

足弱伸手準備接過溫抱來的鍋碗。

「那些我拿去洗，給我吧。」

「啊，交給卑職去辦。」

「那你幫我檢查看看會不會漏水。茶壺只是注水口缺角而已，陶鍋我想應該也還能用。」

「是。」

足弱交代完，便告訴他小溪的位置。

接著命拉出一只箱籠，看到裝在裡頭的破衣服，伸手拿起。

「可能有點味道，泡水洗一遍再曬乾，我想應該就可以去味。」

「直接扔進火裡，應該可以燒得很旺。」

「咦？」

「咦？」

命看到足弱錯愕的表情，臉逐漸僵硬。

「皇、皇兄殿下……莫非……」

「這還可以穿啊。我拿去洗一洗。」

「殿下！」

足弱一手抱著破衣，一手拄著拐杖，從懸崖側邊鋪上木板、挖掉土壤打造成的階梯下去小溪。

溫已經先到了，正蹲在溪邊雙手捧高陶鍋。足弱坐在他旁邊那塊以前常坐的石頭上，放下拐杖，嘩啦嘩啦開始洗起衣服。

「皇兄殿下，是卑職的錯，請交給卑職洗吧。」

追過來的命跪在滿是小石子和雜草的地上低頭鞠躬。

「不用，這很簡單，只是要像這樣把衣服泡泡水，再擰乾掛到樹上曬而已……」

「那麼就請讓卑職來做。」

足弱從溪裡舉起雙手。溫一看到那件又黑又髒的破衣服，眼珠子差點掉出來。

「那……你擰乾之後，小屋旁邊有一棵樹枝較矮的樹，你幫我掛在那裡晾乾。」

「是。」

足弱就把衣服交給命。

灰色狼們原本打算在小屋旁邊紮營，足弱卻對此表示不滿。

他說那一帶是田地，還有其他工作要用到等等，叫他們改去其他地方紮營。

於是他們選了另外一處，打算砍倒那些礙事的樹木，足弱又過來說，那裡的樹經常結果實，不准他們動樹。

到最後，他們被允許紮營的地點，挪到大洞木橋的附近，甚至因為橋這邊的空間不夠大，還必須分一半人到橋的另一頭去紮營。

太陽下山後，足弱也只得停下小屋和田地的工作，在內侍們的催促下回到帳篷，洗浴更衣，與今世王共進晚膳，上床睡覺。

第二天早上，今世王因為鳥叫聲醒來時，足弱已經不在身邊。

「陛下早。」

「哥哥呢？」

「皇兄殿下天一亮就醒來去耕田了。」

「這樣啊。」

今世王心想，回到故鄉，發現山間小屋四周的田地全都乾枯，對於在這裡長大的足弱來說，是不忍卒睹的景象吧。

但是割草、搬走石塊整地這些他可以理解，為什麼要耕田呢？

（要種東西嗎？）

不會吧。足弱會跟大家一起回京城，為什麼非要在這裡種作物不可？

今世王帶著一股不好的預感，起身讓內侍們服侍，穿上寬鬆的長袖皇族衣袍。用完早膳後，他帶著手舉遮陽羽扇的內侍和黎明，雙手背在身後，朝小屋走去。

小屋很小，只有木板搭乘的三角形屋頂，長著青苔，雜草叢生。牆上沒有窗，前面的拉門很明顯都壞了。

今世王再次看向門戶敞開的小屋內部，光是看著都覺得心頭一堵，喘不過氣來，雙眼也逐漸溼潤。

石塊砌成的石灶正生著火，擺著水壺。白色蒸氣從沒蓋子的容器和缺角的注水口冒出來。陽光灑落在屋內的沙土地上，證明屋頂有縫隙。這些情況他之前都曾經聽說過，如今親眼目睹，卻對實際情況如此克難感到難以置信。

就算是村子裡的老洪夫婦，也是住在有稻草屋頂和鋪木地板的房子裡，丈夫抽菸管、喝茶，妻子身材豐腴，兩人的肚子看來都沒有餓到。在豐饒的雷氏王朝領土上，即使像這樣的邊陲地帶，百姓們也可以過著老洪他們那樣的生活。

然而，建立這個王朝的族人末裔，卻在這個處處破洞的窄屋裡生活，睡在沙地上，用茶壺和菜刀、陶鍋和一只木碗做菜吃。

今世王忍不住想笑。

天空清澄遼闊，氣溫微涼但陽光溫暖。四周有紅色、黃色、朱紅色的葉子環繞；鳴鳥振翅飛遠，林木隨著輕風沙沙搖曳。

有的只有大自然。

再來就什麼也，什麼也沒有。

「雷霰，你起床了。」

「哥哥早……」

轉過身的今世王瞬間說不出話來。

足弱穿著今世王第二次在綠園殿的白石苑囿見到他時的那身破衣服。腳上是新的草鞋，頭戴草帽，左手拿著樹枝大概是用來代替拐杖。腰上纏著稻草編成的繩子，插著一把小刀。

「怎麼回事？為什麼是這身打扮？還有拐杖——」

「我怕工作會弄髒，再說這是我的衣服……拐杖也是，如果撞到樹或石頭會弄壞。」

「用不著擔心弄髒弄壞。你上山穿的那套衣服不是也很方便行動嗎？沒必要穿成這樣……你們這些內侍到底在搞什麼！」

今世王斥責跟在足弱身後的內侍們。內侍們當場跪地，額頭貼在沙土上。

「卑職失職。」

足弱連忙插嘴說：

「雷霰、雷霰、別怪他們，是我要穿這樣的。」

「不可以，哥哥，快去把衣服換下來。」

「我穿什麼又有什麼關係呢。」

「哥哥，可是那樣未免太……」

今世王伸出手想抓住他的手腕，足弱卻快動作退開，轉身跑向田裡去。

「都是卑職的錯。」

命再次低頭行禮。

「無妨……朕明白的，肯定是哥哥堅持吧……」

儘管如此，他還是希望足弱別穿上比那身破布更慘不忍睹的衣服。

＊

今世王拿不定主意。

他與綠園殿總管談過，也問過灰衣衛將軍和哥哥的內侍長意見。

然而今世王仍舊猶豫不決。

足弱很顯然恢復了田地和小屋四周森林的榮景，能夠從那些地方採收食材。雖然士兵們和內侍們的幫忙，但他總是率先行動，而且動機明確。

不久之後，他開始用小屋的石灶燒水，跟廚子們分些茶葉來自己泡茶；也會拿分到的野菜，加上自己去森林採回的蕈菇，切碎後用陶鍋煮來吃。

剛開始送來廚子準備的膳食和水果，他還會吃，但漸漸地，他吃的量愈來愈少，看得出來他打算只吃自己煮的或採集來的食物。為了避免足弱餓肚子，廚子們把帶來的食材分給沒有材料庫存的足弱。

足弱收集落葉烤熟廚子送來的地瓜，或開始勤快地去森林採集樹木果實。

他一進森林，士兵們也會跟上。看到足弱拿前端分叉的長樹枝弄下樹上的朱紅色果實，士兵們也爬到樹上摘採或撿拾掉在草地上的同樣的果實。

朝霧跟著那群人，一臉不解地環顧四周。

「我記得去年來的時候，森林裡沒有這麼多果實啊……」

喃喃說完後，他也加入找蕈菇的行列。

今世王一整天都坐在內侍們替他準備的椅子上看著足弱。

在此停留的日子，一天又一天不斷地延長。

「哥哥，我們差不多該回京了吧？」

到了第十天時，今世王這樣提議過，足弱卻沒有回答。

如果方法用盡，足弱還是不肯走，今世王當然可以強行把人帶下山，塞進馬車裡返回京城，但他不想這麼做。

（哥哥說過會回去……）

今世王問足弱，想要什麼慶祝訂親的禮物時，足弱說想回山上，又說會回京城。所以，今世王希望足弱主動對自己說——我們回鑭城、回綠園殿、回到兩人的家。

或者是，足弱想要留在這裡也可以；如果是這樣，今世王也要在這裡一起生活。他早已打定主意，不管要他遷都或退位都行。

然而足弱什麼也不說。什麼也不說，也不在主帳篷裡過夜，簡直像在說，他準備好往後要獨自生活在小屋了。今世王甚至覺得那或許就是足弱給的答案。

倘若真是如此，今世王絕對不承認，到時候就只得採取強硬手段，強行帶足弱回京了。包圍捆綁，他恐怕會逃進山裡，但要餵現在的足弱喝下安眠湯藥也很困難。

——乾脆與他狠狠交合一番，讓他連續睡上幾天好了。

這麼一來，等足弱能夠活動時，他們已經下山。只要離開小屋，想必足弱也會恢復正常吧。

今世王一邊在想或許不應該這麼做，另一方面又想抱住足弱漸行漸遠的身體，更想把他的心找回來。

可是那個已然展開的生活，就是足弱一路走來的寫照；今世王不忍看卻又忍不住想看。

如果可以的話，他不希望採取強制手段。足弱勢必會堅定拒絕。一想到必須使他屈服，今世王就覺得想吐。

上次的場景歷歷在目——看到被帶進宮裡的足弱，雖說今世王那個時候是渴望血親渴望到失去理智，但他也不應該強行貫穿撕裂足弱尚不曉事的身體。

（絕對不能再發生第二次——）

這種話連今世王自己都不敢保證。

此時有人端了一個呈盤到他面前，呈盤上放著一碗湯。

「這是皇兄殿下要給陛下的。」

足弱儘管沒有回答今世王問的返京問題，但他們會聊上幾句，所以他不可能忘記今世王的存在。有時足弱也會像這樣，透過內侍送來自己做的食物，多半都是午膳。

這份特地分給今世王的湯，裝在宮裡帶來的碗裡；因為小屋裡只有一個碗。

「哦哦……是白蘿蔔。」

上次，還有上上次也是白蘿蔔。有時是用鹽巴調味，有時是加切碎的香料藥草。

可是一想到這是足弱特地分給自己的，今世王的嘴角就揚起笑容，每次都吃得精光。

用完膳後，今世王派內侍去準備，自己則前往小屋找足弱，只要走幾步就到了。

「哥哥，謝謝你的湯，白蘿蔔很甜呢。」

「對啊，那是很好的白蘿蔔。」

足弱開始改睡在小屋那日，內侍們要替他鋪上睡榻，足弱卻拒絕，因而引發一場大戰。

足弱在沙地鋪上曬乾的草蓆殘骸，準備睡在那裡，內侍們死命阻止，心想既然足弱拒絕了睡榻，他們於是改拿毛皮進來。那是棲息在北部、最頂級的白老虎毛皮。足弱戰戰兢兢拿起毛皮摸了摸之後說：「拿去給雷霰蓋就好。」就把小屋的門給關上。

可是內侍們堅持不退讓。

那扇門原本就只用一根棍子撐著，所以內侍們簡簡單單就打開了。他們帶著毛皮，點著燭光潛入，把毛皮蓋在穿著破衣蜷曲在沙土地上的足弱身上，並且威脅說，如果足弱不肯蓋著毛皮睡覺，他們也要單穿一件薄衣睡在沙地上。

「我在這裡生活時，又沒有蓋過毛皮睡覺……」

足弱這樣說，顯得很不情願，但是一見到內侍們一個接著一個準備睡在小屋前面，他就屈服了。

今世王看到那張白虎毛皮現在正疊起放在小屋中央。

「我準備了回禮。要不要一起喝茶？」

「我剛吃完午膳，肚子……」

足弱把洗好的砧板和陶鍋斜靠著牆壁瀝乾，話還沒說完，今世王已經握住他的手走出小屋。走到能夠一眼望盡樹木與山巒的崖邊。

那隻手也變得像剛來宮裡時一樣粗糙。

耕田、採集、做菜、洗衣、打掃，全部自己一個人來，連支像樣的掃帚都沒有的足弱，拿著有葉子的樹枝掃地。反應機靈的內侍發現後，從小道具中找出短柄掃帚呈上，足弱卻不肯用。

足弱漸漸開始拒絕灰色狼們的協助與要求。

早上起床後，即使內侍們準備了熱水，他也會下到小溪去洗臉，也會拒絕剃鬍、剪指甲、剪髮。白日工作流了一身汗，他就去溪裡泡泡水，唯一一套衣服洗好後晾起，在曬乾之前都在小屋裡裹著毛皮。

這種狀態下，足弱一天比一天更邋遢，打算要變成誰都認不出來的野人。

兩張椅子和桌子擺放在山崖上景色最優美的位置。

這裡能夠眺望到遠處染滿秋色、美到驚心動魄的景緻，視野絕佳。在椅子坐下的足弱，以幾天沒剪變長的頭髮，以及滿臉鬍渣的側臉對著今世王，他的黑眸始終注視著紅葉。

「哥哥留鬍子看起來也不錯呢。」

「是、是麼……」

看到足弱以手指摸了摸自己的臉，今世王微笑。

足弱漸漸拒絕許多事情，彷彿要退出外面的世界，但他似乎很掛心今世王，時不時會分他午膳，也會收下今世王帶給他的水果和甜點。而且也會像這樣，兩人各坐在一張椅子上喝茶。

儘管如此，今世王多次要求他回帳篷，他都不回去，也拒絕使用內侍準備的熱水。

「哥哥，田裡的工作想必讓你的右腳很痛吧，你有記得喝御前草嗎？」

「嗯，有。」

田裡當然也種著御前草。之前的還殘留著幾株，足弱從殘留的植株上取得種子，播種照顧了幾天就發芽，而且迅速增長，完全就是只對主人效忠的藥草。但也多虧如此，他可以不用擔心腳痛的問題。

「已經是深秋了，冬風也漸起。」

花茶裡加了蜂蜜。那是足弱在宮裡時最喜歡的茶飲。

桌上的白盤子裡擺著用樹木果實製作、足弱在旅途中甚至喜歡到藏在懷裡的甜點。

足弱捧著茶杯溫暖雙手，很少開口，也沒有動那些點心，只喝茶，而且每次喝茶的量也在逐漸遞減。

抵達小屋那時，足弱看起來充滿活力又很開心，可自從他不回帳篷也拒絕幫忙之後，即使一整天都在勞動，看起來卻有些倦怠。這麼一來不只是內侍們，連朝霧和青嵐也主動說要幫忙，卻屢屢遭到回絕。

雖然還沒有到難看的程度，但足弱變長的黑髮裡能夠看到一兩根白髮；眼睛下方和嘴角的皺紋也變深變長，肌膚也看起來乾巴巴。摸到的手指節變大，粗糙乾燥。天氣分明變冷了，他現在卻仍踩著草鞋，穿著單薄的衣服。

（哥哥，你打算在這裡過冬嗎？）

今世王很想這麼問。

這對於離開這裡許久，也沒有做好過冬準備的足弱來說，會是一場硬仗。既然這樣，就讓他們幫忙不就好了，但足弱卻拒絕所有援助。

（雪……等到降下初雪……）

那是今世王的底限。

到時候就算再怎麼被討厭，他也要強行把足弱抱下山。在那之前，就算發生任何情況，他都會忍耐。

等足弱暈過去睡著後，就放到熱水裡進行所有處置，然後再也不讓足弱回到山裡。否則再這樣下去，足弱會被那座山奪走。

＊

半夜裡吹起了強風。

（好冷……）

若是沒有毛皮的話，待在小屋裡也會冷到很難受。

閒置已久的小屋雖然經過整理，但小屋的結構本來就是歪的，所以無論如何都會有風從縫隙灌進來。但還是比下雨好多了。一旦下雨，屋頂就會漏水，地面也會弄溼，使得他沒有地方可躺。

老頭子還活著時，每次遇到風雨加劇，他們就會躲到森林深處的岩縫去避難。

前幾天下雨的那天傍晚，他點燃枯枝的前端照亮腳下，抱著毛皮前往岩縫，結果身後跟來長長的一列隊伍。

那個岩縫沒有洞窟那麼大，只夠容納足弱和老人，以及隨身物品。

所以足弱勸那些跟來的人說：

「這裡無法容下你們所有人。」

今世王在確認過足弱在什麼樣的地方休息後就返回帳篷，交由士兵們站崗守著岩縫，回到紮營的地方，他仍燃起篝火，撐著傘，站在能看到岩縫的位置。站崗的士兵之中有眺望和篝火的身影。篝火舉著火炬。

今世王突然想笑，表情卻很僵硬，彷彿忘了要怎麼笑。

穿上破衣，留長頭髮和鬍子，耕地採集，足弱正在逐漸回到他熟悉的世界。

足弱說他的願望是「想要回到山裡去」時，沒有想過會變成現在這種情況，但抵達小屋後，他的腦子裡就只剩下這件事了——

變回以前的樣子。

回到過去的生活。

那樣才適合自己。

他每天做著為了有飯吃，非做不可的事情。抬頭挺胸，心甘情願地勞動。在閒暇時，享受大自然，練字，複習背起來的文章。

夜裡，遠處傳來瑟的樂聲，這是足弱來到這裡之後，第一次感到無助難受。

他想要從毛皮竄出，在夜路上奔跑，衝向那個溫暖的大帳篷裡，叫人替他拿來笛子也罷、琵琶也好，和那個人一起演奏。

自己學了樂器，會演奏。

這帶給足弱無比深刻的喜悅，也感覺到無法靠近音樂的自己有多寂寥。他的腦海中浮現今世王坐在瑟後方屈起一條腿坐著，張開雙臂後，白皙手指迅速在瑟上飛舞的模樣。金髮落在雪白臉頰上，有時會搖頭甩開頭髮。

雷霰。

雷氏王朝最後的君主。

唯一剩下的皇族之中的皇族。

囊括所有皇族的條件，他是英明的今世王，也是嗜好風雅的雅士。

足弱很想笑。

（他說他是我的未婚夫……）

此刻待在故鄉深山這個他應該待的地方，他更加明白那句話有多麼愚蠢可笑。

這個國家至尊無上的天人，與自己這個在邊境苟且偷生的野人，要怎麼一起生活下去？

——哥哥，我愛你、我愛你。

抵達小屋的兩天前，今世王抱著足弱說了好幾次這句話。他以雙手弄亂足弱的黑短髮，焦急地親吻頸側和臉頰，在耳邊低語。

吞入體內的陽物愈來愈粗大，足弱一想起自己主動採取的行動時湧上的退縮與羞恥，也被熱度融化，只剩下一片空白。

強風灌進了縫隙，足弱在黑暗中躺在冰冷的沙地上，用毛皮牢牢捲起身子。

他想念溫暖，但他不可以這麼做，因為過去沒有那些。儘管如此他還是……十分想念。

或許是因為冷到睡不著的緣故，即使太陽升起一會兒了，足弱仍然起不來。

「皇兄殿下……失禮了。」

足弱一聽聲音就知道是命。門打開，陽光曬進來。足弱裹在毛皮裡，微微睜開眼。

「您身體不適嗎？」

「沒……只是想睡、而已。」

「是麼。您好像還沒有用早膳，卑職替您準備了，如果您願意可以慢慢享用。」

門開著一條縫，足弱看到陽光下朱紅色的膳案上，擺著冒著熱氣的羹湯，以及烤得焦黃的飯糰。

他沒有聽從內心說要拒絕的聲音，等他回過神來，已經喝著熱湯，大口咬下飯糰。暖意放鬆了他的身體。即使沾了滿嘴、灑出湯汁，他也不在意，只顧著咀嚼。吃完後，他再度鑽進毛皮裡。

「哥哥，你還好嗎？」

「什麼？」

聽到這聲問話，足弱睜開眼睛，就看到在屋頂縫隙斜斜灑落的陽光中，金髮閃耀的今世王雙手按著膝蓋，彎腰湊近看向在睡覺的足弱。

「是不是累積的疲勞爆發了？最近這二十幾天，你一直都在埋首工作。」

「我、只是、想睡覺而已……」

足弱以手肘撐起上半身，毛皮仍披在肩膀上，背靠著牆壁坐起。

今世王也直起身子，朝小屋外頭伸出一隻手，接過白布，用來擦拭足弱的臉。

泡過熱水擰乾的溼布用來擦臉真的很舒服。足弱的雙手收在白虎毛皮底下，閉上雙眼接受今世王的服務。

他一睜開眼就看到變黑的溼布消失在門外。

今世王的白皙大手伸向他的額頭。

「似乎沒有發熱。有沒有覺得渾身無力？卷雲在外頭等著，我讓他進來瞧瞧，可好？」

足弱搖頭。

「食慾看來還是有……」

「我昨晚沒睡好，只是想睡覺而已……」

足弱有氣無力地回答，頭也往後靠著牆板，凝視著面前的今世王。

今世王正以側臉對著他，準備接下門口那兒的人遞給他的東西。

陽光下的金髮閃爍刺眼的白色光芒。背光時，雙眸是深藍色，向光時則是鮮藍色。

高挺的鼻子在臉上落下影子，給人好印象的雙唇紅潤飽滿。

這張臉上色彩豐富，卻完美協調；五官輪廓也精緻到奪人目光。

「你、真美……」

在今世王聽到這句小聲的感想，愣了一下轉過頭來之前，足弱還沒有意識到自己說出口了。

「哥哥……」

對方的臉靠近，足弱卻無處可退。在他把臉轉開之前，嘴唇已經被封緘、吸吮，對方的雙臂瞬間環上來，緊緊摟住毛皮和底下的足弱。

交疊的雙唇帶來難以形容的情潮，逐漸在體內擴散。柔軟的、溫暖的、舒服的。自己的身體貪婪地想要從每個彼此接觸的地方獲得快感。

懷中的身體一陣又一陣顫慄，今世王的臉磨蹭著足弱滿是粗糙鬍渣的臉，伸出舌頭舔舐口腔的深處。

「咕……嗯唔……」

足弱發出聲音，也不曉得是痛苦還是舒服，身體逐漸升溫，感覺到自己的分身漸漸勃起。他很想就這樣委身於對方。

儘管如此，在他注意到對方打算抱起自己裹著毛皮的身體時，他伸出手，抬腳踹向小屋的牆壁，震落灰塵，在對方的懷抱中掙扎。

「我不去……我不去帳篷！」

「哥哥，去帳篷裡休息吧，休息夠了再回來小屋也可以。」

「不去！我、不去……！」

「好好好。那麼，你至少午膳要吃我們準備的東西，好嗎？」

今世王沒有強迫，把足弱放回地上。

他白皙的臉龐微微泛紅，似乎不是情慾的關係，而是摩擦足弱的鬍渣弄出來的。注意到這點，足弱從毛皮下伸出手，以手指摩挲他的臉。

「雷、雷霰……」

今世王把自己的白手疊在足弱伸過來觸摸自己的手背上，貼著自己的臉頰閉上雙眼。濃密纖長的金色睫毛在白淨的臉上落下影子。

「你、可以……偶爾、來、看我……」

這是足弱由衷的願望。

今世王的眼睛微睜。

「你、回去京城，然後……可以、偶爾、來、看看、我……」

這樣子的話，未來他就能夠在這裡，忍受像以前那樣寂寥的生活。

就算沒有笛子也沒有琵琶，沒有那疊他珍藏的、今世王臥病時送來的信，他也能夠忍受。

「你要我、一個人、回去？」

「我、要是、不在、這裡……」

「為什麼？哥哥如果要留在這裡，我也要留下。若是要過冬，我們可以開始準備。」

今世王睜開雙眼，藍眼睛朝下緊盯著足弱。

「雷霰……」

足弱悄悄看了看左右。陽光從屋頂的縫隙射下來，把空無一物的狹窄小屋照得一清二楚。於是他挺直背脊，嘴巴湊近今世王的耳邊說：

「你、你最好不要待在、這裡……快點逃走。」

今世王迎面抓住足弱的雙肩，神色嚴肅地注視著他。

「這話是什麼意思？」

「老頭子在這座山裡監視著，他毫無理由就是討厭皇族……不對，幾乎算是痛恨，所以——」

「哥哥，死去的人要怎麼監視我們呢？」

「他在看著……因為我把他的墳墓安置在那邊。」

＊

內侍們送來的午膳，今世王堅持讓足弱吃下，吃完後，他再度問起關於老頭子的墓。據說方倪的墓就位在眼前那座、從小屋前側山崖即可望見的高山山腰處。足弱覺得那個位置最適合喜愛紅葉的老頭子眺望美景，因此選在那裡。

不曉得為什麼，足弱認為老頭子正在從那處望著小屋這裡，試圖加害可恨的皇族人今世王。

「或許因為這裡是他與老頭子擁有深刻回憶的場所吧。他受到老頭子的思想囚禁，在那種思想與對陛下的愛之間拉扯，才會再度陷入痛苦。」

與今世王在樹下站著躲陽光的綠園殿總管這樣推測。

之前在宮裡與今世王行房後，足弱曾經無法原諒脫離倫理道德常軌的自己，而試圖從宮門離開，但後來他還是為了今世王而屈服留下。

今世王與總管的視線前方，是足弱吃下摻有少量安眠湯藥的午膳後，正在休息的小屋。或許是內心的痛苦使得他精疲力竭吧，足弱只喝了少許湯藥就睡著了。隨侍皇兄的內侍們都站在門前。

離開小屋時，今世王很想就這樣抱著足弱離開。

他認為，就算淺眠的足弱醒來要怪他，甚至在下山途中不停地想要逃走，因此留下不好的回憶，也比把足弱獨自留在小屋好。

「是不是該行動了……」

「也是。對吾等灰色狼來說，這段日子實在太令人鬱悶心痛，真希望能盡快再次見到細心呵護下的皇兄殿下，否則卑職死不瞑目。有些看不下去的屬下們也都在問難道沒有辦法麼？」

「因為朕想聽到哥哥親口說出：『我們回家吧。』」

「結果哪知道殿下叫您自己回去，偶爾來看看他就好。卑職如今才明白皇兄殿下對陛下的心意。」

「他都說了要朕偶爾來看看他就足夠，哪來的什麼心意？」

今世王伸出手指揉了揉眉間。

「皇兄殿下遭到山裡的亡魂附身，被迫回去過昔日的生活，儘管如此，他仍希望能夠偶爾見到陛下，不是嗎？」

說完，總管以骨節分明的小麥色手指按了按閉上的眼瞼。

「帶他回京吧，陛下。珍貴的寶貝不該隨意棄置荒野，將他奪回手中吧。」

灰色狼低下灰髮腦袋，以顫抖的嗓音說完，當場跪地懇求。

第二十四章　綠土

在小屋裡睡得很沉的足弱，醒來後也吃了送來的晚膳，接著第二天起，再度開始勤奮工作。他忙著四處收集枯木，似乎想要趕快彌補太晚才開始的越冬準備。

接下來的幾天，寒意逐漸增加，氣溫愈來愈冷。

吐著白煙卻仍穿著那身破衣的足弱，暴露出的雙手雙腳都變得紅通通。擔心再這樣下去身子會搞壞，內侍們總動員，努力想要讓足弱穿上衣服和皮靴。

足弱最後只好折衷，在破衣外頭套上厚厚的鋪棉坎肩，穿上及膝的靴子。

內侍們仍舊不肯放棄，虎視眈眈想要讓足弱戴上能遮到耳朵的毛皮帽子和毛織圍巾。

灰衣衛的士兵們，等待足弱在太陽下山裹上毛皮入睡後，躡手躡腳在小屋四周豎起木板，防止寒風從縫隙入侵屋內。

他們也想處理一下屋頂，於是趁著足弱離開小屋的空檔鋪上稻草，卻被發現後拆掉。

在黑暗中，足弱不曉得有人偷偷在保護著他，沉沉睡著。

——髒東西。

懷念的嚴厲聲音。

——雷氏王朝的穢物在做的骯髒事，不用看也一清二楚。統治者們也脫離倫理道德的正軌，就無可救藥了。足弱，人不可以變成那樣，變成那樣就會滅亡了，只剩下絕望。人應該要活得清白正確，這麼才不會沾上污穢，得以維持人世間的美麗公正。其他的都是假的。

自己始終貫徹老頭子所說的話，沒有懷疑動搖。

皇族偏離倫理道德的正軌。

那是只會愛上血親的瘋狂民族。

不僅近親相姦，連同性也不排斥。

他們看似英明又有文化魅力，利用可怕的異能掌控大地和百姓，其背後的真相，追根究柢就是無視禮教。

——足弱，你慢吞吞地在搞什麼？真是蠢笨的傢伙。

投射過來的銳利視線。

（是，老頭子，我馬上過去。）

洗完衣服後，他端正跪坐在老頭子面前背書，按照他所教導的回答。只要這樣做，老頭子的臉頰附近就會隱約露出罕見的滿意笑容。他的嘴邊有白鬍子覆蓋，就連眼睛也垂著白色眉毛。

當時的自己，沒有半點迷惘。

直到去年，在老洪夫婦的建議下上京、邂逅今世王之前，足弱都活得單純簡單。

在老頭子面前的足弱，在今世王面前的足弱，兩個自己他都想要，彷彿在撕裂他，這種煩悶心情，他過去不曾有過。

——足弱。

每當想起老頭子喊自己的聲音，他就會驚醒過來，想要看向旁邊。

然後，他感覺自己被注視著，彷彿有人在催促他——現在是必須選擇正確道路的時候。催促著——我教你那麼多，就是為了這種時候。

（我要自己一個人留在這裡。）

足弱決定要回歸老人的教誨，恪守禮教活下去。

他可以做到。

因為他學會了所有在這裡生活的能力。

他很懂山。

相較之下，京城裡全是些他不知道的事物。

在宮裡也有很多不解的事。像是他明明是一個人活到現在，卻被呼喚皇兄殿下、皇兄殿下，甚至被當成是皇族。

不可能。

自己不可能是那種會瘋狂迷戀血親的皇族。

寒風吹了進來，很快又止住。

「哥哥，下雪了，初雪降下來了……」

足弱悶哼一聲，不明白對方為什麼要在三更半夜，為了那種事情，特地舉著燭臺叫醒自己。

寒冷的夜裡雪雲密佈，看不見半點月亮與星光。

「你最好、在積雪之前、回京城去。」

身子捲在毛皮底下的足弱探出頭，臉感受著毛皮外的空氣，以沙啞的聲音說。

「哥哥，你沒脫靴子就睡了嗎？」

今世王的手指很溫暖，所以即使觸碰他的臉頰，足弱也沒生氣。

把燭臺放在石灶上之後，今世王脫去外袍，解開腰帶，掀開中衣前襟，露出沒穿褻衣的肌膚，整個人壓到足弱身上。

「很冷吧，雷霰現在就來溫暖你。」

破衣的下身很輕易就被撕開，而且聲音清脆俐落，顯然那塊布料也差不多快解體了。

「你……你、要……！」

破衣底下沒有褻褲，所以躺在毛皮上的足弱，腰部以下瞬間被脫得精光。

「哎呀，哥哥，這個沒法再穿了。」

今世王二話不說就拋開手裡的破布。

「還、還不、還不是、被你撕破的。」

「對，所以我會替你準備其他衣服，原諒我。」

說完，今世王接下來準備對上衣下手，所以足弱想辦法起身欲阻止他。

唰。

「住手、快住手！」

足弱沒有想到今世王為了讓他穿上防寒衣物，竟然使出這麼粗暴的手段。或許是因為降雪的緣故。

唰唰。

布料又被毫不留情地撕裂。足弱穿著坎肩睡覺，今世王脫下坎肩時，故意把破布上衣也撕碎丟掉。

足弱揮舞雙手，大聲撞擊小屋的牆板抵抗，但他穿了多年的衣服，最後的下場還是變成一堆碎布。

足弱坐在毛皮上，渾身上下只剩下靴子還在，赤身裸體的他氣得破口大罵：

「我會穿那些衣服，你可以滾出去了！回去！快點回鋼城去！」

「你願意穿那些衣服，我很高興，不過這靴子看起來還是很礙眼。」

足弱半認真揮拳要揍人，手卻被一把抓住扭到身後，他因此錯愕睜大雙眼。

「雷霰？」

「來，哥哥，靴子。」

一隻手臂制住，上半身動彈不得的足弱，被弄到今世王的腿上坐著，剩下的另一隻手被迫抱高自己的大腿，腳上的靴子被一腳一腳拔掉。

靴子被扔到角落去之後，足弱被掀翻趴在毛皮上。

「唔噗！」

胸口的撞擊使他忍不住痛呼出聲，今世王從他身後壓上來。

幾乎可算得上高熱的肌膚，貼上自己接觸到冰冷空氣而起雞皮疙瘩的肌膚，足弱舒服到一時間忘了抵抗。

「啊啊，哥哥……」

今世王也發出陶醉的嘆息聲，由此可知他也跟足弱一樣有感覺。

「雷霰雷霰雷霰，不行、我說不可以，別再有更多的動作。」

「更多的動作是指什麼？我不過是在替哥哥暖暖身子而已。」

「我、我已經、夠暖了。」

「哪裡暖了？你分明冷透了。」

說著，他抓住足弱的手，把手指放進嘴裡。今世王的口腔裡灼熱得嚇人，手指陣陣酥麻。

「啊啊……手指、不用、那樣……」

說謊，明明覺得好舒服，明明還想要更多，可是允許對方更進一步的話，就簡直像是在愛撫、像是在交歡。

不想在小屋做。

這裡是他與老頭子共同生活的家，是他受教育的場所，不可以在這種地方讓皇族，尤其是同性的皇族，當成女人擁抱。

唯獨這裡不行。

「雷霰，謝謝，可是，算我求你，停下來，回去帳篷裡睡覺，我也會穿上保暖衣物睡覺的。」

足弱抓著白色毛皮，把臉轉向一邊，努力堅持著。

今世王放開手指，以雙手撐起胸膛，湊近看著足弱的臉。

「不可能，你睡在這裡不可能溫暖……除非像這樣。」

＊

足弱趴著，今世王拉高他的臀部，把他的左腳向前屈起壓在身下，弄開自己帶來的芳香油瓶蓋，就直接捅進足弱的菊穴往裡面灌油。

一隻手臂壓在背後的足弱突然往前一挺胸，手臂一甩，以右腳踹牆板，哪怕行動不便也不管，弄下了不少灰塵。小瓶子因此滾到別處去。

「住手！」

在一根蠟燭的微弱燭光中，足弱熊熊燃燒的雙眼瞪著今世王。

「哥哥，可惜我也不是在跟你鬧著玩。」

「我拒絕。」

「必須用這種方式強迫哥哥，真的並非我的本意。」

「我拒絕！」

足弱以壓在背上的手肘攻擊，再以那隻手抓住今世王仍穿在身上的長袍前襟將他扯開，被壓在身下的身子趁勢一扭，朝今世王的臉頰揮拳。

「哥哥的拳頭不弱呢。」

說完自己的感想後，挨揍的今世王吐出一口氣，擋下繼續揮過來的拳頭，再度把那隻手往後一擰，讓足弱回到趴下的姿勢。足弱的另一隻手也被他抓住，拿起褪到膝蓋下方的長袍衣帶，將足弱的雙手綁在背後。

「放開、放開我！你為什麼……為什麼要這樣！」

以足弱的力氣來說，應該可以輕易扯斷衣帶，所以今世王迅速張開他的雙腿，膝蓋壓在他的左大腿上，利用身體重量壓制他。

今世王盡可能不希望對足弱的右腳動粗，但足弱一邊嚎叫，一邊再度用唯一自由的右腳踹向身後的今世王。

「放開我放開我！你快點滾去哪裡都好！回去！」

今世王的手臂、腹部、腰側被他的右腳踹了好幾次。

今世王也看到足弱不出所料地使出全力，打算扯斷把他的雙手綁在背後的衣帶。

（唉，哥哥，請再給我一點時間。）

足弱一旦認真反抗，實力不容輕忽，尤其在今世王並不想讓他受傷的情況下更是如此。

今世王迅速拿出新的小玻璃瓶，打開瓶蓋，朝臀縫倒下芳香油，再以手指把油推進穴內。

進行到一半，他看到足弱扯斷衣帶，雙手恢復自由。

今世王立刻一把抓住那兩隻手的手腕，把足弱釘在沙土地的毛皮上，使出全力壓制，因此哪管足弱怎麼拉扯雙手，都無法撼動半分。

今世王繼續壓著足弱的左腳，再度繼續著手上未完的工作，專注以手指擴張入口。

「不要、我不要我不要、不要在這裡！如、如果你無論如何都要做，我去帳篷！雷霰！我不要在這裡！」

然而今世王沒有回答。

在他身下的足弱大口喘著氣，不停地彈跳扭動，甚至咬上今世王按住他雙手的手。若是平常早就聞到安樂翠四溢的香氣，此刻卻沒聞到，今世王認為或許是因為氣溫低，但他有更強烈的預感，應該是足弱沒有樂在其中的緣故。

拇指的指根附近被咬，今世王蹙眉放手，從壓住的身體退開，重獲自由的足弱連忙抬起上半身，下半身正要離地，卻跌了個四腳朝天。足弱任由琥珀色的芳香油從腿間流下，努力用左腳站起，朝門口伸出手。

今世王抓住足弱的肩膀，將他掀翻仰躺在毛皮上，用力過猛的腳還撞到牆板。

促使今世王採取行動的雪，當著他的面前，在小屋裡，翩然飄下一片雪花，更進一步堅定了今世王帶足弱回京的決心。

他抓住沾上芳香油的左右腳踝舉高彎曲，膝蓋幾乎要碰到足弱的臉。

「為、為什麼、為什麼你要這樣？我、我都……說了不要啊，雷霰，求求你，拜託你！」

即使都到了這種地步，足弱還是不懂得罵出難聽的話，今世王對他的珍惜愛憐湧上心頭，忍不住泛淚。

足弱滿臉錯愕睜大雙眼，嘴巴一開一闔，儘管如此他仍伸出雙手搔抓毆打今世王的手臂。

今世王感受到他由衷的厭惡。儘管他在床事上經常強迫足弱，但他可以看出足弱的抗拒是否真心。

這種，故意展現力量差距、蹂躪般的做愛方式，從那次之後再也沒有過。

強行侵犯足弱的舉動，比任何人都更厭惡的，就是今世王。他始終為此帶著一輩子無法彌補的痛，如今卻又要再來一次，他覺得想吐。

儘管心情沉重，但只要是要擁抱足弱，他的身體自動就會起反應，蓄勢待發。

當他的下身一抵上足弱，足弱突然大叫：

「救我！我不要我不要，快來人救救我！快來人、來人啊！」

當然不可能有人過來。

今世王流著淚，貫穿足弱。

孤立無援的足弱更加奮力掙扎，但全被今世王壓制住。

「不要啊啊啊、啊、啊、啊啊！」

他的雙手手腕被釘在毛皮上，彎起的身子幾乎對折，今世王的粗長從上方深深貫入，往深處撕裂推擠。足弱哀號著，不斷地搖頭。

到達小屋以來，被壓抑許久的性慾，彷彿在說機會來了，貪婪地潛入足弱的體內。

「不、不……好痛、好痛！」

藉著芳香油的潤滑，今世王以力氣和體重推進又緊又窄的甬道。他重重喘息，嚥下好幾次唾液。

足弱淚流滿面，雙眼赤紅。今世王也同樣紅著雙眼，但眼淚已經停止，他咬牙前後擺腰。

「啊、啊啊！啊啊、唔、不、不要、不要動、好痛好痛、好痛、快停下來！」

今世王忍不住伸出手輕撫足弱的頭髮，擦去他眼角的淚水。

「哥哥、哥哥，我愛你，好愛你，你是我唯一的愛。」

「雷、雷霰……你為什麼要、啊啊！」

「唔……」

炙熱的精液射入體內。因為很久沒做，累積了不少，所以射得又多又久。足弱綳緊身子，甬道也跟著更加緊縮，他雙眼一閉落下眼淚。但他終於不再那麼緊綳。

儘管只是放鬆了一點點，但今世王多少還是得到了鼓勵，重新讓足弱的雙腿環上自己的腰，雙手捧高足弱的臉親吻，同時緩緩抽插。

「嗯……嗯唔……啊、啊！」

今世王作勢要從足弱的下體退出，卻奪去足弱的雙唇，沒把他雜亂的鬍渣當一回事；他感覺得到足弱的氣息也在逐漸升溫。足弱以指甲朝今世王的背上狠狠一抓，於此同時卻又回應並吮上探入嘴裡的軟舌。

這反應是習慣成自然嗎？或者是……

「哥哥……我愛你、好愛你。」

今世王鬆開嘴，一路往下舔舐著足弱挺出來的喉嚨，用力吸吮他胸前的乳尖。

「唔啊……」

身體顫了一下，激烈上下起伏。在只點著一根蠟燭的昏暗光線中，痛苦扭動的身軀顯得很迷人。

今世王以雙手抓住足弱的腰桿，手掌愛撫般往下滑，用力抓住沾滿芳香油與白濁的結實臀肉。

大概是用力過猛，足弱皺起臉來。

今世王就以那股力道狠狠貫穿深處，彷彿在拉扯狹窄的花徑般碾壓擴張。

「噫……啊啊啊！」

「哥哥、哥哥！」

今世王擺動插入深處的腰桿。足弱試圖以顫抖的手臂制止他。

「裡、裡面、不行……別、再、進來、了……」

「為……什麼？瞧，你變暖和了。」

足弱在今世王手掌心底下的肌膚發燙。芳香油的香氣也轉為鮮明。

滿身大汗擺動腰桿撞擊臀肉的同時，今世王不停反覆說著：

「我愛你，好愛你。」

「啊、唔啊啊……不、不要、啊、啊、啊！」

「嗯唔……哥哥！」

肚子裡很快又迎來第二次的射精、翻攪，足弱痛苦哀叫。

「啊、啊啊……」

腰被捧高，以仰躺的姿勢被貫穿，乳尖被急切吸吮而挺立，足弱緊閉雙眼，把臉撇向一旁。滿臉鬍渣的疲憊側臉上，雙唇微開，嘴唇四周有多次深吻留下的水光，反而讓他看起來更誘人。

兩人的下身仍連在一起，今世王把足弱被迫張開雙腿的身體抱到自己盤起的腿上。

「唔啊啊！」

足弱往後一仰，搖搖頭，汗水隨著他的動作飛散。今世王輕撫他急切喘息的後背，舌頭舔過他的耳朵，等到他呼吸恢復正常後，才捧高足弱的腰肢推送搖晃。

穴內過於溼潤，伴隨動作發出噗滋噗滋的水聲。

「唔！啊、啊、嗯嗯！」

單手抱著今世王腦袋的足弱，以另一隻手扶著小屋的牆壁支撐上半身。隨著他一下又一下大力搖晃，手也一下又一下推著牆壁，最後整隻手臂虛脫無力，他只好改用肩膀碰撞牆壁。

看到足弱的舉動，今世王棲身而上，把這個他深切渴望的身體壓在牆上，抱著足弱的大腿雙膝跪地。

足弱只以後背貼著牆壁，身子被抱上半空中，張開的雙腿之間被用力頂弄著，腰被拉起又落下。他以雙手牢牢環抱著今世王的脖子。

「啊！啊！嗯唔、咕、會掉、掉下去……」

「不會，別擔心。」

「啊、啊、不要、夠了！」

後穴不斷深深吞下肉刃，發出噗滋噗滋聲響，足弱在今世王的耳邊喘息，流下溢出的唾液同時，雙眼泛著淚。

多年來不曉性事的身體，只學過用後庭吃進陽物。今世王的形狀烙印在足弱體內，強迫他的深處接受。

此刻也按照所學，吃力地吞下今世王的粗長，足弱因太過難受而淚水盈眶。

「咕唔、唔唔、啊、哈啊……呃、雷、霰……」

舌頭舔去足弱眼角的淚水，滑過臉頰，逗弄胸前的乳尖，今世王停下挺腰的動作，以雙唇輕輕啄吻、吸吮，嚐到汗水的味道。

他以單手握住漆黑密林裡的昂藏，聽見吸氣聲，剛以指尖愛撫，前端原本就滲出精水的陰莖流出更多腺液。

他以巧舌挑逗胸口，留下吻痕，期間也不斷以指尖反覆愛撫，足弱終於迎來高潮，甬道一陣緊縮，逼得今世王差點窒息。

今世王忍不住使力狠狠擺動幾下腰桿後，再度射在足弱體內。

「嗯唔唔、嗯啊、啊啊……」

「啊啊、哈啊、啊！」

他覺得身子骨都軟了。汗水跑進眼睛裡，他用力閉上眼皮。

他把原本貼在牆上、與他同時射精的足弱放回毛皮上，撫著他的頭接吻，雙臂抱緊對方汗流浹背的身體。

芳香油的香氣瀰漫小屋裡。發現今世王沒過一會兒再度動起來，足弱以細小虛弱的聲音說：

「還、還、沒做夠、嗎……」

「哥哥。」

「我……我、就算跟你一起回去，一定……也無法、滿足你……」

言下之意就是——你留下我，回去吧。

「哥哥很好，我想要的只有哥哥。」

今世王停下動作，苦苦說服著。

足弱把臉轉向一邊去不肯聽。即使身子溫熱，足弱現在仍拒絕回京。

今世王的臉頰掛著淚水，深深吸了一口氣。

那個在老洪家裡聽到之後，一直離不開腦袋的、稱不上是名字的稱呼。

「不管你是雷風或是足弱，我都一樣愛你。」

原本轉開的臉轉了回來，雙眼大睜，足弱看著今世王。

「你、說、足、足弱……」

「你不是被老頭子這樣稱呼養大的嗎？我想要的是，以足弱身分活到現在的你。」

今世王無比渴望此刻在眼前這個滿臉鬍渣、滿身大汗、後穴仍吞著男根的孤獨男人。

他原本該被尊稱為雷風殿下，在保護之下長大，卻被人以遭逢意外而殘缺的外表稱呼；身為皇族卻有著令人無法相信他是皇族的成長過程——今世王打從心底想要擁有，這個跛了一條腿的男人。

足弱瞇起原本圓睜的雙眼，眉頭一擰。

「足、足弱身分的我，只、只是個野人。」

「我想要只是野人的足弱。」

「你貴為一國之君，在亂說什麼……！」

從黑眸裡落下的淚水，沾溼了皺起的臉頰，牙齒喀喀作響，表情彷彿被逼進了死角、無路可逃般。

「足弱，我想要你，我希望你和我成親，一輩子陪在我身邊。」

「不行、不行不行、那種事，不行！」

儘管今世王的分身仍在體內，仰躺的足弱照樣揮舞雙手掙扎。最後他以雙手雙腳用力抱緊今世王，在他的肩膀上哭泣。

小屋傳來呼救聲時，他們互相以眼神阻止對方。

通常來說，即使雙方都是皇族人，一旦有人發出那樣悲痛的大叫，行事向來不莽撞的灰色狼們也會出面介入。

接下來是哀號聲，在細雪紛飛的黎明時分，他們逐漸感受到刺骨的寒意。

今世王拿著燭臺進屋之後，裡頭就發出巨響，接著小屋搖晃到讓人擔心會不會垮掉。

某種乓、乓、咚匡的碰撞聲響持續了一會兒，接著是猶如嬌喘的哀叫聲，以及微幅振動在搖晃小屋，即使在黑暗中也看得見。

「大人，那間小屋很危險。」

聽到灰衣衛將軍這麼說，總管點頭。

「一旦危險發生，即使他們正在辦事，也得衝進去救人。」

「遵命。」

青嵐退下後，總管搓著冰冷的雙手，朝霧就吐著白煙站在他身旁。士兵們全都裹著藍色披風，其他人則是褐色。

四處點著篝火。

此刻是最冷的時刻，再過不久天就要亮了。

今世王之前交待過，只要看到下雪，不管任何時候都要立刻來報告，因此一接獲下雪的通報，今世王就下達命令，隨後離開帳篷。

他給的命令就是——一旦足弱暈過去，就立刻移往主帳篷，給予全面照顧，其他人趁著這段期間準備撤離，等到太陽升起，可以看到路況時就啟程，頭也不回地下山返回鑭城。

記得發給老洪夫婦賞賜，褒揚他們勸足弱上京。

今世王的計畫是，等足弱站得起來時，就與他再次交合，做到他失去意識。可是這麼一來就會被足弱討厭，執行上恐怕也會有困難。倘若真是如此，就必須好好看守足弱，以免他在回京城途中逃走。

在將軍指揮下的士兵們，安靜無聲地包圍住小屋。

遠處傳來吱嘎聲。

接著是吱嘎吱嘎吱嘎、啪滋啪滋啪滋……的聲響在寒冷夜空中響起。

「動手救人！」

灰衣衛將軍一聲令下，士兵們衝向搖晃傾斜的小屋。

其中一位士兵一打開門，黎明和力氣大的士兵衝進去，立刻用毛皮裹住兩位皇族，把人帶出來。

在他們兩個衝進去救人時，其他士兵們支撐著小屋，等到人一出來，立刻同時放手逃開。

小屋有一半傾斜，發出吱嘎吱嘎、啪滋啪滋啪滋的聲響、揚起煙塵後坍塌。

裹著白色毛皮從小屋裡被帶出的皇族們，被送到小屋前方鋪著毛皮、有四堆柴火包圍的場所。

兩人跟在小屋裡的姿勢一樣，仍舊交纏在一起。黎明和士兵們小心翼翼把足弱置於下方放下，等在一旁的內侍們上前，正要掀開弄髒的白虎毛皮。

「等一下。」

今世王這麼說完，在毛皮底下撐起雙臂，慢慢退出足弱的身體。

「唔……唔！」

一手遮在眼皮上把臉轉向一旁的足弱被放開後，有人掀開毛皮，拿乾淨的布巾擦拭他一如往常沾滿芳香油、精液和汗水的身子。

接著內侍們抬起他；液體從他的體內流出，他被放進毛皮旁冒著熱氣的大浴桶裡。

內侍們在替他清洗身子時，披著長袍的今世王走過來，捲起一只衣袖，把手伸進熱水裡。

「哥哥，你抱著我，一條腿跨在浴桶邊緣。」

內侍和灰衣衛們全都轉身背對著他們，於是足弱照今世王所說的話做。

今世王替足弱清理完畢後，換好乾淨熱水的內侍們和浴殿人員彷彿逮到好機會，趁機替足弱清洗身子、按摩手腳、洗髮剃鬍之後，才終於放過他。

足弱當然站不起來，被人拉出木桶放在毛皮上以輕鬆的姿勢坐著，立刻有人過來擦乾他滿是瘀青、冒著熱氣的身體。

接著他被攙扶著起身穿上寢衣，再緊緊裹上跟棉被一樣厚、長及腳踝的外袍。

「好、好熱……」

足弱才剛離開熱水，渾身發熱，這件外袍對他來說太暖，他想要脫掉，但對方阻止他，說一會兒身子就會轉冷。足弱正在告訴對方別把外袍裹得那麼緊，只見面前那個人的臉愈來愈清晰——是溫。

足弱把臉一轉，看到旭日從山的後方逐漸升起。一接觸到那道陽光，陽光輕撫皮膚，帶來暖和。

雪也在日出的同時停止降下。

「哥哥，我送你去帳篷補眠吧。」

同樣沐浴更衣完清清爽爽的今世王，來到內侍們扶著站起的足弱身邊。

足弱分明揍了他的臉，他臉上卻半點紅腫都沒有，到底是怎麼回事？他伸出來的白皙手掌上也沒有被咬的痕跡。

足弱被他拉進懷裡時，總管和灰衣衛將軍正好並肩走來，單膝跪下。

「陛下，皇兄殿下，請暫且留步。方才士兵在小屋裡撲滅燭臺引發的火災，從屋頂木板鬆脫的縫隙間發現這個東西。」

總管說完，將軍捧著黑漆呈盤來到並肩而立的皇族面前，上頭擺著一個破損的扁木盒。扁木盒約是可容納一本書冊的大小，佈滿灰塵的盒蓋已經打開，可看到裡頭裝的物品。在晨光中，看得一清二楚。

可是那東西是什麼，足弱看不出來。

「這是什麼？」

「請您輕輕拿起，攤開來看看。」

足弱照著總管所說，正想伸出雙手，卻因為站不穩，必須在毛皮上坐下，只好讓人把呈盤也放到毛皮上。

他舉起那件疊著的物品，看向今世王。

「這是……衣服，沒錯吧？」

「對，是衣服，而且是小孩子的衣服。」

這件幼小孩童穿的衣服雖然陳舊又充滿灰塵，但仍能看到光澤，而且指尖也能感受到布料的滑順觸感。足弱對這塊料子很熟悉。

「綢緞，這是，綢緞做的小兒衣服吧。好漂亮的明黃色……」

說到這裡，足弱沉默。

心臟跳動得太過高亢、太過快速，連手都在顫抖。老舊但看得出是明黃色的小兒衣服掉落在呈盤上。

綠園殿總管、灰衣衛將軍、他們身後的朝霧、灰衣衛士兵和內侍們，在場的所有人全都跪下行禮。

血液瞬間衝上腦袋，面頰漲紅，太陽穴重重跳動。

（啊啊……怎麼會、怎麼會這樣……）

失控的心跳使他氣息凌亂，他手撐著毛皮，悲傷地垂下腦袋。在他面前的總管說：

「雖說是小孩子的衣服，但能夠使用明黃色的，還是只有皇族。而這件，毫無疑問就是前任今世王，送給當時剛滿三歲的庶子雷風殿下的衣服。」

足弱的眼前只剩一片黑。

＊

今世王抱起趴倒在地的足弱，穿上內侍送來的靴子，橫越過崩塌的小屋前面，穿過林木之間，來到主帳篷裡，讓他躺在蚊帳底下用絲綢與鬆軟羽毛縫製的軟榻裡。

睜開眼睛的足弱按著喉嚨來到睡榻邊緣做出嘔吐動作，卻吐不出來。今世王輕撫他的背，足弱便把臉貼在今世王的腿上。

他渾身發抖無聲痛哭著。今世王摸了摸足弱變長的黑髮，等他的淚水平息後，將他抱在胸前。

今世王喚來卷雲去替筋疲力盡的足弱煎藥。足弱不願意喝下送來的湯藥，今世王就用嘴餵他，順道在他的嘴裡挑逗著，自己也躺進睡榻裡，讓其他人退下。

今世王牢牢抱著似乎很消沉的足弱，突然在他耳邊說：

「現在就什麼都別想了，什麼都別想。我愛你，比任何人都愛你。」

他低聲安慰，親吻足弱的額頭和眼瞼，哄他入睡。

安神的湯藥終於發揮作用，足弱的睡臉上有深刻的疲倦與苦惱。今世王摸了他的頭好幾下之後，離開他的身邊。

「那個湯藥裡摻了御前草吧？害朕差點吐出來。」

今世王一走出帳篷，就對候在一旁的太醫令說。

「臣沒想到陛下會用嘴餵藥。」

「算了。哥哥會睡多久？」

「到今日正午之前都確定不會醒來。」

今世王大手一揮讓人退下後，走進另外一個帳篷更衣。出來後，他對臣子們說：

「朕接下來要去會會未婚夫的養父。」

他以斗笠深深遮住眼睛，穿著爬山用的無袖上衣及沒有打摺的褲子，套上靴子，把銀色劍柄的短劍插在腰帶上。

今世王斗笠底下的藍眼睛目光如炬地看著聳立在晨光中的高山。

理所當然有人自告奮勇要跟去。

今世王輕輕點頭。

「你們要跟來可以，但朕打算在哥哥醒來之前回來，所以會全速趕路。除非你們在走散時也能夠顧好自己，否則別跟來。」

同意這點的四名灰衣衛站出來。

今世王讓內侍把裝水的葫蘆、隨身攜帶的吃食、酒、粗繩等整理成小包袱，方便他背在背上。腳上的靴子也牢牢綁緊。

他站起環顧著即將前往的高山時，準備妥當的士兵們也齊齊在他身後單膝跪地。

他回頭看去，四個人都有一張勇者無懼的長相。

「報上名字。」

「是！卑職黎明。」

「卑職破竹。」

「卑職野燒。」

「卑職彈雨。」

頎長的身上穿戴好爬山裝備的今世王，彎起在斗笠影子下的嘴角微笑。接著他露出白牙，轉為可稱為猙獰的笑容。

「那麼就出發吧。」

說完，他從原本眺望目標高山的山崖上一口氣往下衝。

慢半拍才跟上的是黎明。剩下三個不怕死的也一個接著一個衝下山崖。

「不曉得有幾個人能跟得上？」

「我猜陛下折返時第一位遇到的會是黎明。」

目送主僕離開的灰色狼一族之長，以及灰衣衛的首領，紛紛說出心裡話。

今世王使出沉睡在年輕肉體裡的力量全速狂奔。

平日坐在龍椅上，鮮少在宮裡奔跑的主子，此刻在可稱為樹海的黑暗森林裡，茂密的草叢也不看在眼裡，跑過濃密的紅葉與林木、跑過擋在前方的岩石和溪谷，甚至跑上陡坡等，毫不保留地發揮出蘊藏在強韌肉體裡的力量。自由縱橫在野地間的皇族，沒有人能夠抓住，跳躍的距離也不是普通人能夠辦到，彷彿有翅膀，又彷彿身體沒有重量似地飛奔。

他展現出狂野粗暴的力量、敏捷俐落的行動與敏銳的反應，令人驚訝他居然能把這樣強大的野性力量封印在體內，長期待在豪奢的宮殿裡生活。

他跑上巨木確認方向，看好太陽的位置。

這條沒有路的路約有九十里長，通常走路要花三天，但今世王打算在正午之前往返。

他的腦子裡早就忘了其他跟著來的士兵們。

他的嘴角溢出類似野獸的低咆聲。太陽在寒冷的天空中照耀，在黑色斗笠上反射出白光。

狂風從今世王的腳邊呼嘯而過。

踩在樹梢上的腳一滑，他利用下墜的力量踹了樹幹一腳順勢跳到地上，再度拔腿狂奔。

生氣蓬勃的體內湧上無止盡的力量。

今世王終於放聲咆哮，更強而有力且更靈巧地撥開草木，往森林深處前進。

他跑過橫越在前方的淺溪；遇到水深遼闊如鏡面般的湖泊，他就跳上漂浮在水面的樹幹，宛如飛鳥般輕盈通過。

從足弱的小屋所在山崖可眺望的高山，高度是附近最高。那座高山的山腰位置，大約只比附近其他矮山的山頂稍微矮一些。

化為一頭美麗的野獸穿越樹海的今世王，即使到達那座高山的山腳，仍然沒有減緩速度；除了確認前進方向時之外，他全程馬不停蹄，繼續驅使幾乎要破體而出的勃發力量上山。

他來到一塊狹窄的草原，長滿高地矮草木，開著黃色小花。

一想到居然選擇埋在這麼雅緻的地方，他就滿心都是對老頭子的不滿，同時也同情並憐惜著足弱的堅強。

而一想到足弱，心底的獸性就被釋放出來，他胡亂踐踏踢飛那些花朵，最後才吐出一口氣，收斂近似殺氣的銳氣。

「呵，你在那裡啊……你很想見我吧？我就是今世王。」

這是他找到墳墓的第一句話。

他甩了一下頭，解開下顎的綁繩，拿掉頭上的斗笠，露出顏色因流汗而變深的金髮。

隆起的土堆經過風雨沖刷而磨損，但仔細觀察四周就會發現，那是有人堆出來的。上頭插著山裡常見的鵝卵石和木片。

今世王來到那座位在草原中央偏前側、能夠俯瞰下方美景的墳墓前面，盤腿坐下。

他放下背上的包袱，拿掉葫蘆的蓋子潤喉，把三片一口大小的果乾放進嘴裡，大口咀嚼後配著水嚥下。

接著他從白瓷瓶倒出一杯酒，朝墳墓的土推瀟灑一潑，就直接以口就瓶，大口灌下。

「好了，方倪，我們該聊聊足弱。我不得不說，你這一招真惡毒。」

雖說是偶然，自己的主張不被採納而怨恨朝廷的方倪，雲遊四海來到南邊時，正好從暴漲的河裡撿到一個孩子。

一開始或許撿起他，或許只是想救人，但過不到幾天，他發現附近出現許多灰衣衛，消息也放出來了，他不可能沒有聽說，不可能不知道自己撿到的孩子，就是皇族的庶子雷風。

更何況孩子穿著明黃色的綢緞衣服，就算弄得再髒，也很顯然與一般老百姓家裡小孩的衣服不同。還有那個顏色，那可不是貴族老百姓的小孩能夠穿的顏色。

那是皇族的顏色。

唯有皇族才能使用的顏色。

這位學者批判且痛恨瘋狂迷戀血親的皇族，此時流著皇族血統的孩子卻翩然來到他的手中。

男人做了什麼？

「你好大的膽子，竟然敢偷皇室的東西。」

今世王放下酒瓶低聲說，力氣大到要把酒瓶插進土裡。

得知自己撿到的小孩真正身分後，男人做了什麼？

他帶著小孩離開正在進行搜索的南方，不管中途去過多少地方，總之他最後逃到了國土西部的邊陲地帶隱居。

選擇隱居，想必不僅僅是因為厭惡這世道，更是因為他不想放開手裡的孩子，不想把孩子還給皇室。

與孩子兩人相依為命的方倪，後來做了什麼？

首先他有意或無意放著孩子受傷的右腳不管，使那條腿這輩子再也治不好，然後還用那孩子的殘疾稱呼他。

——足弱。

這樣稱呼他，讓他服從身為養父的自己，身為教育者的自己，並且把「皇族很骯髒」的思想，徹徹底底灌注到那個皇族孩子的心裡。

（教導皇族孩子厭惡皇族，你想必十分愉快是吧，方倪？）

今世王的手肘擺在盤起的大腿上托腮。

（讓原本應該在音樂美術、在同族圍繞下成長的皇族一人與世隔絕，在山中破屋裡長大，失去原本該有的樣子，這樣你死得安心嗎？）

忠誠孝順的足弱，即使少了老頭子的監視好幾年，仍然沒有踏入社會，始終孤獨活著，只要村裡認識的朋友夫婦偶爾來訪就滿足。

（你也注意到了吧？只要有那個孩子在身邊，你就不會餓死。）

底下的人來報，小屋四周在足弱回來後瞬間變樣，原本枯死的田地重新恢復生命力，森林也不斷製造果實，不使皇族挨餓。

（有那個孩子在，你就能得到多少好處，你也發現了吧？你抓走無辜的孩子，卻利用你憎恨的皇族孩子來幫助你。）

不確定方倪是否清楚庶子的壽命有多長；皇族的平均壽命是一百五十歲，他或許以為庶子也差不多。他偏偏抓走皇族中最沒有力量、壽命又短的庶子，奪走他三分之一的寶貴人生。

——他奪走的還不只那些。

庶子幾百年來只會誕生一位，而在最近一百年誕生的雷風，更是命運之子。

在山裡生活發生生命危險時，足弱體內一半的皇族血統發揮異能，催生出「御前草」。

假如在跌下河谷的意外發生後，雷風立刻被灰衣衛救起，平安無事帶回钃城的宮殿，他也會染上滅絕雷氏王朝皇族的「皇族病」吧。性命垂危的他或許會創造出「御前草」，可能性很大。

如今回想起來，雷風與雷霰的父親，也就是前任今世王，襲擊當時是灑掃丫頭的河拉的方式也太過唐突，實在很難說是一時瘋魔了。

或許是血液在呼喚。

必須拯救稱為藍血族的皇族們，混入新血統製造新異能。

假如「御前草」誕生，就能夠免除皇族滅絕、只剩下雷霰一人的困境吧。

方倪抓走一位庶子，等於把自己痛恨的雷氏王朝皇族逼上死路。而他同樣想要讓擁有豐饒綠土的祖國大地，隨著王朝的終結而走向枯竭。

方倪等於是奪走了原本或許可以再有下一個一千年的王朝，奪走雷氏王朝綠土豐饒的未來。

（然而你什麼都不知道，就這樣死了。）

雷霰獨自一人被留下，不得已只好坐上今世王的位子。他知曉自己活不了太久；沒有半個血親在身邊，他沒有力氣繼續活下去。

那段日子沒有半點希望，只是延續著應該死去的生命而已。那些充滿痛苦的日子，也可以說是方倪帶走庶子所造成。

今世王汗溼的金髮被冷風微微吹動，他稍微抬起下顎，閉起雙眼。

（沒時間繼續回憶了。失去血親後，我將以末代君主身分結束王朝。我不打算把血親的死也怪到你頭上，我的痛苦也不怪你。）

因為那些都只是推測。

從命運的安排來看，或許很接近真相，但即使怪罪方倪，也無法逆轉血親的死亡、抹消今世王的痛苦歲月。

今世王目睹所有血親死去，因此對於結束王朝，沒有絲毫眷戀。

不管是履行遠古時的約定，或是自己這一代再過不到幾年就要結束，他都已經做好心理準備，現在也還沒有打消這個念頭，所以他並不想強迫足弱懷上孩子。

只要能夠在足弱死去之前，與他單獨度過每天，今世王就很滿足了。他對於製造新的血親、開啟新的王朝沒有期待。

睜開眼，藍眼睛凝視著墳墓。

（可是啊，唯獨這件事我不原諒。奪走雷風、足弱人生的人，毫無疑問就是你！）

儘管人生最年輕輝煌的三分之一歲月被奪走，足弱還是終於走入人世間。

今世王任由金髮觸碰雪白臉頰，發出呵呵笑聲。

「哎，說起來真要感謝你，方倪，謝了。你犯下的罪不可饒恕，但也有值得褒揚的地方，對，就是哥哥那個不曉男女事的身體。」

那副身體帶給今世王的體驗全都是第一次。

知曉那副身體滋味的，只有今世王一個人。

那副身體現在仍只有後庭嚐過男人的命根。

「我也可以說是你保護了哥哥。如果他以皇族身分住在宮裡，情況會是如何，我相信再沒有人比你更清楚，沒錯，就是你擔憂恐懼的那樣。哥哥一旦入世，每個人都會對你痛恨的皇族一見傾心，他很可能被人帶走，一眨眼已經被囚禁侵犯。」

說完，今世王的嘴角再度上揚。

「你養大的孩子真的處處帶給我驚喜呢，方倪。你抓到他之後放著沒治療，導致他行動不便，這個殘疾反而讓他無法逃離我。假如他雙腳健全，就能夠輕易翻越宮殿圍牆消失無蹤吧；如今他卻只能可憐兮兮的，在被我肏完的第二天甚至站不起來。除了處子之身外，你教育的知識、性格、無知的部分，事實上反而使他更誘人。」

今世王露出令人不寒而慄的笑容，對著墳墓嘲笑。

「一句髒話都不會，養在任何深閨的貴族，都贏不了哥哥的純潔無暇。這都要歸功於你，你養出來的養子被你厭惡的皇族射得滿肚子精液。謝謝你，方倪。你的養子將是我的另一半，我一輩子都不會放開他，也不會再讓他回到那座山裡。以皇族身分出生，在意外發生後，以足弱身分被養大的那個男人，是我的。你居然能養出這麼一個讓我魂牽夢縈的男人，我真想好好表揚你。我發誓我會天天與他歡愛、好好寵愛他。」

說完，今世王高聲大笑，就把酒瓶扔向墳墓。

他俐落站起，正打算頭也不回地下山，卻突然停下腳步，回到剛才的位置，彎腰靠近酒瓶碎片四散、飄散酒味的墳墓，撿起被酒液洗去髒污的木片。

他站在太陽下，以自己的身子遮住陽光，影子落在木片上，他低頭看去。

那塊插在土堆上的木片是墓碑。

『吾父　在此眺望紅葉』

刻在上頭的字跡今世王見過，在他染上「皇族病」臥床時每日送來的信上。那個不習慣拿毛筆、大小也不一致、所以在木片上用刻的的字跡。

寒意漸增，在清澄天空底下的今世王，忍不住伸手滑過刻字的凹痕，直到剛才還充滿冷酷色彩的藍眼睛頓時熱淚盈眶。

「哥哥……多麼惹人疼愛的人……」

他的呢喃低語，彷彿是所有情感被撕去後剩下的，緩緩滲出的愛情。於是他把被酒打溼的木片抱在胸口。

今世王在下山折返途中，將那些灰衣衛一一撿回，並且放慢速度；儘管如此還是來得及在正午之前趕回。

一回到原本的紮營地，黎明的狀況還好，但其他三名灰衣衛就累癱在當場，差點喘不過氣來。

今世王快步走向帳篷沐浴更衣，接著進入足弱睡覺的主帳篷。

今世王也不是不累。

他確認過足弱在掛著蚊帳的昏暗帳篷裡，躺在溫暖的絲綢羽毛被底下安穩酣睡後，便走到外面，下達幾個命令，這才終於能喘口氣。用完膳後，他滑進足弱身旁，讓身體休息。

在今世王休息期間，灰色狼們很忙。

他們要把崩塌的小屋收拾得一乾二淨。

他們要把屋裡的工具等用品全都收進木箱裡帶回京城，藏在足弱看不到的地方。只有碗，今世王交代要另外保存，放在方便偶爾拿出來的地方。

他們要把今世王從墳墓帶回來的木片，用頂級錦緞包著，跟工具放在一起，存放在足弱看不到的地方。

灰色狼們一一完成這些命令。

接下來就等足弱醒來後，看看他的身體狀況，再啟程返京，所以灰色狼們也忙著做好撤退的準備。找到明黃色的小兒衣服，足弱大受打擊；灰色狼們看到這情況，決定先取消趁足弱暈過去時強行帶他下山的計畫。

＊

今世王醒來時，睡在旁邊的足弱已經醒來，正坐在睡榻上看著今世王。

「哥哥……你醒啦。」

他以剛醒的沙啞嗓音說完，足弱的黑眸在帳篷與深褐色蚊帳遮擋光線的昏暗空間裡，直勾勾地看向今世王。

「雷霰。」

「我在。」

今世王有點擔心足弱想起明黃色小兒衣服的事情，會再度沮喪。

「我，好像是皇族。」

「對，哥哥是皇族。」

「既然這樣，我……住在宮裡也沒關係，對吧？」

「當然。綠園殿就是哥哥和我的住居，我們一起住吧。一起回去吧，哥哥。」

今世王抬起上半身，握住足弱的一隻手。察覺到兩位皇族已經醒來，帳篷外有人在走動。

「嗯，好，我會和你回去。」

這句就是今世王打從心底最想聽到的話。他的心底深處彷彿太陽升起般，湧上明亮強烈的喜悅，今世王的臉瞬間亮了起來。

「我……心悅於你。」

這句話來得猝不及防，今世王驚訝睜大雙眼。

他連想都沒想過足弱會說這種話。

自己染上絕症，足弱派命送來御前草的時候，的確請命代為傳話，說了「我愛你」，但他沒有聽足弱親口說過。

今世王明白，對於被教導必須恪守禮教規矩的足弱來說，那種話很難說出口。

即使無法聽到足弱說出那些話，今世王也認為自己明白足弱的心意，而且重要的是自己是否愛足弱。他經常在想，自己能夠為足弱做些什麼。

「啊啊，哥哥……我現在不能進入你嗎？」

今世王懷著各種情緒抱緊足弱，以顫抖的聲音說。

好愛好愛你，好想溫柔地溫柔地擁抱你。

好想啜飲你的唾液，舔遍你的全身，疼愛你舒服的地方，讓你盡情地呻吟嬌喘。

懷抱中的足弱變得有些僵硬。

「我、我是很想讓你進入，可是……身、身體……」

「有哪裡會痛嗎？」

「痛是不痛，不過……昨、昨天、你……」

「也是，對不住，是我不好，哥哥。那我們稍微吃點東西，就準備啟程吧。」

今世王立刻就要喊帳篷外面的人進來，卻被足弱制止。

「雷霰……我、必須向你道謝……」

「道謝？」

「謝謝你去年帶我到母親的墳前掃墓。」

今世王以雙手握緊足弱放在他寢衣袖子上的手。

「改天一定會再帶你去。」

「回到綠園殿之後，我也想再去父親的墳前看看。」

「去，我們一起去，哥哥。」

必須告訴父親，告訴河拉。

再一次向他們報告──孩子回來了。

告訴他們，我們親愛的一份子回來了。

足弱對於老人的事情什麼也沒說。但他說，希望內侍長命帶上那件綢緞布料的明黃色小兒衣服。

今世王一喊人，內侍們紛紛走進帳篷，掀開蚊帳，送來足弱的膳食。

今世王指派命處理小兒衣服，命跪地伏首，低下小麥色的臉離開帳篷。

此刻已是正午剛過一刻，太陽仍然高掛天上，他們決定早一點下山。

兩位皇族換上上山時的服裝。足弱剪去變長的頭髮，左手再度拿著黑漆拐杖，卻沒機會派上用場。雖然他稍早才因為打擊太大暈過去睡了一會兒，但更早之前他才被今世王強行掰開身子硬上，所以手腳腰都使不上力氣。

今世王雙臂抱著頭戴草帽的足弱，帶他去看小屋崩塌、木材全都拆下排好後的遺跡，又帶他從山崖眺望紅葉——足弱這些時候在凝望哪裡，今世王不必確認，他背對這一切。

上山時已經把路開好，所以回程輕鬆許多。

今世王讓足弱伸手圈住自己的脖子，將他打橫抱起。今世王告訴足弱，如果他的手臂發麻或這個姿勢很難受，可以改用背的；今世王的臉上從頭到尾都帶著微笑，而且不管路況有多糟，他一樣走得很輕鬆。

足弱以外的其他人對此一點也不驚訝，畢竟他是有能力獨自穿越樹海、往返陡峭高山的強者。草帽和斗笠互相撞到好幾次，所以途中都交給了內侍。

另有任務的幾個人，與一行人拉開夠遠的距離，遠到連聲音都聽不見之後，停下腳步，拆掉跨過大洞、通往小屋的牢固新橋扔下洞裡。完成後他們才連忙追上隊伍。

＊

行房過後的第二天，足弱會變得最沒有防備。他大致上都會睡到很晚，很多時候是醒不過來，就算醒來也多半神智不清；或者就算神智清醒，身體也會沉重到幾乎無法動彈。

他擔心今世王的手臂太累，所以一來到平緩的地方，就會叫他放自己下去，倚著今世王試著走兩步，卻立刻就發現如果沒有人扶著，他根本連站都站不住。

就算他願意被抱著走，一旦來到連背在身後都過不去的岩石區，今世王就會先下去，讓青嵐扶著足弱的腋下放他下去，今世王在下面接住他的大腿、抱住他的背，最後是他的上半身，然後再度以雙手攔腰抱著足弱，大步流星往前走。

「雷霞……」

「怎麼了？口渴了嗎？」

今世王一邊說著，鮮藍色的眼睛近距離看著足弱。

足弱有所感觸地說：

「你，不覺得我很麻煩嗎？」

「麻煩？為什麼？」

「我明白雷霞你心悅於我……甚至到想要成親的地步。」

話說到一半正在換氣，雷霞就滿滿感動把臉湊過來，在足弱的臉頰上很大聲的連續吻了兩下，比森林裡的鳥叫更響亮迴盪在寂靜天空之下。

「那、那個，我雖然也心悅於你，可是……呃，我從男人的角度來看，覺得這樣不是比較麻煩嗎……各方面來說。」

「有嗎？」

「有啊，很多。」

今世王原本一臉錯愕，接著不解地歪著腦袋，皺起眉頭。

「這問題真難回答。」

「我又不跟你吃一樣的東西，走路也很慢，字也寫得難看，經常站不穩，行房過後第二天就會一副慘兮兮的模樣。女人也就算了，我這麼大個人，還時不時就腳步不穩、跌跌撞撞，只會造成你的負擔，不是嗎？」

走在附近的綠園殿總管轉過頭來瞥了一眼，卻又什麼也沒說，轉身走開。

「我反而希望能夠在哥哥的膳食上花更多心思和時間。貴族走路本來就悠閒緩慢。字在經常練習下，其實已經變得好看多了。再說，哥哥就算站不穩，四周的人也都會樂意幫忙。行房第二天的情況，其實全都是我的錯，無關男女。」

「你總有一天一定會覺得反感……」

足弱不自覺看向自己的右腳。今世王捕捉到他的視線。

走在附近的灰衣衛將軍以手指絞著自己在後腦杓紮成一束的頭髮，似乎在忍著不轉頭。

「我原本的想法是，等到你對我耐性用盡，而我又不是皇族，我就要回到山裡。可是，一個人回去那座山，對我來說已經是痛苦。雖、雖然知道自己是皇族之後，能夠安心待在宮裡，但如果我們成親，在你的耐性用盡之後，我該躲到哪裡去才好呢？雷霰，我的腳，只會一年比一年更壞。倘若如此，你要比現在更費心照顧我嗎？我不想你對我反感。就算是你，有一天也會對我失去耐性的。」

始終專注傾聽的今世王，以平靜的聲音問：

「哥哥，既然如此，你希望我怎麼做才好呢？」

走在附近服侍皇兄殿下的內侍們，一直低著頭，雙手合十祈禱著。

足弱凝視今世王白皙的側臉，加重環抱他脖子的力量。

「當兄弟就夠了，不好嗎？你不需要把我變成你的伴侶，一直背負我的一切。」

好一會兒都只聽見一行人踩著野草下山的沙沙腳步聲。

足弱喜歡今世王，想要和他在一起。得知自己是皇族，今世王也心悅著自己，所以他想，這樣就夠了。

「唉。」

今世王嘆氣。

「哥哥怎麼不變得更麻煩些呢？真希望可以為哥哥耗費更多的功夫與心思。哥哥能不能一直喊雷霰、雷霰，更加依賴我呢？」

彷彿在自言自語般喃喃說完，今世王再度「唉」地嘆一口氣。

「我更希望哥哥連換衣服都讓我在一旁盯著。我希望哥哥告訴我喜歡一起用膳或是想要讓我餵。我希望在行房第二天，不管哥哥要做什麼都叫我幫忙；哥哥如果怪我害你下不了床、要我負起責任，我就能夠名正言順在床上更加熱烈地索求哥哥了。」

今世王這樣喃喃抱怨完，再度唉聲嘆氣。

「哥哥真是可愛得不得了。即使誤判想岔了，說出那些話，我的耐性仍舊不會用盡的。我雖不明白哥哥為什麼不明白我的心意，但以後就算哥哥變得一步也走不了，就算哥哥先一步變老，我的愛也不會因為那種事情而動搖。我要背負哥哥的所有麻煩事。在我雙臂裡的，就是我的，我誰也不讓。如果哥哥要一個人離開，我一定會追上去背起哥哥，帶你去想去的地方。」

今世王仰望天空這樣說。足弱定睛注視著他好一會兒之後，抱緊他的頭。

今世王停下了腳步，所以隊伍後半的人、走在前面的人，也全都立刻止步。

「我都、不知道……」

吐出哽在喉嚨那口氣，足弱抱著今世王這麼說，今世王回答：

「是麼。」

「你啊——」

伸出手臂，足弱的黑眸近距離看著今世王的藍眼睛。

「原來這麼有男子氣概，我都不知道呢。」

足弱說完，今世王露出會心一笑。

「哥哥，你要更加迷戀我，我不反對喔。」

足弱把額頭貼在今世王的脖子上，閉上雙眼，安靜微笑。

帶著同意返回鑭城的足弱，一行人頭也不回地下山，再度向老洪夫婦倆道別。

弟弟藍公子感謝老洪他們多年來對兄長的照顧與情誼，送給他們大量的財物，這回真的把夫婦倆嚇到腿軟了。

從天寶村出發時，富商一行人西行那時的傳聞已經傳開，不管他們去到哪裡，上門拜訪的人總是絡繹不絕。

足弱有時會在停下馬車休息或投宿客棧等時候，讓命拿出小兒衣服，放在腿上撫摸綢緞布料或望著。

「他也有……對我好的時候。」

命沒有聽漏足弱的喃喃低語，但他沒有多表示意見，只是站在一旁，以冷靜的眼神守護著他服侍的皇族。

返京的旅途中，在某間客棧欣賞降雪的一行人，接到來自京城的信。

「是留下來代理職務那些人寫來的。」

綠園殿總管跪下，向一段距離外，卿卿我我坐在長火盆前的長榻上取暖的今世王和足弱稟報。

「他們說了什麼？」

「水明表示，去年的巡幸，帶來不少顯著的影響。出現兩處新的溫泉，一種新的花種，以及一種顏色不同的花種，還有人看到一對白鹿。當然這些不及一星河的河水變色、報吉鳥成群飛來的程度，不過南方對陛下與皇室的敬意漸增。再加上寸草不生的『葉都沒』已有新芽萌生，南方的百姓們看了都直呼是奇蹟發生。」

遠古以來就服侍皇族至今的一族之長抬起頭，目光炯炯，對十顆太陽的末裔說。

「他們說，唯有皇族能夠使這片國土——變成綠土。」

那位末裔，亦即擁有異能的末代君王點頭。

身上有一半皇族血統的男人肩膀被摟著，聽著總管的報告，想起南方潮溼沉重的空氣，以及沒有半點生命的大地。

（那……皇族真的有能力把大地變成綠土嗎？）

他不認為確定是皇族的自己身上擁有那種力量，但他憶起站在死寂的遼闊大地上，與身旁男人一起唱誦的事。

想到今後的人生將會與今世王一起走下去，他覺得不毛之地長出新芽的消息是吉兆。

足弱無聲輕喃這片大地上最神祕的咒語。

兩年後的秋天，兩位皇族正式成親。

滿心歡喜的今世王，說要把這份喜悅分享給雷氏王朝全境的所有百姓，於是帶著成為他另一半的同父異母兄長，穿上正式朝服，登上綠流城頂端，抓起從各地收集來的土壤，一邊唱誦，一邊隨風撒下。

大地的子民歌唱。

啊啊，雷氏王朝成為綠土。

我們的大地，成為綠土。

——《成為綠土 擁抱你回歸大地》完

給新芽們的命令是祝福

第一話　回到京城的日子

昨夜，足弱結束微服西行之旅，回到綠園殿。

「哥哥，我們到了，你等我一下。」

馬車穿過朱紅色宮門，來到建築物前。左右已經點燃篝火，今世王卻說地上積雪，怕他腳踩不穩，便把足弱抱起。

被今世王抱著的足弱，看到水明和光臨走出殿前迎接。

「留守的卑職等人恭喜陛下、賀喜皇兄殿下平安歸來。」

「恭迎陛下、皇兄殿下回宮。」

總管的代理人水明，以及保護宮殿的灰衣衛副將光臨跪地行禮。

「嗯，朕回來了。如果沒有要事稟報，明日再說吧。」

「是！」

足弱對著行禮的兩人說：

「水明、光臨，我們回來了。」

「是，皇兄殿下，您平安歸來就好。」

「皇兄殿下，歡迎回來！」

水明把頭低得更深，光臨則是以響亮的聲音回答。

今世王轉身朝殿內邁出一步，開口慰勞站在苑囿上來的階梯頂端的綠園殿總管和灰衣衛將軍。

「這趟漫長旅程儘管發生過不少事，但多虧有你們，才能平安無事回來。有勞了。」

「陛下謬贊。」

「雖然途中有苦有樂，終歸是皆大歡喜的旅行。」

今世王點點頭後，走進寢房，把足弱放下，讓他坐在柔軟的床沿。

這趟微服出巡，是在新嘗祭結束三天後的黎明時出發，是從京城到國境最西側的千里長征，搭乘馬車大約耗時一百天。他們抵達目的地後停留略久，山上已是初雪飛舞，不過回到平地上就會發現要下雪還早得很，返京途中只遇到一點小雪，直到一行人回到京城附近，才因大雪而寸步難行。

他們從秋天到冬末都不在宮裡，足弱覺得這個久違的君王寢房，怎麼好像變得更加寬敞豪華，他湧上跟第一次進來時一樣的感覺，待著有些不自在，今世王正好開口：

「哥哥，簡單擦洗身子後，就睡覺吧？」

「嗯，也好。謝謝你抱著我走。」

「我隨時都願意效勞，雷風。」

金髮搖曳的今世王一微笑，足弱心裡的不自在瞬間消失。這一夜，兩人也跟旅行時一樣同衾而眠。

醒來時，今世王已經不在身邊。足弱在床上動了動身子，發出窸窣聲響，床帳外就傳來命的聲音。

「皇兄殿下，您醒來了嗎？」

「醒了。」

說完，床帳就被掀開收攏，微涼的空氣滲入床帳內的龍床上。

「殿下早。」

「早。你剛旅行回來，不累嗎？」

年事已高的命，臉上的皺紋因笑容而加深。

「無足掛齒。」

接下來就跟過去一樣，由內侍們替他淨臉、漱口、剃鬍、剪指甲和頭髮，送他去淨房如廁，接受太醫檢查，更衣完用早膳。

足弱一邊想著要去造林完的假山和田裡瞧瞧，一邊穿起內侍送來的群青色綢緞衣袍與厚棉坎肩。

「雷霰今天就開始上朝了？」

「是的。陛下在黎明之前已經起床前往緣流城。」

「噢……」

他跟即使回到京城也無事可做的足弱不同，這位同父異母的弟弟是皇族之長，有身為今世王應盡的責任。

足弱把門打開一條縫，偷看門外；就與他在前往如廁途中看到的一樣，苑囿裡已是積雪遍地。

（看這情況，大概沒辦法去假山和田地吧。）

只要綁好靴子，穿上簑衣，戴上斗笠，要去也不是不行。

「皇兄殿下，外面的風不冷嗎？」

聽到溫的問話，足弱回頭。

「不要緊。我，已經回到宮裡了呢。」

「您說得沒錯。歡迎回來，皇兄殿下。」

聽到一起踏上旅程、一起回來的溫這麼說，足弱忍不住笑出聲，跟著微笑的溫來到膳案前。敞開的房門就由星替他關上。

入座後，足弱以雙手捧起冒著熱氣的茶杯溫暖掌心。溫在他的腿上蓋上毯子，把長火盆擺到他的腳邊。

「雪下得這麼大，假山、田地，還有小屋都還好嗎？」

「寄道在外面等候問話。您何不在用完早膳之後問問他？」

「那個……我很擔心，所以如果可以就現在吧。」

「遵命。」

命點點頭，回身示意後，內常侍吟聲很快就退出房間，帶著寄道進來。

管理御花園的中年人寄道，把隨時綁在頭上的頭巾收進懷裡，以微禿的腦袋朝足弱行禮。

「歡迎回來，皇兄殿下。」

「好久不見，寄道。我有話想問問你，你過來這邊坐。」

還是一樣客套疏遠的寄道，只敢一小步一小步地往前挪動，一聽到足弱要他在膳案前坐下，他立刻往後一跳退開。

足弱讓人把火盆擺到跪在地毯上的寄道旁邊，才開口問起假山、田地和小屋的狀況。

「卑職今年也同樣替假山的樹苗裹上稻草防寒。田裡也鋪了稻草，防止雪害。小屋屋頂上的積雪都有定期清除，負責清掃的人也會檢查屋內。期待等到雪季過去、地上不再泥濘時，殿下願意過來看看，給卑職們再次協助殿下的機會。」

「是麼。寄道，謝謝你，也請替我謝謝其他人。真想快點看到假山呢。」

足弱點完頭，御花園的管理人就退下。內侍們送上以羹湯為主的早膳。

把早膳吃得一乾二淨的足弱，再度把面對苑囿的房門打開一些。雪在他用膳時開始降下，而且逐漸變大。

「剛才明明停了……」

「欽天監說，這場雪將是本季的最後一場雪。」

聽到星這麼說，望著門外的足弱點點頭，接著他瞥了一眼待在自己四周的內侍和灰衣衛們。

「我們回去那邊吧？」

「是。」

他指的是與今世王起居的房間，相隔一個水池的皇配房。

打開靠欄杆那一側、面對水池景色的房門，溫走在前頭領路。飄進迴廊上那些昨夜下的雪已經被掃開，才剛降下的細雪落在光潔的木板地上。

倒映烏雲密佈天空的池面看來十分寒冷。降雪如雨滴般在水面漾起漣漪。岸邊的石頭也有積雪。

抄近路從靠欄杆的房門，回到他來綠園殿第一天就被賜予的房間，足弱停下腳步，環顧房內。

（這裡本來就……這麼寬嗎？）

他的視線四處游移著，手放在旁邊椅子的椅背上。

（我之前就是坐在這麼精緻華麗的椅子上嗎？）

他被迫留在這裡生活，等到他開始習慣後，又奉命前往離宮避難，接著就遭人綁架，然後被救回來。在今世王生辰過後第三天的黎明時分，他們啟程前往足弱的故鄉。

我想回去、我想回去——他回到了心心念念的山裡。然後。

「皇兄殿下。」

「啊、是……雪下得很大……我就不去假山和田地了……」

在內侍們的提議下，足弱習字看書，接著他決定做些與霍上洲見面談話的準備，叫內侍替他拿來種在花盆裡的藥草。

午膳送來的是雞肉炒橡實，以及煮到入口即化的東坡肉。

可惜這道經過燙、煎、滷、蒸等多道程序的功夫菜，足弱的舌頭似乎無福消受，只有獨留盤中逐漸變涼。

見識過足弱在故鄉深山的生活後，哪怕傾盡心力製作的料理被退貨，廚子們也已經不會再嘆氣，只交代內侍和布菜的人要留心，一旦發現皇兄殿下出現異常，就必須馬上阻止他繼續吃下去。

午膳過後，足弱聽說雪停了。

（雖然雪已經停了，但也沒辦法現在就過去吧。）

足弱起身，說想去迴廊上看看外面，溫和負責護衛的礦石忙不迭就要跟上。

「外面很冷，而且我只是要站在那裡，我一個人去就好。」

「老是待在房裡，身子會怠惰。」

「走吧。」

聽到兩人這麼說，足弱只好帶著他們離開房間來到迴廊上，繞到欄杆外側。宮殿建築每一棟都很雄偉，而且都以有屋頂的穿廊串連；想走走時，隨便散步到哪兒都很方便。

拄著拐杖發出叩叩聲響走在迴廊上，就聽到啪沙水聲。原來是鯉魚打挺。

「看來積雪底下的水池裡，已經是春天了。」

「是呢。」

足弱把身子探出去，想要看清楚鯉魚的花色，礦石就上前扶著他的腰桿。足弱朝他看去。

「好肥美的鯉魚。」

「是啊。在旅途中吃過的……夢路魚……好好吃。」

足弱回想起來，喃喃說。夢路魚很有名，是能夠在寒冬時節捕獲的河魚，可以油炸、不調味直接烤、醃過再烤、抹鹽烤、紅燒等，適合多種烹調方式。足弱在旅途中吃過的是清爽的無調味烤魚；魚肉沒有腥味，很開胃，改用其他烹調方式也一定很美味。

足弱在其他人的勸說下回到房間，發現有兩位擅長笛子的女官在房裡；內侍們替他安排了在房裡喝茶聽演奏打發時間。

看到閑靜優雅的灰色狼族女官們低頭行禮，足弱一時間不知該如何是好；他受過的教育是要溫柔善待女人和小孩，具體來說就是不可以讓他們提重物。那麼，眼前這種場合，他應該怎麼辦才好呢？

（先請她們用茶，接著請她們開始吹奏，這樣就好嗎？）

遇到手上沒有提重物的女人時，他要怎麼溫柔善待？

他的心裡還在著急著，表演就已經開始。內侍送來黑茶，他決定先喝再說，於是喝茶潤喉，再以布巾擦拭嘴角。正好吹奏到一個段落時，有人來稟報今世王過來了。

「哥哥，打擾你喝茶了。」

戴著王冠，身穿明黃龍袍的今世王一進入房間，房裡瞬間明亮，這不光是服裝的關係。足弱以外的所有人全都跪地，深深伏首恭迎。

「辛苦你了，想必累積了不少政務吧？」

「我之前已經交代過，要他們盡量自己看著辦，所以需要我出面的政務沒有太多，正好讓我有時間回來看看哥哥的臉。」

今世王握上足弱伸出來的手，在他隔壁的椅子裡坐下也不放手。他瞥見手拿笛子的女官們坐在房間角落。

「朕也要聽，你們繼續吧。」

有了今世王的陪伴，足弱不再像獨自一人聽表演時那樣焦慮不安。兩位女官的笛藝毫無疑問比足弱出色；她們沒看樂譜，一曲接著一曲不停地吹奏。

等到她們兩位表演完畢後，今世王說：

「哥哥，機會難得，我們四人共同表演一曲吧。」

「什麼？」

兩名女官雖然垂著頭，但可以看到脖子變紅。

「我、我……」

「就吹哥哥知道的曲子。拿笛子來。」

內侍拿來兩支笛子。今世王靠近椅子，選擇足弱也吹奏過好幾次的樂曲。女官們恭恭敬敬不敢抬起視線。

「哥哥，看著我吹奏，就像平常在幫我合音那樣。」

「好。」

他看著今世王的藍眼睛，剛調整好呼吸，就看到對方以眼神示意。接下來，足弱毫無雜念地享受著音樂。從兩人吹奏變成三人，再從三人變成四人；即使是相同樂器，音色的層次感卻不同。

一曲結束後，足弱笑得燦爛，吹到第二首曲子時，足弱變得更放鬆。第三首曲子結束時，今世王離座，結束短暫的四重奏。女官們也退下，足弱心情大好，於是動手整理旅行帶回的行李。

決定下山隨著今世王回綠園殿之後，他在返京途中，沿途都在採集看到的植物，或是在手工棉宣紙上寫下觀察紀錄，裝進盒子裡。

溫和星也幫忙從大箱子裡把盒子拿出來。這個盒子不是普通木盒，它的邊緣有雕刻，而且整個盒身都有上色。這是他一說想要收納紙張等小東西，內侍們找給他的盒子。

這次他使喚內侍把那只有塗漆、珍珠母和珐瑯工藝裝飾的盒子，從大木箱裡雙手捧著拿出來，放到他指定的位置。

這種事情，足弱也開始懂得交給別人去做。

（雖說全部自己來也可以……）

他是這麼想，也可以這麼做，但他學到在這些事情上可以依賴別人。

（也不能過度依賴就是了。）

他到現在還很難準確拿捏界線，也遲遲無法習慣靠別人。

「謝謝，這樣就可以了，剩下的我自己來。」

寢房裡面有個在宮殿中算起來很窄的耳房。足弱請人把桌椅、書櫃、衣箱搬進這裡，他把這裡當成是想要寫東西或獨處時的小書房。內侍們說要替他準備更大的房間，但這裡算起來也有十七步那麼寬。

正午時有事暫時離開的命回來後，就跪在正要進入小書房的足弱跟前。

「皇兄殿下，您交給卑職的東西，要怎麼處理呢？」

足弱馬上就想到他指的是什麼，一時間沒有說話，安靜看著跪在跟前的人，就正好與抬起灰白髮腦袋仰望足弱的視線對上。

「要放在小書房裡嗎？」

返京途中，足弱偶爾也會叫命拿出那件裝進新盒子的衣服，伸出手指撫摸，所以命才會問足弱要不要交還給他，由他自己保管。

足弱不自覺就搖頭。

「不，我還沒準備好……」

「是。」

「是不是我自己收著比較好呢？」

「這要看殿下自己。您打算今後繼續交由卑職保管也無妨。」

命朝他露出從第一次見面至今都不曾改變的溫和表情。

「現在由卑職保管，在我之後就交給溫，在溫之後，也一定會確實交給服侍皇兄殿下的人——這樣也可行。您希望卑職拿出來時，隨時交代一聲就好。」

物。

那件小兒衣服，是除了名字之外，父親留給足弱最初也是最後的禮物，也可以說是唯一的遺

可是，足弱無法把它放在身邊，卻也無法放手。

命為什麼總是有辦法正確掌握足弱的想法呢？

「謝、謝……我希望、你、替我收著。」

「卑職遵命。」

等足弱回過神來時，才發現自己獨自一人待在小書房裡，坐在桌案前。他原本應該要把旅途中寫的草稿重新謄寫，卻在桌案前望著開了一條縫的窗子發呆。窗外可看到迴廊那一側的欄杆，以及欄杆那一頭的建築物佇立在冰冷刺骨的空氣中。

（原本應該要放在身邊思念父親的。）

可是，一看到明黃色小兒衣服，足弱想到的是老頭子。他會想問為什麼，想問動機，也會想起與老頭子共同生活的過往回憶，而現在心裡還會浮現母親不停找尋不知去向的自己的樣子。

（唉。）

足弱以雙手掩面。

他並沒有打算在小書房裡待很久，但他出來才發現已經過了半個時辰。為了轉換心情，他再度說想要去迴廊上走走。這次是星跟著，礦石也再度跟上。

散完步，太陽也下山了，他於是去沐浴，接著躺在床上讓太醫替他指壓。剛洗完熱水澡再加上按摩很舒服，沒一會兒足弱就昏昏欲睡。

「皇兄殿下，在睡覺之前先用晚膳吧。」

「唉……好。」

他不想起來，可是肚子很餓。

半睡半醒的足弱，把厚棉坎肩穿在綢緞衣袍外面，剛一走到膳案，眼睛就大亮。

「是夢路魚。」

這條魚比旅途中吃到的更大，差不多有一個手掌大；烤過後，魚身仍然閃耀著銀色。足弱夾起盤子裡的鹽烤河魚，準備就這樣大口咬下。

「皇兄殿下。」

「咦？」

負責布菜的青年，以流暢的動作將大尾夢路魚放回盤子裡，剝開帶銀脂的柔軟魚肉，分裝在小盤子裡遞過來。

看來這條魚不能直接整條大口咬下。

（它的魚骨似乎也很軟啊。）

問題是他不懂宮裡的規矩，所以還是遵循布菜青年的安排。

「那、那個，剩下的我自己來。」

但夾魚肉這點小事他還是可以辦到。

分到小盤子裡的夢路魚，烤過的魚皮有些焦脆，鹹味明顯，正好適合搭配清爽柔軟的魚肉。

「好吃。」

他還想多吃一些，就把裝魚的盤子拉近，伸出筷子剝開魚肉。眼看著比想像中更柔軟的魚肉與薄脆魚皮逐漸被弄得支離破碎，布菜青年差點出手阻止。

（我還是想從魚頭整隻咬下去……）

足弱懷抱著這個請求，看向站在膳案對面的命，命立刻走過來。

「皇兄殿下，如果可以的話，請把魚像這樣……」

結果，命開始教起足弱俐落取下整片魚肉的方法。

晚膳好不容易結束後，吃飽的足弱再度被睡意襲擊。看到足弱這副模樣，內侍們領著他回到寢房，替他換上寢衣，足弱很快就鑽進被窩裡。

過沒多久，有人從身後抱住他。

「哥哥，你要睡了嗎？說好的事情還沒有做到喔，快點醒來。」

「哎，什麼……說好的、事情？」

「是的，我們說好了。」

對方將他的身子翻正，單方面企圖趕走他的睡意。足弱不滿地皺著臉說：

「我想睡覺。」

「哥哥，你還記得前天的事嗎？你當時說『明天再繼續』，而我也相信你了，所以當晚沒有更進一步，不然我其實非常非常渴望哥哥。我相信哥哥『明天再奉陪』的承諾，因為這麼說的人不是別人，就是哥哥，所以我忍下來。昨晚我們剛回到京城，顧慮到哥哥想必很累，於是我又多忍耐了一晚。哥哥，請你可憐可憐雷霰。」

藍眼睛加上殷切的控訴，使得足弱莫名湧上罪惡感，覺得自己的行徑未免太不講理。

「是、這、樣、啊……」

「是。」

身子壓上來的今世王把嘴唇也貼上來。

「嗯唔……」

足弱忙著應付鑽進嘴裡的巧舌，沒空吞下積累的唾液，唾液就從嘴角溢流而出。

「啊、啊！」

寢衣的前襟被拉開，沾滿芳香油的修長手指分開雙腿闖入腿心。

「哥哥，你和我，兩個人，一起回到宮裡了。」

兩根手指插入到指根處，靈巧又熱烈地移動推進，替足弱做好承歡的準備，過程中也不忘補充大量的芳香油。手指在穴內攪動，弄出咕啾聲。

足弱的雙腿一下又一下地打顫。

床帳放下的床上光線昏暗，花香瀰漫，芳香油潤滑的聲音莫名清晰。

「唔、唔唔！」

足弱的左腳膝蓋被抓住拉開到極限；右腳也想要跟著左腳過去，卻被雙腿之間的今世王擋下。

「哥哥、哥哥。」

「啊、啊、雷霰……」

今晚還沒有擴張到三根手指，不明原因性急的今世王已經挺身而入。

他的力氣過人，足弱還來不及反抗，就被貫入深處。

「啊啊啊！」

足弱的上身彈起，今世王仍持續挺進，宛如在警告他不准逃。

與長相俊美的今世王不同，容貌普通到混入市井小民之間也認不出來的足弱，扭曲著有些疲憊的臉，努力想要吞下弟弟的巨物。

「雷霰、啊、啊、你慢、慢來。」

足弱希望那個龐然大物放緩進來的速度，張闔著唾液橫流的嘴，勉強擠出這句話。

今世王瞬間僵住，停下動作。

喘了幾口氣之後，今世王以雙手重新牢牢抱穩足弱流汗溼滑的腰桿，再度挺進。他插入的力道固然強悍，但或許有稍微放慢速度。

「嗯、嗯嗯、啊、啊、咕唔……」

「哥哥，真的，不管在哪裡與你翻雲覆雨，你都一樣可愛……！」

「唔啊、啊、啊啊！」

這是兩人回京後第一次行房，心中該有更多感慨或有話要聊，但足弱的下身卻被小十歲的未婚夫兼同父異母弟弟以一如往常的熱情貫穿，在哀叫與喘息聲中吞下灼熱的白濁。

第二話　與日出一起

天還沒亮，今世王就醒了。

他在深愛的未來伴侶寢房裡，與對方同蓋一條被，迎接早晨到來。而且這裡是京城，是他出生長大的綠園殿。

（哥哥如果就那樣……）

假如足弱就那樣決定不下山，他或許就無法以這般平靜安穩的心情醒來了。

足弱沒有拒絕今世王，只說想和他在一起但更想住在山裡。一聽到這話，今世王不惜退位或遷都也不肯與足弱分離，情願在天寶村定居。

足弱要留在故鄉也無妨；畢竟對今世王來說，重要的不是地點，而是與足弱在一起。

但綠園殿這裡有族人的陵墓，也有回憶。還有就是，那座山裡有帶給足弱不良影響的亡魂存在。至於實踐遠古約定繼位為王而取得的各種特權，則是到哪裡都不會有所改變。

今世王起身離開熱源。他仍有依戀的手指抽了抽，很想回到床上嗅聞愛人的肌膚氣味，很想把他抱在懷裡。

（啊啊……昨晚的哥哥也很可口呢……）

昨夜是他們兩人第一次在未來要一起生活的住所裡交合。

很想將他綁在這裡永不分離的念頭湧現，今世王因此插入得有些心急。插到一半，足弱的身子逃開，今世王立刻把他抓住，更急切地擠進肉穴裡。足弱喘著氣，淌著唾液，嘴巴不斷張開又闔上，最後口齒不清地叫他慢慢來。

他沒有怪罪今世王弄痛他，只表示——慢慢來，別急，你可以進來。他說的話太過溫柔可愛，讓今世王很傷腦筋，這麼一來就更難控制力道了。

「陛下早。」

一進收攏床帳後跪地行禮。今世王站起來穿鞋、套上外袍就前往浴殿。

昨晚實現承諾後，同床共枕的足弱借用今世王的肩膀，拄著拐杖從浴殿走回寢房。今世王支撐著足弱的腰，慢慢走完這短短的距離。

「自己待在溫暖的房間裡，看著寒冷的景色，感覺好奢侈啊……」

稍早足弱泡在浴殿的白色溫泉裡，望著篝火照亮的夜間御花園，所以走回寢房時才有這番感慨。

「那樣沒什麼不好吧，哥哥。」

「嗯。」

一想到能夠再次像這樣，與足弱度過沒有陰謀算計的每一天，原本在回想昨夜種種的今世王，感覺心中洋溢的喜悅，宛如泉水般一波波地湧上來。

他以熱水淨身完，回到自己的房裡更衣後，早膳也沒吃，就前往綠流城。

天色仍舊昏暗的綠園殿走廊上等距離掛著燭火。今世王在內侍和灰衣衛前後包夾下前進，走過護城河的橋。今世王一靠近，宮門就打開，他從低頭行禮的門衛前面走過。

綠流城有六層樓高。前面有人秉燭帶頭，今世王走在後面踏上一級又一級的大階梯；他的長袍衣襬由兩名內侍捧著，另外一位內侍負責端著儀式劍。扶著他的手的是一名灰衣衛。

一、二、三樓的階梯是黑色大理石，四、五、六樓的則是木頭。

綠流城是雷氏王朝境內最高的建築物，因此一般人都以為它的最上層想必是奢華無比，但其實這個房間的裝飾十分簡單樸素。

光亮的鋪木地板中央有一塊圓形地毯；應該是牆壁的地方幾乎都是門，而且在今世王進來之前全都開著。房間裡只有天花板、支撐四個角落的柱子，以及鋪木地板，連一張椅子、一個花瓶都沒有。內侍和灰衣衛都待在階梯下方。在這個能夠從每扇窗子望盡四面八方星空的最上層空間裡，只有小小的燭光與今世王存在。

在比地面上更冰冷的空氣包圍下，今世王盤腿坐在房間中央，正前方是太陽升起的方向。長衣袖與衣襬在地上散開。今世王挺直腰桿，調整呼吸，閉上雙眼。

今世王即位之後每天都會上早朝，而在上朝之前，他會來到綠流城的最上層，像這樣進行冥想。前天晚上回到京城後，他也沒怎麼休息，第二天一早就上來這裡冥想。

而昨晚，與足弱共度約定好的一夜後，身心都很充實的今世王認為必須把這份喜悅與大地分享，所以今天一早也上來。

自從足弱來到宮裡，他的力量就顯著增強，因此能夠將異能施展到國土的每個角落。

所以儘管他整整一季沒有進行冥想，也沒有造成太大的影響。再說，他在南下巡幸時也有冥想；在天寶村的山裡也偶爾會冥想。

他把力量推向全國各地，宛如陽光擴散在大地那樣。

即使眼睛閉著，旭日一露臉他還是能夠立刻知道。

閉起的眼皮底下感受到白色陽光時，今世王的腦海中就會出現各式各樣的景象。

走在荒蕪大地的腳。獸皮。纏繞樹幹的藤蔓。藍眼睛。穿著素色衣物相擁的男女。舉劍的士兵。搖晃的馬車裡。

不是過去也不是未來。陽光溫暖了身體，意識往更深處下沉。

是湧泉。

如花蜜般黏稠晶亮的透明水泉。

從水泉裡湧出大量泉水，燦亮耀眼，不會停歇，豐饒地，充實地，滿溢擴散到每個角落。

成為這塊土地的君王後，一族之中最出眾的人，就會以這種方式把雷氏王朝變成綠土。

無法回溯究竟是從何時開始固定採用這種很有儀式感的方式施展異能，但綠流城的最上層就是為此而建。

血親仍活著時，並不是只由今世王一個人負責維持綠土。其他皇族們也會在不自覺的時候出借力量，強化今世王的異能。

冥想不一定要每天做，但雷霰即位成為今世王之後，在足弱出現之前，他幾乎每天都會上來冥想。也可以說是身為今世王的責任，在支撐著雷霰。

在天亮之前起床，冥想結束後在綠流城用早膳，吃完就直接去上早朝，因此今世王沒辦法在同一條被子底下看著足弱醒來，也沒辦法陪他一起用早膳。除非是外出旅行，否則這些都無法做到。

可是，往後情況就會不同了。

在結束王朝之前，今世王將會逐漸還政於民，至少會在彼此的約定解除之前，盡量避免國家發生動亂。

今世王緩緩睜開眼瞼。

夜晚終結。

旭日東昇。

今天太陽也在我們的大地上灑落陽光。

＊

聽說雪地的泥濘還要過一陣子才會乾，足弱決定利用這段等待期間，去綠流城找霍上洲會談。戴冠並換上適合皇族的衣服，足弱闊別許久終於再度見到霍上洲。

「您能夠平安歸來，這比什麼都值得高興。能夠再次見到殿下，微臣也再無遺憾了。」

聽到顧問官這麼誇張的一番話，足弱很驚訝，一問之下才知道他這個冬天病倒了。

「霍大人，我們說好了要一起研究京城附近的植物，這個約定都還沒能實踐呢，別說那種喪氣話。」

「殿下的看重，微臣受不起。」

足弱請跪在地上的小個子霍上洲，在桌案前的椅子坐下。

不過話說回來，他們去微服出巡，今世王從秋天到冬天都不在皇城，儘管政務還是順利進行沒有停滯，但朝臣之間想必會引起討論，好奇發生什麼事了吧？

「我和雷霰……和陛下不在京城這件事，大家都知道嗎？」

「雖然沒有正式宣布，但陛下和殿下就像是我朝的太陽，你們一不在，就會有人察覺。傳聞是說陛下和殿下經歷了生病和謀反，所以外出旅行療養了。」

「原來如此。」

不是只有灰色狼在意皇族，今世王等皇族的動向似乎也是一般老百姓的關注焦點。

足弱在桌案上攤開旅行時的紀錄，把帶來的花盆裡的植物拿給霍上洲看並與他討論。

白髮稀薄的霍上洲似乎在談笑間逐漸恢復精神，臉色也變好，說話也流暢許多。

但他似乎還是擔心自己的身體狀況，最後說：

「殿下，關於今後的事，微臣想介紹自己的不才徒弟給您，不曉得行不行？」

「霍大人，那麼早就……」

「微臣的意思不是讓他立刻就取代我，只是殿下今後若希望繼續接受指導，那麼推薦繼任的顧問官給殿下，也是微臣的責任。」

「我明白了。」

足弱回答完，站在一旁的命立刻上前一步，對霍上洲說：

「恕卑職失禮。請霍大人務必先將那位徒弟的名字提供給綠園殿總管，等身分審查通過，才允許拜見皇兄殿下。」

「是！」

霍上洲跪地行禮。

小個子顧問官離開後，在綠流城房間裡的足弱看向命。

「霍大人的徒弟，也需要身分審查嗎？」

「是的。首先要等灰衣衛的調查結束。」

「這樣啊。」

除了皇族和灰色狼以外，其他人無法進入綠園殿；如果皇族要接見某人，就必須等那個人的身分調查完畢才行。這種做法可能沿用了幾年、幾十年、幾百年，所以足弱也沒有資格說三道四。

「皇兄殿下，您要去找陛下，再回宮嗎？」

「那就……去吧。」

足弱同意後，內常侍圓快步退出房間。

他是去請示今世王，所以在等待回應的期間，足弱聽從內侍長的建議，再度坐回椅子裡。

「命大人。」

才剛出去的圓很快又回來。

「出了什麼事？」

「宰相安姜說想拜見皇兄殿下，現在人就在走廊盡頭等著。」

「宰相的問題我來處理，你快去找陛下。」

「是！」

下達指示後，命回頭看向溫。溫跪下。

「溫去問問宰相找殿下有什麼事。如果在你回來之前，陛下的回答先送達，我會先帶皇兄殿下去找陛下。至於宰相的事情，我們就到那邊再聽。」

「是！」

溫朝足弱伏首行禮後退出房間。今世王給的回答是希望足弱暫時先去偏殿等他。

足弱就在穿著灰色鎧甲的灰衣衛們，以及內侍們的重重包圍下前往偏殿。他從縫隙間看到黑色朝服的官吏、綠流城的士兵、貴族的身影；所有人都低頭行禮，把路讓出來給足弱一行人通過。

「皇兄殿下，請在這裡稍待。」

等在門前的今世王內侍，領著他們前往隔壁的偏殿休息。

偏殿裡的長榻、圓椅、燈掛椅等都沿著所有四方形的牆壁排列。中央的圓桌上擺著有森林浮雕的白銀花盆與香爐。

足弱在靠窗邊的圓桌和兩張椅子的其中一張坐下。

「您要來杯茶嗎？」

「不用，我不渴。」

他在與霍上洲談話時已經喝了三杯茶。

「卑職回來了。」

溫現身，向內侍長報告。接著命和溫一起來到椅子上的足弱跟前跪下。

「宰相怎麼說？」

話題一開，溫在命的示意下開口。

「是，宰相是想商量皇室祕藥的事情。」

「祕藥……那是……咦？」

足弱眨了眨眼睛看向溫，只見溫點點頭。

「是雷霰的病治好的緣故嗎？」

「或許是。」

命同意這個猜測。

「為什麼會跟我有關？」

「因為這次與十幾年前疫情爆發時最大的不同，就是皇兄殿下的存在。就算如此，會得知有祕藥，恐怕還是內亂那陣子有人洩漏消息，又或者是宰相做過調查。」

命說，那位宰相不容小覷。

「皇兄殿下，您要接見宰相嗎？」

足弱蹙眉。他不知道關於御前草的事情要說到什麼程度，所以他搖頭。

「遵命。」

溫朝足弱低頭行禮完，就以優雅姿勢再度離開偏殿，去替足弱回絕。

「拒絕接見真的沒關係嗎？」

「是的，當然沒關係。」

內侍長這樣回答完，今世王正好進來。內侍們立刻跪在地上。

「哥哥，讓你久等了。出了什麼事嗎？」

「嗯，是宰相……」

足弱把來龍去脈告訴坐在對面位子裡的今世王後，今世王點頭說：

「待會兒我會找安姜來了解一下詳細情況，晚上我再告訴哥哥。」

「謝謝你，雷霰。」

「用不著謝我。對了，哥哥，要喝茶嗎？」

到了晚上，兩人共進晚膳後，在皇配房裡放鬆。足弱問起那件事。

「聽說有不少人在打聽，不管是我朝或其他國家；因為那些患者全都染上了大夫不願醫治的疾病。」

「他們認為御前草有效？」

「哥哥的藥草對我有效，是因為我們有血緣關係吧，雖然只有一半。你曾經把御前草給過除了我以外的其他人嗎？」

「對他們有效嗎？」

「有老頭子、洪大哥、古廄……不對，是水明、王安，大概是這些吧。」

「老頭子腰痛喝下時，火冒三丈說難喝，可是好像有喝比沒喝好。洪大哥……幾乎都吐出來了。水明的情況我不確定，他是有忍受難喝味道喝下去。至於王安，我就不清楚他後來的用藥情況了。」

聞言，今世王派人叫來擔任綠園殿總管副官的水明，也命人去問王安的情況。

水明很快就來到他們放鬆的房間，跪地膝行走向兩人。

「水明，我想聽聽你誠實的意見。你喝了御前草之後，有效嗎？」

「多少有。」

「多少是指多少？」

「跟卑職常用的止痛藥草差不多。」

嗯。今世王點點頭。

「可是最重要的是皇兄殿下的心意，卑職開心到疼痛都飛遠了。」

「原來如此。給灰色狼服用的話，比起藥草本身的力量，『殿下給的』似乎才是有效的原因。我們等等王安的結果吧。」

找水明來問完話後，今世王對足弱說。足弱一直在看著跪地的副官，聽到今世王突然跟自己說話，他連忙回答：

「嗯、好。」

「有勞了，你退下吧。」

「是！」

今世王手一揮，右臉殘留瘀青的水明膝行退開。他穿著灰色長袍，頭上戴冠；俐落站起的腰桿筆直，沒有卑微也沒有害怕。他一對上足弱的眼睛，原本表情淡薄的臉上瞬間就會變得柔和。

「哥哥，假如御前草對除了我以外的人也有效的話，你願意給嗎？」

「我說雷霰，應該先問，御前草真的是來自於我的異能嗎？很可能我只是發現了御前草而已。」

「哥哥，你是皇族吧。」

「嗯……」

好像是。不對，應該就是。想起內侍長代為保管的小兒衣服，足弱的心底深處好痛。

「截至目前為止皇族遇到過三次『皇族病』的威脅，御前草卻擊退了這個奪命疾病，而這個藥草偶然出現在庶子生活的山裡，碰巧長在那位庶子重傷動不了的地方。我和多年來看著皇族的狼，都認為御前草就是哥哥發揮異能的產物。」

再說——今世王握住身旁足弱的手。

「只要是哥哥親手照料，御前草就會長得很好。御前草對於哥哥之外的人來說，十分難以下嘛。哥哥沒有感覺到自己與這個藥草之間有某種連結嗎？」

沒有嗎？——藍眼睛偏頭注視著足弱。

「我也……不是很確定，但它對我來說是可靠的藥草，少了它我會很困擾。假如除了我以外，這個藥草也對其他人有效，我想要分給他們。」

「我就知道你會這麼說。可是，哥哥，那個味道真的不是普通人能夠承受。」

曾經一杯又一杯灌下御前草湯藥的當事人這麼說。

「況且，哥哥的異能製造的藥草假如不適合患者或沒有療效，又或是那位患者後來病死的話，家屬恐怕會怪罪於你。」

「這樣啊。」

你在為我擔心嗎？——足弱注意到白皙的大手握著自己的手，於是也握回去。

第二天，在綠園殿御花園探視造林假山的足弱，聽到王安針對御前草效果的回答。

他昨晚後來就跟今世王一起鑽進被子，敞開身體回應今世王的求歡。等到足弱起床時已經快要正午，雖然沒有覺得哪裡痛，但熱度不退的胸前乳首，再度落入必須抹膏藥的慘況。

足弱在假山山腳下曬著暖洋洋的陽光，在仍舊寒冷的風吹拂下，拿布巾擦拭額頭上的汗水。

「王安大人他一度想喝下御前草湯藥，最後還是放棄，就把葉子混入其他膏藥裡用來塗抹傷口，沒想到效果相當顯著。」

（塗抹？）

足弱很意外。

他不曾試過這個方法。

第三話　現在還太早

在聽聞王安的回答後，今世王與足弱、總管、卷雲討論。

「王大人使用的方式，是將御前草加入其他藥草製成的膏藥中。我們先製作幾種不同含量的純御前草膏藥，用在灰衣衛身上，看看對碰撞瘀傷是否有效，如何？」

卷雲說。

「就怕他們一旦得知膏藥裡加了哥哥的藥草，一聽是來自哥哥的東西，就算沒有效果也會說有效。所以你用來治療時，別透漏這藥跟哥哥有關。」

今世王這樣說。

「遵命！」

兩位灰色狼行禮。

「你認為朕染疫時，也能用塗抹的方法嗎？」

今世王的主治大夫卷雲，是有一對英挺眉毛的壯年男子。

「微臣判斷應該會有效果。如果塗抹在殘留的紅斑上，或許就能提早治癒了。是臣無能。」

即使皇族病的風邪症狀已經控制住，但身上殘留的紅斑，使得今世王與足弱的重逢推遲了許久，也害得兩人在等待期間各自煎熬。

「是我的錯，是我只叫雷霰用喝的。」

他們討論的地點是在今世王房間的花廳，四個人坐在寬敞廳堂角落的椅子上圍著一張圓桌。

「皇族病的病根還是得靠喝藥，否則治不好。我能夠像現在這樣活著，都是哥哥的功勞。就算御前草膏藥對外傷或外在疾病有效，但對付體內的病灶，還是得服藥才起得了作用。宰相的請求，你打算怎麼做？」

聽到這個問題，足弱的視線落在手上。

「一聽到皇室的祕藥，一般人恐怕會誤以為能治百病，但事實上那個藥草只對我有效，它願意替我治好雷霰的病，我已經十分感激；如果對御前草有過多期待，御前草也會壓力很大。我想只要大概測試一下療效就夠了。」

足弱的這番結論，大概是聽進了今世王昨日晚膳後的提醒吧。

今世王想要避免足弱因自己展現異能催生的藥草，遭人誹謗怨恨；這件事對今世王來說，比瀕死的人用了御前草而活下來，更重要好幾倍。

然而這種做法等於在打壓足弱的善意，也是不爭的事實。

（至少不能讓人知道皇室的祕藥與哥哥有關。）

昨日，今世王從求見足弱的安姜口中，聽完了整件事的來龍去脈。

安姜四十多歲，以宰相來說偏年輕；身高中等，身材消瘦，氣質清冷淡漠。家徽是在融雪後盛開的白色小花「帝儲花」。

他的右眼比左眼大，但那對大小不一的雙眼，卻能夠把事情看得很透徹。

宰相說：

「聖雪國的使者表示，陛下的病能夠痊癒，肯定是另外一位皇族殿下的力量。該國的王后病倒，身上出現紅斑，他們懷疑那是與我朝『皇族病』一樣的疾病。」

「朕也對此感到同情，但只因悲傷絕望就什麼也不顧，纏著我們討藥，也未免太不合理。話說回來，安姜，你也認為朕的康復與皇兄有關嗎？」

頭冠前後各有六條冕旒的宰相，抬起原本伏低的臉。

「外人很難窺探綠園殿裡的情況，更何況殿下也很少駕臨綠流城。但是，儘管駕臨次數少，也還是能夠記住隨侍在他身邊的內侍長相。尤其是雷風殿下的內侍之中有一位年紀較長；其他人都很年輕，就只有他一位老人。因此我推測他是相當重要的親信。在殿下前往隔壁郡城避難時，也只有那位親信回到京城來。殿下會定期與熟悉植物的顧問官在綠流城裡見面。微臣推測，殿下會不會是發現了什麼可有效治癒『皇族病』的藥草或做出了什麼藥，所以派出信賴的親信送到陛下跟前？陛下，既然微臣能夠推測出這樣的答案，想來其他人應該也可以。」

「代表雷氏王朝百姓的宰相啊，假如皇室真有你說的祕藥，你們連那祕藥也不放過麼？」

今世王從龍椅上緩緩站起。

截至目前為止，皇族不曾藏私，總是利用自己的異能替萬民造福。

所以大家就以為擁有那些是理所當然，可以予取予求；只因這個延續千年的王朝寵壞了這些老百姓。

「我族滋潤大地，成就綠土，使國家富裕安康，如今你們連我族的祕藥也不放過，想要索討？」

「陛下……」

安姜的聲音破碎，似乎再也無法保持冷靜。今世王轉身離去。

今世王甩開腦海中的回想。

御前草是特殊的藥草，基本上只對足弱有效，也因此才會對於要用在其他人身上心生猶豫。

「是啊，哥哥。我們就不說那是御前草，做成外用膏藥給灰衣衛試試。另外我聽說御前草難喝的消息已經在灰色狼族之間傳開，所以內服湯藥，就拿一些去綠護院試試效果吧。但是，我們不把御前草當成皇室祕藥廣發天下。哥哥已經救了雷霰我，我只要提出拯救老百姓的政策，也等於是哥哥透過我在造福萬民。這點還請哥哥原諒。」

今世王最後向足弱道歉，足弱睜大雙眼錯愕不已。

在四人結束會談之後，足弱仍舊不解雷霰為什麼需要道歉。他跟著今世王走進寢房，今世王立刻抓住他的手臂、抱住腰、吻上他的雙唇。

「嗯、嗯唔！」

今世王的手鑽進層層衣服底下，隔著褻衣以拇指碾壓足弱的乳首。

「唔！」

接著是擰扭拉扯。

「住、住、手……」

今世王的舌頭探入大張的雙唇之間，磨蹭足弱的舌頭。

「嗯、嗯。」

足弱的身子一扭，跌進今世王的懷裡，今世王順勢將他攔腰抱起，放到床上。

「啊……」

大概是他沒料到今晚要同床共枕吧，前襟被掀開的足弱，毫無防備地仰躺在床上，回看今世王。

「雷霰，昨天不是做過了嗎？」

「不行嗎？」

今世王一邊問一邊把足弱的衣服弄得更凌亂。接個吻就虛脫無力的足弱慢動作抵抗。今世王躲開他的手，舌頭滑過他袒露的胸膛。

「啊、啊、我、要回去、對面。」

「哥哥，你真無情。」

昨晚悉心疼愛過的乳首愈舔愈挺立，彷彿喚醒了猶在冒煙的餘燼。

「你不要、再、弄那邊了。」

「那麼，哥哥，我替你舔其他地方。」

今世王抓起胸肉，用力吸吮頂端的小小突起。

「啊啊啊！別、吸啦……」

足弱晃著已經被脫光的腰肢企圖逃脫，今世王整個人壓上去不讓他逃。

年紀比弟弟大十歲，身高和體格都與今世王差不多的足弱皺起眉頭，單薄的胸口微顫。

「你討厭弄胸部嗎？」

「討厭、很討厭！」

「我很想舔，可是你說不行，那麼，哥哥，請讓我舔其他地方，我之前就求過你讓我舔的這裡……」

說完，今世王伸手滑進足弱交起的胯間，足弱瞬間變了臉色。還沒有沾上芳香油的乾澀手指輕輕劃過，使得原本半勃的那處瞬間硬挺。

「你、你你要做什……」

「用不著害怕。」

「不、不是害不害怕的問題，雷霰，不可以。」

「你又要說很髒了？」

「沒、沒錯，這不是應該放進嘴裡的東西。」

「人體的全身上下每一處都能以嘴巴觸摸，再說哥哥的身體很乾淨。」

今世王以單手摩挲套弄，上下擼動，足弱立刻浮現痛苦無助的表情。

今世王早已在足弱失去意識時，知曉他身下那物的滋味，而且是在很早的階段就已經嚐過。可是現在足弱很清醒，所以難度很高。他曾經在某次足弱允許歡愛時挑戰過，卻被兄長的禮教高牆給撞飛。

提起那次撞飛的小插曲，那是今世王第一次當著兄長面前含住他的陰莖，沒想到肩膀立刻挨踹，整個人摔到地上。足弱還因此嚇得失去冷靜，連忙下床跑出去帶著太醫回來。

結果直到兄長放行之前，今世王只得不停地不停地漱口，而且接連好幾天都不准接吻。

誰會想到，在皇族與皇族交歡時最基本不過的調情舉動前面，居然有一道難以跨越的高牆。

「啊、啊啊……」

手指巧妙的愛撫，使足弱先一步高潮。今世王把頂端冒出的精液抹開，讓陰莖套弄起來更順暢，很快就再度硬挺炙熱。

「我想要給予哥哥的這裡，更多更多的疼愛。」

短促呼吸並沉浸在快感中的足弱，搖頭甩動汗溼的頭髮。今世王看到他的回答，放開挺立著渴望解放的昂揚不管，雙手抓住胸肉，開始仔仔細細舔舐兩邊乳頭，外加用力吸吮、揪擰、輕咬。

「啊、啊！雷霰！別、別一直、弄那裡！」

今世王不止不理會在陰毛裡等待刺激的勃起，也不碰平常用芳香油潤滑擴張的穴口，他的前戲只專注在上半身。

足弱伸手推開他的臉卻沒有使力，於是今世王很快又繼續攻擊乳首。

（好想、好想快點進去……）

讓兄長焦急是很好，但他的情慾反而卻比足弱更炙熱。

「雷、霰、雷霰！」

使出全力的手擺在今世王的肩膀上，那是又熱又溼的大手。水汪汪的黑眸凝視著今世王。

「你、不舔、那、那裡、就無法、抱我、嗎？」

今世王感受到一股重創頭部的暈眩。

沒錯！——就看他敢不敢說出口。如果他敢說出口，足弱一定會害怕，但或許會應允；足弱將體驗被含的快感，學到口交的技巧，或許有一天會願意回含弟弟的肉棒取悅弟弟。他希望未來能夠看到這樣的兄長。但是——

「唔唔唔……哥哥，當然不是，我當然不舔也能夠抱你。」

足弱渾身上下都因為安心而放鬆，冒出汗水的臉上也露出微笑。他以雙手抱緊弟弟。

「那就好。我一直很擔心你舔、舔我、那、那裡、會弄壞身體。真是太好了。」

兩人汗溼淋漓的肌膚緊貼著，耳邊聽到溫柔的聲音。結果到頭來拒絕口交，原來也是源自於兄長對他的愛。

（但我還是希望有一天能夠當著他的面……）

也希望對方反過來當著自己的面替自己……。對於弟弟沒有得到教訓，繼續在心中擬定邪惡計畫一事一無所知的哥哥，終於等到芳香油滋潤過的手指進入兩腿之間，挺腰發出痛苦聲音。

今世王在前戲時也被惹得慾火焚身，卻只能壓抑自己的急切，因此等到兩人以正常體位相連時，他故意往深處猛攻。

「啊啊啊！」

吞吐著今世王的足弱往後一仰，絞緊急切納入的巨物。

「唔……！」

差點被絞射的今世王好不容易忍住，頂弄著狹窄的穴口，使兄長等候已久的陰莖獲得解放。

「啊、啊！啊、啊啊！」

以仰躺姿勢射在自己肚子上的足弱，抓著床單甩頭扭動。

「啊……啊、啊……」

「哥、哥……」

等他回過神才發現自己只顧著不斷在深處與穴口之間來回抽插，搖晃足弱。

「等……啊、一下……啊、啊……」

才剛解放的身體被毫不留情地貪婪索求，足弱的眼角流出淚水。嘴唇被用力吸吮到紅腫，溢出的唾液從下顎流到頸側。短黑髮貼在額頭上，連續兩天留下的吻痕殘留在氣喘吁吁的肌膚各處。

疲憊不堪的他眼周的皺紋加深，反而更添性感。

今世王吞了吞口水，性慾更加猛烈。皇族有超乎常人的性慾，這會兒他的性慾全都向著兄長。

「哥哥，我要、舉起、你的腳。」

「噫啊……住、手、住手、唔……」

足弱被灼熱的陽物貫穿，吞沒到深處，今世王撈起足弱雙腿的膝蓋後側，把腿推高，旋即往前挺腰，用力頂弄。

芳香油潤滑的皺襞包裹著粗長蠕動。

「很舒服、嗎？哥哥……」

庶子與純血皇族有體力、精力上的差距，力氣也有差，因此他隨時可以壓著足弱蹂躪。要不然也可以按部就班以最簡單的方式讓足弱接受口交行為。

但是，即使他可以這麼做，今世王還是不想。

足弱在他身邊對他微笑，才是今世王最大的幸福。折磨足弱得到的快感不管有多爽，也沒有任何意義。

「啊……雷霞、雷霞……！」

「哥哥……我愛你。」

汗流浹背的今世王挺腰衝撞，在兄長的裡面射出大量精液。

＊

連續兩天行房的足弱，睡到過午才終於醒來。他在就寢之前已經喝下御前草，所以身上不覺疼痛。

「皇兄殿下早。身體還好嗎？」

「嗯，還好。你也早。只是覺得身體有些沉重，不過還能動。」

說完，他從被子底下移動到床沿。被狠狠蹂躪的乳尖和吞吐肉刃的地方仍覺得怪怪的。

今世王似乎是在太陽升起後，才慢條斯理出門去上朝。

昨日原本在討論御前草的處理方式，沒想到演變成上床翻雲覆雨。最近如果連續幾天都要做，兩人多半會事先講好，所以足弱昨天完全沒有心理準備。再加上分明已經連續做兩天，今世王的慾望卻還是有些失控，沒有憐香惜玉。

足弱借用溫和星的肩膀前往如廁。

內侍送來的午膳是以好消化的食物為主，所以足弱吃得津津有味。看到足弱把菜吃光光，布菜的、內侍、護衛的臉上全都笑迷迷。

旅行時，足弱在返回京城的途中才知道，原來四周的人都在擔心他滯留山裡那段時候掉了不少肉。內侍在客棧浴堂替他洗浴時，曾經小聲對他說：

「皇兄殿下，您不再骨瘦如柴了。」

在這之前，足弱沒有注意過自己變得有多瘦，也是這時候，他才終於豁然開朗。

（啊……怪不得……）

怪不得回程這一路上，膳食的量變多，而且大家還會一直叫他吃點心。今世王雖然什麼也沒說，不過一起喝茶時，也會頻頻餵足弱吃茶點或水果。

足弱原本就身材精瘦，沒有多餘的脂肪；滯留山裡那段日子，只吃質與量都遠遠不及宮中膳食的食物，身體突然缺乏營養，才會愈來愈消瘦吧。當時的他根本沒有多餘的心力去注意到這點。

他已經不再瘦到讓周圍的人擔心。不過看到足弱好好吃飯，身邊的人都很高興。

飯後，有人咚地一聲，放了一個容器在膳案上。足弱湊近一看，看到裡面裝著好幾顆淡紅色與鮮紅色的鵝卵石，看起來也不像是鋪在苑囿地面的石子。

「這是什麼？」

他問放下容器的溫。

「卑職今天早上往苑囿望去，發現淺色與深色的這東西掉在地上，排出一個圈。」

「掉在地上？」

「對。這種色彩美麗的石子原本不存在，是新產生的。您要拿來裝飾房間嗎？」

「呃，就交給你吧。」

「遵命。」

目送溫拿走裝著石子的容器，足弱以不解的眼神看向命。

「或許昨晚是陛下與皇兄殿下回到京城後，第一次心靈相通吧。」

命優雅冷靜地回答。

那天因為天氣很好，足弱搭馬車前往御花園裡的馬廄，去看看馬兒們，並且在馬廄附近騎馬奔馳。

內侍們早就算準會這樣，所以準備了短袖衣服，連避免摔馬的馬帽也備妥了。他們在樹下角落鋪上墊子，讓脫下鞋子的足弱站在中央，替他更衣。

足弱感覺不只人在看他，連馬兒們也在看著他。衣服的布料一摩擦，足弱的乳尖顫了一下，差點伸手按住胸前，但他忍住了。

做出那種舉動，會讓內侍們擔心；而且他和其他人也會想起昨天做了什麼。儘管他的理智上曉得大家都很清楚他的同父異母弟弟對他做了什麼，也知道他心甘情願承歡，但心裡還是會覺得丟臉到想逃走。

護衛礦石、道、遙三人跟著騎馬奔馳的足弱，來到水池邊下馬，讓馬兒們喝水。陽光照在水面上，搖曳著燦爛光輝。

聽說皇室的馬廄在御花園內外都有，外側馬場則是連接著灰衣衛練兵用的馬場。

「哇，好大。」

足弱在石頭上坐下，接過道遞來的木製水筒喝水。在馬廄附近騎馬的話，只有灰衣衛會跟著足弱，所以休息的時候，都是由護衛們包辦所有雜事。

小麥色臉看起來比內侍們強悍許多的士兵們，也展露笑容樂在其中，而且他們的細心程度不輸給內侍們；在足弱下馬時會扶著他的腰，馬帽歪了會替他調整。坐下之前會替他拍掉石頭上的沙子，甚至會替他撩起短衣襬，避免被壓到。還會快速送上布巾。

「是的，這裡很大。皇兄殿下改天要不要過來參觀參觀？」

原本在看著今世王送他的黑馬阿爾，足弱轉頭看向遙。遙的年紀大約三十歲，臉上殘留痘疤，有一張親切的長相。三名護衛之中最年輕的，二十幾歲的道，正小心翼翼抱著足弱的馬帽。

「好主意。」

足弱很期待能夠看到許多馬。聽到足弱這麼說，不只是遙，原本安靜等待足弱回答的三名護衛，同時彎起嘴角微笑。

「因為需要離開宮殿，我必須告訴內侍長，並且取得陛下許可。我再去問問。」

「好的。」

看到遙開心的表情，足弱也跟著露出笑容。像這樣只與護衛出來騎馬，有機會與平常幾乎不說話的三人交談，足弱也覺得很新鮮。

礦石曾經跟隨足弱外出去市集和王安家，雖然當時有溫一起跟著，但是道和遙連那種機會都沒有。足弱的腰不太舒服，所以他決定回去，今天就騎到這裡。

季節逐漸從冬天轉換到春天。白天的時間變長，陽光轉強，草木萌青。

足弱在綠園殿裡過著悠哉閒適的日常生活，委身於時光的流逝。

獨自住在山裡時，他只需要擔心每日的三餐。說是擔心，但其實他一直在山的照顧下活著，不疾不徐，按照自己的步調，以腳不會痛的速度前進，溫吞地處理事物。這就是足弱過去的生活方式。

微服出巡回到京城後，足弱終於在綠園殿安穩落腳，沒有特別需要焦慮的要事，每天過著溫水煮青蛙的生活。三餐不再需要收集食材，也不需要去備餐，他需要做的只有吃下膳案上的食物而已。每天早上有人替他準備不同的衣服，協助他更衣，讓他穿上鞋子，甚至就連會不會得罪人，也是別人替他留意。如廁還有人跟著。綠園殿的所有人都認為，這樣才是對足弱恭敬。

（因為我是皇族。）

對。這就是灰色狼們服侍他、保護他的原因。

就算他不是皇族，明年秋天他也即將與這片皇土上身分最尊貴的男人成親。

他很難改變身邊那些人的態度。

足弱一感覺到呼吸困難，就會獨自一人待在寢房的小書房裡，或是投入造林假山和田地工作。演奏樂器也會帶給他好心情。

在逐漸走向春天的季節裡，足弱把過去的生活方式加上並混入綠園殿的生活方式，並且試著去習慣。

＊

當足弱在凝視自己的內心，想要努力習慣皇族身分及宮殿生活時，綠園殿、綠葉殿、綠流城裡的各部已經忙翻天，灰色衣袍的男女優雅但迅速地移動著。

「來得及嗎？」

「非來得及不可！」

「這樣啊。」

「也對！」

「是啊。」

「就是這樣！」

他們這一族的族名是「灰色狼」，遠古之前就立誓要對這個雷氏王朝的皇族效忠，他們是名聲響亮的民族。

從這一族中脫穎而出，允許進京在皇族身邊服侍，光榮備至的男男女女們，就是眼前這些人。

「剩下、沒幾天了！」

「下訂的東西還沒送來！」

唉——眾人齊聲嘆息。

「七天後就是皇兄殿下的生辰了。」

微服出巡期間留在京城的看家組成員負責準備慶生，但是一行人返京後，今世王做出不少追加與變更，於是他們動員所有人，表面平靜但內心熱切地持續進行著。

「最不妙的是，聽說宰相向陛下打聽我們在忙些什麼。」

「是麼。陛下怎麼說？」

「陛下回答是在準備替皇兄殿下慶祝生辰，宰相於是低頭行禮，沒有說話。」

在同一間房裡工作的同僚們全都笑了出來。

綠流城裡聽候今世王差遣的灰色狼近日出入頻繁，想必太過引人側目吧。

兵分三路的灰色狼慶生團之中，就屬集合在綠葉殿這組人，最不用擔心被足弱發現，可以熱熱鬧鬧輕鬆閒聊。反觀綠園殿那些親信，在足弱面前都是平常的模樣，可是一換班回到綠葉殿，立刻就變得很心慌。

「喂！東西送到了，準備搬進去，你們快空出位置來。」

「哦，終於來了。」

這邊眾人吵吵鬧鬧把木箱搬進寬敞的房間裡，另外一邊有群人在綠葉殿角落練曲；有些人在院子裡做木工，有些人剛打掃完正準備動手，所有人都全力以赴認真準備，沒有任何人在鬧著玩。

負責統籌一切的是女官長憧憬。她在微服出巡期間是看家組的成員，所以她很認真在籌備，想要勝過伴駕組。

「妳們的舞那樣跳太丟臉了，讓人看不下去。重來！」

還以為她會嚴格要求練習舞蹈的女官們，她卻注意到綠葉殿一處房間需要打掃，又去檢查訂購的物品有沒有闕漏；她四處走動，動作迅速，絕不露出失去冷靜的模樣。

「到了現在這時候，大家都很緊張吧。」

「是啊。當事人都還不懂，緊張的反而是他們的父母。能夠近距離拜見陛下和皇兄殿下，今後也不可能再有這種機會了……」

穿灰衣的兩名男子，在足以容納眾多男女分工合作的房間角落，替樹枝綁上色彩繽紛的彩帶。

「今年有多少人？」

「我聽說五十人。」

「加上去年的，只有這樣？」

「不是，人數其實還更多，但一次全來的話，對那兩位會造成負擔吧。」

「也是。……不過，今年起有兩位了。」

「嗯。」

手指把彩帶繞一圈綁在樹枝上，樹枝的長度有二尺（約六十．六公分）。

灰色狼的族人從授予的領地來到京城之後，不能住在這座綠葉殿裡，因此他們會投宿在郡守府。他們應該準備好要離開村子了。

第四話　新芽們

昨晚今世王來到足弱的寢房，對足弱說：

「我明日不上朝，所以一整天都可以陪著哥哥。哥哥明天一早就換上準備好的衣服，我們首先去掃墓。」

穿著寢衣的足弱稍微偏著頭。

「掃墓麼？也是，說想去的人是我。可是，雷霞你可以一整天都不去外廷嗎？」

「當然可以。」

足弱光著腳踩上毛皮地毯，走到床邊坐下，掀開棉被把兩隻腳鑽進去，然後抬眼看向始終站著的今世王。

「雷霞，你不進來嗎？」

「真是誘人的邀請……」

「咦？」

以為今世王肯定就是為了那個目的而來的足弱眨了眨眼。

「我弄錯了嗎？」

從距離上次行房的天數來看，他以為今世王過來就是覺得差不多該做了。

「雷風，明日是你的生辰。我終於能夠在這裡，在綠園殿，慶祝哥哥的生辰了。你今晚好好休息，明天晚上我就會回應你誘人的邀請，絕對是樂意之至。」

說完，今世王吻了吻坐在棉被裡的足弱臉頰，寢衣外的睡袍衣襬一掀，就轉身離去。

睡得很好的足弱，在太陽升起後立刻醒來。只要前一天晚上沒有和今世王親熱，他大致上都會在這個時間醒來。

內侍們開口問安，同時開始一如往常的晨間更衣打理。不過今天早上準備的這套衣服，足弱看到之後目瞪口呆；他已經很久沒有這種反應。

足弱滿三十八歲了。

明年就是三十九歲，明年的秋天，他將要與屆時滿二十九歲的同父異母弟弟成親。

「今天是……我的生辰，沒錯吧？」

足弱問。

「是的，沒錯。這套服裝很適合您呢，皇兄殿下。」

命微笑著退後幾步；內侍們排成一列，滿心感動地望著盛裝打扮的主子。

（如果今天是一生一次要舉行婚禮的大日子，穿成這樣我還可以理解，但現在是……）

短黑髮上戴著鑲有藍色、黃色和紅色寶石的黃金頭冠，垂著流蘇綁帶及一串黃金葉子。

外袍的前襟用白色羽毛裝飾，圖案是金黃色的大地和飛舞的白色蒲公英。衣襬長到拖在地上。腰帶是黑色，一摸才發現上面有同樣顏色的刺繡。鞋子的布面全繡上與外袍相同的圖案。

足弱第一次戴上稱為戒指的飾物。

「戴在左手會影響左手拿拐杖，所以將這兩只戒指分別戴在右手的小指和無名指上。」

戒指有指根到第一關節那麼寬，用黃金和白銀交纏而成，鑲著白色寶石顆粒。尖銳的地方都已經磨圓，即使一個不小心擦到臉也不會受傷。

「呃、咦？」

足弱不懂為什麼要在手指上戴這麼礙事的裝飾品。他很想拿掉，可是替他把戒指戴在手上的是一位氣質優雅的女官，挑選足弱的衣服時，她也受託給內侍們建議。

「卑職也準備了耳飾，您要戴上嗎？」

「不、不用，這就夠了。」

結果他就這樣戴上了戒指。很不習慣，一直很在意。

看到鏡子裡面的自己，足弱有種難以形容的感覺。沉甸甸的綢緞衣袍柔軟包裹全身。脖子一扭，羽毛就會掃到下顎，頭冠的綁帶就會陷入肉裡，流蘇和金飾就會跟著搖晃。

「哦哦，哥哥，你真美。」

聞言，足弱心想——不管怎麼看，美的都是你吧。

今世王帶著隨侍王的內侍與護衛們，還有綠園殿總管及他的副官，走進皇配房的花廳。瞬間清醒，睡意全消——指的就是這麼一回事吧。

今世王也穿著以明黃色為主的服飾，戴著與王冠形狀不同的頭冠，垂下一串小花裝飾，還戴著同樣造型的耳飾。

他不管打扮得多麼華麗，都不會被誤認為女人。他有與足弱相仿的身高，穩重威嚴。

在金髮與黃金飾物圍繞下的白皙臉蛋俊逸秀美，藍眼睛更叫人印象深刻。飽滿的紅唇從看到足弱那一刻起就漾著微笑。

他的前襟上有金線刺繡，外袍是白底暗黃色花樣，長衣襬由內侍們恭敬捧著。腰帶是白色，用金色和藍色的繩結綁著。

視線一旦停留在他身上，就無法離開。

「哥哥，雷風，生辰快樂。」

走上前來的今世王這麼說完，輕輕抱住用心打扮的足弱，吻上他的雙唇。

「啊……」

足弱一張嘴發出聲音，溼滑的熱舌就鑽了進來。

「嗯……」

從兩人頭冠垂下的裝飾相互碰撞，發出匡啷聲響。

「嗯、哈啊……」

足弱的下唇被含住，門牙後側被舌頭滑過，背後竄過一陣酥麻。

「哥哥，我很期待今晚呢。」

今世王在他耳邊這樣低語完，嘴唇就離開。聽到他性感的嗓音，足弱的雙臂泛起雞皮疙瘩。

足弱讓今世王扶著他因為頭冠的重量和短暫的接吻而站不穩的身體，以手背貼著發燙的臉頰。

等他眨了眨眼抬起頭，才發現廳裡的灰色狼們全跪在地上。

「皇兄殿下，祝賀您生辰快樂。」

所有人的聲音整齊劃一。

「雷風殿下得以歸來，像這樣安定下來慶賀生辰，卑職代表一族，獻上祝福。望殿下今後也能夠安穩生活。儘管杯水車薪，但我等將齊心協力成為殿下的後盾。」

站在前面的總管抬起灰髮腦袋，仰望足弱說。在他的身後那些足弱這一年多來見過的面孔，全都定睛注視著他。足弱腦子裡原本還在想著——這身衣服太豪華了、有點害怕晚上的到來等，這些想法瞬間都消失無蹤。

「謝謝各位。雷霰，也謝謝你。」

站在旁邊，全程支撐著足弱的今世王，把黑色拐杖交到兄長的左手裡，牽起他小指和無名指戴著戒指的右手，領著他來到走廊上。

足弱看到一輛不曾見過的雙人座馬車；白色車身，雕刻的刻痕填入黃金，散發著雍容華貴的優雅氣氛，就連拉車的兩匹馬也同樣是白馬，只有四個車輪和繩索是黑色。

踩上三層木梯，足弱讓今世王牽著手坐上馬車。坐進馬車裡，可看到擔任馬車伕的灰色狼的腦袋。馬車的前側沒有圍欄，視野很好；後方也只有座椅用圍欄圍起而且有車頂。車上的小地方也有雕刻裝飾。

「好漂亮的馬車。」

「嗯，這是為了今天這一天所準備的馬車，是哥哥的馬車。」

「什麼？」

去哪裡要駕著這麼顯眼的馬車？

「生辰快樂，哥哥。」

「那、那句話你已經講過了。」

兩人落坐後，把長衣襬收摺好，接著馬車就在今世王一聲令下出發。

「雷霰，這麼漂亮的馬車，我用不到。」

「為什麼？」

輕風迎面而來，今世王的頭髮和頭冠裝飾隨風飛舞，沐浴在晨光中，搖曳出璀璨光芒。

「這馬車太醒目了，難道我可以駕這輛馬車出宮嗎？」

「你可以當成代步馬車用。」

「代步馬車、你……」

「當然還附上兩匹白馬。」

「馬、馬是很好啦……」

對馬這種生物很著迷的足弱，一講到白馬就無法以堅定的態度回嘴。

「這輛馬車很適合那兩匹馬拉，你不覺得嗎？」

「啊、嗯。牠們的毛好漂亮。」

「牠們兩匹是姊妹喔，是來自與阿爾同樣產地的優質駿馬。名字是瑟芙和瑟菲。」

「慢著，我沒辦法一次記住。」

足弱很慌張，今世王的笑意加深，握著兄長執拐杖的左手輕撫說：

「別緊張，我待會兒寫給你。」

白馬拉的馬車在大小相當於一座小山丘的金字塔建築前面停住，這裡就是皇族長眠的地方。騎馬跟來的護衛們，以及早已等在陵墓前的隨侍們，協助兩位皇族下馬車。主要是捧著他們的長衣襬進入陵寢內，避免碰到地上。

隨侍王的內侍們與隨侍皇兄的內侍們，舉著燭光走在前頭。走廊很暗很短。很久沒進來的納骨堂內很陰涼。三角形牆壁是褐色。從塔頂斜射下來的陽光在地面照出一個四方形。

「哥哥，過來這邊。」

在今世王的催促下，足弱走過鋪在地上的光滑白石。正面牆上掛著一塊燒黑的木板，兩端有插著蠟燭的燭臺。

跟上次進來的時候一樣，裡頭空無一物，但這裡放著皇族們火葬後的遺骸骨灰。

今世王點燃蠟燭，在石板前跪下，那顆在整片皇土上不對任何人伏低的腦袋緩緩往下傾。在射入的陽光中，金色變成白金色，十分刺眼。

「今日是雷風的生辰。回到我們身邊的雷風已經回來兩年了。他明年將會成為雷霰我的伴侶。」

今世王抬起低伏的腦袋，轉頭看向跪在斜後方的足弱。看到他朝自己伸出手，足弱膝行到他身邊，握住那隻手，就被那隻手往前一拉，來到與他並肩的位置。

「哥哥。」

「雷霰。」

接著兩人同時伏首。

上次在這裡像這樣行禮，是兩年前的夏天。當時還沒有確切的證據證明足弱是皇族人；別說半信半疑了，他壓根兒不相信。

但是現在已經知道長眠在這裡的都是他的血親。

父親在此長眠。與今世王同樣跟他有一半血緣關係的兄弟姊妹們在此長眠。親戚們、祖先們在此長眠。所有人與今世王永訣，獨留他一人。

足弱的手放在地面的白色石板上，敲到戒指發出「匡」一聲。他從雙膝跪地的姿勢變成四肢趴跪的姿勢，牢牢戴在頭上的頭冠也隨之大力搖晃，頭冠綁繩更加陷入肉裡；從頭冠垂下的流蘇和那串金色葉子，也隨著足弱的動作搖曳舞動，發出碰撞聲。

在他旁邊的今世王立刻就注意到，連忙扶著那頂黃金頭冠，用力拉起足弱的肩膀。面朝下的足弱眨了好幾次眼，才終於抬頭。

既然有陽光從塔頂落下，照理說應該很溫暖，冷意卻從地上的石板竄上來。

「雷霰、一個人……很難受吧。」

曾經有那麼多血親圍繞的男人，這般情意深重的男人，卻得目送許許多多的家人和親戚離開。自己的成長過程只有老頭子在身邊，最後替堪稱養父的衰弱老頭子送終。這兩個人，誰比較難受呢？

然而，足弱想到的不是自己，而是今世王。

「我現在……有哥哥在。你可以喊我的名字嗎？」

「雷霰。」

說完，這個國家的君主露出沁入心脾的微笑，以指背滑過未來伴侶的臉頰。

搭著白色馬車回到宮殿的足弱，繼續穿著華服，前往備妥早膳的場所。他跟著今世王走，發現自己來到的地方，不是平常的皇配用膳廳，也不是王的房間。這個寬敞的大廳裡有成排的柱子，牆前掛著花朵圖案的厚布簾，中央擺著長方形的巨大長桌。

「房間好大，桌子也好大。」

足弱在想，這張長桌的左右各可以容納不只三十人吧。

「族人集議或者有需要集合時，偶爾會使用這裡。」

兩人並肩坐在長桌的上座用早膳。

遠處傳來琵琶的樂聲，宛如春天小河般慢悠悠的曲子。接著從門口走進穿著灰衣的男女一個接著一個送來料理，陸續擺上長桌。比以往任何時候都要豪華的盤子，放在巨大長桌上，已經佔據了超過半張桌子。

「已、已經夠了。再端上來我也吃不下。」

足弱站起來對配膳的人說。灰色狼們恭敬低頭行禮，卻沒有停止增加盤子。

「哥哥，不要緊。」

「為什麼？」

他明明已經開口阻止，冒著熱氣的料理仍舊繼續送上來。

「吃不完的菜會分給其他人，不會浪費。」

「不會浪費是很好，可是這些菜也太多了吧？」

「因為今天是慶祝你的生辰。」

平常就有人向足弱解釋過，端出來的料理即使沒吃完，也不會浪費。可是，這只是早膳，而且就為了兩個人做出一桌子的菜，在足弱看來實在是超乎常理。

「我、我……」

只要有風乾野菜或穀物用熱水泡軟加鹽，對足弱來說就足夠了。

「哥哥，要不要試試這個？」

光亮的黑色器皿裡裝著撒上大蒜、橫剖成兩半的紅色溼潤野菜，似乎是清燉的料理。表面還打了一顆蛋，有胡椒鹽的甜甜香氣，令人垂涎三尺。

足弱一直盯著那道菜看，布菜的人立刻夾了一些給他。

儘管介意仍然有人在持續上菜，但坐回椅子裡的足弱，拿木杓舀起燉煮過的野菜，咬下一口。溫和的酸甜湯汁瞬間在嘴裡擴散。他先把湯汁喝完，再把野菜和搗碎的半熟蛋混合吃下。

「真、真好吃。」

「多吃一點？」

「好。」

於是負責布菜的青年把蛋、紅色野菜和滷汁，一起分到足弱的盤子裡。

「哥哥，這道菜是御廚特地為了今天而做、只為你而做的。你說是吧，融雪？」

似乎一直站在柱子後面的臃腫御廚，走上前來跪地行禮。

「這道菜是否合您的口味呢？皇兄殿下。」

「吃起來很順口，很好吃。」

融雪彷彿在咀嚼那句話，腦袋朝左右搖了搖，眼眶泛淚。

「這、這、這是水煎托馬攸菜。卑、卑職隨時都能夠再為您做。」

「這個好吃到我或許可以每天都吃。」

「當！當然沒問題……！」

融雪說到這裡已經憋到極限，他的淚水如滂沱大雨般落下，最後由副庖長虹與助手們抱著退下。

足弱以那道菜為主，還嚐了另外三盤菜之後就飽了。在他旁邊的今世王，筷子都伸向做法比較繁複的料理優雅進食，但因為是早上，所以選的都是清爽好消化的菜色。

皇室專屬的御膳房做出的慶生料理擺滿整張大長桌。大廳裡裝飾著花朵刺繡的厚布簾，兩側站著一整排的灰衣人；站得最遠的灰色狼看起來只有一根食指大。演奏聲頻頻從其他房間傳來。

「哥哥，我有東西要給你看，你還有力氣動嗎？剛用完膳，你想要多休息一會兒也無妨。」

「不用，我現在很好。我們走吧。」

在兩排灰色狼們齊齊行禮恭送下，兩位皇族前往其他地方。

在大廳附近有兩座中型水池，兩座水池之間由一座拱橋相連。其中一座水池裡已經飄著雅緻的小舟。

四名穿著淺紅色外袍、肩上有白色與黃綠色披帛的女子，以及中央那位淺綠色外袍的男子，全都抱著樂器坐在小舟上。

看樣子是要坐在池畔備妥的席位上，欣賞舟上的表演。池畔鋪設的紅地毯上擺著兩張寶椅。合奏表演相當精妙。一出現足弱不太熟悉的樂器，他就會問今世王。每艘小舟的樂器搭配與演奏的曲子似乎都不同。小舟會依序穿過拱橋底下，接著加入新的小舟；演奏者的服裝也不是只有灰色，而是會配合曲目穿著。每艘小舟的設計也不同，因此驚喜連連。

演奏告一段落後，接著小舟上只剩下一個人在吹笛，不曉得從哪兒冒出來一群拿著樹枝的女子，樹枝上綁著色彩繽紛的彩帶，她們排成一列配合樂曲展現舞藝。

「雷霰，他們全都是灰色狼吧？」

「沒錯。」

「真了不起呢……」

直到十幾年前為止，族人慶祝誕辰，會配合季節濃縮成一年四次，皇族自己也會參與這類活動。

擅長做菜的人會對膳房下達指示，製作慶生料理；或是在灰色狼的幫忙下，為這天縫製衣服。負責祝壽慶典的人會偷偷集合，練習合奏或舞蹈，一邊呵呵竊笑一邊準備。

不管皇族要做什麼都會出手相助的灰色狼們，現在拚命地想要填補皇族的空缺，努力想起皇族教過的手部動作，重現殘留在耳裡的樂聲。

服侍皇族千年的灰色狼一族，為了實現皇族的要求而奔走，過程中，逐漸靠近皇族；即使手無法搆到，但距離縮短了。他們心想，總有一天要為主子們獻上自己的生命。

瞇起眼睛看著年輕女子們的舞蹈、側耳傾聽演奏的足弱，注意到弟弟落寞的側臉。

他將左手的拐杖改到右手，把手擺在旁邊那人的手腕上。

今世王注意到放在自己手腕上的手，順著手腕抬起視線，看向足弱的臉。

「不讓我聽聽你譜的新曲子嗎？」

「很可惜我這次只準備了短曲。」

「那就夠了，短曲也很厲害啊。」

「對不住，哥哥，明年我會送你更長的曲子。」

「嗯。」

舞蹈表演完畢後，足弱為他們鼓掌。演奏者與舞者全都彎腰鞠躬退下。

「那麼，哥哥，又要換地方了。」

足弱把手放在今世王伸出來的手上。

去陵墓時搭過的白色馬車就停靠在紅地毯旁。兩人再度共乘著馬車，朝不是宮殿的另一座建築物奔去。

那座建築物的其中一個房間裡準備了弦樂器——瑟。

「哥哥，來這邊。」

「我知道。」

足弱在樂器正前方的寶椅，也就是能夠聽到樂聲最好的位置上坐下。

光亮的黑色鋪木地板上鋪著白色地毯。今世王面對慣用的瑟坐下。內侍們替他把衣襬整理好。白底暗黃色花朵的外袍配色，跟黑色鋪木地板、白色地毯、樂器彷彿是刻意搭配好的一樣。

完全不曾做過勞務的白皙優雅手指觸摸著樂器。

音色錚錚，通透明亮。

清澈悅耳，連綿不絕。

（啊啊……）

來到這座宮殿後，足弱有生以來第一次聽到的音樂，就是今世王的瑟。今日今世王為他演奏的新曲，足弱聯想到小雨，閉著眼睛陶醉其中。

雨滴一顆又一顆落在樹葉和草上，發出滴滴答答的輕細聲音。不是敲打全身般的滂沱大雨，也不是吵鬧的雷雨。天空分明還很亮，卻從天上沙沙落下，輕觸臉頰。

一睜開眼，屈起一邊膝蓋對著瑟的今世王，正停下手看著他。

「這首短曲叫『春雨情』。」

「是麼，是雨啊。」

足弱靠著椅背點點頭。

「聽起來輕快明亮，不是跳躍之類的大動作，而是小小的……有種溫柔的感覺。」

今世王臉頰泛紅，藍眼睛閃閃發亮，聽著足弱吶吶說出的感想。

「聽完哥哥直率的感想，雷霰我非常開心。生辰快樂，哥哥。」

「你要說幾遍啊？」

「要說幾遍都行。」

「是喔。」

今世王優雅拖著衣襬，走近足弱，從內侍遞來的呈盤上，拿起夾在布面紙板裡的樂譜，送給兄長。

「謝謝你，雷霰。」

「要不要一起演奏什麼曲子？」

「好啊。」

接下來好一陣子，兩人吹笛、彈琵琶、撥瑟，再加上用兩片板子合在一起打拍子的「響板」，以及用短竹管排成弧形的管樂器「排簫」等，盡情享受音樂，直到接近正午時分。

他們演奏了去年今世王生辰時，在綠流城的晴天廣場表演過《天上遙遙悠悠快快》。

演奏了鳥聲婉轉的《鳥語啁啾》。

演奏了戰雲密佈、氣勢磅礴的《戰歸虛空》。

演奏了憂鬱情懷的《花雲》。

再來就是配合春天出生的足弱，演奏了春天的曲子，如：《春河》、《春樹》、《春之山》、《鳴蜂起花的旅程》。

後來，他們第三次搭乘由白馬拉的馬車，前往灰衣衛士兵們等待的廣場，足弱在那裡接受他們的祝賀。

兩人一坐到高臺上的椅子裡，就聽到——

哦哦哦哦哦哦！

舉著紅白旗幟的灰色鎧甲士兵們分成左右兩方，高聲吶喊，模擬打仗的樣子。

白色與紅色一左一右規規矩矩地交錯，他們揮舞旗幟用來代替劍，一下子聚集在紅色，瞬間又散開，改為聚集到白色。

這些行動分別代表著不同的陣形組合與戰術呈現，但對於第一次看模擬戰的足弱來說，他覺得灰衣衛士兵們也跟池畔邊的女子們一樣是在跳舞。

紅色與白色一波又一波移動，雙方互相推擠，擠來擠去。最後像摩西分海一樣，騎著白馬的青嵐與騎著栗色馬的光臨策馬來到皇族們的腳下。灰色披風與頭盔頂的紅白長穗隨風飄揚，看起來就像一幅畫；如果有少年少女在場，肯定會投以崇拜的目光。

下馬的將軍和副將身後站著隊伍整齊的士兵們。

灰衣衛將軍上前一步。

「卑職謹代表灰衣衛，恭賀皇兄殿下生辰快樂。雷風殿下千歲千千歲！」

青嵐說完，高舉雙手，在他背後列隊的士兵們也把雙手高舉過頭，高聲祝賀千歲千千歲。

那歡欣鼓舞的聲音與春天的晴朗好天氣相互輝映。

足弱收起下巴，不自覺看向光臨，因為他想起去年在高砦郡郡府慶祝生辰時的場景。於是足弱在高臺上站起。

「謝謝各位，我很開心。」

說完，他從右邊看向左邊，看過每一位灰衣士兵。

光臨瞇起眼睛，仰望兩位皇族，露出滿足的微笑。

再度享用一頓豪華午膳後，今世王聽完一進的耳語，對足弱說：

「哥哥，下午有一場皇族的儀式，希望你能幫幫我。你願意嗎？」

「我也可以幫忙嗎？」

「可以。我想那也將成為今天的美好紀念。」

綠園殿的面積大到足以容納一個村落，因此多半要搭乘馬車移動。光是今天就已經搭了四次由兩匹白馬拉的白色馬車，足弱的需求量更大，這也就是今世王建議他當成代步馬車用的原因。

馬車沿著有朱紅屋頂、白牆、紅色與金色柱子的宮殿走，在平坦和緩的彎道上前進。

「你看那個，已經有花苞了，是鳴蜂起花吧。」

他說的是一根枝幹上會開出許多淺紅色小花的花樹。

「說得也是，差不多要開花了。」

「比鳴蜂起花早一步開花的赤芽蜂起花，也很漂亮呢。」

赤芽蜂起花也是春天的花樹，但是會在略帶春天氣息的寒冷季節裡，搶先一步在枝頭開出圓形的紅花。

就在他們聊著這些話題時，已經沿著宮牆來到一扇朱門前。朱門朝左右兩側大開，門的這一頭站著門衛，那一頭則是排成一列的灰色狼們。

「接下來我們要去綠葉殿。」

「我記得那座宮殿是灰色狼的宿舍吧？」

「是。待會兒在綠葉殿的外廳裡有一場儀式。」

白馬馬車穿過朱門後往右轉，馬車後面跟著灰衣衛騎兵隊，再來是搭馬車跟著來的今世王與皇兄的內侍們，他們的馬車也通過了朱門。

男女灰色狼們人數眾多，分別擔任不同職務，所以綠葉殿的每座宮殿也都很大，而且這裡也有穿廊串連每座宮殿。在綠葉殿的宮殿，基本上都是兩層樓建築。

儘管這裡沒有綠園殿雄偉壯觀，但是在山裡來的足弱眼中看來，已經夠氣派、夠漂亮了。

馬車進入安靜的宮殿中庭後停下。足弱踩著木梯來到院子裡，就看到總管在等著。

「歡迎陛下和殿下蒞臨。」

「到底是要舉行什麼儀式？」

足弱一邊擔心長衣襬一邊走近總管，卻發現自己被今世王和總管架著，走進門朝院子敞開的外廳裡。外廳的天花板和鋪木地板都是紅色，氣氛十分喜氣洋洋。

左手邊有一張橫長的文案和兩張寶椅。他們好像是要坐在那邊。

足弱在用早膳時，就發現有平常沒看過的灰色狼在場，現在也是。這些男男女女一與足弱四目交會，立刻就會恭敬低頭行禮。

「去年沒有餘裕舉行儀式，讓你們久等了。」

「大家都了解情況。更重要的是陛下願意趁此機會舉行儀式，卑職感激涕零。」

「畢竟是從遠古延續到現在的儀式，在朕與哥哥有生之年，都會持續舉行。」

「聖恩溥博，乃我族之大幸。恭請陛下上座。」

「嗯。」

足弱率先入座，與總管說完話的今世王也坐下後，灰色狼一族之長來到文案前。

「感謝陛下與皇兄殿下蒞臨。各位排好隊，接下來將開始舉行——命名儀式。」

齊聚一堂的眾人同時跪下伏首。

接著，婢女領著父母親從正堂後側的出入口出來，依序帶著幼兒來到兩位皇族面前。

這些帶著嬰兒或幼兒的夫婦們，都是從灰色狼一族的故鄉，國土西南方的華陵郡方領圃來到這裡。

他們不是在宮殿裡擔任公職的灰色狼，所以沒有穿灰袍，但所有人統一穿著拜見皇族專用的綠色褲子和藍色上衣。

「把頭抬起來讓朕看清楚。」

「是、是！」

當中有些父母是第一次在成年後拜見今世王，因此十分僵硬緊張。婢女們手擺在幼子背後，讓他們走上前。

「哥哥，你有什麼靈感嗎？」

「呃？什麼東西的靈感？」

得知自己要替這些嬰兒幼子取名，足弱既錯愕又混亂。這麼說起來，他想起以前有誰跟他說過，灰色狼們那些令人印象深刻的名字，都是皇族們取的。可是他沒想過這種機會會落到自己的頭上來。

「這個麼，顏色、聲音、香氣、有時是腦海中突然蹦出來的詞。也可以從父母的名字聯想，或是從祖父母的名字找尋靈感。這個孩子家裡的祖譜在這裡。」

今世王把內侍遞來的紙張，滑到足弱面前。

紙上寫著三親等內的親屬名字。足弱沉默地看過那些字，卻沒看進腦子裡。

足弱不知所措，也沒有發想名字的從容，但今世王已經自顧自地開始命名了。彷彿很習慣做這種事似地，他有時讓抱著嬰兒的婢女走近一些，有時沒有沉思太久，就迅速決定好那個孩子一輩子要用的名字。

「女竹」、「朗話」、「報」。

決定好的名字，會由後方的書法高手以鮮明的墨跡在紙上寫下，摁上與國璽不同的玉印後，交給雙親。

「雪珠」、「佳節」、「荒馬」、「木口」、「願」。

心情不好而大哭的嬰兒就往後挪，冷靜乖巧的孩子先來，中間夾雜著休息時間，直到太陽西斜，耗時的命名儀式仍在繼續進行。

「安逸」、「甘心」、「遊」、「夜鳥」、「一己」。

去年春天今世王染上「皇族病」，後來足弱遭綁架，等今世王病癒、解決謀反叛臣後，皇族們又有好長一段時間不在京城，因此一直沒有機會舉行這個儀式。

今年春天，申請參加這個儀式的灰色狼孩子們是往年的三倍，不是兩倍，是三倍，因為今世王擺脫了孤獨一人的困境，得到庶兄，找回精力，這些好消息傳回灰色狼的領地，有些父母親很興奮，心想我家孩子或許有機會服侍皇族；有些夫妻純粹覺得未來一片光明，於是生下愛的結晶。

由於沒辦法讓所有申請者一次全部上京來，所以第一梯次先挑選出五十名孩子。

「陛下，皇兄殿下，這是最後一位。」

領著父母和孩子進來的婢女這樣說完後，低頭行禮。

「哥哥，怎麼樣？要不要替這個孩子命名，就當作今天的紀念？你已經曉得方法了吧？如何？要不要替她命名？」

這麼說完，今世王把寫著年輕夫婦和小女孩三親等內親屬名字的紙張，滑到足弱面前。

在跪地的父母面前，年幼的小女孩也在婢女的建議下坐在地上。孩子也同樣穿著上藍下綠的服裝。黃皮膚，圓潤滑順的臉頰，黑直髮長到下顎，身高還不到三尺（約九十．九公分）。黑眼珠較多的清澈眼睛，毫不客氣地看著坐在文案後面的兩人；只要頭冠的裝飾一搖晃，她就會轉動臉和眼睛，似乎引起了她的興趣。

（要我替這個孩子取名……）

足弱緊張到手心冒汗。

他也對於自己一直在旁邊看著今世王獨自負責替這一大群人取名字，感到很過意不去。所以儘管他有些不安，還是輕輕拿起來到面前的紙張。

「祖父和外祖父是『新』和『山海』。祖母和外祖母是『小梅』和『針』。父親是『醋貝』，母親是『玉房』。啊，原來她是你們的第一個孩子，恭喜。」

唸出那些名字的足弱，對睜大雙眼僵在原地的父母說出祝賀的話。

「皇、皇、皇兄殿、下……」

「啊啊……草民承受不起……」

年輕夫婦緊緊擁抱完彼此，就癱坐在地上。

「親人的名字互不相干呢。她是女孩。有什麼想法嗎？哥哥。」

「什、什麼想法……」

女孩……。小女孩在婢女的陪同下，頻頻回頭看向在她身後眼眶含淚的父母。這的孩子到底幾歲了？沒接觸過小孩的足弱無法推測她的年齡。

「『小梅』、『針』、『玉房』……想到什麼了嗎？」

「問我想到什麼……」

有人悄悄把茶杯擺在文案上。足弱一看過去，發現是內侍長站在那裡。這時，足弱的腦海中浮現一個詞彙。敏銳的今世王馬上就注意到足弱的身子有一瞬間變得僵硬。

「哥哥，想到了嗎？」

「呃……那個……」

足弱焦慮地左右張望，看到坐在正堂地上的年輕夫妻、陪著小孩的婢女、站在角落的內侍們、總管、護衛們、仍然聚集在院子裡的灰色狼們，全都看著自己。

個子很高的青嵐和一旁的朝霧也在院子裡。

「那個名字會跟著這孩子一輩子，對吧？」

「對。」

足弱搖頭。

「你想到什麼名字？要不要只跟我一個人說？」

說完，今世王從寶椅裡探出身子，把臉湊近足弱的臉。

「只、只是、跟你說而已，還沒、還沒決定喔。」

「告訴我。」

被抱在懷裡的足弱放棄爭辯，悄聲對今世王低語。今世王鏘鏘晃動著頭冠的流蘇和黃金花飾，緩緩離開足弱，露出愉快的笑容，轉頭就對綠園殿總管說：

「狼，哥哥第一次命名，就取了一個好名字呢。」

「陛下，皇兄殿下，請務必讓卑職聽聽。」

總管雙手伏地叩首。

「請務必讓卑職（草民）聽聽。」

聚集在正堂和院子裡的灰色狼們齊聲請求，聽得足弱頭皮發麻。

「雷、雷霰！」

「哥哥，你打算怎麼做？」

今世王呵呵竊笑著，腦袋微偏。明明交代了不能說，這個可惡的傢伙。

「我、我只是一時想到，這樣子對那個孩子和父母親很過意不去。」

「你們會覺得困擾嗎？」

「不會！」

「不會，絕對不會！皇兄殿下，請告訴草民們吧……」

做父親的挺直身子說，做母親的則是再度低頭行禮。足弱被逼得走投無路，想要往後退卻撞到寶椅的椅背，使得他退無可退。

「啊、可、可是……」

「哥哥，那是個好名字。聽了你說的名字之後，我認為那就是最適合這個孩子的名字了。」

今世王靠向低著頭的足弱，以雙手握住兄長的左手。

「這場命名儀式，只要是皇族都可以自由參加，以往總是聚集很多皇族來，想出好幾個名字，最後再由長老決定。大家看到每個孩子，都是毫不猶豫就說出自己靈光乍現想到的名字。為什麼呢？因為那個名字，本來就是那個孩子應該擁有的，只是透過皇族的嘴巴說出來而已。」

「本來……」

「沒錯。我的『林葉間灑落的陽光』啊。就像哥哥的名字是雷風一樣，你要給她一個適合她的名字。不用害怕，不要緊的。來，也告訴大家吧，這個孩子的名字是──」

足弱一隻手回握今世王的手，站起身，盛裝打扮金黃璀璨的今天，年滿三十八歲的皇族很緊張地俯瞰著仰望皇族的幼女。

「我想到的詞彙、如果、就是、這個孩子的、名字……我決定說出來──『朝日』，妳的名字是『朝日』。」

足弱宣布那個名字的瞬間，正堂和院子裡響起滿滿的感嘆聲。

「沒、沒想到！」

「太驚人了。」

「這可以說是繼『黎明』之後最痛快的結果。」

看到眾人的興奮，以及小孩父母完全僵住不動的反應，足弱感到很困惑，以眼神詢問今世王。

今世王呵呵笑著。

「雷霰……」

「我族的始祖，名字與太陽有關。因此在這場命名儀式中，如果出現與太陽有關的名字，對狼們來說，就是得到比其他名字更珍貴的寶物。」

足弱站在原地瞠目結舌，最後終於彎下腰，把臉湊近今世王的耳朵。

「雷霰，你沒有阻止我說出那個名字。」

「哥哥是在一無所知的情況下想到的，所以那個名字，就是那個孩子的名字。」

今世王以平靜的聲音安撫他。

「是麼……那就好。」

能夠藉由自己的嘴巴，把孩子原本該有的名字告訴她，那就好。足弱抬頭挺胸，環視開心喧鬧的正堂。灰色狼總管也點了好幾次頭。

「『朝日』……感覺好像有什麼全新的開始即將展開。」

坐著的今世王含笑這麼說。

足弱看向高臺下那位自己第一次命名的孩子。她還太小，或許不懂那個名字將會跟隨她一輩子，也或許不會記得是站在眼前這位穿黃衣戴頭冠的男人替自己命名。就算是這樣，對這個年幼的小女孩來說，她身為「朝日」的人生才剛要開始。

小女孩清澄的黑眼睛始終注視著足弱。

「謝謝您，皇兄殿下，謝謝您。」

抱起女兒的父母以顫抖的聲音鞠躬道謝。

「哥哥，好名字。」

「是麼……這麼一來，我也是皇族的一分子了嗎？」

今世王起身抱緊足弱。

太陽西下，正堂已經點燃燭光。正堂裡聚集著這次上京來的夫妻、嬰兒和幼兒等，他們正跪在皇族面前。

今世王讓人撤下文案，從寶椅起身，站在遠古以前就服侍皇族的灰色狼一族面前。

他從頭到腳都是雷氏王朝裡只有皇族能夠使用的顏色，擁有異能者輩出的藍血族的特徵——白皙肌膚、金色頭髮，和鮮藍色的眼睛。

「這次的新芽剛萌發不久，就有名字了。新芽們，朕乃今世王，是你們一族遠古以來就服侍至今的主子，也是皇族之長。你們聽好了，今日這天除了命名之外，朕還要給你們第一道命令。」

就連足弱也退到後方，看著站在正堂裡的今世王。

讓瀕臨枯死的大地復甦，十顆太陽的末裔。

他的聲音低沉清晰。

表情緊張的父母們讓自己的孩子坐下，交代他們不要吵鬧，豎起耳朵專心聽。

「你們要像草木一樣健康茁壯，記住了。」

「是！」

嬰兒停止哭鬧，小孩也彷彿受到氣氛影響，模仿叩首行禮的父母低下頭。

出生以來第一次的聖旨，孩子們接下了。

足弱看著儀式進行到最後，感覺到皇族與灰色狼一族的連結，不知為何眼眶泛淚。

他們不是皇族的孩子，卻是皇族取名的孩子。他們尊崇皇族的異能，願意奉獻生命，而皇族則是以祝福作為他們人生第一道命令。

就像兩人在寸草不生的「葉都沒」齊聲唱誦、命令大地一樣，皇族要求新芽們好好長大。

從來沒聽過這麼溫柔的命令。

給予這段祝福後，他們也會腳踏實地在大地扎根吧。

確定自己是皇族後，把事實裝進小盒子裡回到京城來的足弱，經常對自己說——你是皇族，是皇族。但是從皇族角度看到的宮殿，不管是在足弱或是在雷風看來，都豪華到不適合自己的身分，規模大到自己無力負荷，彷彿快窒息。

可是在給予年幼灰色狼女孩名字時，足弱明顯感覺到自己也是此刻長眠在納骨堂的皇族們悠長歷史末端的一分子。

感覺他們能懂雷霰命令新芽們好好長大的心情。

感覺在遠方斷掉的串珠似乎找回了一顆。

「哥哥，我們回宮吧。」

「好。」

右手被牽著，足弱拄著拐杖往前走。內侍們捧著衣襬跟在身後。集合在正堂裡的人們也目送皇族們離開。

「雷霰。」

「是。」

「能不能再對我說一次？就是今天你說了好幾次的那句話。」

「好啊。」

走在斜前方的今世王，在燭光照射下搖曳著金髮，轉過頭來微笑著說：

「哥哥，生辰快樂。」

「謝謝你，雷霰。」

謝謝你給予我祝福。

決定一起回京，真的太好了。

——《成為綠土 擁抱你回歸大地》全書完

後記

謝謝各位陪伴這個漫長的故事直到最後。

拙作在網路上公開連載期間，經常收到許多意見，也聽到很多人表示在故事完結後，他們仍然重讀了好幾遍。感謝大家長期以來的支持。

故事結束後，我很快就得到出書的機會，這或許是在獎勵我把故事寫完了吧。

謝謝 user 老師用插圖增加這部作品的可看性。感謝出版這部作品，帶領我和 user 老師乘風破浪，直到書成功發行的編輯。也要感謝其他協助將拙作出版成單行本的相關人士。

希望拙作變成書本形式之後，能夠陪伴大家更長更久。

二〇一七年三月　宮城 千雨子

高寶書版集團
gobooks.com.tw

CRS014
成為綠土：擁抱你回歸大地
緑土なす きみ抱きて大地に還る

作　　者　宮城千雨子 みやしろちうこ
封面繪圖　user
譯　　者　黃薇嬪
編　　輯　賴芯葳
美術編輯　彭裕芳
排　　版　彭立瑋
企　　劃　黃子晏

發 行 人　朱凱蕾
出　　版　朧月書版股份有限公司
　　　　　Hazy Moon Publishing Co., Ltd.
地　　址　臺北市內湖區洲子街 88 號 3 樓
網　　址　www.gobooks.com.tw
電　　話　(02) 27992788
電　　郵　readers@gobooks.com.tw（讀者服務部）
傳　　真　出版部　(02) 27990909　行銷部 (02) 27993088
郵政劃撥　19394552
戶　　名　英屬維京群島商高寶國際有限公司臺灣分公司
發　　行　英屬維京群島商高寶國際有限公司臺灣分公司
初版日期　2023 年 4 月

Original Cover Design : UCHIKAWADESIGN

國家圖書館出版品預行編目 (CIP) 資料

成為綠土：擁抱你回歸大地 / みやしろちうこ作；黃薇嬪譯 . -- 初版 . -- 臺北市：朧月書版股份有限公司出版：英屬維京群島商高寶國際有限公司台灣分公司發行 , 2023.04
　面；　公分 . --

譯自：緑土なす きみ抱きて大地に還る

ISBN 978-626-96376-6-9(平裝)

861.57　　111013203